UNGEBÄNDIGTE MAGIE

DIE HEXEN VON WHITE HAVEN

3

TJ GREEN

Contents

Eins

Avery stand auf der Klippe und blickte über den Hafen von White Haven und das Meer dahinter. Es war nach zehn Uhr abends und der Mond lugte hinter dunklen Wolken hervor und warf einen milchig weißen Lichtstreifen über das Wasser.

Alex stand neben ihr und seufzte. „Das ist verrückt. Ich habe dir gesagt, dass es Zeitverschwendung ist."

„Wir müssen es uns ansehen. Der alte Mann war fest davon überzeugt, dass er etwas gesehen hat. Er wirkte geradezu panisch."

„Er hatte wahrscheinlich ein paar Rum zu viel getrunken."

„Du hast ihn nicht gesehen", beharrte Avery. „Er war ganz bleich und sagte, er hätte so etwas nur einmal in seinem Leben gesehen, und das war kurz bevor ein paar junge Männer auf einmal verschwunden waren und nie wieder gesehen wurden." Alex schnaubte, und Avery schlug ihm auf den Arm. „Ich kann nicht glauben, dass du dich darüber lustig machst, nach allem, was wir in letzter Zeit gesehen haben."

Es war etwas mehr als eine Woche her, dass die fünf Hexen den Bindungszauber unter der Kirche *Allerseelen* gebrochen hatten, was das Ende eines jahrelangen Kampfes mit den Favershams bedeutete, einer Hexenfamilie, die in Harecombe, der Nachbarstadt von White Haven, lebte. Der Bindungszauber war

Jahrhunderte zuvor von Helena Marchmont, Averys Vorfahrin, und den anderen vier Hexenfamilien in White Haven gewirkt worden. Mit einem gewaltigen Zauber hatten sie einen Dämon und den Vorfahren der Favershams unter der Kirche gebannt. Den Bann zu brechen war schwierig gewesen, aber mit der Hilfe von Helenas Geist war es ihnen gelungen, indem sie magische Energie freisetzten, die ihre eigene Kraft verstärkte. Daraufhin hatten sie Sebastian Faversham besiegt, Sally gerettet und Reubens verschwundenes Zauberbuch wiedergefunden. Aber Sebastians letzte Warnung hatte sich als richtig erwiesen. In White Haven geschahen definitiv seltsame Dinge.

In den letzten Tagen waren ein Dutzend Berichte über seltsame Geräusche und Geistererscheinungen zum Stadtgespräch geworden. Mitten in der Nacht waren Lichter in der Burgruine auf dem Hügel erschienen, und ein Fischerboot hatte berichtet, grüne Lichter in den Tiefen des Meeres gesehen zu haben, bevor es die Gegend hastig verlassen und nach Hause gesegelt war.

Zu allem Überfluss war Helena wieder aufgetaucht, wenn auch nur kurz, in Averys Wohnung. Zuerst hatte sich der Duft von Veilchen bemerkbar gemacht, dann der Geruch von Rauch und verbranntem Fleisch, und Avery hatte geschrien: *„Helena! Hör auf damit!"* Zum Glück – oder auch nicht, Avery konnte sich nicht entscheiden, was ihr lieber war – konnte sie Helena jetzt nicht mehr oft sehen, aber es war beunruhigend, ihre einzigartige Präsenz in der Wohnung zu spüren. Sie hatte die Wohnung noch nicht gegen sie abgeschirmt, aber sie dachte ernsthaft darüber nach.

Obwohl Avery hoffte, dass diese Erscheinungen nachlassen würden, vermutete sie, dass sie nur der Anfang waren. Und dann war an diesem Morgen ein alter Mann im Laden aufgetaucht. Er hatte sich nervös umgesehen und war dann auf Sally zugegangen, die ihn zu Avery geführt hatte, während sie in einer ruhigen Ecke neue Waren einsortierte.

„Das ist Avery", hatte Sally fröhlich gesagt. „Ich bin sicher, sie kann dir helfen, Caleb." Sie hatte Avery einen wissenden Blick zugeworfen und die beiden allein gelassen, während Caleb seine Mütze wie einen nassen Waschlappen ausgewrungen hatte.

„Hallo Caleb, schön, dich kennenzulernen. Wie kann ich dir helfen?" Avery hatte ihr freundlichstes Lächeln aufgesetzt.

Caleb hatte sie angesehen, als würde sie gleich zubeißen. „Ich muss dir etwas sagen, das dich vielleicht interessieren könnte."

„Nur zu", sie hatte ihm aufmunternd zugenickt.

„Ich habe gehört, dass du Fähigkeiten haben könntest, die andere nicht haben", hatte er stotternd gesagt.

Oh, das würde also eines dieser Gespräche werden.

Sie hatte einen Moment gezögert und überlegt, was sie sagen sollte. „Das könnte sein, ja."

„Ich war neulich Nacht auf diesem Fischerboot."

Avery war für einen Moment lang verwirrt gewesen, doch dann kam ihr die Erleuchtung. „Das Boot, das die Lichter gesehen hat?" Sie hatte Caleb mit neuem Interesse angesehen.

Sein Haar war schneeweiß, aber dick und aus dem Gesicht gekämmt, sodass es bis zum Kragen reichte. Er hatte einen vollen weißen Bart und trug trotz der Hitze eine schwere blaue Jacke, eine dicke Baumwollhose und Gummistiefel. Sein Gesicht war voller Falten, aber seine hellblauen Augen waren aufmerksam und wachsam. Er erinnerte sie an den alten Kapitän aus der Fischstäbchenwerbung.

„Ja, das Boot, das die Lichter gesehen hat. Ich wollte nichts sagen, aber ich erinnere mich nur zu gut daran, was passiert ist, als ich sie das letzte Mal gesehen habe."

„Du hast sie schon einmal gesehen?", hatte Avery überrascht gefragt. „Bist du sicher, dass es nicht nur Biolumineszenz war?"

„Ich weiß, wie das aussieht, und es war anders."

„Inwiefern anders?", hatte Avery nachgehakt, die Augen zusammengekniffen und war erschaudert.

„Die Lichter kreisten unter dem Boot, gleichmäßig und langsam, insgesamt drei, und begannen dann, unter uns ein Muster zu bilden. Die Jungen waren wie gebannt. Eine Welle schlug über die Seite und unterbrach meine Konzentration, aber ich konnte etwas hören." Er hatte innegehalten und den Blick abgewandt.

„Was?", hatte Avery nachgefragt.

„Gesang."

„Gesang?"

„Seltsam, unheimlich, hypnotisch. Ich gab Gas und raste los, wobei ich fast unsere Netze zerrissen hätte."

Avery wusste, dass sie über seine abwegige Behauptung hätte lachen sollen, aber das hatte sie nicht gekonnt. Er war so ernst und so absolut glaubwürdig gewesen. „Und was ist dann passiert?"

„Sie sind verschwunden. Und ich habe mich nicht mehr umgedreht."

„Und die anderen?"

„Sie konnten sich an nichts mehr erinnern."

„Was ist passiert, als du sie das letzte Mal gesehen hast?"

„Das ist schon sehr lange her – ich war damals selbst noch jung." Caleb hatte erneut den Blick abgewandt und war unbehaglich auf seinem Stuhl hin und her gerutscht, bevor er die Stimme zu einem Flüstern gesenkt hatte. „Junge Männer verschwanden. Sie waren wie vom Erdboden verschluckt – *ohne jede Spur.*"

„Aber woher weißt du, dass das mit den Lichtern zusammenhing?" Avery hatte sich halb gefragt, ob er sie auf den Arm nehmen wollte.

„Sie wurden mit einigen jungen Mädchen gesehen, und … nun ja, die Dinge waren nicht *normal*."

Avery blinzelte und seufzte. „Ich weiß, dass ich viele Fragen stelle, Caleb, aber warum waren sie nicht normal?"

„Sie wurden zuletzt am Strand gesehen und ihre Kleidung wurde dort gefunden, aber sonst nichts. Und nein, es war kein Selbstmord." Er hatte schnell weiter gesprochen, offensichtlich hatte er nicht noch einmal unterbrochen werden wollen. „Ich glaube, sie wollen etwas, ich weiß nicht, warum ich das glaube, aber ich glaube es. Ich *weiß es*. Und es ist nur eine Frage der Zeit, bis sie herkommen, also musst du sie aufhalten."

„Wie kann ich etwas aufhalten, von dem ich nicht einmal weiß, dass es existiert?", hatte sie verblüfft gefragt.

„Ich habe keine Ahnung. Ich wollte dich nur warnen." Und damit hatte er den Laden verlassen und Avery war verwirrt zurückgeblieben.

Sie seufzte, als sie sich an ihr vorheriges Gespräch erinnerte, und rieb sich den Kopf. „Das klingt wie aus einem Märchenbuch. Mysteriöse Lichter im Meer, seltsamer Gesang, Gedächtnisverlust. Sebastian hat uns gewarnt, dass Kreaturen kommen würden. Was, wenn unsere Magie eine Welle der Kraft ins Meer schicken würde? Ich schätze, das wäre möglich."

Alex nickte, seine Gesichtszüge waren in der Dunkelheit auf der Klippe kaum zu erkennen. „In den alten Mythen ist von Sirenen die Rede, die Seeleute in den Untergang singen, aber die Geschichte des alten Mannes erinnert mich auch ein wenig an die Selkie-Mythen."

„Die Robben, die menschliche Gestalt annehmen?"

„So ziemlich." Er drehte sich zu ihr um. „Die Mythen spuken in allen Küstengemeinden. Sie waren in Irland sehr beliebt, besonders an der Westküste, wo ich aufgewachsen bin. Und natürlich gibt es hier in Cornwall Meerjungfrauen-Mythen – sie suchen nach einem Mann, den sie mit ins Meer nehmen können, um ihn zu ihrem Ehemann zu machen und viele Meerjung-Babys zu bekommen."

„Toll, also könnten grüne Lichter und geheimnisvoller Gesang unter Wasser eine von Rum getränkte Halluzination sein oder vielleicht einer von drei seltsamen Mythen."

Er grinste. „Oder ein paar andere, an die wir noch nicht gedacht haben, aber ich werde nach Frauen Ausschau halten, die in Seetang gehüllt sind oder Robbenfelle am Strand abgestreift haben."

„Du bist so witzig, Alex", bemerkte sie und dachte dabei das genaue Gegenteil.

Er drehte sich zu ihr um und zog sie in seine Arme. „Egal, wie verführerisch sie auch sein mögen, sie sind sicher nicht halb so verführerisch wie du."

Sie legte ihre Hände auf seine Brust, spürte den starken Herzschlag und die Wärme seiner Haut durch sein T-Shirt und blickte in seine braunen Augen. Sie spürte, wie ihr eigener Puls anfing, wild zu pochen, und fragte sich, ob er überhaupt realisierte, was er mit ihr anstellte. „Du bist selbst sehr verführerisch."

„Wie verführerisch?", fragte er und berührte mit seinen Lippen federleicht ihren Hals.

„Zu verlockend." Sie konnte spüren, wie ein Kribbeln der Begierde durch sie hindurchlief.

„So etwas gibt es nicht", erwiderte er leise. Mit der Hand streichelte er ihren Nacken und zog sie für einen langen, tiefen Kuss an sich, während er seine Hände in ihrem Haar vergrub. So nah bei ihm spürte sie, wie sein Verlangen zu wachsen begann, und er trat einen Schritt zurück, mit einem schelmischen Glitzern in den Augen. „Gehen wir zu mir. Ich habe etwas Besseres vor, als hier herumzustehen.“

Als sie jedoch in Alex' Pub, *The Wayward Son*, ankamen, saß Newton an der Bar und genehmigte sich ein Pint Bier.

Mathias Newton war Kriminalinspektor bei der Polizei von Devon und Cornwall und wusste ebenfalls, dass sie Hexen waren. Seine Vergangenheit war genauso kompliziert wie ihre, und obwohl ihre Beziehung schlecht begonnen hatte, waren sie jetzt Freunde. Er wandte sich von seinem Bier ab, das er missmutig trank, und warf einen Blick auf die Fußball-Highlights, die auf dem stummgeschalteten Fernsehbildschirm in der Ecke liefen, und einen Blick auf die Tür. Er trug Freizeitkleidung, sein kurzes dunkles Haar war leicht zerzaust und seine grauen Augen waren ernst. „Wo wart ihr zwei denn?“

„Schön, dich zu sehen“, begrüßte Avery ihn. Sie ließ sich auf den Barstuhl neben ihm fallen, während Alex sich an die Theke lehnte und die Getränke bestellte.

Alex stöhnte. „Dein Timing ist mies, Newton. Ich hatte Besseres im Sinn als ein Bier.“

Er grunzte nur. „Das ist ja wohl dein Problem.“

„Du siehst verdammt mies gelaunt aus“, bemerkte Avery.

„Das liegt daran, dass ich es bin. Wir hatten einige seltsame Berichte auf der Wache.“

Avery spürte, wie ihr das Herz in die Hose rutschte. Nicht noch mehr seltsame Dinge. „Was denn?“

„Seltsame Störungen – nächtliche Geräusche, Leute, die glauben, dass bei ihnen eingebrochen wird, Kurzschlüsse, verschwundene Gegenstände, aber keine Anzeichen für einen Einbruch."

Alex zog eine Augenbraue hoch und reichte Avery ein Glas Rotwein. „Die Leute melden Kurzschlüsse bei euch?"

„Ihr würdet euch wundern, was die Leute uns alles melden. Aber ja. In den letzten Tagen haben wir eine Flut von Meldungen erhalten. Ich wollte wissen, ob ihr vielleicht etwas gesehen habt."

„Es gibt viele Gerüchte über seltsame Vorkommnisse, aber nichts Konkretes." Sie erzählte die Geschichte, die der alte Seemann Caleb ihr erzählt hatte. „Wir waren oben auf der Klippe, um zu sehen, ob wir etwas entdecken können, aber ..." Sie zuckte mit den Schultern.

Newton fuhr sich mit der Hand durch die Haare, wodurch sie noch mehr zerzaust wurden. „Ich hatte gehofft, dass sich die Dinge nach jener Nacht wieder normalisieren würden, aber das scheint ganz und gar nicht der Fall zu sein. Briar und El haben beide Leute in ihren Läden, die seltsame Geschichten erzählen, und El hat viele Schutzamulette verkauft."

„Wirklich?", fragte Avery. „Ich muss zugeben, dass ich seit ein paar Tagen nicht mehr mit ihnen gesprochen habe."

„Das ist meine Aufgabe, Avery." Er trank sein Bier aus und bestellte ein neues. „Hast du von dem Treffen gehört?" Newton bezog sich auf den Hexenrat.

Sie nickte. „Ja. Es ist morgen Abend, um acht Uhr."

Um den Sieg über die Favershams und die Aufhebung des Bindungszaubers zu feiern, hatten sie sich alle zum Abendessen in Averys Wohnung getroffen, aber das Treffen wurde durch die Ankunft von Genevieve Byrne unterbrochen, einer weiteren Hexe, die den Hexenrat organisierte, eine Gruppe, von deren

Existenz sie bis zu diesem Abend noch nicht einmal gewusst hatten. Sie hatte sie zum nächsten Treffen eingeladen, ja fast darauf bestanden, dass sie daran teilnahmen, und danach hatten ihre Feierlichkeiten eine Wendung zum Schlechten genommen, als sie alle über die Vor- und Nachteile einer Teilnahme diskutierten. Für Avery war die Entscheidung einfach. Sie waren zu etwas eingeladen worden, von dem sie jahrelang ausgeschlossen gewesen waren, und sie hatte nicht die Absicht, sich diese Gelegenheit entgehen zu lassen.

Reuben war nicht derselben Meinung. „Scheiß auf sie alle, warum zum Teufel sollten wir zu ihrem verdammten Treffen gehen?"

„Weil wir etwas lernen werden, Reuben", hatte Avery entnervt geantwortet. „Bist du nicht im Geringsten daran interessiert zu wissen, wer sie sind und was sie tun?"

„Nein", hatte er gereizt erwidert.

„Nun, ich schon", hatte Briar hinzugefügt. „Aber ich bin zu feige, um hinzugehen."

„Ich bin mir nicht sicher, ob ich ihr oder einem von ihnen traue", hatte Newton zu bedenken gegeben, „aber vielleicht ist das der Polizist in mir."

Alex hatte zustimmend genickt. „Ich traue ihnen auch nicht ganz, aber ich stimme Avery und Briar zu. Wir sollten hingehen. Wir müssen wissen, was hier vor sich geht."

„Nun, wenn niemand anderes wirklich hingehen möchte, würde ich gerne als Erste gehen", hatte Avery bemerkt. „Beim nächsten Mal kann jemand anderes gehen."

Alex hatte die Augen verdreht. „Gerade als ich dachte, dass sich die Dinge hier wieder normalisieren könnten."

Aber zumindest hatten sich die meisten darauf geeinigt, teilzunehmen.

Jetzt jedoch, im warmen Komfort des Pubs, machte sich Avery ein wenig Sorgen über den Empfang, den sie dort erhalten würde. Der vergangene Abend unter der All Souls-Kirche fühlte sich nun wie ein Traum an – wenn da nicht die Schlagzeilen gewesen wären, die den Tod von Sebastian Faversham bei einem Strombrand im Haus der Familie verkündeten. Eine Falschmeldung. Er war tatsächlich gestorben, nachdem er von Helenas Geist angegriffen worden war, dessen Kraft durch die zusätzliche Welle magischer Energie, die wie ein Blitz durch sie hindurchzuckte, verstärkt worden war.

„Wo findet das Treffen statt?", beharrte Newton und holte sie in die Gegenwart zurück.

„An einem Ort namens *Crag's End*."

„Wo zum Teufel ist das?"

„In der Nähe von Mevagissey, irgendwo direkt vor der Küste. Es scheint ein sehr großes, privates Anwesen zu sein."

Er sah besorgt aus. „Ich weiß nicht so recht, ob du allein gehen solltest."

„Genau meine Worte", stimmte Alex zu und blickte Avery an.

Avery drehte sich zu ihm um. „Alex, ich komme schon klar. Das sind alles Hexen, ich bin sicher, dass ich dort sicher bin."

„Wir kennen keinen der Teilnehmer."

„Wir wurden eingeladen. Hör auf, dir Sorgen zu machen", erwiderte sie, um sich selbst und ihn zu beruhigen.

„Jemand sollte mit dir gehen", sagte Newton.

Avery blickte zwischen den beiden hin und her. „Irgendetwas stimmt nicht mit der Welt, wenn ihr beide euch einig seid. Nein. Ich gehe allein. Vertraut mir. Ich bin eine Hexe."

Zwei

A very betrachtete das Haus vor sich misstrauisch. Es sah aus wie ein kleines Schloss, mit drei Türmen und einem Steinturm. Es fehlten nur noch ein Burggraben und ein Fallgitter. Sie hoffte, dass sie nicht gleich mit kochendem Öl übergossen werden würde.

Es war nicht die Art von Haus, die sie erwartet hatte, und obwohl es solide und gut gepflegt aussah, war das Gelände wild bewachsen und romantisch, voller wuchernder Rosen, Geißblatt und riesiger Sträucher. Auf halber Strecke der Auffahrt fragte sie sich, ob sie falsch abgebogen war, aber dann öffnete sich die Auffahrt und das Schloss erschien plötzlich still und aggressiv im Licht der hereinbrechenden Dämmerung.

Sie stellte den Motor ihres Wagens ab und versuchte, nicht in Panik zu geraten und schleunigst zu verschwinden. Als sie auf den Vordereingang des Schlosses zuging, bemerkte sie nur zwei weitere Fahrzeuge auf der Auffahrt. Sie hatte vorgehabt, früh dort zu sein und sich umzusehen, aber jetzt fragte sie sich, ob sie nicht lieber spät hätte ankommen und sich leise hineinschleichen sollen.

Das Schloss lag etwas landeinwärts am Rande des Moors. Die hohen Mauern und Hecken schützten es vor neugierigen Blicken und vor den Winden, die an dieser erhöhten Lage vom Meer hereinwehten.

Sie wollte gerade an der Eingangstür klopfen, als diese sich vor ihr öffnete und den Blick auf eine große Eingangshalle freigab, die sanft von Kerzenlicht erhellt wurde. Der Boden war ein Schachbrettmuster aus schwarzen und weißen Fliesen, und in der Mitte stand ein runder Tisch, auf dem eine Vase mit üppigen Blumen stand, deren Duft den Raum erfüllte.

Als sie den Flur betrat, ertönte eine tiefe Stimme aus den Schatten auf der Treppe und ließ sie zusammenzucken. „Du musst Avery Hamilton sein. Willkommen.“

Avery blinzelte in die Dunkelheit und eine Gestalt trat ins Licht.

Der Mann, dem die Stimme gehörte, war groß und hager, und Avery schätzte, dass er in den Sechzigern war. Sein Haar war lang, leicht ungepflegt und von grauen Strähnen durchzogen, und er trug eine altmodische Samtjacke und -hose.

Er lächelte, als er näher kam und ihr die Hand schüttelte, sein Griff war trocken, knochig und fest. „Ich bin Oswald Prendergast. Willkommen in meinem Zuhause.“

Avery blickte zu ihm auf und lächelte zurück. „Danke für die Einladung. Ich hoffe, ich bin nicht zu früh dran.“

Er musterte sie mit seinen stechenden Augen und Avery hoffte, dass sie selbstsicher wirkte. Sie war sich überhaupt nicht sicher, ob sie wusste, was sie hier tat. „Ganz und gar nicht. Einige sind bereits eingetroffen. Komm mit in den Salon, dann stelle ich dich allen vor.“

Salon? Avery fühlte sich, als wäre sie in der Zeit zurückgereist.

Er führte sie die Treppe hinauf, und der Geruch von Möbelpolitur umgab sie. „Ich sollte dich warnen, dass einige unserer Mitglieder nicht bereit waren, dich im Rat zu haben, aber ich stimmte Genevieve zu. Am Ende haben wir abgestimmt, und es gab mehr Befürworter als Gegner.“

„Vielen Dank, wir – wir alle in White Haven – wissen das zu schätzen. Meine Großmutter hat mir vom Rat erzählt, aber ich muss zugeben, dass ich dachte, sie würde wirres Zeug reden.“

„Ich erinnere mich an deine Großmutter. Natürlich kannte ich sie nicht wirklich, aber sie ist eine gute Hexe. Wie auch immer“, sagte er, deutete auf die Tür zu seiner Linken und stieß sie auf, “wir sind angekommen.“

Avery betrat einen Raum, der auf die Rückseite des Hauses hinausging. Drei große, bleiverglaste Fenster füllten eine Wand und gaben den Blick auf die dahinter liegenden Gärten frei, aber es war das Zimmer selbst, das ihr wirklich ins Auge fiel. Obwohl es Hochsommer war, loderte ein prasselndes Feuer im großen Kamin und der Raum war stickig heiß. Jemand hatte ein Fenster geöffnet, um eine schwache Brise hereinzulassen, und davor standen drei unterschiedliche Personen. Da war ein alter Mann mit einer riesigen Hakennase und einem Schopf aus weißem Haar und weißen Augenbrauen, der eine pflaumenblaue Seiden-Hausjacke und eine schwarze Hose trug. Neben ihm stand eine aristokratisch aussehende Frau mittleren Alters mit kastanienbraunem Haar und einer langen, geraden Nase, über die hinweg sie Avery anstarrte. Sie trug ein Chiffonkleid. Sie erinnerte Avery an Margot aus der Sitcom *The Good Life* und versuchte, ernst zu bleiben. Als Nächstes kam derjenige, den sie am wenigsten sehen wollte – Caspian Faversham. Er trug einen schicken Anzug und drehte sich um, wobei er die Augen zusammenkniff, als Avery neben Oswald auf ihn zukam.

Oswald lächelte sie warm an. „Ich möchte euch Avery vorstellen, unseren neuesten Zuwachs. Avery, ich glaube, du kennst Caspian, aber das sind Claudia Everley und Rasmus James."

Avery nahm an, dass Oswald wissen musste, was mit den Favershams geschehen war, aber sein Ton verriet nichts davon.

Die beiden älteren Hexen sahen Avery interessiert an, aber es war Caspian, der zuerst das Wort ergriff. „Avery. Ich muss zugeben, dass ich gehofft hatte, dich nie wiederzusehen. Du weißt sicher, dass ich gegen deine Einladung zu dieser Gruppe war."

Avery konnte bereits spüren, wie ihre Wut aufstieg. „Ich hatte auch gehofft, dich nie wiederzusehen, Caspian, vor allem, nachdem du meinen Freund Gil getötet und Sally entführt hast, aber hier sind wir nun und müssen einander ertragen."

Oswald schaltete sich sofort ein, sein warmer, freundlicher Ton verschwand. „Caspian, ich habe dich gewarnt. Das Verhalten deiner Familie in den letzten Tagen hätte fast dazu geführt, dass du deinen Platz im Rat verlierst, also treibe es nicht zu weit. Deine Probezeit ist noch nicht vorbei – du hast nicht so viele Unterstützer, wie du denkst."

„Mein Vater ist auch gestorben, Oswald ..."

„Aber nicht durch Averys Hand. Du weißt, dass es Helenas Schuld war."

Caspian warf Avery einen Blick des puren Hasses zu. „Du hast sie hereingelassen."

So sehr Avery auch keinen ausgewachsenen Streit vom Zaun brechen wollte, sie war nicht bereit, sich für alles die Schuld geben zu lassen. „Ich habe sie nicht unter Kontrolle, Caspian! Sie ist kein Haustier."

Oswald lachte bitter. „Du bist ein Opfer deiner eigenen Verbrechen, Caspian. Hör auf, anderen die Schuld zu geben."

Rasmus unterbrach sie. „Geister sind unberechenbar, das weißt du, Caspian. Ich schlage vor, du lässt es auf sich beruhen."

Seine Stimme war tief und rau, als wäre sie vom Meeresgrund heraufgeholt worden. „Der Rat hat deinem Vater von dieser Vorgehensweise abgeraten, aber er bestand darauf, das zu tun, was er wollte. Er hat es selbst verschuldet."

„In der Tat", bemerkte Claudia und ergriff endlich das Wort. „Ich habe diese Vendetta gegen White Haven wirklich gründlich satt."

Avery unterdrückte den Drang, vor Freude zu jubeln, und wandte sich stattdessen Claudia und Rasmus zu. Sie glaubte, in Claudias Augen ein kurzes Aufblitzen der Freude zu erkennen, das jedoch schnell wieder verschwand. „Es tut mir leid, ich wollte keinen Streit vom Zaun brechen. Es ist mir ein Vergnügen, euch beide kennenzulernen."

Beide schüttelten Avery die Hand und Claudia zog sie zum Getränkeschrank. „Willkommen, Avery, ich schenke dir etwas zu trinken ein. Wein, Whiskey, Brandy, Gin Tonic?"

„Gin Tonic bitte", sagte sie erleichtert, Caspian los zu sein.

„Ich meinte es ernst", fuhr Claudia mit gedämpfter Stimme fort. „Aber andere stimmen Caspian zu. Es könnte ein schwieriger Abend werden."

„Schon okay, ich bin ein großes Mädchen", erwiderte Avery grinsend. „Aber trotzdem danke für deine Unterstützung. Ich bin sehr gespannt auf heute Abend und freue mich darauf, alle kennenzulernen, ob freundlich gesinnt oder nicht."

Claudia reichte ihr das Getränk. „An diesem Treffen nehmen nicht alle teil, sondern nur Familien oder Hexenzirkelvertreter, so wie du deinen eigenen Hexenzirkel vertrittst."

„Ich weiß nicht, ob wir offiziell schon ein Hexenzirkel sind", erwiderte Avery.

„Ob er es offiziell gemacht hat oder nicht, ihr seid einer. Und ein mächtiger noch dazu. Wir alle haben die Welle der Magie gespürt, die ihr unter der Stadt entfesselt habt. Sie hat mich fast umgehauen. Gut, dass ich gesessen habe. Ich habe mir eine Wiederholung von *Strictly Come Dancing* angesehen – danach war ich ziemlich abgelenkt."

Avery lachte. „Entschuldigung."

Claudia winkte ab. „Ich wohne in der Nähe von Perranporth, daher konnte ich die Auswirkungen nicht sehen, aber ich habe gehört, dass ihr den Himmel habt aufleuchten lassen– auf magische Weise, meine ich."

Avery schnappte nach Luft. Perranporth liegt an der Nordküste von Cornwall, daher muss die Explosion gewaltig gewesen sein – obwohl diejenigen mit magischen Kräften zweifellos viel besser darauf eingestimmt wären. „Ich habe es als Aura gesehen. Es *war* ziemlich beeindruckend. Ich muss zugeben, wir hatten keine Ahnung, dass sie so groß sein würde."

„Ihr hattet keine Ahnung, dass eure Magie gebunden war?"

„Nein! Wir wussten auch nicht, dass uns Grimoires fehlten. Wussten es alle außer uns?"

„Nur die Ratsmitglieder wussten es – sonst niemand. Wir bestanden darauf, die Einzelheiten zu erfahren, wenn wir den Antrag der Favershams unterstützen sollten, euch isoliert zu halten. Viele von uns hielten das für extrem, aber die Favershams sind mächtig. Oder besser gesagt *hatten* viel Macht, sie haben jetzt weitaus weniger Einfluss. Aber wir wussten nicht, *wo* eure Macht gebunden war oder wo sich eure Zauberbücher befanden. Das war jahrhundertelang ein Rätsel für alle." Sie lächelte bewundernd. „Gut gemacht, dass du sie gefunden hast. Helenas Macht steht dir gut."

„Danke", erwiderte sie und errötete leicht. „Vor seinem Tod hat Sebastian angedeutet, dass wir Kreaturen nach White Haven locken würden und dass wir alle in Gefahr bringen würden. Was hat er damit gemeint?"

„Das werden wir während des Treffens besprechen", erklärte Claudia mit traurigem Blick.

Bevor sie noch etwas sagen konnte, wurden sie von einer weiteren Welle der Unruhe unterbrochen. Avery drehte sich um und sah, dass noch ein paar Hexen eintrafen, und sie nahm einen großen Schluck Gin Tonic, um sich zu stärken.

Oswald klopfte auf sein Glas und der Klang hallte durch den Raum, durch Magie verstärkt. „Willkommen, allerseits. Bitte nehmt euch einen Drink und lasst uns mit dem Treffen beginnen."

Sie gingen in den Raum nebenan und setzten sich um einen langen, dunklen Holztisch, der mit geheimnisvollen Symbolen verziert war.

Avery saß zwischen Oswald und Claudia. Caspian saß ihr gegenüber und sie sah, wie Genevieve Byrne eintrat und sich an den Kopf des Tisches setzte. Sie sah genauso imposant aus wie am Abend zuvor. Die anderen Hexen waren eine Mischung aus Männern und Frauen, jung und alt, größtenteils weiß, aber es gab auch einen schwarzen männlichen Hexer und eine junge indische Frau. Als sie alle ihre Plätze eingenommen hatten, warfen sie Avery neugierige Blicke zu, einige einladend, andere nicht.

Es wurde still und Genevieve ergriff das Wort. „Seid alle willkommen. Danke, dass ihr heute gekommen seid. Mir ist bewusst, dass dies außerhalb unserer normalen Versammlungszeit liegt, aber die Ereignisse der letzten Tage haben mich dazu veranlasst, schnell zu handeln." Sie blickte sich im Raum um und als ihr Blick auf Avery fiel, lächelte sie kurz. „Ich bin sicher, dass ihr alle neulich Abend die Welle der Macht gespürt habt. Sie wurde durch die Handlungen der Hexen von White Haven verursacht."

Es wurde gemurmelt, und viele der Hexen steckten die Köpfe zusammen und starrten Avery mit neuem Interesse an.

Sie fuhr fort: „Ich bin sicher, dass ihr alle unsere Geschichte kennt. Helena Marchmont und die anderen Hexen von White Haven haben Octavia Faversham und ihren Dämon vor über vier Jahrhunderten mit einem Bannzauber belegt, und dann wurden ihre Grimoires versteckt, um zu verhindern, dass sie in die Hände des Hexenjägers fielen." Ein kollektives Schaudern schien durch den Raum zu gehen. „Diese Zauberbücher wurden nun gefunden und der Bannzauber gebrochen – daher die Welle der Magie, die wir alle gespürt haben. Mit dem Brechen dieses Zaubers haben sich nun viele Dinge geändert. Ich habe die Hexen von White Haven offiziell wieder in den Rat eingeladen, und sie haben zugestimmt. Avery Hamilton, die Nachfahrin von Helena Marchmont, ist unser neues Mitglied, und als solches bin ich sicher, dass ihr sie mit Respekt behandeln werdet."

Genevieve sah jeden einzelnen von ihnen der Reihe nach an, einige länger als andere, und Avery bemerkte, wie sich ein dünner Hexer mit wachen Augen wand und seinen Blick auf den Tisch senkte, ebenso wie eine junge blonde Hexe. Avery vermutete, dass es sich um *Faversham-Anhänger* handelte. Caspian starrte sie finster an und blickte dann trotzig zu Genevieve.

Genevieve fuhr unbeirrt fort. „Die Freisetzung der Magie hat uns alle in Gefahr gebracht. Wie ihr alle wisst, wandern viele Kreaturen auf unserer Erde, einige freundlich, andere nicht, und sie werden auch von magischer Energie angezogen. Unsere Aufgabe ist es, unsere Gemeinschaften vor ihnen zu schützen, und glücklicherweise bleiben sie meist unter sich. Aber jetzt ..." Ihre Worte hingen in der Luft und Avery verspürte ein Schuldgefühl. Sie warf Claudia einen Blick zu und hielt dann ihren Blick fest auf Genevieve gerichtet.

Caspian unterbrach die Stille. „Also, ich frage noch einmal, warum Avery Hamilton und die anderen Hexen in unseren Rat aufgenommen werden sollten. Sie haben schon genug Ärger verursacht."

Avery wollte gerade antworten, als Genevieve ihr zuvorkam. „Weil sie, wenn sie von Anfang an Teil dieses Rates gewesen wären, nicht im Dunkeln darüber gewesen wären, welche Gefahr die Freisetzung dieser Magie darstellt. Sie hätten ihre Geschichte verstanden."

„Ich stimme zu", sagte eine andere Hexe mittleren Alters mit grauen Haaren, die ihr gegenübersaß. „Geheimnisse bringen nichts Gutes, Caspian. Und ehrlich gesagt hat deine Familie schon viel zu lange ihren eigenen Weg eingeschlagen."

Es gab ein paar zustimmende Nicken, aber ansonsten herrschte Stille im Raum. Genevieve runzelte die Stirn und sah Caspian an. „Mehr möchte ich darüber nicht hören, Caspian. Die Hexen von White Haven sind jetzt im Rat und werden es auch bleiben. Sie stellen uns jetzt den dreizehnten Zirkel, und der hat uns über die Jahre gefehlt. Wir alle kennen die Bedeutung dieser Zahl. Alle mächtigen Zaubersprüche, die wir in Zukunft wirken müssen, werden mit dreizehn Zirkeln jetzt eine weitaus größere Erfolgschance haben. Einverstanden?"

Avery spürte, wie eine seltsame Erkenntnis in ihr aufkam, als sie sich am Tisch umschaute und sah, dass alle zustimmend nickten. Sie waren nun Teil eines viel größeren Kollektivs und würden wahrscheinlich in Entscheidungen und Zaubersprüche einbezogen werden, die sie bisher nicht kannten. Das war beängstigend.

Genevieve war noch nicht fertig. „Nun zur wichtigen Frage. Hat jemand in den letzten Tagen etwas Ungewöhnliches bemerkt?"

Eine junge Frau in Averys Alter nickte. Sie hatte langes, dunkles Haar, das ihr in Dreadlocks über den Rücken fiel. Ein leuchtend roter Schal, der mit einem Band um ihren Kopf gewickelt war, hielt es aus ihrem Gesicht. „In St. Ives haben sich in den letzten vierundzwanzig Stunden mehrere Geister manifestiert, die meisten davon harmlos, aber ein paar waren etwas bösartiger. Wir haben es geschafft, die meisten von ihnen schnell zu vertreiben. Bei einem wird es jedoch etwas länger dauern."

Avery fragte sich, wer „*wir*" waren, und nahm an, dass sie es irgendwann in der Zukunft herausfinden würde.

„Wenn ihr Hilfe braucht, sagt Bescheid", bot Genevieve an. „Sonst noch jemand?"

Es gab noch ein paar weitere seltsame Berichte. Die männliche Hexe mit den stechenden Augen berichtete, dass es nachts in Bodmin Heulgeräusche gegeben habe. „Irgendetwas ist dort. Wir haben noch keine Ahnung, was es ist, aber wir beobachten es."

Fast alle am Tisch hatten eine verstärkte Aktivität der Geister bemerkt, und Avery hatte das Gefühl, dass sie von den Aktivitäten in White Haven und der Sichtung der seltsamen Lichter im Meer berichten sollte.

Bei ihren Neuigkeiten ging ein Raunen der Besorgnis durch den Raum, und Genevieve richtete ihren intensiven Blick auf Avery. „Wann?"

„Wahrscheinlich vor ein paar Nächten. Es gibt nur einen Bericht über Lichter im Meer, aber auch beim Schloss gibt es welche."

Claudia beugte sich vor. „Lichter im Meer sind sehr beunruhigend, Avery. Meeresbewohner haben ihre eigene Kraft, die sich sehr von unserer unterscheidet, und die Kraft, die sie auf Menschen ausüben, ist erheblich. Ihr müsst jetzt mit der Suche beginnen."

Avery war verwirrt und etwas verlegen. Sie fühlte sich überfordert. „Aber wonach suchen wir?"

„Unerwartete Verhaltensweisen, wie Menschen, die sich untypisch verhalten, seltsame Obsessionen und unerklärliche Abwesenheiten."

Avery nickte. „Wir hatten ein paar Theorien, waren uns aber nicht sicher, ob wir sie ernst nehmen sollten."

Rasmus ergriff das Wort, seine Stimme unerwartet, da er so lange geschwiegen hatte. „Nicht viele von euch jungen Leuten werden die Verlockung der Meerjungfrau erlebt haben, aber glaubt mir, wenn ich sage, dass sie böse, gefährliche Wesen sind."

„Meerjungfrauen?", fragte Avery. „Ist es das? Wir dachten an sie, aber auch an Selkies."

„Möglich, aber weniger wahrscheinlich", bemerkte er.

„Meerjungfrauen sind sehr mächtige, sehr Furcht einflößende Wesen", erklärte Claudia. „Wir alle müssen uns vor ihnen in Acht nehmen."

„Im Laufe der Jahre gab es in Cornwall einige Begegnungen mit Meerjungfrauen", fuhr Rasmus fort. „Viele werden romantisiert."

„Die Meerjungfrau von Zennor", sagte Avery nickend. „Wir haben alle von ihr gehört."

„Ja, sie betrat das Dorf Zennor, verkleidet als schöne Dame, verzauberte die Männer und umgarnte den jungen Mathew Trewella. Er folgte ihr und wurde nie wieder gesehen. Viele Jahre später ging ein Schiff vor der Pendower Cove vor Anker und eine wunderschöne Meerjungfrau bat den Kapitän, seinen Anker zu lichten, da er ihr den Weg nach Hause versperrte, wo ihr Ehemann Mathew und ihre Kinder auf sie warteten. Der Kapitän lichtete den Anker und machte sich so schnell wie möglich aus dem Staub. Und dann gibt es natürlich Meerjungfrauen, die

Männer mit ihrem Gesang in den Tod locken, ähnlich wie die Sirenen in den griechischen Mythen. Außerdem gab es das Dorf Seaton, das von einer Meerjungfrau verflucht wurde, weil ein Fischer sie beleidigt hatte. Das Meer stieg an und Sand verschlang die ganze Stadt."

Am Tisch war es still geworden, und alle schauten nun Rasmus an, während seine trockene Stimme ihre Aufmerksamkeit auf sich zog.

„Hast du jemals eine kennengelernt, Rasmus?", fragte eine dunkelhaarige Hexe, die Avery gegenübersaß.

„Einmal, als junger Mann, als Teenager. Ich spielte in den Gezeitentümpeln, sammelte Seetang und andere Dinge für die Zaubersprüche meiner Mutter, als ich Gesang hörte und einen silbernen Schwanz aufblitzen sah. Ich blinzelte und blinzelte, und dann erschien eine Frau am Strand, buchstäblich aus dem Nichts, ihre Augen leuchteten grün. Sie winkte mir zu und sang die ganze Zeit mit ihrer hypnotischen Stimme, und ohne einen zweiten Gedanken folgte ich ihr, als sie ins Meer ging. Und dann schrie mein Bruder und schickte ihr einen gut gezielten Fluch, und sie verschwand und ich habe sie nie wieder gesehen." Er schaute auf und seine Sicht kehrte in die Gegenwart zurück. „Aber es hat lange gedauert, bis ich wieder dorthin zurückgekehrt bin."

„Wenn Meerjungfrauen nach White Haven zurückkehren, tauchen sie wahrscheinlich auch an anderen Orten auf", entgegnete Claudia.

„Vielleicht auch nicht", argumentierte Genevieve. „White Haven ist der einzige Ort, über dem Magie liegt."

„Kinder von Llyr", sagte Oswald mit kopfschüttelndem Blick und geisterhaften Augen. „Sie bedeuten immer Ärger."

„Llyr?", fragte die junge blonde Hexe, von der Avery annahm, dass sie sich auf die Seite von Caspian gestellt hatte.

„Der keltische Gott des Meeres. Er steht für die Mächte der Dunkelheit und kämpfte gegen die Kinder des Don, die Mächte des Lichts. Llyrs Sohn ist Manawdyan – oder in der irischen Mythologie *Manannán mac Lir* – Sohn des Meeres. Sie sind dunkle, alte Götter, die man am besten schlafen lässt. Ihre Kinder sind die mythischen Wesen des Meeres – die Meerjungfrauen, Selkies, Wassergeister, Schlangen, der Krake, Leviathan, die Hydra und andere." Oswald wandte sich Avery zu. „Hoffen wir, dass eure Magie nicht die Tiefen des Ozeans aufgewühlt hat, sonst wird es tatsächlich Ärger geben."

Wenn Avery die Bedrohung durch die Magie, die sie zuvor freigesetzt hatten, vorher nicht vollständig verstanden hatte, dann jetzt, und sie spürte, wie sich ihr Hals zuschnürte. Es könnte sein, dass die Geister, die jetzt in der Stadt aufstiegen, nur der Anfang waren.

Nach dem offiziellen Teil des Treffens blieben die meisten Hexen noch da und unterhielten sich müßig miteinander, und Avery hatte die Gelegenheit, ein paar von ihnen kennenzulernen.

Es schien, als wären die Hexen aus den meisten größeren Städten und einigen Dörfern an der Nord- und Südküste von Cornwall gekommen. Avery wusste, dass Claudia aus Perranporth stammte, und sie fand heraus, dass Rasmus aus Newquay kam und aufgrund der Entfernung mit Oswald in *Crag's End* übernachtete. Sie erfuhr, dass er Hexenflüge verachtete; davon wurde ihm übel. Oswald vertrat den Mevagissey-Zirkel, und die junge blonde Hexe vertrat die Looe-Hexen, von denen es nur zwei gab.

Avery lernte die junge Frau aus St. Ives mit den dunklen Dreadlocks kennen, die von den Geistern gesprochen hatte. Ihre Haut war gebräunt und ihr Lächeln strahlend, und sie grinste und streckte ihre Hand aus. „Hallo, mein Name ist Eve. Schön, dich endlich kennenzulernen, Avery, du hast für viel Aufsehen gesorgt."

Avery wusste, dass sie sich auf Anhieb mit ihr verstehen würde. „Sieht so aus. Tut mir leid."

Eve lachte. „Caspian ist ein Mistkerl. Geschieht ihm recht. Und Sebastian war ein nervtötender, überlegener Albtraum." Sie senkte die Stimme. „Es sollte mir leidtun, dass er tot ist, aber das tut es nicht."

Avery beugte sich ebenfalls vor. „Ich fühle mich deswegen schlecht, aber dann erinnere ich mich an alles, was er getan hat, um uns aufzuhalten, und das hilft."

Eve sah sie neugierig an. „Du hattest wirklich keine Ahnung vom Rat?"

„Nein. Ich habe das Gefühl, dass wir seit Jahren isoliert sind."

„Nun, die Verbindungen sind natürlich nützlich und das breitere Wissen darüber, was in Cornwall passiert, aber um ehrlich zu sein, ist die Politik ein bisschen langweilig."

„Wie viele von euch sind in St. Ives?"

„Zwei von uns. Ich und Nate." Sie kramte in ihrer Tasche nach Papier und schrieb ihre Nummer auf. „Hier, meine Telefonnummer, falls du etwas brauchst."

„Danke, Eve. Was wirst du gegen deine widerspenstigen Geister unternehmen?"

„Die üblichen Verbannungssprüche, aber es gibt viel Aktivität – es wird schwierig. Aber jetzt mache ich mir mehr Sorgen um die Meerjungfrauen."

„Ja, ich auch. Ich fühle mich ein bisschen schuldig."

Eve zuckte mit den Schultern. „Es ist deine Magie, du hattest ein Anrecht darauf. Lass dich nicht von Caspian unterkriegen. Oder von Zane oder Mariah."

Avery sah sie verständnislos an. „Von wem?"

Sie nickte diskret in Richtung des Raumes, wo Caspian stand und mit dem Mann aus Bodmin mit den wachsamen Augen und der blonden Hexe sprach. „Die beiden, die mit Caspian reden. Ihre Familien hatten enge Verbindungen zu den Favershams, aber ohne die Unterstützung der anderen stellen sie keine Bedrohung für dich dar. Außerdem werden sie dich nicht angreifen, nicht so wie die Favershams. Sie wollen sich nur bei ihnen einschleimen." Sie beobachtete sie noch ein paar Sekunden lang, und Avery fragte sich, worüber sie wohl sprachen, aber dann streckte Eve ihr Glas aus, um mit ihr anzustoßen. „Prost, Avery, willkommen im Rat. Bereite dich darauf vor, dass du gebraucht wirst. Jetzt, da du eine von uns bist, wirst du in viele Dinge involviert sein."

Drei

Avery hatte so lange auf die Worte gestarrt, dass sie zu verschwimmen begannen. Sie rieb sich die Augen und blickte sich um, um ihre Konzentration wiederzuerlangen.

Sie befand sich auf dem Dachboden ihrer Wohnung, und die Dämmerung ließ lange Schatten durch den Raum wandern. Die Fenster unter der Dachrinne waren geöffnet, und der Duft von Staub, Rosen und Pollen wehte herein und vermischte sich mit Weihrauch. Sie seufzte, lockerte ihre Schultern und blickte dann wieder auf die Seite des Buches, fest entschlossen, sich von den letzten Worten nicht entmutigen zu lassen.

Der Zauberspruch war, wie viele andere in ihrem neu gefundenen alten Zauberbuch, das sie nun *Helenas Zauberbuch* nannte, in winziger, krakeliger Schrift geschrieben. Die Tinte war stellenweise verblasst, aber noch gerade so lesbar. Avery zog ihr eigenes, vertrautes Zauberbuch zu sich heran, nahm ihren Stift und setzte die Abschrift fort. Obwohl andere Hexen im Laufe der Jahre Notizen zu den Zaubersprüchen hinzugefügt hatten, zögerte sie, in Helenas Zauberbuch zu schreiben, aus Angst, es zu beschädigen. Es war weitaus besser erhalten, als zu erwarten gewesen wäre, da es durch einen Zauber vor Feuchtigkeit und den Auswirkungen der Zeit geschützt worden war; sie konnte jedes Mal, wenn sie das Buch berührte, das Kribbeln der Magie spüren. Um es vor weiterer Abnutzung zu schützen, hatte sie einen weiteren Zauberspruch angewendet, der die Seiten und den Einband des Buches schützte.

In den letzten Tagen hatte Avery viel Zeit damit verbracht, Helenas Zauberbuch zu untersuchen, und konnte immer noch nicht fassen, dass sie nun im Besitz dieses wertvollen Gegenstands war. Der abgenutzte Ledereinband fühlte sich warm an, und ein leichter Geruch von Moschus und Vanille stieg von den Seiten auf. Der erste Zauberspruch, den sie unbedingt lesen und erlernen wollte, war der, der das Fliegen ermöglichte. Sie war sich nicht sicher, ob das das richtige Wort dafür war, aber sie war sich sicher, dass Caspian ihn benutzte, um sich in Schatten und Luft zu hüllen und von einem Ort zum anderen zu gelangen. Der Zauberspruch hieß „Flug der Geister", hatte aber nichts mit Geisterbeschwörung zu tun. Sorgfältig schrieb sie die letzten Zeilen ab und kopierte die Notizen am Rand, dann legte sie den Stift beiseite. Im Gegensatz zu vielen anderen Zaubersprüchen gab es in diesem keine Zutaten, sondern nur wiederholte Beschwörungsformeln, von denen sie nur vermuten konnte, dass sie mit der Vertrautheit leichter wurden, da Caspian unglaublich schnell verschwinden konnte.

Sie las die Anweisungen noch einmal durch und sprach dann die Worte.

Zuerst passierte nichts, dann begann sich die Luft um sie herum zu bewegen, zunächst sanft, dann immer schneller, bis sie das Gefühl hatte, im Zentrum eines Tornados zu stehen. Angst ergriff sie, aber sie kämpfte sich durch, gestärkt durch alles, was sie in den letzten Tagen erlebt hatte.

Ich bin eine Hexe, eine mächtige Hexe, und ich schaffe das.

Sie wiederholte den Zauberspruch immer und immer wieder, ihre Stimme wurde kräftiger, und sie variierte die Modulationen in ihrem Ton und ihren Worten, als ihr plötzlich die Bedeutung einer der gekritzelten Notizen am Rand klar wurde.

Und dann geschah es. Der Wind peitschte durch sie hindurch und sie spürte, wie ihr Körper auseinandergezogen wurde, und dann stand sie in ihrem Wohnzimmer und alles wurde schwarz.

Avery regte sich und spürte den Teppich unter ihrer Wange und ihre Hüfte, die sich in den Boden drückte. *Autsch.* Ihr Kopf fühlte sich an, als wäre er in einem Schraubstock stecken geblieben.

Sie spürte, dass ein weiches, warmes Fellbündel gegen ihren Arm drückte, und als sie sich bewegte, regte sich die Katze und miaute leise. Es war Circe. Sie klang ganz anders als Medea. Avery tätschelte sie und war erleichtert, dass sie nicht völlig allein dalag, dann setzte sie sich langsam auf. Übelkeit überkam sie. *Wie lange war sie ohnmächtig gewesen?*

Es war jetzt dunkler, am Himmel war nur noch ein winziger Lichtschimmer zu sehen, aber sie konnte die Uhr an der Wand sehen, die schwach leuchtete. Es war nach neun, was bedeutete, dass sie etwas mehr als eine Stunde bewusstlos gewesen war. Wow. Aber sie grinste; sie war von einem Raum in einen anderen gelangt – ein Teilerfolg, zumindest.

Sie rappelte sich mühsam auf, ging in die Küche und trank ein großes Glas Wasser in einem Zug aus. Das war ein mächtiger Zauber. Sie hatte sich noch nicht einmal so ausgelaugt gefühlt, nachdem sie den Bindungszauber gebrochen hatten. Jetzt wollte sie nur noch schlafen, aber sie hatte sich mit den anderen in Alex'

Pub, *The Wayward Son*, verabredet und hatte viel zu erzählen. Außerdem wollte sie Alex wiedersehen.

Sie trank noch ein Glas Wasser und beschloss, dass jetzt nicht der richtige Zeitpunkt war, den Zauberspruch noch einmal zu versuchen. Sie sollte lieber zu Fuß gehen.

Die anderen vier Hexen und Newton waren bereits in Alex' Wohnung über dem Pub, als Avery ankam, und sie sahen sie alarmiert an, als sie eintrat.

El, groß und blond, mit endlos langen Beinen, trug ihre üblichen schwarzen Jeans und ein Rock-T-Shirt. Sie besaß ein Juweliergeschäft namens *The Silver Bough*, und silberne Piercings, die sie selbst entworfen hatte, funkelten im Lampenlicht. Sie lehnte sich mit einer Bierflasche in der Hand an die Küchentheke und runzelte die Stirn. „Avery! Geht es dir gut? Du siehst schrecklich aus."

„Sehe ich echt so schlimm aus? Inwiefern?", fragte sie und fuhr sich mit der Hand durchs Haar.

„Du bist kreidebleich."

Alex stand in der Küche und legte Käse und Kekse auf Platten, ging aber mit besorgter Miene um die Theke herum. „Was ist passiert? Sind es die Favershams?"

„Nein, mir geht es gut. Ehrlich, entspannt euch alle. Ich wurde nicht angegriffen." Sie hielt ihre Hand hoch, während Reuben, Briar und Newton sich von ihren Plätzen auf dem Sofa oder den Bodenkissen umdrehten. „Ich habe einen Zauber ausprobiert, und es war wirklich schwer."

„Was für einen Zauber?", fragte El und kam näher, um sie zu begutachten.

„Den Flugzauber, ihr wisst schon – wirbelnder Wind und mysteriöses Verschwinden und Wiederauftauchen."

„Verdammt, Avery, du solltest das nicht allein versuchen", erklärte Alex schroff. Er zog sie in seine Arme.

„Warum nicht?", fragte sie und genoss seine unerwartete Zurschaustellung seiner Gefühle vor den anderen, fühlte sich aber immer noch unsicher dabei. „Wir probieren alle verschiedene Zaubersprüche für uns allein aus. Wie sollen wir sonst lernen?"

„Das stimmt schon", erwiderte Briar. Ihr gehörte die *Charming Balms Apothecary*, in der sie Lotionen, Seifen, Kerzen, Badezusätze, Cremes und Salben verkaufte. Sie war dunkelhaarig, zierlich und sehr gut in Heilkunst und Erdmagie. „Ich braue seit zwei Tagen verschiedene Tränke. Wir können uns nicht die ganze Zeit gegenseitig beschützen."

„Und du, Alex", gab Avery mit Nachdruck zu bedenken, folgte ihm in die Küche und nahm sich ein Bier, „versuchst immer, Geister zu sehen."

„Das stimmt natürlich auch wieder", gab er zu. „Aber ich bin danach nicht so weiß wie ein Laken."

„Ich gebe zu, ich bin eine Stunde lang ohnmächtig gewesen", gab sie verlegen zu, „aber ich habe es von einem Raum in den anderen geschafft."

„Wow!", sagte Newton und sah schockiert aus. „Das ist beeindruckend!"

„Ich weiß!", erwiderte sie grinsend. „Beim nächsten Mal wird es besser. Ich werde wach sein und es mehr genießen können."

„Ziemlich cool", bestätigte Reuben und nickte zustimmend. Reuben, ebenfalls groß, blond und ein begeisterter Surfer, versuchte, die Magie des Wasserelements zu meistern. „Du musst uns alle unterrichten, wenn du es gemeistert hast.“

Avery gesellte sich zu ihnen in den Wohnbereich, Alex und El folgten mit Snacks. „Das werde ich, und ihr müsst auch einige eurer neuen Fähigkeiten teilen.“

„Was ist bei dem Treffen passiert, Avery?“, fragte Briar und beugte sich vor, um sich einen Cracker mit Käse zu nehmen.

„Es war interessant. Ich hatte keine Ahnung, dass es in Cornwall so viele andere Hexen gibt. Ich habe das Gefühl, dass wir lange Zeit etwas verpasst haben – aber jetzt nicht mehr!“ Sie berichtete von den Ereignissen der vergangenen Nacht. „Ich würde euch alle gerne mit ihnen bekannt machen. Ich bin sicher, dass es nur eine Frage der Zeit ist.“

Newton runzelte die Stirn. „Aber du sagst, dass sie alle ungewöhnliche übernatürliche Aktivitäten beobachtet haben?“

Sie nickte. „Das ist eine sehr gute Beschreibung. Ja, das haben sie. Überall gibt es derzeit Geisteraktivität, und das ist wahrscheinlich erst der Anfang. Und sie haben uns vor Meerjungfrauen gewarnt. Sie sind tödlich. Wir müssen auf der Hut sein.“

„Meerjungfrauen? Ist das ein Witz? Habe ich etwas verpasst?“, fragte Reuben, der einen halben Cracker im Mund hatte.

„Entschuldige, Reuben, ich war mir nicht sicher, ob Alex es dir erzählt hat. Ich hatte neulich Besuch im Laden.“ Sie erzählte ihnen von Caleb und den Lichtern.

„Toll. Dann gibt es beim Surfen noch ein paar weitere Risiken“, stöhnte Reuben. „Ich dachte, Meerjungfrauen wären sexy?“

„Nein. Nicht sexy, nur tödlich“, entgegnete sie und verdrehte die Augen.

„Sollten wir die Leute nicht warnen?“, sagte Briar.

„Ja, klar", erwiderte Reuben und nickte. „Ich sage der Küstenwache Bescheid und wir stellen an allen Stränden ein Schild auf. *Vorsicht, Meerjungfrauenangriffe, halten Sie sich an die orangefarbenen Bojen.*"

„Ach, hör auf", erwiderte Briar. „So meinte ich das nicht ganz."

„Im Ernst", meinte Reuben und schaute sie ungläubig an. „Was können wir tun?"

„Ich weiß es nicht", antwortete sie, „aber die Einheimischen erwarten von uns Hilfe. Ich wurde bereits mehrmals indirekt gefragt, ob ich noch andere Dienstleistungen anbiete. Ich war mir nicht sicher, was ich sagen sollte, um ehrlich zu sein. Ich murmelte nur etwas und wünschte einen schönen Tag. Was sollen wir tun?"

„Nun", sagte El, „die wenigen Glücksbringer und Amulette, die ich verkaufe, sind ausverkauft. Ein paar Mädchen, die in einem alten Häuschen wohnen, sagten, dass sie immer wieder das Gefühl haben, dass es in der Gegend sehr zugig ist. Sie sind überzeugt, dass sie von Geistern heimgesucht werden, und ich denke, sie haben recht. Ich stelle viele neue Glücksbringer und Amulette her, denn wie wir alle wissen, ist das erst der Anfang. Leider hatte Sebastian recht. Wir haben etwas in Gang gesetzt und müssen die Stadt schützen."

„Okay, ich muss das fragen", bemerkte Newton stirnrunzelnd. „Wissen einige Leute hier in der Stadt, dass ihr Hexen seid? Warum ist dieser alte Mann zu dir gekommen, Avery? Warum hat er Briar und El um Hilfe gebeten?"

Alex schüttelte den Kopf. „Niemand weiß etwas. Einige der Einheimischen kennen Averys Familiengeschichte und Averys, Els und Briars Läden handeln mit Kräutern, Amuletten, Tarot und Okkultem."

Avery fügte hinzu: „Dan und Sally haben mir erzählt, dass einige Einheimische vermuten, dass unsere Magie – meine Magie – vielleicht ein bisschen authentischer ist als andere, aber das beunruhigt noch niemanden."

„Wir kennen alle einige der anderen Ladenbesitzer, die mit dem Übernatürlichen handeln, und da ist die falsche Tarot-Leserin im *Angels as Protectors*-Laden – sie hatten alle möglichen Anfragen", fuhr Alex fort. „So ist diese Stadt eben, Newton. Magie oder der Anschein von Magie ist unser Lebenselixier. Verdammt, wir haben sogar Stan vom Stadtrat, der sich für die heidnischen Feste als Druide verkleidet! Nicht viele andere Städte feiern diese Feste offen. Diese Gerüchte sind es, die White Haven so beliebt machen." Er sah leicht reumütig aus. „Es kann schon mal vorkommen, dass die Dinge für eine Weile etwas realer werden."

„Du hast recht", gab El zu. „Ich habe immer wieder seltsame Fragen über den Umfang meiner Tätigkeit erhalten, weil manche Menschen wirklich glauben wollen. Ich habe mich immer vage gehalten, weil die Leute Intrigen lieben. Zoe, meine Verkäuferin, ist jedoch immer ehrlich, was ihre Wicca-Aktivitäten angeht."

„Nun", sagte Alex, „ich habe mit Hellsehen experimentiert. Bisher hatte ich nur begrenzten Erfolg, aber ich werde es weiter versuchen."

Newton runzelte die Stirn. „Hellsehen?"

„Die Kunst der Weissagung mit Wasser, Glas oder Spiegeln. Eine nützliche Fähigkeit, die ich beherrschen möchte. Und sie ermöglicht es einem, einen Blick in das Leben eines anderen zu werfen."

„Das klingt für mich ein bisschen nach Stalking. Sei vorsichtig", warnte Newton.

„Ich bin kein Spanner“, sagte Alex verärgert. „Ich dachte eher daran, die Favershams im Auge zu behalten.“

„Klingt immer noch verdächtig.“

El warf ein: „Viel Glück, Alex. Ich weiß, dass es schwierig ist, diese Fähigkeit zu erlernen.“

Reuben bemerkte: „Ich wollte noch fragen, wie geht es den Tattoos? Heilen sie gut?“

„Ich habe vergessen, dass ich sie habe“, gab Avery zu. „Sie heilen gut.“

„Gut. Ich sage Nils Bescheid. Er hatte Angst, dass du für immer die Lust am Tätowieren verlierst.“

„Ich muss zugeben, dass mir meine ganz gut gefallen“, sagte Briar grinsend. „Ich überlege mir sogar, mir tatsächlich noch eine Tätowierung zuzulegen.“

Avery fiel plötzlich noch etwas anderes aus dem Meeting ein. „Noch etwas. Wir bilden auch den dreizehnten Zirkel von Cornwall. Das bedeutet, dass sie uns für große Zauber-sprüche heranziehen werden.“ Sie zuckte mit den Schultern und grinste. „Ich finde das ziemlich aufregend.“

„Scheiß auf sie“, bemerkte Reuben und blieb eindeutig bei seinem ursprünglichen Argument. „Denen war es vorher auch egal, oder? Wir müssen uns zuerst um uns selbst küm-mern.“

„Ich bin froh, dass du das gesagt hast“, sagte El, „denn wir haben einen Job.“

„Haben wir das?“, hakte Newton nach und sah sie über sein Bier hinweg an.

„Vielleicht nicht du, aber zumindest ein paar von uns. Die Lichter im Schloss werden immer mehr. Eine meiner Stammkundinnen hat mir heute erzählt, dass sie gestern Abend wieder Lichter gesehen hat, und im Grunde gesagt, wenn du noch mehr Mojo hast, kümmere dich um das Schloss, denn die Stadt wird eher früher als später in Panik ausbrechen."

„Hast du sie gesehen?", fragte Briar sie.

„Nein, sonst jemand?"

Sie schüttelten alle den Kopf.

Avery runzelte die Stirn. „Ich schätze, wir waren zu sehr mit uns selbst beschäftigt. Was hast du gesagt, El?"

„Ich habe nur geheimnisvoll gelächelt und ihr gesagt, dass ich sehen würde, was ich tun kann."

„Interessant. Und was wirst du tun?"

„Euch dazu bewegen, mir bei einem Bannzauber zu helfen, natürlich", erwiderte El. „Wir konnten einige der milderen Geisteraktivitäten einfach geschehen lassen, aber ich glaube nicht, dass wir das Ganze noch weiter ignorieren können."

„Geisterbannung scheint mein Spezialgebiet zu sein, also bin ich natürlich gerne dabei", erklärte Alex und streckte die Hand aus, um sich noch einen Snack zu nehmen.

„Ich auch", stimmte Avery zu. „Ich versuche gerade, mein Wissen in allen möglichen Bereichen zu erweitern."

„Klingt nach einer großartigen Idee", pflichtete auch Reuben bei. „Wenn es in White Haven mehr Geisteraktivität gibt, müssen wir alle in der Lage sein, damit umzugehen. Ich bin dabei."

„Und ich auch", meldete sich Briar zu Wort.

„Ich komme auch mit", stimmte Newton zu. „Ich möchte genau wissen, womit wir es zu tun haben, und ich nehme die Schrotflinte mit den Salzpatronen mit, nur für den Fall."

„Ausgezeichnet. Dann können wir jetzt genauso gut gleich loslegen", entschied El grinsend.

Vier

Avery fuhr mit ihrem Wagen auf den Parkplatz der Burgruine und runzelte die Stirn. „Hier steht noch ein anderes Auto."

Alex runzelte die Stirn. „Wer zum Teufel ist hier um diese Uhrzeit?"

„Wahrscheinlich irgendwelche Kids", rief Newton von hinten, wo die anderen saßen. „Kids lieben es, sich mit Geistergeschichten gegenseitig Angst einzujagen."

„Kids, die Auto fahren?", sagte Alex sarkastisch.

„Na dann eben Teenager, Herr Pedant", entgegnete Newton genervt.

„Wie sollen wir Geister vertreiben, wenn Kids hier rumhängen?", fragte Briar.

„Wir müssen sie einfach mit einem Zauber, der die Sinne betört, belegen", erklärte Alex, als alle aus dem Fahrzeug stiegen und über den Parkplatz und den Weg zum Schloss hinaufgingen.

White Haven Castle thronte über ihnen auf der Hügelkuppe, strategisch günstig gelegen, um das Meer und die umliegende Landschaft zu überblicken. Heute war es größtenteils eine Ruine, aber große Teile der Außenmauern standen noch, und die lokale Denkmalschutzgruppe hatte einige Innenmauern rekonstruiert und so Räume geschaffen, obwohl das Dach längst verschwunden war. In den vergangenen Jahren waren einige Bäume gewachsen, sowohl auf dem Gelände als auch in der Umgebung. Der Parkplatz war in einiger Entfernung angelegt worden, um die Erhabenheit der Ruine nicht zu schmälern.

An regelmäßigen Stellen entlang der Mauer waren Lichter angebracht, die zu verschiedenen besonderen Zeiten des Jahres beleuchtet wurden, aber heute Abend waren sie ausgeschaltet. Am Fuße der Burgmauern war jedoch das Licht von Taschenlampen zu sehen, das hin und her huschte und dann verschwand.

„So ein Mist", meinte Reuben, der mit El vorausging, „das macht die Sache noch komplizierter."

„Brauchst du dein Zauberbuch wirklich nicht?", fragte Avery Alex.

„Nein. Ich lerne diese Zaubersprüche schon seit Tagen und habe sie mir inzwischen alle eingeprägt", erklärte Alex.

Newton ging neben ihnen her. „Was meinst du mit ‚Zaubersprüche'? Braucht man mehr als einen, um diese eine Sache zu erledigen?"

„Es gibt viele verschiedene Arten von Zaubersprüchen, um Geister zu vertreiben", gab Alex zu bedenken. „Tatsächlich gibt es viele verschiedene Zaubersprüche für alle möglichen Dinge. Manche funktionieren besser als andere, je nach Situation, der Hexe, die die Zaubersprüche aufsagt, Tonfall, Intonation – und so weiter. Genauso wie man viele Möglichkeiten braucht, um Kriminelle zu fangen, haben wir auch viele Möglichkeiten, Dinge zu tun."

„Das macht Sinn", erwiderte Newton. „Was ist mit Zaubersprüchen, um die Sinne der Menschen zu betören?"

Briar ergriff das Wort: „Das hängt davon ab, wie anfällig sie sind. Es hilft auch, wenn die Person bereits von einem angezogen wird. Männer betören Frauen und umgekehrt viel leichter. Na ja, im Allgemeinen jedenfalls.“

„Ich hoffe, du hast mich nicht betört“, erklärte Newton und Avery lächelte, da sie heraushören konnte, dass es sich um einen Flirtversuch handelte.

„Newton! Das würde ich nie tun“, erwiderte Briar und stockte dann, als ihr die Bedeutung seiner Worte klar wurde.

Alex grinste Avery an und dann Newton. „Ein Punkt für dich, Newton.“

Wenn es nicht so dunkel gewesen wäre, hätte Avery schwören können, dass Briar rot wurde.

„Ihr seid beide ausgesprochen witzig“, bemerkte Briar und versuchte, die Sache herunterzuspielen.

Newton lachte nur und wechselte dann das Thema, als die Burgmauern über ihnen auftauchten. „Nun, ich weiß, dass ich das nicht sagen muss, aber wir dürfen ihnen nicht wehtun – egal, um wen es sich handelt.“

„Wir werden eine Lösung finden“, versuchte Avery ihn zu beschwichtigen.

Reuben und El warteten unter dem halb eingestürzten Torbogen auf sie, der einst der Eingang zur Burg mit Tor gewesen war.

„Sie scheinen zu dritt zu sein“, erklärte El und zeigte auf die andere Seite des Hofes. „Es sind zwei Männerstimmen und eine Frauenstimme und wir können ihre Taschenlampen sehen.“

„Irgendein Anzeichen für Geisteraktivität?“, fragte Alex und blickte auf und um sich herum.

„Noch nicht“, erwiderte Reuben.

Plötzlich, wie auf ein Stichwort, durchdrang ein Schrei die Nacht.

„Mist“, rief Newton und rannte los, die anderen folgten ihm.

Während Avery rannte, rief sie instinktiv ihre Kraft herbei und begann, Energie in ihren Händen zu bündeln. Fackelschein blitzte wild hinter einer der Wände auf und Schreie erfüllten die Luft.

„Alles in Ordnung, Cassie!", schrie eine männliche Stimme.

„Nein, ist es nicht!", schrie Cassie zurück. „Ich habe den Atem von etwas auf mir gespürt, und das wart weder du noch Ben!"

Sie kamen langsam zum Stehen, als sie sich der eingestürzten Mauer näherten. Avery spähte um die Mauer herum und sah drei Gestalten in der Mitte eines großen Raumes – obwohl es kaum noch einer war. Vier teilweise aufrecht stehende Wände umschlossen einen rechteckigen Raum. Der Boden bestand aus Stein und Gras, und überall lagen zerbrochene Steine verstreut.

Die drei Gestalten trugen eine Auswahl an Ausrüstung bei sich und hatten ein paar Lampen aufgestellt, die düstere Schatten in den Raum warfen. Der erste Eindruck verriet Avery, dass das Trio älter war, als sie zunächst angenommen hatten; Avery schätzte, dass sie nur ein paar Jahre jünger waren als sie selbst.

Newton trat hinter der Mauer hervor, dicht gefolgt von den Hexen. „Ich habe einen Schrei gehört. Geht es dir gut?"

Das Mädchen, das Cassie sein musste, schrie erneut, und einer der Jungen rief: „Verdammt! Wo zum Teufel kommt ihr denn her?"

„Entschuldigung, ich wollte euch nicht erschrecken. Mein Name ist Newton, ich bin Polizist." Er deutete auf die anderen und sagte: „Das sind Freunde von mir. Was macht ihr hier?"

Der Mann in der Mitte hielt eine Kamera in der Hand, und das große weiße Licht neben ihm warf harte Schatten auf sein Gesicht und beleuchtete seine dunkle Haut. „Nichts!", erwiderte er streitlustig.

Newtons Stimme wurde hart. „Ich denke, wir alle wissen, dass das Blödsinn ist. Was macht ihr mit all dieser Ausrüstung?"

Der zweite Mann antwortete. Er war durchschnittlich groß und stämmig gebaut und sagte stolz: „Wir sind Paranormal Investigators – das ist kein Verbrechen. Wir richten keinen Schaden an!"

Reuben schnaubte. "Paranormal Investigators! Ist das ein Schulprojekt oder so?"

„Sehen wir aus, als gingen wir noch zur Schule? Nein! Wir interessieren uns für das Paranormale und dachten, wir könnten die Lichter untersuchen, die in letzter Zeit hier oben aufgetaucht sind. Das ist kein Verbrechen", wiederholte er wütend.

Newton hob die Hand, um ihn zu beruhigen, was leider die Aufmerksamkeit auf die Schrotflinte lenkte, die er in der linken Hand hielt. „Schon gut, ihr bekommt keinen Ärger."

„Oh mein Gott!", rief Cassie aus. „Ist das eine Schrotflinte?" Sie wich zurück.

Avery stellte sich neben Newton und hoffte, dass eine Frau die Lage beruhigen könnte. „Es ist okay, niemand wird euch etwas tun. Wir sind auch hierhergekommen, um die Lichter zu untersuchen. Die Schrotflinte ist nur zu unserem Schutz. Die Patronen sind mit Salz gefüllt."

Der erste Typ, der größere, sagte: „Oh, ich verstehe! Sehr *übernatürlich*. Cool. Hätte ich mir das nur auch einfallen lassen!"

„Nun, wenn du keinen Waffenschein hast, schlage ich vor, dass du das besser vergisst", entgegnete Newton ungeduldig.

„Immer mit der Ruhe. Ich habe nicht gesagt, dass ich eine habe, oder?" Er schnaufte dramatisch.

Avery versuchte, sich das Lachen zu verkneifen. Das versprach, ein sehr interessanter Abend zu werden. Sie schlenderte hinüber, um sich ihre Ausrüstung anzusehen, und stellte sich vor. „Das sieht ziemlich beeindruckend aus.“

„Das sollte es auch. Es hat eine Menge gekostet“, erwiderte der kleinere, stämmige. Er streckte die Hand aus. „Ich bin Ben.“

„Und ich bin Dylan“, stellte der größere Junge sich vor.

„Und du musst Cassie sein“, sagte Avery lächelnd. Cassie war klein, hatte braunes Haar, das zu einem Pferdeschwanz zusammengebunden war, und sah nervös aus. „Wir haben dich schreien gehört. Was ist passiert?“

Cassie warf einen nervösen Blick über ihre Schulter. „Ich habe gespürt, wie mich etwas angehaucht hat, dort drüben. Es war schrecklich.“

„Das ist großartig“, entgegnete Ben. „Deswegen sind wir hierhergekommen.“

„Aber ich habe nicht *wirklich* damit gerechnet!“, antwortete sie genervt.

„Das ist nicht unser erster Spuk“, erklärte er stirnrunzelnd.

„Es ist das erste Mal, dass etwas mich angehaucht hat“, betonte sie.

Avery hatte Mitleid mit ihr. Vor ihrer Ankunft hatte sich die ganze Geschichte wahrscheinlich wie ein Witz angehört, aber hier oben war es sehr gruselig. Heute Nacht war der Mond kaum zu sehen und eine kalte Meeresbrise wehte durch die Ritzen und Spalten der bröckelnden Mauern.

„Habt ihr Lichter gesehen?“, fragte Alex und blickte sich an den Burgmauern um.

„Nein, nichts“, sagte Ben.

„Aber“, fügte Dylan hinzu, „die Lichter wurden schon zu späteren Zeiten gemeldet.“

„Woher weißt du das?“, fragte Alex neugierig.

„Mein Kumpel wohnt auf dem Hügel und hat von seinem Haus aus freie Sicht bis hierher."

„Nun, ich schlage vor, dass ihr jetzt nach Hause geht", erklärte Newton in einem sehr nach Polizeibeamten klingenden Tonfall.

„Warum? Wir machen doch nichts Unrechtes", wiederholte Ben aufgebracht. „Was wollt *ihr* denn hier?"

Die Hexen und Newton starrten sich alle unbeholfen an und überlegten, was sie sagen sollten.

„Mm, das habe ich mir gedacht", bemerkte Ben. „Etwas Zwielichtiges."

„Überhaupt nicht zwielichtig", erwiderte Alex. „Warum helfen wir uns nicht gegenseitig? Wir interessieren uns auch für Geister. Warum zeigt ihr uns nicht, wie eure Ausrüstung funktioniert?"

„Wo sind eure Sachen?", fragte Dylan misstrauisch.

„Wir haben etwas andere Methoden als ihr", erklärte Alex mit einem schmalen Lächeln.

Während die anderen sich für eine kurze Sekunde zusammendrängten und sich berieten, drehte sich Alex um und machte leise einen Vorschlag. „Während ich und Newton ihre Ausrüstung überprüfen und sehen, ob sie helfen können, warum seht ihr euch nicht inzwischen hier um?"

„Klingt gut", sagte El. „Komm schon, Reuben."

Sie drehten sich um und gingen zur anderen Seite des Schlosses, während Briar und Avery begannen, den Raum zu erkunden, in dem sie sich befanden.

„Kannst du irgendetwas spüren, Briar?", fragte Avery und ging zu der Stelle, wo Cassie laut eigener Aussage einen Atemhauch gespürt hatte.

„Noch nicht. Vielleicht eine Zunahme der Energie in der Atmosphäre? Nichts Konkretes. Was ist mit dir?"

Avery schüttelte den Kopf. Nichts. Es ist aber gruselig. Weißt du, wann dieses Schloss gebaut wurde?"

„Im elften Jahrhundert, während der Herrschaft von Wilhelm dem Eroberer. Nachdem er gekrönt worden war, veranlasste er den Bau vieler Burgen. Ich komme oft hierher. Es ist einer meiner Lieblingsorte in White Haven. Ich liebe das Gefühl, wenn die Atmosphäre vergangener Zeiten den Ort umgibt."

Avery lächelte. „Das wusste ich nicht! Aber wow, dann ist das hier ja uralt. Das sind viele Jahre und viele Geister."

„Normalerweise finde ich es hier aber so friedlich", sinnierte Briar, während sie durch die Ruinen des Raums wanderte und über die Wände strich.

„Also keine Vorzeichen auf Geister?"

„Nein, trotz der Gerüchte über eine weiße Dame, die durch die Wände wandelt. Aber gibt es das nicht immer an diesen alten Orten?", lachte sie.

„Ich fange an zu glauben, dass die Leute sich einfach nur Dinge einbilden", erwiderte Avery, halb enttäuscht, dass es hier keinerlei Anzeichen für Geisteraktivität zu geben schien.

„Aber wenn Geister auftauchen, was machen wir dann mit *denen*?", fragte Briar. Sie blickte zu den drei jungen Leuten, die bei Newton und Alex standen und ihnen ihre Ausrüstung zeigten. Das Rauschen von statischer Elektrizität hallte durch den Raum, als sie ein kleines Handgerät vorführten.

„Sie könnten sich als nützlich erweisen", gab Avery zu bedenken. „Vielleicht sollten wir darüber nachdenken, mit ihnen zusammenzuarbeiten. Sie sind in dieser Hinsicht eindeutig aufgeschlossen."

„Meinst du, auch in Bezug auf Hexerei?", fragte Briar mit hochgezogenen Augenbrauen. „Ich bin mir nicht sicher, ob wir unsere Identität Menschen anvertrauen sollten, die wir nicht kennen. Wir könnten auf YouTube landen.“

„Ich denke, wir wissen beide, dass wir damit umgehen können“, erwiderte Avery.

„Du weißt, was ich meine. Ich bleibe lieber anonym“, erklärte sie und ging durch eine Lücke in der Wand, um andere Teile des Schlosses zu erkunden.

Doch dann störte das unverkennbare Geräusch eines Energiestoßes die nächtliche Stille.

Avery drehte sich um und rannte los, Briar dicht auf ihren Fersen, in Richtung der Seite des Schlosses, die El und Reuben gerade erkundeten.

Während sie über das Gelände sprinteten, rannten Newton und Alex an ihnen vorbei, und die drei Geisterjäger folgten ihnen nach kurzem Zögern.

Als sie um eine Ecke bogen, sahen sie El und Reuben, die sich so weit wie möglich von einem unheimlichen Licht in der Mitte eines großen Raumes entfernt an die Wand gedrückt hatten, und alle kamen ins Straucheln, wobei Avery gegen Alex’ Rücken prallte. Cassie schrie erneut.

„Oh mein Gott! Das ist ein echter, lebendiger Geist!“, rief Dylan aus.

„Ich glaube nicht, dass daran irgendetwas *lebendig* ist“, bemerkte Alex trocken. Er rief El und Reuben zu: „Seid ihr okay? Hat es euch angegriffen?“

„Nein, uns geht es gut“, erklärte Reuben. „Es ist nur unerwartet aufgetaucht und hat uns einen Schrecken eingejagt.“

El schaute verlegen. „Es ist direkt vor mir aufgetaucht und ich bin in Panik geraten. Aber sonst nichts. Es schwebt einfach nur da.“

Der Geist schien nur ein formloser Klumpen zu sein, mit Ranken, die sich wie greifende Finger um ihn herum ausbreiteten.

Briar wandte sich an Ben, Cassie und Dylan. „Ich denke, ihr drei müsst hier verschwinden."

„Auf keinen Fall!", erwiderte Ben und wedelte mit dem Monitor in seiner Hand herum. Er gab ein nerviges, statisches Geräusch von sich, das sehr ablenkend war.

Newton runzelte die Stirn. „Ich denke, wir alle wissen, dass es hier einen Geist gibt, Ben. Mach das verdammte Ding aus – das nervt."

„Ich kann nicht", entgegnete er verärgert, „ich muss das messen."

Newton runzelte die Stirn, spannte seine Schrotflinte und fragte niemanden im Besonderen: „Was jetzt?"

„Kann irgendjemand erkennen, was es ist?", fragte Cassie, die endlich ihre Stimme wiederfand.

Wie auf ein Stichwort begann sich die unförmige Masse zu verändern und nahm eine menschlichere Form an.

„Sieht für mich wie eine Frau aus", bemerkte Alex.

Er hatte recht. Durch das blaue Leuchten war ihre Gestalt schwer zu erkennen, aber es schien sich um eine Frau in einem langen Kleid zu handeln – einem sehr altmodischen Kleid.

Avery schnaubte. „Mist. So viel dazu, dass es hier keine White Lady gibt."

Die Erscheinung drehte sich in der Mitte des Raumes, die Arme ausgestreckt, als würde sie sie beobachten. Avery spürte, wie sich die Haare auf ihren Armen aufstellten, als die Frau ihren Blick erwiderte. Und dann blickte die Erscheinung über Averys Schulter nach oben zur Spitze der Wand hinter ihr. Ein schreckliches Gefühl des Versinkens erfüllte Averys Magen, und sie drehte sich um, um ihrem Blick zu folgen.

Dort oben auf der Mauer stand eine weitere blaue, leuchtende, geisterhafte Gestalt. Es war ein Mann, und er zielte mit einem Pfeil direkt auf sie.

Obwohl ein Teil von Averys rationalem Verstand wusste, dass er ihnen unmöglich etwas antun konnte, schrie sie instinktiv und duckte sich. „Geht alle sofort in Deckung!"

Ein leuchtend blauer Pfeil flog über Averys Kopf hinweg und landete mit einem deutlich soliden Aufprall zu Füßen der geisterhaften Frau. Ein hohes, schrilles Heulen durchbrach die Stille, dann schrien alle auf und suchten Deckung.

Ein Pfeil nach dem anderen schlug um sie herum in den Boden ein, einer verfehlte Averys Kopf nur knapp. Sie spürte, wie er an ihrem Ohr vorbei pfiff.

„Was zum Teufel?", schrie Reuben und zog El hinter sich her. Ein Pfeil flog direkt auf sie zu und er schlug ihn mit einer schwungvollen Handbewegung weg. „Das fühlt sich unheimlich echt an, Leute!"

Innerhalb von Sekunden manifestierten sich mindestens ein Dutzend geisterhafter Männer um sie herum, die alle etwas trugen, das wie Lederhosen, Hemden und Mäntel aussah, und alle trugen Schwerter oder Äxte. Der weibliche Geist rannte aus dem Raum und versuchte, ihren Klauen zu entkommen, aber es war zu spät. Die Pfeile trafen schließlich ihr Ziel, als sie in sie eindrangen, und sie fiel mit dem Gesicht nach unten zu Boden.

Die Männer wandten ihre Aufmerksamkeit ihnen zu und Avery spürte, wie ihr ein Schauer der Angst über den Rücken lief.

„Alex?" Sie sah von ihrem Versteck hinter einem Stück zerbrochener Mauer zu ihm. „Wir müssen mit dem Zauberspruch beginnen. Wir haben keine Zeit, die Geisterjäger loszuwerden."

Newton stand bereits. Die Männer kamen bedrohlich auf sie zu, und er hob sein Gewehr, zielte auf den nächsten und feuerte beide Läufe in rascher Folge ab.

Dann brach die Hölle los, als die Geister sie heimsuchten.

Avery stand bei den anderen und feuerte Welle um Welle Energieblitze ab, aber für jeden Geist, den sie nach hinten schleuderten, tauchten andere auf. Avery spürte kalte, feuchte Hände an ihrem Arm und blickte in die weißen Augen eines vernarbten Mannes mit einem bösen Grinsen. Er hob sie hoch, sodass sie vor Überraschung nach Luft schnappte. Sie sollte das nicht fühlen können, und er sollte sich nicht so stark manifestieren können, aber ...

Nun, wenn das so ist, beschloss sie, *konnte er* das *fühlen*. Sie schlug ihn mit einem Energieball direkt in den Bauch, woraufhin er sie fallen ließ und verschwand, nur um ein paar Meter weiter wieder aufzutauchen.

Energiestöße und Feuerbälle prallten von den Burgmauern ab und Schreie erfüllten die Luft. Die Erde bebte unter ihren Füßen, als Baumwurzeln in die Höhe schossen und nach den Beinen der angreifenden Männer griffen.

Avery lenkte den Wind um sich herum und schickte ihn dann wie einen Orkan durch die Geister. Obwohl sie dadurch zerstreut wurden, hörten sie nicht auf zu kämpfen.

„Gib mir Deckung – ich brauche Zeit!", schrie Alex über den Lärm hinweg.

Er zog sich so weit wie möglich vom Kampf zurück und zog die drei Geisterjäger mit sich, die inzwischen große Augen vor Angst, Staunen oder beidem hatten. Newton folgte ihm, immer noch schießend, um die Geister zurückzuhalten, während Alex mit kräftiger Stimme, die sich über den Lärm erhob, mit seiner Beschwörung begann.

Avery blickte sich um und sah, wie die verstreuten Hexen ihre Magie in verschiedenen Formen auf ihre Angreifer losließen und es allen gelang, sich zu behaupten. *Aber wie konnten die Geister so stark sein?* Es musste an der Magie liegen, die sie freigesetzt hatten.

Sie hörte ein *surrendes* Geräusch und duckte sich und rollte sich ab, als eine Axt vorbeischwirrte und hinter ihr in die Wand krachte. Sie grinste. Die gehört jetzt mir.

Avery streckte ihre Hand aus und zog die Axt mit ihrer Zauberkraft aus der Wand in ihre wartende Handfläche. Dann drehte sie sich um und schwang ihre Geisterwaffe mit aller Kraft, während sie sie mit zusätzlicher magischer Energie auflud. Sie rollte sich auf den Boden und schlug nach den Beinen des nächstgelegenen Mannes, wobei sie das schreckliche Knirschen von Muskeln und Knochen spürte, als er neben ihr zu Boden stürzte. Es war an der Zeit, einen Bannzauber zu versuchen. Ihr Zauberbuch enthielt nur ein paar davon, und sie hatte sie noch nie zuvor ausprobiert. Sie sprach den Zauberspruch aus, aber ihre Beschwörungsformel schien nicht stark genug zu sein, und der Geist schien sie nur auszulachen, während er sich wieder aufrappelte.

Avery begann zu verzweifeln. Diese Geister waren stark, zu stark, und sie konnte sehen, dass auch die anderen zu kämpfen hatten.

Doch dann spürte sie, wie Alex' Kraft um sie herum anschwoll und seine Stimme sich in den Burgmauern zu verstärken schien. Als er seine Beschwörung beendete, durchzog eine Welle der Magie die Burg wie ein Tsunami und riss die Geister mit sich, bis jeder einzelne verschwunden war und der Ort in eine unheimliche Stille versank.

Jetzt, da die Geister und ihr seltsames blaues Leuchten verschwunden waren, war der Ort in Dunkelheit getaucht, ein schwaches Licht von den Sternen über ihnen war die einzige Beleuchtung. Jemand schickte ein paar Hexenlichter hoch, und Avery seufzte erleichtert auf, als sie sah, dass alle in Ordnung waren. Sie sank mit wild pochendem Herzen und zitternden Händen zu Boden, als das Adrenalin nachließ.

Dylan war der Erste, der wieder zu sich kam. „Oh, wow." Er stand auf leicht wackeligen Beinen und schaute sich mit offenem Mund um. Er grinste: *„Wow, wow, wow!* Leute, das war der Wahnsinn! Was zum Teufel war das? Wer seid ihr? Das müsst ihr mir beibringen." "

Fünf

Avery sammelte etwas Holz von den herabgefallenen Ästen auf dem Gelände und entzündete im Schutz einer einigermaßen soliden Ecke der Ruine ein Feuer, während die drei Geisterjäger ihre Ausrüstung holten. Dann lehnten sie sich an die Burgmauern, während Alex einen Vortrag hielt. „Leute, wir bringen euch nichts bei. Ihr müsst sogar *alles* vergessen.“

Ben lachte auf eine leicht verrückte Art und Weise. „Ha! Das ist ein Scherz, oder? Das kann ich nicht vergessen! *Niemals.*“

Alex warf Avery einen Blick zu und sie wusste, was er dachte. *Sollten sie versuchen, sie mit einem Zauber zu betören, damit sie vergaßen, was sie gesehen hatten?* Aber beide wussten, dass es zu viele magische Beweise gab, um sie erfolgreich wegzuzaubern.

Dylan sah aufgeregt aus, Ben schockiert und Cassie sah sie mit Angst in den Augen an. Sie hatte kein Wort mehr gesagt.

Briar lächelte sie an. „Ist schon gut, Cassie, wir sind keine Monster und wir werden dir nichts tun. Es tut mir nur leid, dass du hier warst und das mit ansehen musstest.“

Ben stieß einen erstickten Laut aus. „Das ist nicht einer dieser Momente, in dem ihr uns *verschwinden* lasst, oder?“

Reuben stöhnte, während er flach auf dem Boden lag. „Wir sind keine Mörder, Alter. Beruhige dich. Wir sind nur

Außerirdische. Wir haben außerirdische Kräfte." El lachte und stieß ihn mit dem Zeh in die Rippen.

„Nicht hilfreich, danke Reuben", erwiderte Avery und lachte, trotz der entsetzten Gesichter von Dylan, Ben und Cassie. „Er macht nur Spaß!"

„Also, was *seid* ihr?", flüsterte Cassie.

„Könnt ihr ein Geheimnis bewahren?", fragte Avery sie.

„Und damit meinen wir: keine Blogs, Facebook, Twitter, YouTube-Chats, durchgesickertes Kameramaterial oder *irgendetwas anderes*!", hakte Alex nach und sah jedem von ihnen streng in die Augen.

Sie nickten alle stumm.

„Wir haben die Fähigkeit, Magie zu wirken", erklärte Avery, da sie das Wort „Hexe" nicht aussprechen wollte.

Ben schnaubte. „*Magie*?" Er begann zu lachen, aber das Lachen erstarb auf seinen Lippen, als er sah, dass niemand sonst lachte. „Ist das euer Ernst?"

Newton, der neben Briar im Schatten gesessen hatte, seufzte, die Schrotflinte auf seinem Schoß. „Sie meinen es sehr ernst. Warum, Ben? Was hast du denn gedacht?"

Ben stotterte. „Ich weiß nicht, ich dachte, sie hätten vielleicht eine Art Waffe. Ich meine, du hast eine Schrotflinte!"

„Das liegt daran, dass ich keine Hexe bin."

Avery sah, wie die Neuankömmlinge bei dem Wort zusammenzuckten.

Reuben drehte sich zu ihnen um. „Leute, lasst sie denken, dass wir Außerirdische sind, das ist wahrscheinlich glaubwürdiger."

El kicherte erneut. „Halt die Klappe, Reuben."

Er zwinkerte ihr zu, ergriff ihre Hand und küsste sie.

„Verstehe ich das richtig?", hakte Alex nach. „Ihr seid Geisterjäger, ihr glaubt an Geister und Dinge, die nachts herumspuken, aber ihr glaubt nicht an Magie oder Hexen?"

„Nun, ich gebe zu, dass es sie geben könnte", erwiderte Ben abwehrend. „Aber wir stützen unsere Erkenntnisse auf rationale und wissenschaftliche Untersuchungen."

„Schön für euch", entgegnete Alex. „In diesem Fall könnt ihr das alles auf eine sehr lebhafte Fantasie zurückführen."

Dylan starrte Ben wütend an. „Ben, hör auf, dich wie ein Idiot zu benehmen. Du wolltest heute Abend etwas sehen! Dein EMF-Messgerät war außerhalb der Skala. Diese Typen sind echt. Ich meine, schau dir dieses seltsame Licht an, das über uns schwebt."

Ben nahm sein Messgerät, das direkt neben ihm auf dem Boden gelegen hatte, schaltete es ein und richtete es auf das Hexenlicht. Er schwang das Gerät herum und sie konnten ein leises statisches Summen hören, das stetig an Lautstärke zunahm.

Alex hielt seine Hand ausgestreckt und formte einen kleinen Feuerball. „Versuch mal, das hier zu lesen."

Bens Augen weiteten sich und er beugte sich vor, wobei er sein Messgerät auf Alex richtete. Es begann mit zunehmender Intensität zu piepen, als Alex das Feuer wachsen ließ, und wurde dann leiser, als Alex es wieder auflöste. Das Messgerät nahm jedoch weiterhin ein leises Summen von allen Hexen wahr.

„Wow. Das ist die Wahrheit, oder?", fragte Ben, dessen frühere Aufregung zurückkehrte.

„Ich fürchte ja", antwortete Avery mit einem Hauch von Lächeln im Gesicht. „Werdet ihr unser Geheimnis bewahren?"

Alle drei warfen sich einen Blick zu und nickten dann zustimmend, und Dylan antwortete für alle. „Abgemacht. Aber ihr wisst schon, dass ihr wollt, dass wir genau das verstecken, wonach wir suchen."

„Erzählt, was ihr über Geister und andere paranormale Dinge zu wissen glaubt, nur nichts über uns", erklärte Alex ruhig.

Reuben fügte hinzu: „Betrachtet uns als euer Tor zum Unbekannten."

„Die Idee gefällt mir", erwiderte Ben und nickte.

„Gut", sagte Newton und beugte sich zu ihnen. „Jetzt erzählt mir, was ihr sonst noch über seltsame Geister und Sichtungen in letzter Zeit wisst. Und was macht ihr sonst noch, außer diesem Zeug?"

Ben ergriff als Erster das Wort. „Wir studieren alle an der *Penryn University*. Ich mache ein Aufbaustudium in Parapsychologie und beschäftige mich mit Überzeugungen und Erfahrungen, Präkognition und außersinnlicher Wahrnehmung. Ich liebe dieses Zeug – ich bleibe einfach ein gesunder Skeptiker. Es ist gut, ein Gleichgewicht zu haben."

„Ich auch, aber während Bens Hintergrund die Physik ist, ist meiner die Psychologie", sagte Cassie. Vor einiger Zeit hat Ben auf der Pinnwand der Universität eine Anfrage gepostet, ob jemand, der Psychologie studiert, an seinen Untersuchungen teilnehmen möchte, also dachte ich mir, warum nicht? Ich bin neugierig. Im Leben geht es nur um Erfahrungen. Es hat mir so viel Spaß gemacht, dass ich mich nach Abschluss meines Studiums auch für ein Aufbaustudium in Parapsychologie entschieden habe. Wir stehen kurz vor dem Beginn unseres zweiten Jahres. Aber so etwas *Offensichtliches* ist noch nie passiert." Sie sah immer noch mit großen Augen und völlig überfordert aus, aber zumindest sah sie nicht mehr verängstigt aus. „Wenn ich ehrlich bin, dachte ich, es wäre ein Haufen Unsinn und dass nie etwas passieren würde. So kann man sich täuschen."

„Um ehrlich zu sein", erklärte Dylan, „ich glaube, keiner von uns hat das erwartet. Die meisten Dinge, die wir überwachen, sorgen für Gänsehaut und ein bisschen Rauschen. Das hier ist ... unerwartet. Wie auch immer, ich mache ein Aufbaustudium in Anglistik mit Schwerpunkt Folklore, Mythen und Legenden. Ich bin ein begeisterter Assistent." Er grinste wieder. „Das ist großartig!"

Avery runzelte die Stirn, als sie sich daran erinnerte, dass Dan, der in ihrem Geschäft arbeitete, auch Englisch studierte. „Kennst du Dan Fellows? Er macht seinen Master in etwas, das mit Folklore zu tun hat, in Penryn."

„Großer Typ, Brille, dunkles Haar? Ich glaube, er hat ein paar Vorlesungen besucht. Warum, kennst du ihn?"

„Er arbeitet mit mir in meinem Geschäft, *Happenstance Books*."

„Okay", sagte Dylan, dessen Interesse geweckt war. „Und weiß er von euch?"

„Ja, das weiß er. Ich sage ihm, dass er auf euch achtgeben soll."

„Also, woher wusstet ihr, dass ihr hierherkommen solltet, und von welchen anderen Orten habt ihr gehört?", hakte Newton nach.

„Ich habe es dir doch gesagt", erwiderte Dylan. „Mein Kumpel wohnt in White Haven und er hat die Lichter gesehen. Die anderen Dinge wurden Ben über seine Website gemeldet – sie ist ganz einfach. Es gibt eine Kontakt-E-Mail-Adresse."

Ben sah nachdenklich aus. „Meine Website ist schon seit Monaten online, aber vor etwa zehn Nächten habe ich eine wirklich große EMF-Spitze gemessen. Es war völlig außerhalb der Norm und völlig unerklärlich. Ich habe nur zu Hause mit dem Gerät herumgespielt, und *wow*! Es war einfach so seltsam!"

Avery stöhnte innerlich und warf den anderen einen Blick zu, die genauso schuldig aussahen, wie sie sich fühlte. Es muss die Nacht gewesen sein, in der sie den Bann gebrochen hatten.

Ben fuhr fort: „Ich dachte, ich könnte daraus Kapital schlagen und Anzeigen in den lokalen Zeitungen schalten, und ich schätze, die Leute haben sie gesehen. Ich habe in den letzten Tagen viele Berichte erhalten, vor allem über Erlebnisse in Schlössern und anderen alten Gebäuden – ihr wisst schon, Kirchen und so. Wir können unmöglich alles sofort überprüfen, aber da dies einer der Orte mit der größten Geisteraktivität zu sein schien, sind wir hergekommen. Es gab tatsächlich ein paar Berichte in White Haven.“

„Wo?“, fragte Newton.

„*Old Haven Church*. Anscheinend wandert dort eine geisterhafte Gestalt über das Gelände, sowohl tagsüber als auch nachts. Außerdem die Kirche *All Souls* und das alte Museum auf dem Hügel. Ich werde sie alle überprüfen. Obwohl ich nach heute Abend ein bisschen besorgt bin.“ Ben wandte sich an Alex. „Was hast du getan, dass sie verschwunden sind? Ich meine, das war wirklich beeindruckend.“

„Das ist meine Spezialität“, erklärte Alex achselzuckend.

„Und schwieriger, als es aussieht“, fügte El hinzu. „Und ihr seid keine Hexen, also denkt nicht einmal daran, es zu versuchen.“

„Was mir Sorgen macht“, bemerkte Avery, „ist, dass diese Geister eine fast physische Präsenz zu haben scheinen. Sie konnten mich mit ihren schrecklich kalten, feuchten Händen packen, und ich konnte eine Axt greifen, die es auf dieser Ebene nicht geben sollte. Das sind *Geister*. Wie kann das sein? Wir wurden angegriffen, und das bedeutet, dass auch andere Menschen angegriffen werden könnten. Und sie können sie nicht verbannen, so wie wir es können.“

Alex stöhnte. „Verdammt. Die Magie, die wir freigesetzt haben, hat die Geister offensichtlich weit über ihre normalen Fähigkeiten hinaus gestärkt, und das könnte erst der Anfang sein. Wir müssen aufräumen – das ist unser Schlamassel.“

Ben schaute verwirrt. „Was meinst du mit Magie freigesetzt?“

„Leider, Ben, sind wir für den EMF-Anstieg verantwortlich, den du neulich bemerkt hast. Ich hoffe, dass nur die Geister, die sich in White Haven manifestieren, so körperlich geworden sind. Wenn du anderswo auf Geisterjagd gehst, sei sehr vorsichtig.“

Sechs

Es war über eine Woche her, seit sie die Geisterjäger im *White Haven Castle* getroffen hatten, und Avery hatte den Großteil dieser Zeit damit verbracht, Geister zu jagen. Die Paranormal-Investigators hatten mit den Geistern in den Kirchen recht gehabt, aber glücklicherweise waren sie nicht so stark wie die im Schloss, und ein paar Stunden Arbeit hatten sie vertrieben. Seitdem hatte sie ihren Schlaf nachgeholt.

Es war schön, sich wieder an den normalen Lebensrhythmus gewöhnen zu können. Avery verbrachte jeden Tag im Laden, verkaufte und sortierte Bücher und unterhielt sich mit ihren Kunden. Es war auch eine gute Möglichkeit, ein Gefühl dafür zu bekommen, was in White Haven vor sich ging. Es gab keine weiteren Berichte über seltsame Lichter auf dem Meer, und die Ereignisse schienen sich wieder normalisiert zu haben. Sie war sich ziemlich sicher, dass die Ruhe nicht von Dauer sein würde.

Wenn sie nicht bei der Arbeit war, las sie in ihrem neuen Zauberbuch, und sie wusste, dass die anderen Hexen das auch taten. Ihre individuellen Stärken wuchsen auf unerwartete Weise, und in jeder freien Minute verfeinerten sie ihre Fähigkeiten. Sie alle hatten das Gefühl, feinfühliger für die Details ihrer Magie zu werden und sie mit größerer Präzision einsetzen zu können.

Avery probierte weiterhin neue Zaubersprüche aus, kombinierte neue mit alten und übte Hexenflug – mit langsamem, aber zunehmendem Erfolg. Sie hatte es geschafft, nicht mehr in Ohnmacht zu fallen, aber es schien immer noch zu lange zu dauern und verursachte ihr Kopfschmerzen.

Und natürlich verbrachte sie Zeit mit Alex. Sie konnte spüren, wie sie mit einem Lächeln im Gesicht durch die Gegend schwebte, und musste sich aus ihren Tagträumereien schütteln. Sie hatten einige ihrer neuen Fähigkeiten zusammen geübt, und das schien auch ihre Magie zu verbessern.

Als Avery jedoch am Freitagmorgen in dem kleinen Raum im hinteren Teil des Ladens ankam, wusste sie, dass sie es übertrieben hatte, denn Sally, die Filialleiterin und ihre nicht-magische Freundin, sah entsetzt aus.

„Du siehst schrecklich aus. Was hast du gemacht?"

„Ich habe wieder Hexenflug geübt. Es ist wirklich schwer. Ich glaube, ich mache etwas falsch."

„Avery, ich weiß, dass du es kaum erwarten kannst, aber du wirst dir selbst schaden, wenn du es zu sehr forcierst. Kannst du den Zauber nicht einfach für eine Weile auf Eis legen?"

Avery nickte und ging zum Schrank unter der Kaffeemaschine, um Paracetamol zu holen. „Ja, ich denke schon. Es wird eines dieser Dinge sein, die sich einfach von selbst regeln – hoffe ich zumindest."

Sally runzelte die Stirn und stemmte die Hände in die Hüften. „Ich finde, du solltest dir ein paar Tage freinehmen, statt in diesem Zauberbuch zu lesen. Es wird nicht verschwinden. Du kannst dir die Zeit nehmen."

Avery fand die Tabletten und schluckte sie mit etwas Wasser hinunter. Ich weiß, aber ich bin einfach so aufgeregt, dass ich es gefunden habe – sie alle. Es macht süchtig! Die Zaubersprüche, die Geschichte, die Kommentare am Rand, es ist einfach so ...“ Sie brach ab, unfähig, wirklich zu erklären, wie sehr sich ihr Leben verändert hatte.

Sallys Gesichtsausdruck wurde weicher. „Ich verstehe das, wirklich, aber ich mache mir Sorgen um dich. Um euch alle, um ehrlich zu sein.“

Avery lächelte und verspürte einen Ansturm von Zuneigung für ihre Freundin. „Ich weiß, aber es ist, als wäre ich gerade nach einem langen Schlaf aufgewacht. Es ist so cool!“

„Es ist nicht cool, wenn du dich am Ende umbringst. Ich war gestern in Briars Laden. Sie sah so müde aus. Ich glaube nicht einmal, dass sie sich konzentrieren konnte. Ich denke, sie braucht dort drinnen etwas mehr Hilfe, sie steht sonst ziemlich alleine da.“

„Ich glaube, wir geben uns alle gerade wirklich große Mühe. Wir machen uns Sorgen darüber, was als Nächstes passieren könnte, und wir wollen vorbereitet sein.“ Sie umarmte Sally. „Ich weiß nicht, was ich ohne dich und Dan tun würde. Danke, dass ihr so großartig seid.“

Sally klopfte ihr auf die Schulter. „Schon gut. Ich helfe gerne. Komm jetzt mit in den Laden, ich möchte dir ein paar Sachen zeigen.“

Sie verbrachten den Morgen damit, den neuen Bestand und einige Veränderungen im Laden zu besprechen, und Sally ging einige Werbeaktionen durch, die sie umsetzen wollte, als sie von einer unerwarteten Stimme unterbrochen wurden.

„Hey Avery, lange nicht gesehen.“

Avery schaute auf und sah Ben und Cassie vor der Theke stehen, jeder mit ein paar Büchern in der Hand. Beide sahen im Tageslicht anders aus – älter und weniger eingeschüchtert als am Abend zuvor.

„Hey Leute. Macht ihr gerade eine Pause von der Geisterjagd?“

„Machst du Witze?“, fragte Ben. „Es gibt haufenweise Sichtungen. Ich wollte dich nur wissen lassen, dass du die Einzige bist, die ich kontaktieren konnte. Und“, er deutete auf die Bücher in seinen Händen, „ich dachte, ich könnte meine Sammlung erweitern. Das ist ein toller Laden, Avery.“

„Dafür kannst du dich bei meiner Filialleiterin Sally bedanken“, erklärte sie und stellte sie einander vor.

„Oh, ich weiß nicht, Avery“, grinste Sally. „Du fügst dieses gewisse Etwas hinzu, das ich nicht habe.“

„Wir möchten uns auch für den Abend neulich bedanken“, fügte Cassie hinzu und wirkte dabei etwas verlegen. „Ich bin mir nicht sicher, ob wir uns damals richtig bedankt haben, es war alles so ein Schock. Aber ohne euch hätte es wirklich hässlich werden können.“

„Kein Problem“, erwiderte Avery und lächelte sie an. Sie blickte sich im Laden um und sah, dass ein paar Kunden zuhörten, und wandte sich an Sally. „Macht es dir etwas aus, wenn ich für ein paar Minuten nach hinten gehe?“

„Kein Problem“, erwiderte Sally, „mach mir einfach einen Kaffee, wenn du schon dabei bist.“

Sobald sie sicher vor neugierigen Ohren waren und sie den Wasserkocher in der kleinen Küche aufgesetzt hatte, fragte Avery: „Also, was habt ihr noch gehört?“

„Eigentlich ist es immer das Gleiche“, sagte Ben. „Es werden vermehrt Geistererscheinungen, ungewöhnliche Geräusche, verschwundene Gegenstände, Stromstöße, Kältebrücken und so was gemeldet. Und das passiert überall in Cornwall. Ein paar Leute haben sogar berichtet, dass sie die Bestie von Bodmin gesehen haben. Das müsst ihr doch in den Nachrichten gesehen haben.“

Avery nickte und erinnerte sich an den Bericht in den Abendnachrichten vom Vortag. Die Bestie von Bodmin war ein Mythos, der seit Jahren kursierte. „Ich habe es gesehen, aber wenn ich mich richtig erinnere, gibt es noch kein Filmmaterial davon.“ Sie fragte sich, ob Zane, die Hexe mit den wachsamen Augen aus Bodmin, bei der Suche nach der Bestie erfolgreich gewesen war.

Cassie fuhr begeistert fort: „Im Moment versuchen wir nur, alles zu dokumentieren, eine Art Datenbank zu erstellen. Aber wir haben begonnen, den interessanteren Fällen nachzugehen.“

„Inwiefern geht ihr ihnen nach?“, fragte Avery stirnrunzelnd.

„Eigentlich genauso wie letzte Woche. Wir machen uns mit unseren Kameras und dem EMF-Messgerät auf den Weg und schauen, was passiert. Vor ein paar Abenden waren wir auf dem Weg nach Helston bei diesem alten Bauernhaus. Wir haben sehr starke Signale empfangen und in einem der Räume war es eiskalt!“

„War jemand in Gefahr?“

Ben schüttelte den Kopf. „Nein, nichts, was sich so stark manifestiert hat wie im Schloss. Nur eine extrem verängstigte Familie. Sie meinten, es hätte vor ein paar Wochen angefangen.“

„Das ist gut“, bemerkte Avery erleichtert, dass niemand verletzt werden konnte. „Wir haben noch ein paar andere Dinge erledigt.“ Avery holte Tassen aus dem Schrank über der Küchentheke. „Wollt ihr etwas trinken?“

Sie schüttelten den Kopf und Ben sagte: „Nein, wir haben eigentlich einen Termin in *All Souls*. Wir dachten, das solltest du wissen.“

„*All Souls*? Die Kirche im Stadtzentrum?“ Avery schaute auf und vergaß den Kaffee. „Weshalb habt ihr dort einen Termin?“

„Der Pfarrer sagte, dass es in der Kirche einen Geist gibt, und er wollte, dass wir das überprüfen.“

Avery spürte, wie ihr das Herz in die Hose rutschte. „Hat er irgendwelche Details genannt?“

„Nein. Er war eigentlich ziemlich vage, außer dass er dachte, dass es *etwas Unangenehmes* gäbe“, erklärte Cassie. Sie sah amüsiert aus. „Er klang ziemlich fortschrittlich. Er wollte alles über die von uns verwendete Ausrüstung und alles andere wissen.“

„Tu mir einen Gefallen und gib mir deine Kontaktdaten. Ich gebe dir meine Nummer und du mir deine“, erwiderte Avery und kritzelte ihre eigene und Alex' Nummer auf, bevor sie die andere entgegennahm.

Ben zog eine Augenbraue hoch. „Wenn etwas verbannt werden muss, soll ich dann deine Nummer weitergeben?“

Avery seufzte tief. Wenn dort etwas vor sich ging, dann war es ihre Schuld, und sie mussten es in Ordnung bringen. „Ich denke schon. Aber halte die Dinge vage, okay? Ich brauche keine moderne Hexenjagd, die in der Stadt beginnt.“

„Klar doch“, erwiderte Ben grinsend.

Ein Gedanke kam Avery in den Sinn. „Habt ihr etwas über Lichter auf See gehört?“

Ben runzelte die Stirn. „Lichter? Nein, aber vor ein paar Tagen gab es nachts einen seltsamen Unfall vor Mevagissey. Ein Mitglied der Besatzung eines Fischerboots ist einfach verschwunden. Kein Rufen, kein Schrei, er ist einfach verschwunden. Die Besatzung hat stundenlang nach ihm gesucht und die Küstenwache wurde gerufen, aber sie haben ihn nie gefunden. Es war in allen Nachrichten, aber es wird im Internet zu sehen sein, falls du es verpasst hast. Die Suche wurde heute Morgen eingestellt.“

Avery wurde ganz elend zumute. *Verdammt. Sie hatte gehofft, Caleb hätte sich alles nur eingebildet.*

Ben hatte Averys Gesichtsausdruck offensichtlich bemerkt. „Gibt es etwas, das wir wissen sollten?"

Avery seufzte. „Das wird sich jetzt wirklich seltsam anhören."

Ben lachte und sah Cassie ungläubig an. „Seltsamer als neulich Abend?"

„Ich möchte euch auf den neuesten Stand bringen, bevor ihr geht", erklärte Avery.

Gegen Nachmittag bekam Avery wieder Besuch. Sie war in der Abteilung für Lokalgeschichte des Ladens und sah sich die Bücher über Mythen und Legenden von Cornwall an, als jemand hinter ihr höflich hustete.

„Entschuldigung, kann ich Sie kurz sprechen?"

Avery zuckte zusammen und hätte fast das Buch fallen lassen, das sie in der Hand hielt. Sie war so vertieft gewesen, dass sie niemanden hatte kommen hören.

Sie drehte sich um und sah einen Mann Ende vierzig mit kurzen braunen Haaren und einem Hauch von Grau an den Schläfen. Er war durchschnittlich groß und von durchschnittlicher Statur, trug schicke Jeans und ein Hemd und den Kragen eines Geistlichen um den Hals.

Avery spürte, wie sich ihr Magen vor Sorge zusammenzog, aber sie versuchte, es sich nicht anmerken zu lassen. „Oh, tut mir leid, Sie haben mich erschreckt. Ja, natürlich. Suchen Sie etwas?"

„Nur nach Ihnen. Mein Name ist James und ich bin der Pfarrer der Kirche von *All Souls*."

Sie zwang sich zu lächeln und schüttelte ihm die Hand. „Schön, Sie kennenzulernen, James. Ich bin Avery."

Er lächelte zurück, aber seine Augen waren misstrauisch. „Es tut mir leid, Sie zu stören, aber ich habe mich heute Morgen mit

Ben und Cassie getroffen. Sie haben mir geraten, mit Ihnen zu sprechen.“

„Oh ja, die Geisterjäger. Sie erwähnten, dass sie zu Ihnen unterwegs waren.“ Sie blickte sich um und war erleichtert, dass sich niemand in Hörweite befand. „Ich nehme an, Sie haben ein paar Probleme.“

„Wenn Sie einen Geist, der nachts in der Kirche herumspukt, ein Problem nennen, dann ja. Gibt es einen privateren Ort, an dem wir reden können?“

„Natürlich, kommen Sie hier entlang.“

Wieder einmal ging Avery zu dem kleinen Raum im hinteren Teil des Ladens und fragte sich, ob dies ein wirklich unangenehmes Gespräch werden würde. Dan stand an der Theke und sie sah, wie sich seine Augen vor Überraschung weiteten, als er sah, mit wem sie zusammen war. Sie deutete auf den hinteren Teil des Ladens und er nickte.

Sobald sie allein waren, sagte James: „Das ist ein Okkultismus-Laden. Glauben Sie an Hexerei?“

„Es ist nicht *nur* ein Okkultismus-Laden, und ich glaube an viele Dinge, James. Die Welt ist ein seltsamer Ort, nicht wahr? Sie sind schließlich wegen eines ‚herumspukenden Geistes‘ hier.“

Er antwortete nicht sofort. Er ging im Raum auf und ab und betrachtete die Kisten mit dem Lagerbestand an der hinteren Wand, darunter viele neue Bücher für die Regale sowie einige gebrauchte Ausgaben. Dann nahm er eine der Kisten mit Tarotkarten auf dem Tisch in die Hand. „Verkaufen sich die gut?“

Avery nickte. „Ja, sie sind sehr beliebt. Ebenso wie die Engelskarten und die Traumfänger.“

Er nickte abrupt. „Ja, die Menschen vertrauen diesen Dingen wahrscheinlich mehr als Gott.“

„Engelskarten deuten doch sicherlich auf den Glauben an Gott hin?"

Er sah sie scharf an. „Ich denke schon. An was deuten Tarotkarten denn auf den Glauben an? An den Teufel?"

„Wenn Gott existiert, dann existiert sicherlich auch der Teufel. Sie sind hier der Pfarrer, sagen Sie es mir. Aber darum geht es *nicht* beim Tarot, James, und ich denke, das wissen Sie. Es gibt viele verschiedene Glaubensrichtungen auf der Welt. Nicht jeder glaubt an das allwissende männliche Wesen, das unser Schicksal kontrolliert. Die Tarotkarten knüpfen an alte Magie an. Zumindest glauben das einige", erklärte sie in gemäßigten Worten.

„Darf ich sie mir ansehen?", fragte er.

„Natürlich." Sie sah zu, wie er die Karten des klassischen Rider-Waite-Spiels durchblätterte und sie auf den Tisch legte, während er sich die Bilder ansah. Sein Blick schwebte über der Teufelskarte, bevor er schnell weiterblätterte.

Der Geruch von Weihrauch drang aus dem Hauptteil des Ladens, und Avery war sich sehr bewusst, wie der Ort auf jemanden aus der Kirche wirken würde.

James sah auf. „Und was wissen Sie über Geister und Gespenster?"

„Nur, dass es sie gibt. Und Sie müssen auch daran glauben, sonst wären Sie nicht hier."

Sie schwiegen ein paar Augenblicke lang, schätzten einander ein, und obwohl Avery nicht glaubte, dass er ein Hexenjäger war, schien er nicht so fortschrittlich zu sein, wie Cassie ihn dargestellt hatte. Und dann ließ er die Schultern hängen und setzte sich abrupt auf einen Stuhl am Tisch, während sich Sorgen auf seinem Gesicht abzeichneten.

„Ich mache uns einen Kaffee", erklärte Avery und ging zur Theke, „und ich glaube, Sie könnten etwas Kuchen gebrauchen."

James saß stumm da, während sie eine starke Kanne Kaffee aufbrühte und den Karottenkuchen, den Sally gebacken hatte, in die Mitte des Tisches stellte. Die Hälfte davon war bereits aufgegessen, hauptsächlich von Dan. Es war ein Wunder, dass er nicht an Diabetes litt.

Avery setzte sich, schob ihm eine Tasse Kaffee hin und schnitt dann beiden ein großes Stück Kuchen ab. Bevor sie das Wort ergriff, aß sie selbst ein paar Bissen, in der Hoffnung, sich und ihn zu entspannen. Als sie an diesem Morgen aufgewacht war, hätte sie nicht gedacht, dass sie in ihrem Laden Kaffee mit dem örtlichen Pfarrer trinken würde.

„James, es fällt Ihnen offensichtlich nicht leicht, hier zu sein. Warum erzählen Sie mir nicht, was in der All Souls-Kirche los ist?"

Er rieb sich das Gesicht mit den Händen, griff dann nach seinem Kuchen, nahm einen Bissen und kaute langsam, während er sie die ganze Zeit beobachtete. „Bevor ich es Ihnen sage, möchte ich wissen, ob Sie diskret sind. Ich möchte nicht, dass das in der ganzen Stadt bekannt wird."

Sie nickte. „Ich bin sehr diskret. Niemand will Panik in White Haven."

„Warum haben Ben und Cassie gesagt, dass Sie helfen könnten? Sie waren sehr vage. Es hat keinen Sinn, Ihnen etwas zu erzählen, wenn Sie nicht helfen können."

„Ich habe einen Freund, der gut im Exorzismus ist. Sehr gut sogar."

James runzelte die Stirn. „Gehört er der katholischen Kirche an? Das ist die Art von Dingen, die sie tun."

Avery verschluckte sich fast an ihrem Kuchen. „Nein, das tut er nicht. Er hat unabhängige Verbindungen."

James blickte sich erneut im Raum um und Avery hatte Mitleid mit ihm. Er war offensichtlich sehr hin- und hergerissen.

„James, bitte sagen Sie es mir. Ich möchte helfen. Was haben Ben und Cassie herausgefunden?"

„Ihre EMF-Messwerte waren hoch. Sie waren sich einig, dass ich mir das alles nicht einbilde."

„Ich bin sicher, dass Sie sich das nicht einbilden, aber ich brauche weitere Informationen."

Ein kleines Lächeln huschte über James' Gesicht und sie sah, wie er sich zu entspannen begann. „Entschuldigung. Das ist alles sehr seltsam für mich."

„Ich verstehe. Jetzt erzählen Sie mal von Anfang an."

„Es fing vor ein paar Wochen an. Die Energie in der Kirche hat sich verändert. Es ist ziemlich seltsam und ich kann es nicht erklären, aber es ist, als wäre etwas *anderes* da." Er runzelte die Stirn, während er nachdachte. „Jedenfalls war da ein paar Tage lang nichts als dieses seltsame Gefühl an diesem Ort. Ich arbeite seit Jahren dort, also weiß ich, dass das neu ist. Und dann arbeitete ich in der Sakristei und hatte das Gefühl, beobachtet zu werden. Ich drehte mich um und sah nichts, aber die Luft um mich herum wurde sehr kalt. Es war äußerst unangenehm. Und dann passierte es in der nächsten Nacht wieder, und ich sah eine geisterhafte Gestalt in der Tür – nur für einen Augenblick, dann war sie weg. Sie war formlos, amorph, aber ich spürte Intelligenz und etwas Bösartiges. Ich hatte fast einen Herzinfarkt und bin abgehauen, und das, obwohl ich mitten dabei war, meine Predigt zu schreiben."

„Warum hatten sie das Gefühl, die Erscheinung sei bösartig? Wie hat sie sich verhalten?"

„Nichts, aber sie schien mich nur zu beobachten – mich zu studieren. Ich weiß, das klingt seltsam, das Ding hatte keine Augen, soweit ich sehen konnte. Aber es war so unheimlich. Ich musste mich zwingen, am nächsten Tag wieder in die Sakristei zu gehen." Er seufzte und riss sich zusammen, um fortzufahren. „Und dann erschien es wieder, zur gleichen Zeit, am gleichen Ort, aber diesmal länger. Es war wie eine dunkle Präsenz am Rande meines Sichtfeldes. Es hat mir nicht wehgetan, es war einfach nur da. Aber seitdem es zurückgekehrt ist, kommt es jede Nacht wieder, und obwohl es seltsam klingt, spüre ich, dass es stärker wird. Der Küster hat es auch gesehen, ein älterer Mann namens Harry, und trotz seines Glaubens hat er große Angst. Und es hat angefangen, Dinge zu bewegen – die Blumen, die Bibel, die Gebetsbücher. Wir müssen etwas unternehmen, bevor es in einem Gottesdienst, bei einer Hochzeit, einer Taufe oder einer Beerdigung auftaucht. Können Sie sich das vorstellen?"

Avery nickte. „Ich würde denken, dass Sie alle Ihre Gläubigen verlieren würden."

„Und die Zeitungen würden kommen und der Erzbischof würde eingeschaltet werden", erklärte er mit erhobener Stimme. „Wir müssen das schnell erledigen. Ich kann nicht glauben, dass ich dieses Gespräch überhaupt führe."

Avery saß da und dachte nach. Sie mussten ihm offensichtlich helfen. *All Souls* stand im Mittelpunkt der ganzen magischen Befreiung und hatte offensichtlich einen ruhenden Geist gestört. „Haben Sie eine Ahnung, um wen es sich handeln könnte?"

„Ich denke, die Frage ist eher, um *Was* es sich handelt als um *Wen*." Er zuckte mit den Achseln. „Ich weiß, das klingt dumm, aber Sie hatten vorhin recht. Ich bin schon früher auf ruhelose Geister gestoßen. Kirchen haben immer welche, aber das hier ist anders. Ganz anders. Deshalb habe ich Ben angerufen."

„Ich denke, wir können helfen, James. Soll ich meinen Freund kontaktieren? Wir können heute Abend kommen, wenn das hilft?"

Erleichterung machte sich auf seinem Gesicht breit. „Ja, bitte. Je früher, desto besser. Es scheint gegen neun Uhr abends am besten sichtbar zu sein. Können Sie dann kommen?"

„Natürlich. Am besten lassen Sie uns das machen, sobald Sie uns reingelassen haben."

„Oh nein", sagte er und schüttelte den Kopf. „Ich muss das sehen, um zu wissen, dass es erledigt ist. Und ich glaube, Ben und Cassie wollen auch dabei sein."

Sieben

Alex beugte sich über die Theke und schaute ungläubig. „Soll das ein Witz sein?"

„Nein. Er ist verzweifelt, Alex."

„Das verstehe ich, aber er ist ein verdammter Pfarrer, Avery", zischte er, „an dem Ort, an dem wir ein paar sehr große Juju-Zauber durchgeführt haben."

„Ich weiß, Alex. Ich war dort. Der große Juju ist dafür verantwortlich", zischte sie zurück. „*Wir* sind dafür verantwortlich."

„Aber wir werden vor dem Pfarrer Magie wirken."

„Katholische Priester haben das früher auch gemacht", gab sie zu bedenken. „Vielleicht tun sie das noch immer. Er hat gefragt, ob du katholisch bist, und natürlich habe ich Nein gesagt. Aber können wir es so aussehen lassen, als wäre es ein religiöses Ritual?"

„Ich schätze, das müssen wir verdammt noch mal", erklärte er stirnrunzelnd. „Ich bin in einer halben Stunde bei dir."

Avery grinste, nahm ihr Glas Wein und setzte sich auf einen Barhocker, um es zu trinken.

Es war jetzt neunzehn Uhr, und sie war ins *The Wayward Son* gegangen, nachdem sie den Laden geschlossen und ihre Wohnung aufgeräumt hatte. Als James sie besucht hatte, hatte sie gemerkt, dass sie überall magische Dinge herumliegen hatte und sie diese auf ihren Dachboden bringen musste. Wenn er aus irgendeinem Grund in ihre Wohnung gekommen wäre, hätte es wirklich seltsam ausgesehen.

Avery saß in der überfüllten Kneipe und sah sich um, als die Eingangstür aufschwang und Newton mit Briar hereinkam. Sie grinste und winkte und fragte sich, ob sie ein Date hatten. Briar sah vor Glück ganz aufgeregt aus. *Vielleicht auch nicht*, dachte sie, als sie Newtons Gesicht betrachtete. Er machte eine finstere Miene. Schon wieder.

„Hallo Leute", sagte sie, als sie sich auf je einen Barhocker setzten. „Wie geht es euch?"

„Ich bin genervt", erklärte Newton. „Seit ich euch kennengelernt habe, ist mein Leben sehr kompliziert geworden."

Briar grinste nur. „Hallo Avery, schön, dich zu sehen. Und Newton meint es nicht so. Er genießt es eigentlich. Das hat er neulich Abend gesagt."

„Neulich Abend?", fragte Avery und zog eine Augenbraue hoch. „Ihr zwei habt also schon etwas Zeit miteinander verbracht? Wie schön."

„Er hat mich gebeten, ihm die Feinheiten unserer Arbeit zu erklären", erklärte sie diskret, als Newton sich abwandte, um ihre Getränke zu bestellen. „Er glaubt, dass er uns dadurch in Zukunft besser helfen kann."

„Natürlich wird er das können", nickte Avery und versuchte, ernst zu bleiben. „Ich nehme an, ihr habt das bei einem guten Essen und einem Glas Wein besprochen. Klingt sehr angenehm. Natürlich hat er auch den zusätzlichen Bonus, dass du eine fabelhafte Gesellschaft bist."

„Er war der perfekte Gentleman, Avery. Ich glaube, du hast eine falsche Vorstellung."

„Natürlich. Hast du gekocht?"

„Nein, das war er." Briar wand sich leicht. „Ich war bei ihm zu Hause. Er sagte, er wolle sich dafür revanchieren, dass ich mich um seine Verbrennungen gekümmert und ihn geheilt habe. Er ist ein sehr guter Koch." Bei ihrem Sieg über einen Dämonen einige Wochen zuvor hatte sich Newton einige schlimme Verbrennungen zugezogen.

„Wirklich? Das *ist* doch nett, oder?" Avery begann zu grinsen. „Hat es dir gefallen?"

„Wir hatten einen schönen Abend, danke, Avery, und dann bin ich nach Hause gegangen, also kannst du dir das Grinsen sparen", sagte Briar mit steifer Miene.

„Ich grinse nicht."

„Tust du wohl", sagte sie.

Avery warf einen Blick zu Newton hinüber, der immer noch an der Bar beschäftigt war. „Aber er mag dich, das sehe ich. Das musst du doch merken, Briar."

„Ich weiß nicht. Ich glaube, du bildest dir da etwas ein." Briar wirkte leicht verärgert und vielleicht auch etwas bedauernd.

„Er spielt auf lange Sicht", bemerkte Avery und nippte an ihrem Wein. „Nur um das festzuhalten, ich möchte sagen, dass ich das gutheiße. Ich mag ihn. Er passt zu dir. Ihr werdet ein schönes Paar abgeben."

Briar wollte gerade etwas sehr Unhöfliches sagen, was Avery an ihrem empörten Gesichtsausdruck erkannte, als Newton ihr ein Glas Weißwein hinschob.

„Was guckt ihr zwei so geheimnisvoll?", fragte er.

„Gar nichts", entgegnete Briar lässig. Sie wechselte geschickt das Thema. „Du solltest ihr besser deine Neuigkeiten erzählen."

Avery runzelte die Stirn. „Was ist denn jetzt schon wieder?"

Newton lehnte sich an die Theke. „Hast du von dem Mann gehört, der vom Fischerboot verschwunden ist?"

„Leider ja."

„Nun, es wurde als Unfall protokolliert, aber es gibt keine Spur von seiner Leiche. Es war eine ruhige Nacht, und wir hätten seine Leiche inzwischen finden müssen, aber ich schätze, die Gezeiten spielen manchmal seltsame Streiche. Vielleicht taucht er ja noch auf."

„Irgendeine Ahnung, ob Lichter gesehen wurden?"

Newton schüttelte den Kopf. „Nichts. In der einen Minute war er noch da, in der nächsten war er verschwunden. Ich frage mich, ob es eine Art Meerjungfrauen-Zauber war – anscheinend sahen alle aus der Crew ein wenig benommen aus und hatten glasige Augen. Wir werden wahrscheinlich nie erfahren, was wirklich passiert ist." Er starrte deprimiert ins Bierglas.

„Bist du für den Fall zuständig?"

„Nein. Es handelt sich nicht um eine Mordermittlung. Ich bin nur in einige Details eingeweiht worden."

„Nun", erklärte Avery, „ich habe ebenfalls Neuigkeiten für euch." Sie informierte sie über den Besuch von Ben und Cassie und dann über ihren Anruf am Nachmittag von James.

„Ich kenne James", erwiderte Newton nachdenklich.

„Tatsächlich?", fragte Briar. „Ist er okay? Ich meine, wird er anfangen, von der Kanzel über Dämonen und Hexen zu predigen?"

„Ich hoffe nicht. Er kommt mir nicht wie ein abergläubischer Typ vor, aber ich schlage vor, dass ihr eure wahre Identität für euch behaltet. Nicht vielen wird die Tatsache gefallen, dass es in White Haven Hexen gibt. Vor allem der Kirche nicht."

Avery grinste. „Alex wird einen lateinischen Zauberspruch verwenden – so etwas wurde im Mittelalter verwendet, als die Priester in die Nekromantie verwickelt waren. Hoffentlich lenkt das James davon ab, dass wir auch Magie einsetzen. Ich habe James gesagt, dass es ein Exorzismus ist."

Newton runzelte die Stirn. „Priester waren in die Nekromantie verwickelt?"

„Oh ja. Im Mittelalter war die Überschneidung zwischen Magie und Religion enorm. Ich meine, was ist schon der Unterschied zwischen einem Wunder und Magie?" Avery zuckte mit den Schultern und lachte. „Nichts, außer dass die Kirche das eine befürwortete und das andere ablehnte. Die Heiligen ersetzten die heidnischen Götter. So gelang es ihnen, weiterhin Heiden zum Christentum zu bekehren, indem sie heidnische Feste umbenannten und sie in den Kirchenkalender aufnahmen. Und dann konvertierten sie alles zum Lateinischen – der Sprache des Katholizismus. Denkt daran, das war lange vor Heinrich VIII. und der *Church of England*."

Newton blieb der Mund offen stehen. „Wirklich! Ich habe noch nie so über Wunder und Magie nachgedacht. Ziemlich hinterhältig."

„Sehr."

Briar fragte: „Braucht ihr Hilfe?"

„Nein." Avery schüttelte den Kopf. „Es handelt sich nur um einen Geist. Sollte machbar sein. Und wir wollen das einfach halten. Ich möchte den Pfarrer nicht verzaubern müssen. Das Ganze sollte ziemlich einfach sein. Hoffe ich zumindest."

Der Haupteingang der All-Souls-Kirche war geschlossen, und Alex und Avery gingen zur Seitentür, wo James bereits nervös auf sie wartete. Er sah Alex interessiert an, als Avery sie einander vorstellte. „Ich habe gehört, dass ihr das schon einmal gemacht habt?", fragte er, während er sie in die Sakristei führte.

„Mehrmals, und immer mit Erfolg", versicherte Alex.

„Gut. Ich möchte wirklich, dass das aufhört. Harry hat gesagt, er würde nicht wiederkommen, wenn ich das nicht bald in den Griff bekomme. Als ob das etwas wäre, mit dem ich mich normalerweise täglich befassen würde!"

„Sind Cassie und Ben hier?", fragte Avery.

James nickte und rief über seine Schulter zurück: „Ja, und ihr Freund Dylan. Sie sind gerade im Kirchenschiff und nehmen Messwerte auf."

Sie betraten einen kleinen, mit Stein und Holz verkleideten Raum im hinteren Teil der Kirche. An den Wänden hingen Gewänder, und unter einem hohen Fenster stand ein kleiner Schreibtisch, auf dem ein Stapel Papiere lag.

„Hier taucht also der gespenstische Besucher auf?", fragte Alex und sah sich um.

„Ja. Wie ihr sehen könnt, sitze ich mit dem Rücken zur Tür. Der Geist erscheint in der Tür und bewegt sich dann zum Rest der Kirche." Er schauderte. „Ich kann ihn hinter mir spüren. Das ist sehr beunruhigend."

Die Untertreibung des Jahres.

Avery konnte die Magie, die sie freigesetzt hatten, in der stillen Luft der Kirche spüren. Darüber hinaus spürte sie eine andere Energiesignatur, die der Geist sein musste. Im Moment war sie schwach.

„Ich bringe euch zum Kirchenschiff", erklärte James, drehte sich um und ging durch den Chorraum, vorbei am Eingang zur Krypta, in Richtung Kanzel und Kirchenschiff, wo die Geisterjäger einige ihrer Geräte aufbauten.

Cassie drehte sich um und winkte. „Hallo Leute. Schön, euch wiederzusehen.“

„Schneller als erwartet“, bemerkte Alex mit einem ironischen Lächeln. Er senkte seine Stimme, damit James sie nicht hören konnte. „Ich hoffe, ihr habt nicht vor, uns zu filmen?“

„Euch nicht.“ Sie deutete auf James, der sich mit Dylan unterhielt. „Nur den Geist. Und James hat uns verboten, die Kirche im Film zu erwähnen. Er wollte nicht, dass das in den sozialen Medien oder im Fernsehen bekannt wird. Und das respektieren wir natürlich. Volle Vertraulichkeit. Aber er hat uns erlaubt, alles andere zu überwachen. Ich glaube, er ist wirklich an allem interessiert!“

„Gut“, entgegnete Alex, „sonst müsste ich eure Aufnahme verbrennen.“

Cassie sah ihn mit großen Augen an. „Ich nehme an, das könntest du.“

„Und das würde ich auch. Vergesst das nie“, erklärte Alex mit einem Augenzwinkern. „Und es versteht sich von selbst, dass ihr unsere Namen auch aus euren Berichten heraushaltet.“

„Kein Problem“, antwortete sie fast ein wenig eingeschüchtert.

„Versuch, Cassie nicht noch einmal zu erschrecken, Alex“, meinte Avery und klopfte ihm auf den Arm, bevor sie sich ihre Ausrüstung ansah. Es war eine sehr beeindruckende, professionelle Anlage. „Du hast hier einige ziemlich interessante Sachen, Cassie.“

„Wir erhalten Mittel von der Universität.“

Ein Schauer lief Avery über den Rücken, als sie sich in der Kirche umsah. Sie wirkte so friedlich und bescheiden. Die Kirchenbänke waren aus poliertem Holz, die Blumen waren frisch, der späte Abendsonnenschein strömte durch die Buntglasfenster und tauchte das Innere in ein rosiges Licht, und es war kein Staubkorn zu sehen. Aber als sie das letzte Mal hier waren, hatten sie alles zu verlieren – einschließlich ihres Lebens. Irgendwo unter ihren Füßen befand sich der geheime Raum, in dem Octavia und der Dämon gefangen waren und Alex das Portal geöffnet hatte, um den Dämon aus ihrer Welt in seine eigene zurückzuschicken. Und dann kam ihr ein schrecklicher Gedanke. Als Alex das Portal geöffnet hatte, konnten eventuell irgendwelche Geister entkommen sein. Sie hatte sie gesehen, als sie selbst als Geist unterwegs gewesen war. *Was, wenn einer von ihnen noch hier in der Kirche war und Schaden anrichten wollte?*

Avery zog Alex am Arm und führte ihn weg, wo sie nicht belauscht werden konnten. „Erinnerst du dich, dass ich dir erzählt habe, dass ich Geister durch das von dir geöffnete Portal zu einer anderen Dimension habe gehen sehen?"

Er runzelte die Stirn. „Ich glaube schon. An diesem Abend ist viel passiert."

„Was ist, wenn wir fälschlicherweise annehmen, dass es ein gewöhnlicher Geist ist, dem die Magie sozusagen neue Energie verliehen hat, und es sich in Wirklichkeit um etwas anderes handelt, das viel dunkler und bösartiger ist? James sagte, er habe noch nie etwas Derartiges gespürt."

„Was zum Beispiel? Ich meine, normale Geister können eine Menge negative Energie in sich tragen. Es könnte einfach sehr wütend darüber sein, nach Jahrhunderten der Ruhe gestört zu werden."

„Ich weiß es nicht. Es kann kein Dämon sein, aber vielleicht ein böser Geist? Etwas, das im Fegefeuer gebannt wurde. Seien wir ehrlich – wir wissen nicht, welche Dimension du geöffnet hast. Gibt es mehr als eine? Gibt es Hunderte? Das könnte die Hölle selbst gewesen sein!"

Alex' dunkelbraune Augen wurden plötzlich besorgt. „Soweit ich weiß, ist die einzige andere Dimension die Welt der Geister oder Elemente, die neben unserer eigenen existiert, aber von ihr getrennt ist. Ich gebe zu, ich weiß nicht, was es dort sonst noch gibt. Vielleicht ist es die Hölle, aber die Hölle ist ein christliches Konzept."

Ausnahmsweise war Alex nicht sarkastisch und überheblich, und sie starrten einander für einige Momente an und dachten über die verschiedenen Möglichkeiten in der Geisterwelt nach.

Das kratzende Pfeifen des EMF-Messgeräts durchschnitt die Luft und Alex und Avery drehten sich schnell um. Ben hob die Hand. „Es ist okay. Wir nehmen nur ein paar grundlegende Messungen vor. Wir sind bald fertig."

Alex drehte sich wieder zu Avery um. „Komm schon, lass uns nachsehen, was sie machen. Wir werden mit allem fertig."

Avery war es schwer ums Herz. Sie freute sich zwar, dass Alex sich so selbstsicher fühlte, und sie glaubte an seine Fähigkeiten, aber sie konnte das Gefühl nicht abschütteln, dass etwas *anders* war – dass dies nicht wie die Geister war, denen sie neulich nachts auf der Burgruine begegnet waren.

Sie schüttelte ihre Angst ab und hörte Dylan zu. „Weißt du, Alex, wir müssen zuerst die Grundwerte ermitteln, um herauszufinden, was normal ist und was nicht. Das Tolle an einer Kirche ist der geringe Stromverbrauch." Er deutete in die Runde. „Sicher, es gibt elektrisches Licht und eine Heizung, aber in einem so großen Raum ist das minimal. Die Tatsache, dass es keine Computer gibt, hilft ungemein."

Cassie fügte hinzu: „Ich zeichne unsere ersten Messwerte auf und habe auch die Temperaturen in verschiedenen Teilen der Kirche aufgezeichnet. Wenn jetzt etwas passiert, haben wir eine konkrete Aufzeichnung der Veränderung."

Dylan senkte seine Stimme. „Wenn es allerdings so etwas wie neulich Abend ist, werden wir es ziemlich deutlich merken."

Alex seufzte. „Das ist sehr wahr. Aber ich denke, dass es diesmal etwas anders ist."

„Woher willst du das wissen?", fragte Ben und legte den EMF-Monitor schließlich beiseite.

„Das sind meine Hexensinne."

„Gibt es so etwas?" Dylan klang zweifelnd.

„Du wärst überrascht."

Avery lachte, trotz der seltsamen Situation. Alex versäumte es nie, sie zu amüsieren. Er war so selbstsicher und so witzig, und dennoch bevormundete er die anderen nie. Alex fing ihren Blick auf und lächelte, und sie spürte, wie ihr Magen Purzelbäume schlug.

James gesellte sich zu ihnen. „Habe ich etwas verpasst? Ich habe nur versucht, Harry zu erreichen."

„Nein", beruhigte Alex ihn. „Ich habe nur diese Jungs beobachtet. Es ist ziemlich faszinierend. Wie geht es Harry?"

James hielt inne und fuhr sich mit den Händen durch die Haare. „Ich mache mir tatsächlich ein wenig Sorgen. Ich habe ihn heute noch gar nicht gesehen und er geht nicht an sein Telefon."

Avery warf Alex einen besorgten Blick zu und sagte dann zu James: „Könnte er zu Hause sein, weil er krank ist?"

„Nicht, dass ich wüsste. Er hätte heute Morgen hier auftauchen müssen, aber vielleicht war er zu verschreckt, um zu kommen. Er hat jedoch nicht angerufen, was er normalerweise tun würde."

Avery spürte, wie sich ein Gefühl des Grauens in ihr ausbreitete. „Vielleicht sollten wir die Kirche durchsuchen."

„Ich habe alles abgesucht, aber er ist nicht hier."

Bevor sie noch etwas sagen konnten, wurde es in der Kirche dunkel, als die Sonne hinter den Fenstern verschwand, und es schien, als würde Kälte durch das Kirchenschiff sickern. Jeder von ihnen blickte nervös umher, und James schaltete schnell einige Seitenlichter ein.

Und dann spürte Avery, wie sich die Energie veränderte. Etwas anderes schien mit ihnen in dem Raum zu sein. Ben spürte es offensichtlich auch, denn er wirbelte herum und richtete sein EMF-Messgerät auf das Kirchenschiff, und das Heulen des Messgeräts begann erneut. Er schwang es hin und her, wobei das hohe Heulen immer lauter wurde, als er es auf die hintere Ecke der Kirche richtete.

„Es ist dort drüben", erklärte er und ging vorsichtig vorwärts.

Alex und Avery schlossen sich ihm an, wobei Avery unbewusst einen Energieball in ihren Händen beschwor, bis ihr einfiel, dass James immer noch da war.

Averys Haut kribbelte. Sie behielt die Ecke im Auge und sagte zu Alex: „Kannst du es spüren?"

„Ja. Es fühlt sich anders an als alles, was wir bisher erlebt haben. Sogar anders als Helena."

„Es ist auch ganz anders als das, was wir bisher erlebt haben", stimmte Ben zu, während das Jammern lauter wurde. „Diese Messung auf meinem Gerät ist sehr stark."

Das elektrische Licht über ihnen explodierte plötzlich und überall zersprang Glas, sodass Avery sich für den Bruchteil einer Sekunde die Hände vors Gesicht halten musste.

In diesem Moment jaulte das EMF-Messgerät wie ein verwundetes Tier und verstummte dann, als die Energiesignatur verschwand.

„Wo ist es hin?", rief James nervös hinter ihnen.

Sie drehten sich langsam um und suchten nach Anzeichen für die Erscheinung. Avery schärfte ihre magischen Sinne, aber was auch immer es war, war vorerst verschwunden.

Alex ließ die Schultern ein wenig sinken, um etwas Anspannung abzubauen. „Ich weiß nicht. Bleibt zusammen in der Mitte des Raumes."

James' Stimme zitterte, als er sich umsah. „Es fühlt sich wieder anders an."

„Inwiefern?", fragte Cassie, deren Stift über dem Papier schwebte, das sie für die Aufzeichnung der Ereignisse vorbereitet hatte.

„Stärker. Irgendwie bösartiger. Es war … fast greifbar."

Die Energie hatte sich bösartig angefühlt, aber mehr noch, sie fühlte sich alt an, wie damals, als Avery das Alter der dimensionalen Tür, die sie im Hexenmuseum geöffnet hatten, gespürt hatte. Sehr alt.

Augenblicke später manifestierte sich der Geist erneut, diesmal auf der anderen Seite der Kirche, in der Nähe der Seitenkapelle, in der Avery und Newton sich versteckt hatten, bevor sie in der Nacht, in der sie den Bann gebrochen hatten, die Krypta betraten.

„Dort drüben", zeigte Avery. „Ich kann es wieder spüren."

Noch bevor sie ihren Satz beendet hatte, erwachte das EMF-Messgerät zum Leben und Ben ließ es fast fallen. „Wow. Das vibriert bis in meinen Arm!"

Bevor Avery etwas dazu sagen konnte, trat Alex vor und begann seine Beschwörungsformel, seine Worte laut und kraftvoll, die im Kirchenschiff widerhallten, aber er war kaum einen Satz lang, als der Geist erneut verschwand und das EMF-Messgerät verstummte.

„Er spielt mit uns", sagte Avery.

Alex nickte. „Dieses Ding hat Zeit. Es wartet. Es ist intelligent."

„Was meinst du mit *Intelligenz*?", fragte James.

„Die meisten Geister spielen wiederholte Ereignisse aus ihrem früheren Leben nach – eine Erfahrung, die wir vor einer Woche im Schloss gemacht haben. Wir haben miterlebt, wie alte Ereignisse wiederholt wurden, verursacht durch einen Energieschub in der Umgebung." Er ging nicht näher auf die Energie ein und James fragte nicht nach. „Geister denken nicht als solche. Sie existieren, verloren, treiben in einer Existenz umher, die nicht ihre eigene ist."

Dylan stimmte zu. „Außer bei Poltergeistern, das sind sehr verstörte Geister."

„Aber selbst dann haben sie keine Intelligenz", sagte Alex. „Das hier schon. Ich kann es fühlen."

„Ich stimme zu", sagte Avery.

Ben ging in den Seitenkapelle, sein EMF-Monitor rauschte mit leisem Knistern, und Dylan folgte ihm mit der Kamera.

„Hat sich der Grundwert geändert?", fragte Cassie.

„Es ist etwas höher als zuvor", erklärte er und las die Werte vor, damit Cassie sie aufzeichnen konnte.

Avery wandte sich mit gedämpfter Stimme an Alex. „Was sollen wir tun?"

Er zuckte mit den Schultern. „Wir können nicht viel tun, bis es wieder auftaucht, aber ich habe das Gefühl, dass es genau weiß, was wir vorhaben."

Dann erwachte das EMF-Messgerät zum dritten Mal zum Leben, und diesmal drehten sich Avery und Alex gleichzeitig um und blickten hoch in das gewölbte Dach der Kirche. In Sekundenbruchteilen griff der Geist – oder was auch immer es war –

sie an, und Avery und Alex ließen sich auf den Boden fallen und rollten sich ab, um dem Angriff zu entgehen.

Eine Welle eisiger Kälte oder etwas in der *Art* durchfuhr Avery und sie hatte Schwierigkeiten zu atmen, aber Alex hatte seine Beschwörungsformel wieder aufgenommen, wodurch der Geist so schnell verschwand, wie er gekommen war.

Alex half Avery auf die Beine. „Alles in Ordnung?"

Sie nickte. „Mir geht es gut. Und dir?"

„Ich bin stinksauer."

„Bitte sag mir, dass du das aufgenommen hast?", fragte Ben Dylan.

„Ich nehme auf, aber ich weiß nicht, was genau drauf ist", erwiderte er. „Erst, wenn ich es später analysiert habe."

„Ich dachte, du filmst uns nicht?", bemerkte Alex genervt.

„Entschuldige, Alter", sagte Dylan. „Das war Instinkt. Ich schwöre, ich werde es nicht veröffentlichen. Aber es könnte wirklich nützlich sein."

Alex kniff die Augen zusammen, während er seine Optionen abwog. „Enttäusche mich nicht, Dylan."

„Ich schwöre, ich werde das nirgendwo posten."

James beobachtete den Austausch mit Interesse. „Schätzt du deine Privatsphäre auch, Alex?"

„Ja", sagte er, ohne näher darauf einzugehen. Alex sah sich noch einmal in der Kirche um und wandte sich dann wieder James zu. „Ich sage es dir nur ungern, aber das ist kein gewöhnlicher Geist."

James wurde blass. „Ja, das merke ich. Ich glaube, ich sollte dringend Harry finden."

„Hast du in der Krypta nachgesehen?", fragte Avery.

James runzelte die Stirn. „Nein, warum? Wir gehen fast nie da runter."

„Nun, ich denke, wir sollten es tun.“

James zog einen Schlüsselbund aus der Tasche und ging dann allen voran zurück zum Altarraum, die Treppe hinunter zur schweren versiegelten Tür der Krypta.

Er wollte sie aufschließen, runzelte dann aber die Stirn. „Sie ist bereits aufgeschlossen.“

„Lass mich“, sagte Alex, schob James hinter sich und betrat die Krypta als Erster.

Die Krypta war in Kerzenlicht getaucht und roch nach Blut. In der Mitte des Bodens lag der leblose Körper eines Mannes in religiöser Kleidung.

James stieß einen erstickten Schrei aus. „Harry!“

Acht

Was ist dafür verantwortlich?"

Newton starrte auf die Szene vor sich und richtete seine sorgenvollen grauen Augen auf Avery.

„Wir wissen es nicht", erwiderte Avery und fühlte sich so hilflos wie schon lange nicht mehr. Tatsächlich wurde ihr schlecht bei dem Gedanken daran, wie sie zuvor darüber gescherzt hatten, als wäre das Bannen eines Geistes ein Spiel. Was für eine schreckliche Rückkehr in die Realität.

„Ihr wisst es nicht?", sagte er ungläubig. „Eure letzten Worte an mich waren: Nur *ein* Geist. Sollte machbar sein. Und jetzt *das* hier?"

Sie standen allein im Eingang zur Krypta. Alle anderen waren oben im Kirchenschiff und wurden von Officer Moore, Newtons rothaarigem Polizeikollegen, der eng mit ihm zusammenarbeitete, und einem weiteren uniformierten Beamten befragt.

„Es tut mir leid, Newton. Ich fühle mich schrecklich deswegen. Ein Mann hat sein Leben verloren, nur weil wir vor wenigen Wochen hier waren. Und nein, wir wissen nicht, was die Ursache war, außer dass es sich um irgendeine Art von Geist handeln muss."

Newton war wütend. „Verdammt. Nun, ihr solltet das besser in Ordnung bringen. Der Küster ist *tot*."

Instinktiv begann sich Wind um sie herum aufzubauen, als Avery anfing, wütend zu werden. „Natürlich werden wir das in Ordnung bringen", zischte sie. „Was zum Teufel glaubst du, warum wir überhaupt hier sind? Wir sind nicht hierhergekommen, um uns zu unterhalten und einen Absacker zu trinken!" Avery drehte sich um und begann, auf und ab zu gehen, um ihre Wut abzubauen. „Im Ernst, Newton. Ich denke, du kennst uns mittlerweile!"

„Schon gut, schon gut", entgegnete Newton ungeduldig. „Und jetzt verlasst bitte den Tatort."

„Ich bin nicht am verdammten Tatort! Er ist dort drüben", erklärte sie und zeigte auf die Stelle, an der die Leiche noch immer in einem Haufen aus Trümmern lag, Harrys Kopf in einem unnatürlichen Winkel geneigt.

Sie hatten ihn kurz untersucht, bevor sie Newton angerufen hatten, in der verzweifelten Hoffnung, dass Harry verletzt und nicht tot war. Aber seine leeren Augen hatten an die Decke der Krypta gestarrt, und sie wussten, dass es zu spät war. Sie warteten nun auf die Spurensicherung.

Newtons Gesicht war von Trauer gezeichnet. „Es tut mir leid. Ich bin einfach nur aufgebracht und genervt. Es spielt keine Rolle, wie lange man das schon macht, eine Leiche zu finden ist nie einfach."

Averys Wut verschwand so schnell, wie sie gekommen war. „Mir tut es auch leid. Ich bin ebenfalls aufgebracht. Diese Sache hier ist anders, Newton."

Er schüttelte den Kopf. „Nicht hier. Wir reden später. Oder morgen", bemerkte er und schaute auf seine Uhr. „Es ist schon spät."

Das Getrappel von Schritten auf der Treppe kündigte die Ankunft der Spurensicherung an, und Avery trat zurück, um ihnen Platz zu machen, und gesellte sich dann zu den anderen im Mittelschiff.

„Also, woran ist er gestorben?", fragte Briar.

Es war am Abend darauf und alle fünf Hexen befanden sich auf Averys Dachboden, umgeben von Zauberbüchern, Kräutern, magischen Utensilien, Pizzakartons und Bier.

Alex saß auf dem Boden, lehnte sich gegen das Sofa und nahm einen Schluck Bier. „Es sieht so aus, als wäre sein Genick gebrochen worden. Und andere Knochen. Als wäre er wie eine Puppe zerschmettert worden. Aber er war auch blass und seine Haut sah trocken aus, als wäre das Leben aus ihm herausgesaugt worden." Er zuckte mit den Schultern. „Natürlich könnte es am Licht gelegen haben."

Der Raum wurde still, als sie über die Auswirkungen nachdachten, und dann sprach Reuben. Er saß auf dem Boden, an die Wand unter dem Fenster gelehnt, die langen Beine vor sich ausgestreckt. „Also hat es, wie die anderen Geister, die Fähigkeit, sich körperlich zu manifestieren."

„Ich schätze, das muss der Fall sein", erklärte Avery. „Obwohl wir es nicht spüren konnten, als es uns angriff. Es war, als hätte uns ein wirklich starker Wind erfasst."

„Aber du denkst, es war intelligent", sagte El, die auf dem Sofa saß. „Vielleicht wählt es aus, mit wem es physisch in Kontakt tritt?"

Briar setzte sich nachdenklich neben El. „Ich habe vergessen, dass du gesagt hast, du hättest Geister entkommen sehen, Avery.

Ich glaube, ich war einfach so froh, den Bindungszauber gebrochen zu haben, dass ich alles andere darüber vergessen habe."

Avery nickte. „Ich hatte es auch fast vergessen. Was auch immer es ist – oder sie sind – es ist sehr alt."

„Das könnte erklären, warum es sich anders anfühlt", bemerkte Reuben nachdenklich. „Es ist viel älter als die Geister, denen wir bisher begegnet sind, und etwas anderes als Dämonen – die im Grunde elementar sind."

Avery ließ sich laut seufzend gegen die Rückenlehne des Sofas fallen. „Mist. Ich sollte mich besser in die Bücher vertiefen, um herauszufinden, was das sein könnte."

„Das sollten wir alle", stimmte Briar zu. „Meinst du, wir sollten den Hexenrat einbeziehen?"

„Noch nicht", sagte Avery. „Obwohl ich das Gefühl habe, dass sie sich selbst einschalten werden, wenn das herauskommt."

„Du weißt, dass die Presse davon Wind bekommen wird", gab Reuben zu bedenken.

„Ja", stimmte Alex knapp zu. „Genau das, was wir nicht wollten. James will die ganzen Geisterjäger-Geschichten so lange wie möglich geheim halten, und die Polizei auch. Und natürlich wird die Polizei nicht glauben, dass ein Geist das getan hat – außer Newton. Sie sind auf der Suche nach einem echten Menschen."

„Was sich durchaus bewahrheiten könnte", gab Briar zu bedenken.

„Möglich, aber unter den gegebenen Umständen höchst unwahrscheinlich", gab Alex zu bedenken. „Wir sagen, wir waren in der Kirche, um für ein Geschichtsprojekt zu recherchieren. Dann wirken wir weniger verrückt", sagte er und bezog Avery in seine Aussage mit ein. „Natürlich hat die Presse ihre Mittel, um Dinge herauszufinden."

„Nun, James ist mehr aufgebracht als wir", sagte Avery. „Er hat nicht nur einen Freund verloren, sondern wollte auch die Gemeinde nicht beunruhigen. Dafür ist es jetzt allerdings zu spät. Die Kirche wird in den nächsten Tagen geschlossen bleiben, während die Spurensicherung ihre Ermittlungen abschließt. Ich habe das Gefühl, dass Newton einiges zu tun haben wird."

Und dann sagte Reuben etwas, das Avery gedacht, aber nicht ausgesprochen hatte. „Was wäre, wenn die Geister, die du gesehen hast, entkommen sind, Avery, dieselben sind – uralt und intelligent. Sie könnten überall in White Haven oder irgendwo in Cornwall lauern – oder sogar noch weiter. Was hält der Hexenrat von ihnen?"

„Ich habe es ihnen nicht gesagt", gab sie zu und fühlte sich schuldig. „Ich habe es vergessen! Die Nachricht von den Lichtern im Meer hat dafür gesorgt, dass ich alles andere vergesse."

„Toll, dann werden wir sicher wieder ausgestoßen." Briar seufzte und griff nach einem weiteren Stück Pizza.

„Gut", entgegnete Reuben. „Wir brauchen sie sowieso nicht."

„Ich denke, das werden wir, bevor die Sache hier vorbei ist", sagte Alex.

„Jetzt haben wir also uralte bösartige Geister von irgendetwas und Lichter im Meer. Einfach genial", sagte El.

„Aber wir haben unsere Zauberbücher und sind stärker als je zuvor. Vergesst das nicht", erinnerte Avery sie.

„Ich glaube, ohne sie war unser Leben einfacher", bemerkte Briar traurig.

Die erste Person, die Avery am nächsten Morgen in ihrem Geschäft sah, war Caspian Faversham. Die Türen waren erst seit wenigen Sekunden geöffnet, als er hereinkam, gekleidet in seine übliche dunkle Kleidung, und das Windspiel zum Klingen brachte. Sally sah ihn, wurde blass und ging direkt in den hinteren Teil des Ladens.

„Was willst du?", fuhr Avery ihn an und beobachtete, wie Sally nach hinten ging. „Du bist hier nicht willkommen, und wenn du sie anrührst, bringe ich dich um."

„Meine Güte. Was bist du unglaublich nett. Dabei sollten wir jetzt besser zusammenarbeiten."

Caspian lehnte sich an die Verkaufstheke und sah sich in ihrem Geschäft um, in seiner lässigen, überheblichen Art, bei der Avery den Wunsch verspürte, ihm direkt eine zu verpassen. Und das ganz ohne Magie. Sie wollte die körperliche Lust verspüren, ihn tatsächlich anzugreifen. Und es war so schade, denn sie war gut gelaunt aufgewacht, nachdem sie die Nacht mit Alex verbracht hatte. Leider war ihre gute Laune nun verflogen.

„Du hast in der Besprechung neulich sehr deutlich gemacht, dass du mich dort nicht haben willst. Also, warum bist du hier?"

„Hast du die Morgennachrichten nicht gesehen?", fragte er und zog seine Augenbrauen auf eine ärgerlich überhebliche Weise hoch.

„Nein."

„Du weißt also nichts von dem Todesfall in der All Souls-Kirche?"

„Ja, ich war dabei, als die Leiche gefunden wurde." Sie runzelte die Stirn. *Worauf wollte er hinaus?* „Was hat das mit dir zu tun?"

„Sei so nett und beantworte mir eine Frage. Warum warst du in der All Souls-Kirche?"

Avery hätte ihm am liebsten gesagt, er solle sich verziehen, aber sie hatte das Gefühl, dass hinter dieser frühmorgendlichen Befragung mehr steckte als reine Neugier. Sie blickte sich im Laden um und als sie sah, dass er immer noch leer war, ging sie zur Eingangstür und schloss sie ab, da sie Caspian nur ungern mit Sally im Hinterzimmer allein lassen wollte. Sie drehte sich um und sah, dass Caspian sie mit zusammengekniffenen Augen beobachtete.

Sie lehnte sich gegen die Tür und hielt Abstand zwischen sich und ihm. „Es spukt dort. Wir waren mit einem Team für paranormale Phänomene dort."

Er grinste hämisch. „Was für einen interessanten Umgang du doch pflegst. Hattet ihr vor, ein paar Geister zu vertreiben?"

„Ja."

„Und wie ist es gelaufen?"

„Caspian, kannst du bitte auf den Punkt kommen und dann meinen Laden verlassen?"

Er lehnte sich gegen die Theke und verschränkte die Arme vor der Brust. „Wie ist der Mann gestorben?"

„Es sah so aus, als wäre er heftig geschüttelt worden. Und sein Körper sah … ausgelaugt aus", erklärte sie, weil ihr kein besseres Wort einfiel.

„Also glaubst du, der Geist war es?"

„Es ist möglich."

Er füllte seine Stimme mit einem gefährlichen Ton. „Avery?"

Sie funkelte ihn an. *Warum musste er sie wie ein Kind behandeln?* „Wahrscheinlich. Der Geist war stark, bösartig. Er hat mit uns gespielt."

Er verstummte und beobachtete sie, die Sekunden dehnten sich zwischen ihnen, bevor er schließlich sprach. „Es scheint, als hätten wir dasselbe Problem."

Ihr Ärger verflog, nur um von einem flauen Gefühl ersetzt zu werden. „Was meinst du damit?"

„Wir haben einen herumstreunenden Geist in der St. Luke-Kirche in Harecombe, und er hat letzte Nacht auch den Küster getötet." Er beobachtete sie und wartete auf ihre Reaktion.

Averys Herz begann zu rasen. „Was? Woher willst du wissen, dass es der Geist war und kein Mensch?"

„Weil die Leiche auf dieselbe Weise gefunden wurde wie die, die ihr in der in All Souls-Kirche gefunden habt. Ich habe einen frühen Bericht über beide Todesfälle im Radio gehört und unsere Kirche diskret besucht. Ich kann den Geist dort spüren, und er mochte es überhaupt nicht, dass ich dort war. Er lauert dort wie eine Kröte. Leider konnte ich nicht zu lange bleiben, da überall Polizei ist."

„Es könnten auch zwei völlig unabhängige Zwischenfälle sein", bemerkte Avery trotzig, da sie nicht zugeben wollte, dass Caspian vielleicht recht hatte.

Er senkte drohend die Stimme. „Ich denke, wir wissen beide, dass es so etwas wie Zufall nicht gibt, Avery. Die Presse weiß, dass euer Pfarrer auch Geisterjäger dort hatte. Die Spekulationen fangen gerade erst an und es wird noch viel schlimmer werden. Ich schlage vor, du sagst mir, was los ist."

Sie stöhnte innerlich auf. *Der Trick mit der Recherche hatte also nicht funktioniert.* So ungern sie auch etwas mit Caspian teilte, sie wusste, dass sie es musste. Es war nur eine Frage der Zeit, bis der Rat eingeschaltet werden würde. „Als wir den Bindungszauber aufgehoben haben, musste Alex eine Tür zur Geisterwelt öffnen, um den Dämon und Octavia hindurchzuschicken. Geister sind daraus entkommen. Ich weiß nicht genau, wie viele, vielleicht ein halbes Dutzend. Ich glaube, dass es diese Geister sind, die Probleme verursachen."

Caspians Gesicht verfinsterte sich sofort. „Geister sind entkommen? Dann stecken wir in großen Schwierigkeiten, Avery."

Sie schluckte. „Warum? Können wir sie nicht einfach wie jeden anderen Geist verbannen?"

„Aber es sind nicht irgendwelche Geister, oder? Sie sind aus einer der Dimensionen der Anderswelt entkommen. Und das macht sie bösartig. Und stark."

So sehr Avery auch nicht mit Caspian einer Meinung sein wollte, wusste sie doch, dass er Recht hatte. Und er schien zu glauben, dass es verschiedene Dimensionen gab. Während sie als Geist unterwegs war, hatte sie andere Geister gesehen, die versuchten, herauszukommen und scheiterten, was bedeutete, dass diese stärker waren. „Hast du Intelligenz gespürt, als du in der St. Luke-Kirche warst?"

„Ja." Er veränderte leicht seine Position, um es sich bequemer zu machen. „Warum glaubst du, sind sie in Kirchen?"

„Ich weiß es nicht. Ich würde denken, dass sie Kirchen hassen würden, wenn sie aus einer dämonischen Anderswelt stammen."

„Einige Geister fühlen sich in einer Kirche vielleicht sehr wohl. All diese Seelen, von denen sie sich ernähren können", mutmaßte er. „Noch etwas, worüber man nachdenken sollte."

„Wir werden uns darum kümmern", versicherte Avery ihm und klang dabei selbstbewusster, als sie sich fühlte.

„Wirklich? Tut mir leid, wenn ich an euch zweifle", erklärte er, ohne dass es ihm leidtat, „aber ich kümmere mich um den in Harecombe. Weißt du überhaupt, was für Geister das sind? Sind sie alle gleich, oder sind mehrere verschiedene Arten entkommen?" Er trat näher und schloss die Lücke zwischen ihnen. „Wir müssen es wissen, wenn wir richtig mit ihnen umgehen wollen."

„Ich werde es herausfinden."

„Gut. Aber beeil dich." Er grinste. „Und ich werde Genevieve informieren. Diese Angelegenheit muss dem Hexenrat vorgelegt werden."

Neun

Avery saß am Tisch auf ihrem Dachboden, umgeben von ihren Zauberbüchern und Büchern über alles, was mit Mythen, Folklore und Magie zu tun hatte, und schäumte vor Wut. Sobald sie konnte, hatte sie Sally und Dan den Laden überlassen und war nach oben in ihre Wohnung gegangen, um ein paar Nachforschungen anzustellen.

Sie war wütend auf Caspian, aber noch wütender war sie auf sich selbst. Sie waren arrogant gewesen, als sie ihre Zauberbücher zurückholten. Arrogant und übermütig. Ja, die Zauberbücher gehörten ihnen, und sie hatten jedes Recht dazu, aber im Moment wünschte sie sich, sie hätte sich die möglichen Konsequenzen überlegt. Seit Anne ihnen die Kiste und all ihre Recherchen, die zu ihren Zauberbüchern führten, überlassen hatte, hatte es Tod und Zerstörung gegeben. Und nein, nicht alles war ihre Schuld gewesen, die Favershams waren definitiv für einiges davon verantwortlich, aber sie mussten einen Teil der Schuld auf sich nehmen.

Und sie mussten dieses Chaos beseitigen.

Sie hatte viele alte Bücher, in denen verschiedene Geister und Dämonen aufgeführt waren, und irgendwo musste etwas stehen. Und dann kam ihr ein Gedanke. *Vielleicht könnte Alex mit seinen hellseherischen Fähigkeiten helfen? Vielleicht sollten sie eine See-*

lenreise machen? Aber sie hatte das Gefühl, dass das zu gefährlich wäre, wenn sie keine Ahnung hatten, was diese Geister waren.

Sie dachte an den Abend zurück, an dem sie den Bann gebrochen hatten, und versuchte sich zu erinnern, wie die Geister ausgesehen hatten. Im Raum unter der Kirche war Chaos ausgebrochen, die Hexen hatten ihre Magie in riesigen Schüben eingesetzt, nur um am Leben zu bleiben. Der Dämon war gefährlich gewesen, und sie hatte versucht, wieder in ihren eigenen Körper zurückzukehren, in dem Helena es sich ein wenig zu breitgemacht hatte. Sie hatte die Geister erst im Nachhinein bemerkt. Sie hatten vage und formlos ausgesehen, mit nur der geringsten Andeutung eines menschlichen Körpers; es war der Funke der Lebendigkeit und das Gefühl einer Seele, die sie eher als Menschen denn als Dämonen kennzeichnete. Aber ob sie vollständig menschlichen Ursprungs waren, war eine ganz andere Frage.

Sie stieß sich vom Tisch ab und verschränkte verärgert die Arme. *Wie konnten sie herausfinden, was sie waren? Und wenn sie sich nach Belieben manifestieren konnten, wie konnte man sie dann lange genug festhalten, um sie zu verbannen?*

Avery beugte sich erneut entschlossen über ihre Zauberbücher, beschwor ein Hexenlicht herauf, das über ihr schwebte, nur für den Fall, dass es versteckte Runen und Notizen gab, und sprach dann einen Suchzauber aus, um in den Büchern nach allem zu suchen, was mit der Identifizierung von Geistern zu tun hatte. Sie spürte, wie sich die Luft um sie herum bewegte, und dann begannen die Seiten im Luftzug zu rascheln, als würden unsichtbare Hände die Seiten umblättern. Nach kurzer Zeit blieben die Seiten ruhig und sie markierte die Seite, aber dann bewegten sich die Seiten weiter und Avery markierte eine weitere Seite und dann noch eine, bis sie fast ein Dutzend Zaubersprüche, über beide Bücher verteilt, identifiziert hatte.

Sie zog einen Notizblock zu sich heran und begann, sich Notizen zu den Zaubersprüchen zu machen, wobei sie einige schnell verwarf, während sie beschloss, andere auszuprobieren, aber es war der letzte Zauberspruch, den sie sich ansah, der am vielversprechendsten schien. Sie hatte ihn bis zum Schluss aufgehoben, weil er sich ganz vorn im ältesten Zauberbuch befand – Helenas Zauberbuch – und ohne das Hexenlicht völlig unsichtbar war. Er war innerhalb eines anderen Zaubers geschrieben worden, die Zeilen waren in den sichtbaren Zauber eingestreut. Die Schrift war winzig und eng, ein Gekrakel auf der Seite, dessen Entzifferung Zeit und Energie erforderte. Sofort begann ihr Puls zu rasen. Das sah interessant aus. Und gruselig. An der Seite befand sich eine Reihe von Runen, die eine Warnung darstellten, den Spruch nur mit Schutzzauber anzuwenden. Außerdem waren Gegenstände erforderlich, die Avery nicht hatte, von denen sie aber wusste, dass Alex sie hatte, wie eine Kristallkugel zur Weissagung. Aber was sie an diesem Spruch am meisten interessierte, war, dass er eine Möglichkeit zu bieten schien, mit dem betreffenden Geist zu sprechen.

Sie griff nach ihrem Handy und rief Alex an. Seine warme Stimme brachte sie zum Lächeln. „Hallo, meine Schöne. Wie geht es dir?"

„Mir geht es gut, und dir?", fragte sie.

„Viel zu tun – es ist Mittagszeit. Aber ich darf mich nicht beschweren."

Avery konnte das Stimmengewirr im Pub im Hintergrund hören. „Nun, ich habe eine kurze Frage. Ich habe einen Zauberspruch gefunden, mit dem wir mit Geistern sprechen können, aber wir brauchen eine Kristallkugel. Hast du Interesse?"

Er hielt einen Moment lang inne. „Mit wem willst du sprechen?"

„Mit unserem unbekannten Besucher in der Kirche.“

„Ah. So etwas ist gefährlich.“

„Ist es das?“

„Ja. Eine direkte Verbindung zu einem Geist herzustellen, kann eine starke Gegenreaktion hervorrufen.“

Sie stöhnte. „Ja, diesen Eindruck hatte ich auch.“

„Aber ich bin immer für eine Herausforderung zu haben. Ich melde mich später wieder – jemand starrt mich böse an, weil er ein Bier will.“

„Klar, und danke“, sagte sie, dann legte er auf.

Sie begann, die Zutaten für den Zauberspruch zusammenzustellen, griff nach verschiedenen Kräutern und fragte sich, ob sie den Zauberspruch in der Kirche sprechen mussten oder ob es überall ginge. Wahrscheinlich wäre die Kirche am besten. Dort lebte der Geist – vorerst.

Sie war mit der Hälfte der Vorbereitungen fertig, als ihr Handy klingelte und sie Bens Namen auf dem Display sah. „Hallo Ben? Wie geht es euch nach gestern Abend?“

„Wir sind völlig aufgedreht“, erklärte er aufgeregt und fügte dann hinzu: „und natürlich fühlen wir uns wegen Harrys Tod wirklich schlecht. Aber wir haben etwas auf dem Kameramaterial gefunden. Das musst du dir ansehen.“

„Warum? Was?“, fragte sie, und ihre eigene Aufregung stieg.

„Ich kann es nicht erklären. Du musst es einfach sehen.“

„Kann ich die anderen mitbringen?“

„Klar. Wir kommen zu dir. Um wie viel Uhr?“

„Sieben Uhr?“, bot Avery an, in der Hoffnung, dass sie bis dahin alle zusammentrommeln konnte und trotzdem noch genug Zeit für sie und Alex bliebe, um den Zauberspruch zu sprechen.

„Super. Bis später“, verabschiedete er sich und legte auf.

Sobald er aufgelegt hatte, spürte sie, wie das Kribbeln der Magie den Dachboden erfüllte. Avery sah sich alarmiert um. *Was geschah hier?* Es war wie ein Jucken, das sie nicht lokalisieren konnte, aber eine seltsame Überempfindlichkeit breitete sich auf ihrer Haut und unter ihrem Schädel aus. Und dann erklang Genevieves Stimme aus ihrer Umgebung, körperlos und unwirklich.

„Avery. Ich bin es, Genevieve. Wir haben ein weiteres Treffen einberufen. Bitte sei morgen um zwanzig Uhr in *Crag's End*. Komm nicht zu spät."

Avery stöhnte. Es war, als würde man von seiner Mutter gerufen werden. *Und warum konnte sie nicht einfach das Telefon benutzen?* Gott sei Dank war das nicht im Laden passiert. Das wäre schwer zu erklären gewesen.

Es war jetzt später Nachmittag, der Wind hatte nachgelassen und es sah nach Hitze aus. Sie musste vom Dachboden runter und in ihrem Garten etwas Luft schnappen. Sie könnte ein paar Kräuter und Wurzeln sammeln und eine Tarot-Lesung machen. Sie schnappte sich das Tarot und ihr Schneidemesser und ging in den Garten.

Um halb acht an diesem Abend war Averys Wohnzimmer sehr voll. Alle fünf Hexen waren da, ebenso wie Newton und die drei Geisterjäger.

Der Geruch von Curry vom Lieferservice erfüllte den Raum, und auf dem Esstisch standen neben Naan-Brot, Bier und Wein auch mehrere Folienbehälter.

Die meisten von ihnen waren direkt von der Arbeit oder von zu Hause gekommen, aber Reuben war surfen gewesen. Sein Haar war noch nass und eine feine Sandschicht bedeckte seine Haut. Sie hatten sich alle an einer Auswahl verschiedener Currys bedient, aber Reubens Teller war besonders hoch beladen.

Avery schaute ihn an und dann auf Reubens schlanke Gestalt. „Wo zum Teufel steckst du das alles hin, Reuben?"

Er grinste. „Ich surfe es ab, Avery."

„Wow. Deine Lebensmittelrechnung muss gigantisch sein."

„Das ist sie. Den Göttern sei Dank bin ich reich, was?", bemerkte er mit einem Augenzwinkern und setzte sich dann auf die Sofakante, mit Blick auf den Fernseher.

Avery nahm sich ihren Teller und setzte sich dann auf ein großes Bodenkissen, um Ben zu beobachten, wie er die heruntergeladene Datei fand, die er an ihren Fernseher angeschlossen hatte.

Er drehte sich aufgeregt um. „Leute, ich kann es kaum erwarten, dass ihr das seht. Das ist eines der besten Wärmebilder, die wir je hatten!"

El verzog das Gesicht. „Erklär mir das. Ich verstehe so etwas nicht."

„Geister oder Gespenster existieren auf einer anderen Ebene als wir. Normalerweise können wir sie weder sehen noch hören, aber wir versuchen, mit Hilfe von Geräten zu sehen, was da ist. Wir verwenden EMF-Messgeräte, um verschiedene elektrische Signaturen, wie zum Beispiel unterschiedliche Energieniveaus, zu messen. Aber wir müssen vorhandene Telefone, Radios und Elektrizität ausschließen. Wir haben ein Trifield Natural Meter, das wir auf eine magnetische Einstellung einstellen können, und es schließt die meisten elektrischen Störungen aus – aber wir nehmen trotzdem Grundmessungen vor. Dann haben wir Audiogeräte, eine normale Kamera, eine Wärmebildkamera und einen Temperaturmonitor. Ich habe einen Bewegungssensor, aber den habe ich nicht mitgenommen, was dumm war, aber nächstes Mal …" Er zuckte mit den Schultern. „Es klingt kompliziert, ist es aber nicht. Wir versuchen nur, so viele Daten wie möglich zu sammeln. Und natürlich ist das keine exakte Wissenschaft."

El sah beeindruckt aus. „Also habt ihr das alles neulich Abend in der Kirche aufgebaut?"

Dylan antwortete, während Ben sich wieder dem Fernseher zuwandte. „Ja. Ich habe etwas Ton, aber es war nur Rauschen, eine Art Zischen, das sich im Ton veränderte, aber nicht eindeutig war, und Cassie hat einige Temperaturänderungen festgestellt. Ich bin mir ziemlich sicher, dass wir auch etwas von der Bewegung hätten, denn das Ding schien sich viel im Raum zu bewegen, aber wie Ben schon sagte, haben wir das Gerät nicht mitgebracht. Aber das Kameramaterial war das Beste."

Alle nickten, und Avery spürte, wie ihr vor Erwartung ein Schauer über den Rücken lief.

„Ich zeige euch zuerst die normale Kameraaufnahme."

Sie sahen, wie ein schwaches Bild des Kircheninneren den Bildschirm füllte. Das Bild schwenkte um den Eingang herum, dann zum Kirchenschiff, zur Seitenkapelle und zum Chor. Das Filmmaterial zeigte, wie Cassie und Ben die anderen Geräte aufbauten, und die leisen Gespräche der beiden waren nur schwach zu hören. Dann stoppte das Filmmaterial und als es wieder startete, war die Kamera auf die hinterste Ecke des Raumes gerichtet. Avery konnte ihre Stimme und die von Alex hören, bevor die elektrische Beleuchtung über ihnen explodierte und überall Glas verstreute. Eine schwache, weiße Gestalt schien die Ecke zu füllen, bevor sie nach oben floh.

Briar schnappte nach Luft. „Ist das der Geist?"

„Wahrscheinlich, ja", sagte Ben und nickte. „Aber es ist nicht klar."

„Ich habe dann die Kamera gewechselt", erklärte Dylan. „Die Explosion des Glases war ziemlich intensiv, und ich dachte, ich könnte bessere Ergebnisse erzielen."

Ben rief dann das Wärmebildmaterial auf, und als Nächstes sahen sie ein graues Bild des Kircheninneren und Cassie und Ben, die wie fotografische Negative aussahen. Dann sahen sie James, Alex und Avery. Nach einigem Hin und Her erschien das Bildmaterial der kleinen Seitenkapelle. Man konnte einen Blick auf ein weißes Wesen erhaschen, das menschlich aussah, aber riesige Schultern zu haben schien. Es schwebte vom Boden weg und verschwand dann. Dann wurde die Kamera nach oben auf die Decke gerichtet, das Gewölbe war deutlich zu sehen, und es gab das gruseligste Bild. Eine riesige, geflügelte Kreatur schwebte über ihnen, bevor sie in einer Unschärfe nach unten raste, so schnell, dass sie in der ruckeligen Aufnahme völlig aus dem Blickfeld verschwand.

Ben und Dylan sahen triumphierend aus, aber alle anderen sahen sich fassungslos und schweigend an.

„Was zum Teufel ist das?", fragte Newton und drehte sich alarmiert zu den anderen um.

Avery spürte, wie ihr das Blut aus dem Gesicht wich, und sie rang um ihre Stimme. „Es sah nicht wie ein gewöhnlicher Geist aus."

„Es sieht aus wie ein verdammt großer Todesengel!", rief Newton. „Warum schaut ihr mich alle so an? Was ist das?"

Alex' übliche Zuversicht war verschwunden und wurde durch völlige Verwirrung ersetzt. Er sah die anderen an, bevor er sich schließlich an Newton wandte. „Ich weiß es nicht."

Sie sahen sich das Filmmaterial immer wieder an und jeder von ihnen machte Vorschläge, aber leider hatte niemand eine bessere Idee als Newton, was bei Tageslicht lächerlich erschien.

Reuben wandte sich an Avery. „Ist es das, was du unter der All Souls-Kirche aus der Türöffnung fliegen sahst?"

„Auf keinen Fall", erklärte sie entschlossen. „Daran würde ich mich erinnern. Was ich sah, waren formlose Gestalten, klein und substanzlos. Obwohl ich währenddessen natürlich versucht habe, einem Dämon auszuweichen und wieder in meinen eigenen Körper zu gelangen."

Briar lehnte sich nachdenklich auf dem Sofa zurück. „Aber was auch immer das ist, es hatte zu diesem Zeitpunkt bereits den Küster Harry getötet. Ist das richtig?"

Avery warf Alex einen Blick zu und sagte dann: „Ja, ich denke schon."

Briar betrachtete das eingefrorene Bild auf dem Bildschirm und schauderte. „Dann hat die Tatsache, dass es sich von Harry ernährt hat – entschuldigt die Wortwahl, aber ihr habt gesagt, er sah ausgelaugt aus – den Geist oder was auch immer es ist, vielleicht noch mächtiger gemacht?"

Newton sprang vom Sofa auf und begann auf und ab zu gehen. „Warum hat es dann nicht wieder getötet? Und was passiert, wenn es das tut?"

„Die Kirche wurde von der Polizei abgeriegelt", erklärte Alex. „Im Moment kommt niemand rein oder raus. Bevor wir gestern gegangen sind, haben wir Schutzzauber um das Gebäude gelegt – sehr rudimentäre, es waren zu viele Polizisten in der Nähe. Wir hoffen, dass wir es eingedämmt haben, aber ehrlich gesagt ist das unwahrscheinlich." Er sah Avery an. „Wir sollten zurückgehen und es richtig machen."

„Was ist mit dem Todesfall in der St. Luke-Kirche in Hare-combe?", fragte Reuben und legte schließlich seinen leeren Teller beiseite. „Ich habe es in den Nachrichten gesehen. War der ähnlich?"

„Der erste Eindruck sagt ja, aber ich warte auf den Bericht des Gerichtsmediziners", erklärte Newton und blieb am Fenster stehen, um auf die Straße hinunterzuschauen, bevor er sich wieder zu ihnen umdrehte. „Es gibt jedoch keine Anzeichen für einen Einbruch."

„Gab es in den letzten vierundzwanzig Stunden noch andere verdächtige Todesfälle?", fragte El.

„Nein. Aber wenn es noch mehr Geister gibt und sie miteinander verbunden sind, dann vielleicht schon."

Avery dachte über ihren Besuch von Caspian nach und über-legte, ob sie ihrer Versammlung noch mehr Unheil vorher-sagen sollte, aber sie wusste, dass sie von seinem Besuch erzählen musste. „Caspian war deswegen schon bei mir", sagte sie und erklärte, was er gesagt hatte. „Und morgen ist noch eine Ratssitzung. Ich rechne damit, dass man mich zusammen-staucht."

„Verdammt", bemerkte Alex und sah besorgt aus. „Ich muss arbeiten, sonst würde ich mitkommen. Ich möchte nicht, dass du allein gehst, vor allem nicht, wenn rachsüchtige Geister in der Nähe sind."

Trotz der Umstände lächelte Avery und spürte, wie sich eine inzwischen vertraute Wärme in ihr ausbreitete. „Ich komme schon klar. Außerdem habe ich Schutz – ein Tattoo und *Magie*!"

„Da fällt mir ein", bemerkte El und wandte sich Cassie, Dylan und Ben zu. „Ich habe Amulette für euch. Tragt sie immer bei euch! Es geschehen seltsame Dinge, und ihr seid einigen davon ganz nah. Und geht kein Risiko ein."

Sie nickten alle und dankten ihr überschwänglich, während sie die kleinen silbernen Amulette an Ketten nahmen und sie sorgfältig untersuchten.

„Na, ratet mal, wer morgen mit euch kommt?", fragte Reuben grinsend.

Avery spürte, wie ihr die Luft wegblieb. „Ich sagte, ich komme schon klar. Ich brauche niemanden, der mitkommt. Vor allem nicht *dich* im Moment. Du hast momentan eine ziemlich große Klappe. Ich glaube nicht, dass das helfen wird."

„Pech gehabt. Ich komme trotzdem mit. Ich will sehen, wer diese Witzbolde sind."

„Das sind keine Witzbolde, Reuben", korrigierte Avery und spürte bereits, dass sie aneinandergeraten würden. „Einige von ihnen sind liebenswert und gastfreundlich. Sie sind Hexen. Unsere Freunde. Wir können es uns nicht leisten, sie zu verprellen. Das will ich auch nicht. Das ist unsere Chance, in die magische Gemeinschaft aufgenommen zu werden. Da draußen gibt es eine ganz andere Welt, über die wir Bescheid wissen müssen."

Reuben verdrehte die Augen. „Ich weiß. Ich bin kein Idiot. Aber zwei sind besser als einer. Ich sage ihnen, dass ich neugierig bin."

„Du benimmst dich besser, sonst streiten wir uns", erklärte sie und begann sich zu ärgern.

El schnaubte. „Viel Glück dabei!"

Zehn

Avery fuhr die ihr halbwegs vertraute kurvenreiche Straße nach *Crag's End* entlang und stritt sich mit Reuben. Während der gesamten Fahrt hatte er sie über sein Zauberbuch und seine Experimente mit den Zaubersprüchen auf dem Laufenden gehalten, und er neckte und scherzte ständig, aber darunter spürte sie seine Anspannung.

„Im Ernst, Reuben, du musst dich heute Abend benehmen. Ich wäre wirklich sauer, wenn du sie absichtlich verärgerst."

Er ließ seinen scherzhaften Tonfall fallen. „Ich werde mich benehmen, versprochen. Seit Gil gestorben ist, habe ich Mühe, mit dieser ganzen Magie-Sache klarzukommen. Ich dachte, ich hätte mich für immer davon abgewandt, und jetzt stecke ich bis zum Hals drin." Er seufzte und lehnte den Kopf gegen die Rückenlehne des Sitzes. „Versteh mich nicht falsch, ich bin froh, dass ich so bin, wie ich bin, und ich habe das akzeptiert, obwohl ich mir wünschte, dass es nicht Gils Tod gebraucht hätte, damit ich das einsehe."

Avery wurde langsamer und warf ihm einen Blick zu. Plötzlich fühlte sie sich mies, weil sie ihm das Leben schwer machte. „Ich weiß, und es tut mir leid, Reuben. Du gehst wirklich gut damit um. Ich wünschte, die Umstände wären anders. Gil wäre der perfekte Vertreter für uns gewesen, besser als ich."

Reuben schüttelte den Kopf. „Du machst das gut, Avery. Ich zweifle nicht an dir. Aber Alex hat recht. Wir kennen diese Typen nicht wirklich, und dass du allein hier bist, *ist* besorgniserregend. Wenn sie sich gegen dich wenden, kannst du nicht gegen alle kämpfen."

Sie wurde langsamer, als sie links eine Haltebucht sah, hielt an und drehte sich zu ihm um, um ihn zu beruhigen. Manchmal wirkte er so zerbrechlich, was angesichts seiner Größe ehrlich gesagt lächerlich war. „Das hier ist nicht der Wilde Westen, und ich bin sicher, dass das nicht passieren wird. Ich glaube sogar, dass du sie mögen wirst – na ja, die meisten von ihnen."

Er schluckte und schaute aus dem Fenster, ohne ihr in die Augen sehen zu können. „Aber die Tatsache, dass es jetzt viele von uns gibt, lässt mich wirklich alles infrage stellen. Wer ich bin, wer Hexen sind, was für andere Dinge vor sich gehen, von denen wir nichts wussten. Du, Alex und die anderen, ihr scheint das im Griff zu haben. Sogar Newton! Ich glaube nicht, dass ich das tue. Es ist zu vage – nein, zu *groß*!"

Avery streckte die Hand aus und berührte seinen Arm, woraufhin er sich ihr mit zweifelndem Blick zuwandte, und sie hätte am liebsten geweint. „Es *ist* eine große Sache, und du bist nicht der Einzige, der so denkt. Ich fühle mich schrecklich, Reuben. Ich habe mit dieser ganzen Sache angefangen. Und schau, was passiert ist! Mit meinem sturen Beharren darauf, dass wir diese Zauberbücher finden, habe ich etwas Schreckliches in White Haven ... nun ja, eigentlich in der ganzen Welt ... entfesselt." Die Gefühle, die sie seit Wochen zu unterdrücken versucht hatte, brachen plötzlich aus ihr hervor, ausgelöst durch Reubens herzzerreißende Ehrlichkeit. „Menschen sterben, und diesmal ist es nicht Caspians Schuld oder Alicias. Es ist meine. Ich war so arrogant." Ihr kamen die Tränen, eine Träne lief ihr über die

Wange, und sie schniefte und kramte in ihrer Tasche nach einem Taschentuch. „Verdammt. Ich bin so sauer auf mich selbst."

„Wir sind dir gefolgt, Avery. Du hast das nicht alleine gemacht."

Sie wischte sich eine Träne weg und schnäuzte sich. „Du bist nur nett. Und ich sollte dich eigentlich trösten."

Er lachte schwach. „Das tust du. Danke. Obwohl es in letzter Zeit meine Spezialität zu sein scheint, Frauen zum Weinen zu bringen."

„Hast du mit El über all das gesprochen?"

Er zuckte mit den Schultern. „Sozusagen. Ich habe das Gefühl, dass ich ein ziemlich mieser Freund bin. Hast du mit Alex gesprochen?"

Sie lächelte ironisch. „Sozusagen. Ich habe eigentlich versucht, all diese Schuldgefühle zu begraben. Sex hilft."

Er lachte und warf den Kopf in den Nacken. „Ja, das tut es wirklich." Er zeigte auf die Rückseite des Wagens. „Du schlägst doch nichts vor, oder?"

„Nein, du Blödmann."

Er grinste sie an, mit einem frechen Funkeln in den Augen. „Ich mache nur Spaß. Außerdem würde Alex mich umbringen. Und El auch."

Avery zog die Sonnenblende herunter und warf einen Blick in den Spiegel. „Wow. Ich sehe furchtbar aus." Sie versuchte, ihr Make-up zu richten, und holte tief Luft. „Nun, das ist keine gute Art, dem Hexenrat gegenüberzutreten. Sieh uns an. Ich habe geschwollene Augen und du siehst traurig aus."

„Wenn wir erst oben auf dieser riesigen Auffahrt sind, werden wir gut aussehen. Komm schon. Einigkeit macht stark."

Sie drehte sich um und lächelte. „Einigkeit macht stark."

Die Atmosphäre in Oswalds Besprechungsraum schien frostiger zu sein als beim letzten Mal, und Avery sah sich am Tisch um, um ein Gefühl dafür zu bekommen, wer Verbündete waren.

Der Raum war dunkel. Draußen zogen Wolken auf und das Abendlicht war schwach. Ein paar Lampen erhellten dunkle Ecken, in der Mitte des Tisches brannten Kerzen und Weihrauchschwaden breiteten sich in der Luft aus, was alles leicht verschwommen erscheinen ließ.

Sie waren ein paar Minuten zu spät gekommen, sodass alle bereits an dem langen Tisch saßen und sich in gedämpftem Small Talk unterhielten. Oswald hatte Reuben begeistert begrüßt und einen zusätzlichen Stuhl für ihn gefunden, und Avery und Reuben saßen nun zusammen am Ende des Tisches, direkt neben der Tür zum Raum. Oswald trug wieder eine Samtjacke, diesmal zu einer karierten Hose, und Reuben zog eine Augenbraue fragend hoch und warf einen Blick auf Oswalds Kleidung. Avery warnte ihn mit einem Blick und zischte: „Benimm dich.“

Claudia, die ältere Hexe aus Perranporth, lächelte Avery zur Begrüßung an, ebenso wie Eve, die Hexe aus St. Ives mit den Dreadlocks, die beim letzten Treffen so freundlich gewesen war, und Avery begann sich zu entspannen. Caspian kniff nur die Augen zusammen und nickte kaum merklich. Wenn Avery es nicht besser wüsste, hätte sie gedacht, dass dieses Nicken fast widerwilligen Respekt bedeutete. Aber sie musste sich das wohl einbilden. Zane, die Hexe aus Bodmin, und Mariah aus Looe saßen aus Solidarität zu beiden Seiten von ihm und warfen ihr kaum einen Blick zu.

Genevieve saß wieder am Kopfende des Tisches, von wo aus sie Autorität ausstrahlte. Ihr langes Haar war heute Abend offen und fiel ihr über den Rücken, was ihre scharfen, feinen Gesichtszüge abmilderte. „Also gut, fangen wir an", erklärte sie, wobei die Weichheit ihres irischen Akzents ihre schroffe Art Lügen strafte. „Es gab drei Todesfälle in sehr kurzer Zeit, und alle scheinen auf Geister oder Meerjungfrauen zurückzuführen zu sein." Sie richtete ihren durchdringenden Blick auf Avery, wobei ihr Blick Reuben streifte. „Was ist in der All Souls-Kirche passiert?"

Avery erklärte, dass sie Geister gesehen hatte, die aus dem Dimensionsportal entkommen waren, dass James um Hilfe gebeten und die Geisterjäger eingesetzt hatte, verschwieg aber vorerst die Wärmebildkamera. Sie hatte die Absicht, es ihnen zu erzählen, wollte aber erst sehen, was die allgemeine Meinung war.

Genevieve runzelte die Stirn. „Du hast diese entkommenen Geister vorher nicht erwähnt. Warum nicht?"

Alle Hexen am Tisch schauten sie an, und Avery war das Ganze ein wenig peinlich. „Um ehrlich zu sein, habe ich sie vor lauter Aufregung vergessen. Wir haben an jenem Abend um unser Leben gekämpft. Es war chaotisch, verrückt – die entflohenen Geister schienen angesichts des riesigen Dämons im Raum unsere geringste Sorge zu sein. Und ich war zu diesem Zeitpunkt als Geist unterwegs. Ich musste in meinen eigenen Körper zurückkehren."

„Vielleicht", bemerkte Rasmus mit leicht ungeduldiger, krächzender Stimme, „wäre dies ein guter Zeitpunkt für uns, um zu erfahren, was an jenem Abend passiert ist. Wir haben beim letzten Mal nicht vollständig darüber gesprochen. Ich würde es gerne wissen."

„Ich stimme zu", bemerkte auch Eve und lächelte ermutigend. „Wir alle wissen, dass ihr den Bindungszauber brechen musstet, aber wir haben keine Ahnung, wie. Was ist passiert?"

„Ihr müsst das nicht besprechen." Genevieve warf einen warnenden Blick über den Tisch, bevor sie Avery und Reuben wieder ansah. „Unsere Magie und unsere Rituale sind Privatsache."

„Ich denke, das ist völlig in Ordnung", erwiderte Avery und sah Reuben an, der zustimmend nickte. Sie sah, wie Caspian unbehaglich auf seinem Stuhl hin- und herrutschte, ignorierte ihn aber. „Ich versuche, die Vorgeschichte zusammenzufassen. Die Dinge wurden kompliziert." Sie erzählte die ganze Geschichte so gut sie konnte und beschrieb dann die Ereignisse, die dazu führten, dass sie Helena in ihrem Körper benutzt hat, und das Ritual, das sie durchgeführt hatten. Sie hielt sich mit den Einzelheiten des Zauberspruchs zurück – sie wusste, was Genevieve meinte. Zaubersprüche waren Macht, und die Details zu teilen, war nicht in ihrem besten Interesse. Hexen waren nicht abgeneigt, Magie zu stehlen, um an Macht zu gewinnen, und Caspians Familie war der beste Beweis dafür, aber sie erzählte ihnen genug, damit sie die Situation verstehen konnten. Als sie mit der Schilderung der Ereignisse in Faversham Central fertig war, gab es nicht nur ein paar offene Münder am Tisch, und Caspian brodelte vor Wut.

Ein Chor von Ausrufen, allgemeines Fluchen und eine große Menge an Mitgefühl und Verständnis erfüllten den Raum. Avery warf Reuben einen überraschten Blick zu und ein Lächeln huschte über sein Gesicht.

Eves Stimme durchbrach den Lärm. „Ich hatte keine Ahnung, dass die Dinge so kompliziert und gefährlich sind, Avery. Es tut mir leid, dass du damit zu kämpfen hattest. Und Reuben, bitte nimm mein Beileid für Gils Tod entgegen." Sie warf Caspian einen Blick voll purer Verachtung zu. „Was hast du dir dabei gedacht? Es ist unerhört, dass du jemals eine andere Hexe in eine solche Lage gebracht hast. Du bist eine Schande. Ich hatte keine Ahnung, dass die Dinge so schlimm stehen." Dann wandte sich Eve Genevieve zu. „Warum hast du das nicht schon früher erklärt? Du hast uns eine sehr verwässerte Erklärung der Ereignisse gegeben."

„Ich kannte nicht alle Details", erklärte Genevieve, die angesichts der verärgerten Gesichter am Tisch nicht völlig überrascht, aber auch nicht ganz wohl bei all der Aufmerksamkeit war.

Avery vermutete, dass Genevieve sie deshalb nie nach Einzelheiten gefragt hatte und ihr nicht die Gelegenheit gegeben hatte, das letzte Mal mitzuteilen. Das Mitgefühl, das sie jetzt empfand, war enorm. Sie riskierte einen Blick auf Caspian und stellte fest, dass er sie mit grimmigem Respekt anstarrte und eine Herausforderung in seinen Augen aufblitzte.

Caspian wandte sich an Eve; er wusste, dass er öffentlich Wiedergutmachung leisten musste. „Du hast recht, Eve. Ich und meine Familie müssen die Verantwortung für unser Handeln übernehmen." Caspian wandte sich wieder Reuben und Avery zu. „Mein Vater hat uns in eine schwierige Lage gebracht. Und Reuben, ich meinte es so, wie ich es sagte – ich hatte nicht vor, Gil zu töten. Es tut mir leid."

„Ich fürchte, das glaube ich dir nicht, Caspian", erklärte Reuben leise. „Denk daran, dass du fast das Mausoleum meiner Familie auf meinem Kopf zusammenbrechen lassen hast. Dein Vater kann nicht die ganze Schuld auf sich nehmen. Aber ich werde darüber hinwegkommen, wenn du das kannst."

Avery versuchte, den Schock in ihrem Gesichtsausdruck zu verbergen. Sie konnte nicht glauben, dass Reuben das gerade gesagt hatte. Sie streckte ihre Hand unter den Tisch, fand Reubens Hand und drückte sie, wobei sie spürte, dass er die Geste erwiderte.

Avery hatte auch die Genugtuung, Caspians schockierte Reaktion zu sehen. Er nickte. „Natürlich."

In den nächsten fünf Minuten wurde am Tisch viel gefragt, entweder Avery, Reuben und Caspian oder sie unterhielten sich miteinander, und dann rief Genevieve sie zur Ordnung. „Obwohl dies sehr aufschlussreich war, sollten wir meiner Meinung nach über den nächsten Todesfall sprechen. Caspian, ich habe gehört, dass du in der St. Luke-Kirche eine ähnliche Erfahrung gemacht hast?"

Er nickte. „Ja. Ein weiterer Tod, ein weiterer Geist." Caspian erzählte die Geschichte vom Tod des Küsters. „Es ist fast identisch, und das bedeutet noch mehr polizeiliches Interesse. Euer Freund Newton hat bereits zu viele Fragen gestellt", spottete Caspian.

Avery versuchte, sich eine Erwiderung zu verkneifen. Caspian konnte sich nicht zurückhalten. Sein Spott war vorprogrammiert. Reuben war nicht so höflich. Ihr vorübergehender Waffenstillstand war schnell vorbei.

„Er ist ein Kriminalbeamter, das ist sein Job", schoss Reuben zurück. „Du solltest dankbar sein, dass er das Ganze hier versteht – uns – sonst wäre alles viel schlimmer."

„Meinst du?", fragte Caspian mit starren Augen. „Ich bin so froh, dass er auf *uns aufpasst*. Mir wäre es lieber, er würde sich aus den Geschäften von Harecombe ganz heraushalten."

„Genug", gebot Genevieve mit eisiger Stimme. „Die Polizei ist eine Notwendigkeit. Reuben hat recht. Besser Newton als sonst jemand. Und der Tod auf dem Meer?", hakte sie nach und wandte sich an Oswald.

„Keine Anzeichen für verdächtige Aktivitäten, soweit es menschliches Eingreifen betrifft. Die Besatzung ist verwirrt und verständlicherweise aufgebracht. Ulysses konnte mit ihnen sprechen. Sie vertrauen ihm."

Avery fragte sich, wer Ulysses war, aber glücklicherweise bemerkte Claudia ihre Verwirrung. „Ulysses ist die andere Hexe in Mevagissey."

Oswald nickte. „Er verfügt über starke Wasserelementarmagie und hat sein eigenes Boot. Die Seeleute und Fischer sind es gewohnt, dass er in der Nähe ist. Natürlich haben sie keine Ahnung, dass er eine Hexe ist."

„Und was hält er von der Möglichkeit, dass Meerjungfrauen oder Sirenen dahinterstecken?", fragte Genevieve.

„Er glaubt, dass Meerjungfrauen beteiligt sind. Tatsächlich", Oswald machte eine Pause und sah sich am Tisch um, "ist er überzeugt, dass einige bereits an Land sind."

Genevieve umklammerte den Tisch und beugte sich vor. „Wie kommt er darauf?"

„Im Moment ist es nur ein Instinkt, aber ich zweifle nicht daran. Er hat einen *sehr* guten Instinkt", sagte Oswald.

„Hat er Vorschläge in Bezug auf was wir tun sollten?"

Oswald schüttelte den Kopf. „Im Moment nicht, außer wachsam zu sein und nach ungewöhnlichen Aktivitäten Ausschau zu halten, insbesondere bei Männern ..."

Genevieve blickte sich im Raum um. „Gab es noch weitere Vorfälle?"

Das allgemeine Feedback schien eher auf unberechenbare Geister hinzudeuten, und Genevieve ließ die Schultern sinken und lehnte sich zurück. „Also, irgendwelche Vorschläge zu den Geistern in den Kirchen *All Souls* und *St. Luke*?"

Avery wollte gerade etwas sagen, aber Caspian kam ihr zuvor. „Diese Geister sind aus der anderen Dimension ausgebrochen, der Geisterdimension. Das bedeutet, dass sie stark sind und immer stärker werden. Sie scheinen sich von diesen Körpern zu ernähren."

„Ich stimme zu", sagte Avery. „Nach dem kurzen Blick, den ich auf Harrys Leiche werfen konnte, schien der Küster ausgelaugt zu sein und viele Knochen waren gebrochen. Wir fragen uns, ob der Geist deshalb so stark war, als wir ihm in der Kirche begegnet sind."

Eve beugte sich vor. „Wie kommst du darauf, dass er stärker geworden ist?"

„James, der Pfarrer, sagte, er habe seine Anwesenheit erst jetzt bemerkt. Die Erscheinung war wachsam und offensichtlich unheimlich, aber nicht bedrohlich. Harrys Tod war aus vielen Gründen ein Schock." Avery zuckte mit den Schultern und sah Reuben an. „Ich muss zugeben, ich hätte nicht gedacht, dass sich Geister so stark manifestieren können. Aber wir hatten auch eine Begegnung mit einigen Geistern auf dem Schlossgelände, und sie waren auch stark."

„Das hast du nicht erwähnt", bemerkte Genevieve stirnrunzelnd. „Wann ist das passiert?"

„Gleich nach dem letzten Treffen", entgegnete Avery. „Die Geister von *White Haven Castle* schienen eine Art Ereignis nachzustellen."

Reuben stimmte zu. „Es war, als hätte die magische Welle, die wir freigesetzt haben, sie wieder in Aktion versetzt. Aber sie waren fast physisch ... es war nicht gerade einfach, sie zu verbannen. Dort haben wir die Geisterjäger getroffen."

Caspian runzelte die Stirn. „Versucht ihr wirklich, damit anzugeben, dass ihr Hexen seid?"

Avery funkelte ihn an. „Hör auf, dich wie eine Drama-Queen aufzuführen, Caspian." Einige Hexen grinsten und versuchten dann, es zu verbergen. „Sie haben die Geister gesehen und wären verletzt worden, wenn wir nicht eingeschritten wären. Sie sind vertrauenswürdig. Tatsächlich waren sie auch hilfreich." Sie sah sich am Tisch um und schätzte die Reaktionen der anderen ein. „Sie haben es geschafft, den Geist in *All Souls* mit einer Wärmebildkamera zu filmen."

Alle beugten sich nun vor, einige runzelten die Stirn, andere waren neugierig, und die Stille am Tisch schien sich zu intensivieren.

„Und?", fragte Genevieve.

Avery warf Reuben einen Blick zu, und dieser nickte fast unmerklich. „Das Bild scheint einen großen, geflügelten Geist zu zeigen. Er stürzte vom Gewölbedach auf uns herab und verschwand dann."

„Geflügelt?", fragte Rasmus mit hochgezogenen Augenbrauen. „Wie ein Engel?"

„Oder ein Dämon", bemerkte Claudia. „Es gibt sie in allen möglichen Arten."

Die schwarze männliche Hexe, an die sich Avery vom ersten Treffen erinnerte, sprach zum ersten Mal, seine tiefe Stimme war so klangvoll und vollmundig wie Sirup. „Oder es könnte ein Nephilim sein."

Reuben sah genauso verwirrt aus wie Avery. „Was ist ein Nephilim?"

„Das sind die Kinder gefallener Engel, die aus dem Himmel geflohen sind und sich mit menschlichen Frauen fortgepflanzt haben. Angeblich waren sie Riesen, die andere Männer beherrschten."

Zane, die Hexe mit dem Wieselgesicht, die neben Caspian saß, sah genervt aus und klang auch so. „Das ist ein christlicher Mythos, Jasper."

Jasper lachte ungläubig und breitete die Hände aus. „Hast du denn gar nichts gelernt, Zane? Das gilt auch für Engel und Dämonen, aber sie existieren, oder nicht? Ebenso wie Meerjungfrauen, Sirenen, Geister, Poltergeister, Vampire, Gestaltwandler, Hexen und alle möglichen anderen seltsamen, mythischen Kreaturen, die entweder hier oder in anderen Dimensionen existieren. Und es gibt noch andere Kreaturen, die in anderen Mythen vorkommen. Viele dieser Geister oder Kreaturen sind auf der ganzen Welt gleich. Sie werden nur je nach Kultur unterschiedlich benannt. Wir haben neulich über die Kinder von Llyr gesprochen. Ein keltischer Mythos, aber sie existieren trotzdem."

Zane schaute auf den Tisch, aber Avery konnte erkennen, dass er wütend war, weil er belehrt worden war.

„Jasper, warum hast du Nephilim vorgeschlagen?", fragte Avery, die ihn sofort mochte. Sie schätzte ihn auf Mitte dreißig, sein dunkles Haar war kurz geschoren, er war glatt rasiert, und er trug ein schickes blaues Hemd, das am Hals offen war.

„Ich erforsche Mythen und Legenden, und die Legenden besagen, dass die Nephilim einst geflügelt waren, was als Kinder von Engeln Sinn ergibt, aber sie bewegten sich unter den Menschen ohne Flügel fort. Wie gesagt, sie waren groß und mächtig. Einige vermuten, dass Gott die Sintflut geschickt hat, um die Welt ein für alle Mal von ihnen zu befreien. Und das war das letzte Mal, dass sie auf der Erde wandelten."

„Die Sintflut?"

„Die Sintflut. In jedem Weltmythos gibt es eine. Die, für die Noah die Arche bauen musste."

Averys Kopf schwirrte. Alte Schöpfungsmythen und Monster, die unter den Menschen wandelten. Aber, überlegte sie, manche Menschen betrachteten Hexen als Monster.

„Waren es Riesen oder waren sie einfach nur groß?", fragte Reuben.

Jasper zuckte mit den Schultern. „Schwer zu sagen. Vor Jahrhunderten waren die Erwachsenen viel kleiner. Schlechte Ernährung, härteres Leben, kürzere Lebenserwartung. Alles, was sich in der Größenordnung von um die zwei Meter bewegte, wurde als Riese angesehen."

„Und warum wollte Gott der Sage nach die Erde von ihnen befreien?", fragte Avery.

„Weil sie gewalttätig waren, die Menschen beherrschten und vor allem, weil die Erde nicht der Ort war, an dem sie sein sollten. Sie waren die Mischlinge aus Sterblichen und Unsterblichen. Sie wurden als Missgeburten angesehen. Aber viele Dinge werden als Missgeburten angesehen und existieren trotzdem. *Wir wissen,* dass das wahr ist. Aber Menschen akzeptieren nicht gerne die seltsamen Dinge, die unter uns wandeln. Deshalb gibt es so viele Märchen und Mythen – um zu versuchen, das Unerklärliche zu erklären. Wir dürfen nicht so blind sein." Jasper erlaubte sich ein ironisches Lächeln.

Jasper hatte recht. So sehr sich Hexen auch unter ihresgleichen aufhielten, taten dies auch andere Kreaturen, aber sie alle wussten, dass es sie gab, auch wenn sie sich nicht unter sie mischten.

„Avery", fragte Genevieve, „wären deine Freunde, die Geisterjäger, daran interessiert, ihre Untersuchungen in der St. Luke-Kirche durchzuführen?"

„Nein!", rief Caspian aus. „Ich verbiete ihnen, sich einzumischen."

„Du bist nicht in der Position, irgendetwas zu verbieten", gab Genevieve energisch zu bedenken, was Caspian erneut wütend werden ließ. „Wir müssen herausfinden, ob es sich um dieselbe Art von Geist handelt und ob sie mit dem, was unter der All Souls-Kirche passiert ist, in Verbindung stehen. Ich mache dich mitverantwortlich, und deshalb wirst du kooperieren. Avery?"

„Ich bin sicher, sie werden gerne helfen." *Ben würde wahrscheinlich seinen rechten Arm geben, um in diese Kirche zu gelangen.*

„Gut. Kümmert euch darum. Und Caspian, sei bitte hilfsbereit, sonst wirst du aus dem Rat ausgeschlossen."

 Elf

Ist es angesichts dessen, wofür wir diesen Geist jetzt halten, klug, dass du versuchst, mit ihm zu sprechen?", fragte Newton.

Newton, Briar, Alex und Avery saßen um einen kleinen Tisch im Hinterzimmer des *The Wayward Son*; sie hatten fast aufgegessen, und Newton runzelte die Stirn über seinem Bier.

„Ja, es ist immer noch wichtig. Nephilim oder nicht, es ist trotzdem ein Geist, und wir könnten vielleicht etwas herausfinden", beharrte Alex, bevor er den letzten Bissen seines Steaks, das eher blutig war als rosa, nahezu inhalierte.

Briar seufzte. „Es ist riskant, ich weiß, was du meinst, Newton. Aber ich stimme auch Avery und Alex zu. Es wäre gut, ein bisschen was darüber zu erfahren, was vor sich geht."

„Aber zwei Geister, zwei Kirchen, zwei Tote. Das ist *sehr*, sehr riskant. Und seit den Todesfällen sind sie durch deine Zauber eingeschlossen. Sie könnten ziemlich wütend sein. Wenn sie überhaupt irgendeine Art von Emotion verspüren", bemerkte Newton und versuchte, rational zu bleiben.

Avery lächelte und schob ihren leeren Teller beiseite. Newtons Beschützerinstinkt war stark, und sie hatte das Gefühl, dass dies zum Teil auf seinen Beruf zurückzuführen war, aber auch darauf, dass sie jetzt Freunde waren. Positiv war, dass sich die anfänglichen Testosteron-Duelle zwischen Alex und Newton gelegt zu haben schienen.

„Wir werden uns gut schützen, das verspreche ich", erwiderte Avery und versuchte, ihn zu beruhigen.

Alex nickte. „Salzkreise, Zaubersprüche, das ganze Programm. Vertrau uns."

Newton runzelte weiterhin die Stirn. „Ich will keine weiteren Toten."

„Ich auch nicht. Vor allem nicht meinen. Oder natürlich Averys", sagte Alex mit einem Augenzwinkern.

„Schön zu wissen, danke", sagte Avery.

„Geht ihr jetzt sofort?", fragte Briar und nippte an ihrem Weißwein.

„In etwa einer halben Stunde", erklärte Avery. „James wird uns am Eingang treffen und uns hineinlassen. Wir wollten dafür sorgen, dass er sich in diese Sache eingebunden fühlt. Aber er bleibt draußen."

„Wie habt ihr ihm das erklärt?", fragte Newton neugierig.

„Ich habe gesagt, dass Alex übersinnliche Fähigkeiten hat, als Teil seines Talents für Exorzismus. Er hat es mir abgekauft", erwiderte Avery achselzuckend. „Und es ist wahr – ich habe nur die Tatsache ausgelassen, dass er eine Hexe ist."

„Hast du heute Morgen die Schlagzeilen in der Lokalzeitung gesehen?", fragte Briar.

Avery seufzte und zitierte die Schlagzeile. „*Unnatürlicher Tod in All Souls. Ist ein gewalttätiger Geist schuld?* Wie erfahren sie von diesen Dingen?", antwortete Newton. „Leider lungern die Presseleute vor Polizeistationen und Krankenhäusern herum und sprechen mit dem Rettungspersonal. Sie erfahren Dinge, von denen wir nicht wollen, dass sie sie erfahren. Wenn sich jemand bei euch meldet, streitet alles ab. Ich habe Ben dasselbe gesagt."

„Ich wette, das wäre gute Publicity für Ben", bemerkte Briar.

„Das könnte gut sein, aber ich habe ihm befohlen, sich vorerst bedeckt zu halten."

„Nun, er freut sich ziemlich darauf, die St. Luke Kirche in Harecombe zu besuchen", erklärte Avery und erinnerte sich an ihr früheres Gespräch. „Caspian allerdings nicht."

„Ich mag diese Genevieve", bemerkte Alex. „Sie lässt sich nicht auf Caspians Blödsinn ein."

„Das tun nicht viele", sagte Avery und dachte an das Treffen am Abend zuvor. „Es war interessant, wieder zu der Versammlung zu gehen. Ich habe ein besseres Gefühl für die Atmosphäre und die Beziehungen bekommen. Wer wen mag und wer nicht. Während Caspian ein paar Verbündete hat, sind die meisten Leute ihm gegenüber ziemlich gleichgültig, wenn nicht sogar sauer auf ihn. Ich habe einfach den allgemeinen Eindruck, dass alle seine großspurigen Anmaßungen satthaben. Oswald, Claudia, Genevieve und Rasmus sind zu alt und zu weise, um sich mit ihm abzugeben. Ich glaube, es war auch gut, Reuben mitzunehmen. Er ist jetzt weniger gereizt. Und außerdem hatten wir die Gelegenheit, zu erzählen, was *wirklich* vor Kurzem passiert ist. Sie hatten keine Ahnung."

„Gut gemacht", lobte Briar und lächelte strahlend. „Ich wusste, dass du einen tollen Job machen würdest. Und ich bin froh, dass es Reuben auch gefallen hat."

„Das hat es wirklich", stimmte Avery zu. „Es hat ihm eine Perspektive gegeben, und mir auch. Ich weiß jetzt, welchen Platz wir in all dem einnehmen. Wir sind wirklich Teil einer viel größeren Sache. Unsere Stadt, oder unser Zirkel, hatte über so vieles keine Ahnung. Kein Wunder, dass unsere Vorfahren die Stadt verlassen und die Hexerei aufgegeben haben. Ich denke, es wäre weniger wahrscheinlich gewesen, wenn sie Teil einer größeren Gemeinschaft gewesen wären. Das erklärt eine Menge", überlegte sie.

„Stell dir vor", bemerkte Briar, „meine Familie hätte vielleicht nie weggehen müssen, oder Els."

„Zumindest bist du jetzt wieder da", erwiderte Newton, „und hoffentlich planst du nicht, wieder wegzugehen."

Avery unterdrückte ein Lächeln, als sie Briars leicht erschrockenen Gesichtsausdruck sah. „Auf keinen Fall, Newton. Vor allem, weil mein Laden so gut läuft."

„Gut", entgegnete er und trank sein Bier schnell aus. „Es muss Zeit für ein weiteres Bier sein."

James traf sich mit Avery und Alex am Seiteneingang der Kirche. In den wenigen Tagen, seit sie ihn gesehen hatten, sah er aus, als wäre er um mehrere Jahre gealtert.

„Geht es dir gut?", fragte Avery, als sie ihm beim Hantieren mit den Schlüsseln zusah. Nicht, dass sie sie gebraucht hätten, aber das konnten sie James nicht sagen.

„Eigentlich nicht. Harry ist unter äußerst verdächtigen Umständen gestorben, die Kirche ist abgeriegelt und jetzt mischt sich der Bischof ein." Er sah gequält auf. „Habt ihr die Schlagzeile gesehen?"

„Ja", sagte Alex mitfühlend. „In ein paar Monaten ist das Schnee von gestern. Keine Sorge."

„Aber wo soll ich mich mit meiner Kirchengemeinde treffen? Kann ich jetzt mit reinkommen, nur um zu sehen, was los ist?"

„Nein", erwiderte Alex bestimmt. Er lehnte sich mit verschränkten Armen gegen den Türrahmen. „Es ist zu gefährlich."

„Ihr könnt doch nicht wirklich glauben, dass es der Geist war?", fragte James, obwohl der Zweifel in seinen Augen leicht zu erkennen war.

Avery hatte Mitleid mit ihm. Obwohl sie alle zusammen gewesen waren, als der Geist angegriffen hatte, versuchte James, die ganze Sache herunterzuspielen. Das war nicht ungewöhnlich. Zuzugeben, dass es in der Kirche einen gewalttätigen Geist gab, war für manche zu viel. Obwohl James bereit gewesen war, Nachforschungen anzustellen, schien der Beweis jetzt entmutigend.

„James, lass uns tun, was wir tun müssen. Wer weiß, vielleicht ist er schon weg?", gab Avery zu bedenken und versuchte, positiv zu sein, obwohl sie keine Sekunde lang daran glaubte.

„Aber wenn nicht? Wie lange könnte das dauern? Dieser Bischof könnte durchaus darauf bestehen, dass wir die Kirche wieder öffnen."

„Wir haben keine Ahnung, wie lange. Und wenn der Bischof darauf besteht, gehen alle zukünftigen Todesfälle auf seine Kappe. Können wir jetzt bitte reingehen?", bat Alex und zeigte auf die Schlüssel, die James noch immer locker in den Händen hielt.

„Was habt ihr vor?"

„Ich stamme von einer langen Reihe von Hellsehern ab", erklärte Alex. „Ich werde versuchen, mit ihm zu kommunizieren, das ist alles."

James hielt einen Moment inne und öffnete dann die Tür. Alex und Avery schlüpften hinein und nahmen ihre Rucksäcke mit.

Avery drehte sich um, um ihm zu danken, und versperrte dabei den Eingang. „Danke. Kannst du mir einen Schlüssel geben? Wir schließen uns ein und geben den Schlüssel später zurück."

„Ich kann hier warten."

„Bitte nicht. Geh nach Hause, entspann dich. Wir sehen uns in Kürze."

James sah aus, als würde er widersprechen wollen, drehte sich dann aber um und verschwand mit gesenktem Kopf und hängenden Schultern. Er sah niedergeschlagen aus, als hätte man ihm jede Energie entzogen. Und vielleicht auch seinen Glauben. *James kommt wieder in Ordnung*, versicherte sie sich. *Zumindest ist er kein Fanatiker.*

Avery schloss die Tür sorgfältig ab, ließ den Schlüssel im Schloss stecken und drehte sich um. Alex war bereits gegangen. Sie sah sich konzentriert um und versuchte, mit ihrer Magie zu spüren, ob sie irgendetwas wahrnehmen konnte, aber in der Kirche herrschte eine unheimliche Stille. Es roch modrig, da sie seit Tagen verschlossen gewesen war, und eine schwere Feuchtigkeit hing in der Luft.

Sie ging den Gang entlang und fand Alex im Kirchenschiff, wo er sich bereits im Raum vor dem Altar eingerichtet hatte. Die Geräusche, die er machte, hallten düster in der Kirche wider. „Spürst du etwas?"

„Nein, und du?"

„Nein." Avery ging auf und ab und spürte nach Temperaturveränderungen, elektrischer Ladung und Energiequellen. Sie schaute auf das Gewölbe. „Seltsam, überhaupt nichts. Man sollte meinen, wir würden *irgendetwas* spüren."

Alex holte das Salz aus seiner Tasche und schüttete es auf den Boden, sodass ein großer Kreis entstand, groß genug, dass er und Avery darin Platz nehmen konnten. „Wir müssen es dazu ermutigen, sich zu zeigen. Komm schon, komm rein."

Avery trat mit den Taschen in den Kreis. Sie holte zwölf Kerzen heraus, die alle schwarz waren, wie es Schutzkerzen so an sich hatten, und stellte vier davon an den vier Himmelsrichtungen auf, den Rest dazwischen entlang des inneren Randes des Salzkreises. Dann entzündete sie sie mit einem Funken aus ihren Fingern. Während Alex die schwere Kristallkugel herausnahm, holte Avery ein Räucherstäbchenbündel heraus, das die Kommunikation und Konzentration fördern sollte.

Sie hielt die Enden des Räucherwerks in die Flammen und beobachtete, wie sie in einem gleichmäßigen roten Schein aufflammten, und der würzig-süße Duft von Räucherwerk erfüllte die Luft; zusammen mit dem sanften Licht der Kerzen spürte Avery, wie sie sich zu entspannen begann und ihre Sinne sich schärften. Ihre Magie begann sich zu entfalten, als sie begann, sich auf diesen weitläufigen Raum zu konzentrieren.

Sie zog einen schweren Baumwollschal aus ihrer Tasche, faltete ihn und setzte sich dann im Schneidersitz hin, während sie Alex dabei zusah, wie er sich vorbereitete.

Er war sich bewusst, dass er beobachtet wurde, blickte auf und lächelte, seine Zähne glänzten im dämmrigen Licht der Kirche. Die letzten Sonnenstrahlen gingen hinter ihm unter und fielen durch die Buntglasfenster, die sie in ein rosiges Licht tauchten. „Schön, dass du hier bist, Avery.“

„Ich würde es für nichts in der Welt verpassen“, erklärte sie, und ihr Puls beschleunigte sich. Sie war sich nicht sicher, ob es an der Situation lag oder nur an ihm. Wahrscheinlich nur an ihm. Jedes Mal, wenn er sie ansah, spürte sie seinen Blick wie eine Liebkosung auf ihrer Haut.

„Wir sollten zuerst den Kreis mit einem Schutzzauber versehen.“

„Du übernimmst die Führung“, erklärte sie, als er ihre Hände in seinen warmen, starken Griff nahm. Gemeinsam sprachen sie eine Beschwörungsformel, die sie an das erste Mal erinnerte, als sie dies zusammen auf ihrem Dachboden getan hatten.

Avery spürte einen Energieschub und die Magie des Zaubers umgab sie, wodurch sie effektiv in seiner schützenden Umarmung eingeschlossen wurden. Die Kerzen flackerten und das Licht der untergehenden Sonne füllte die Kirche mit Schatten.

Und dann spürte sie, wie sich in der Dunkelheit etwas regte.

Ein Schauer lief ihr über den Rücken, der nicht von Alex verursacht wurde. „Spürst du es auch?"

Er nickte und suchte den Raum ab. „Ich kann nicht genau sagen, wo es ist."

„Nein, ich auch nicht. Der Geist hat sich noch nicht manifestiert."

„Es fühlt sich alt an."

Avery überdachte den Zauber, den sie als Kommunikationsmittel vorgeschlagen hatte, und zweifelte an sich. „Vielleicht war es sinnlos, die Kristallkugel mitzubringen. Wenn der Geist hier ist, brauchst du sie nicht."

„Ich werde sie brauchen", versicherte Alex ihr und suchte immer noch den Raum ab. „Sie wird mir helfen, mich zu konzentrieren."

„Was ist, wenn sie zu stark ist und deinem Geist schadet?"

„Dann musst du die Verbindung unterbrechen."

„Wie?", fragte sie, und Zweifel überkamen sie.

„Dir wird schon etwas einfallen", erklärte er, und seine ruhige Stimme beruhigte sie.

Jetzt, da sie dort saßen, die Kerzen brannten und sich etwas im Dunkeln manifestierte, wurde ihr klar, wie unausgereift ihr Plan war und wie verletzlich sie waren.

Dieser Geist hatte einen Mann getötet.

Alex schien keine derartigen Zweifel zu haben, als er selbstsicher nach der Kristallkugel griff, die zwischen ihnen stand, sie mit beiden Händen umfasste, die Augen schloss und den Zauberspruch begann.

Avery spürte, wie sich seine Kraft aufbaute, und beobachtete die Kugel, während sie gleichzeitig die Bewegung des Geistes um sie herum spürte. Er war näher gekommen und sie spürte ein Kribbeln zwischen ihren Schulterblättern. Sie kämpfte gegen den Drang an, sich umzudrehen, und beobachtete weiterhin die Kristallkugel. Einige Augenblicke lang schien nicht viel zu passieren; sie konnte die verzerrten Bilder von Alex' überkreuzten Beinen durch das Glas sehen, aber dann begann es sich zu verdunkeln, und ein Rauchwirbel füllte die Mitte, bis die Kugel völlig undurchsichtig war.

Alex' Beschwörungen wurden langsamer und er öffnete die Augen und starrte in die Tiefe des Balls. Seine Pupillen sahen riesig aus, seine Haut schimmerte im Licht der Kerzen und sein Haar fiel ihm ins Gesicht, was ihm das Aussehen eines mystischen Wesens verlieh. „Zeig dich mir", befahl er mit leiser Stimme.

Die Luft schien sich um sie herum zu verdichten, und Avery war noch nie so dankbar gewesen, sich innerhalb des Kreises zu befinden.

Alex fuhr fort. „Sag mir, was du willst." Die Kristallkugel in seinen Händen war jetzt undurchdringlich, und während Avery nichts sehen konnte, starrte Alex stirnrunzelnd hinein. „Sprich mit mir. Du bringst Angst und Tod. Was willst du?"

Funken erschienen im rauchigen Inneren und Alex umklammerte die Kugel so fest, dass seine Knöchel weiß wurden. „Das ist nicht möglich", erklärte er. „Dies ist nicht deine Dimension. Geh! Finde Frieden."

Avery war erschrocken. Alex schien anscheinend mit dem Geist zu sprechen. Sie spürte, wie der Geist näher kam und sie langsam umkreiste, und Avery blickte auf und versuchte, hinter die helle Blüte des Kerzenlichts in die Dunkelheit dahinter zu sehen. Für einen Moment lang glaubte sie, etwas zu sehen, und ihr Puls schoss in die Höhe. Der Schutzzauber reagierte und die Flammen der Kerzen loderten auf und schossen mehrere Meter in die Luft, um eine Feuerwand um sie herum zu bilden. Sofort wich der Geist zurück und es schien, als wären Schritte in der Dunkelheit zu hören.

Alex sprach weiter in seinem leisen, monotonen Ton, argumentierte und redete auf den Geist ein. „Sag mir, was du bist. Wie viele sind mit dir gekommen?"

Sie hörte ein weiteres Geräusch, das wie ein Seufzen klang, etwas, das sie nicht ganz identifizieren konnte, und der Ball flackerte wieder im Licht. Alex wurde eindringlicher. „Lass uns dir helfen, zurückzukehren, du gehörst nicht hierher."

Avery beobachtete gebannt, wie sich die Lichtshow im Inneren der Kristallkugel intensivierte, wie kleine Blitze, die auf das Glas trafen. Sie brauchte Alex nicht, um ihr zu sagen, dass der Geist wütend war, sie konnte es fühlen. Er wollte entkommen, aber Alex' Wille war zu stark.

Plötzlich stieg der Geist auf, das weiße Licht in der Kugel wurde blendend, und Avery schaute weg, aber Alex bewegte sich nicht. Er war wie erstarrt, seine Hände umklammerten das Glas wie Krallen.

„Alex!", schrie Avery. "Lass es los, *jetzt sofort*!"

Aber Alex wollte nicht oder konnte nicht. Zog es Kraft aus Alex? Er sprach nicht mehr, stattdessen schien er in seinem eigenen privaten Kampf gefangen zu sein.

Verdammt. Genau das hatten sie befürchtet. Wenn Avery den Ball ebenfalls berührte, würde sie dann auch darin eingeschlossen werden? Stattdessen beugte sie sich vor und hielt Alex' Gesicht in ihren Händen, während sie eindringlich, aber leise mit ihm sprach.

Es passierte nichts. Das Licht wurde heller, der Geist stärker und Alex' Hände begannen zu zittern.

Sie musste die Kristallkugel zerstören.

Avery sagte den ersten passenden Zauberspruch, der ihr in den Sinn kam, hielt ihre Hände über den Ball, ohne ihn zu berühren, und schickte einen starken Energiestoß wie einen Schlag durch den Kristall. Er zersprang, Glassplitter flogen in alle Richtungen und Alex fiel nach vorn in Averys Schoß.

Alex' Gewicht drückte sie zu Boden. Sie konnte sehen, wie Blut an seinen Armen herunterlief, wo er sich geschnitten hatte. Der Geruch von Blut erfüllte die Luft, und Avery unterdrückte ihre Angst. Der Kreis würde sie beschützen. Der Geist hinter den Flammen wurde plötzlich schwächer, als ob ein heulender Wind plötzlich aufgehört hätte, aber sie spürte immer noch, dass er sie beobachtete, und dann, einen Moment später, verschwand er und die Kirche war wieder leer.

„Alex, wach auf", rief sie und schüttelte ihn heftig. Sie mussten hier raus, bevor der Geist zurückkam. „Wach auf, sofort!" Sie sandte einen Energiestoß über seine Haut und spürte, wie er sich regte. Er stöhnte und sie seufzte erleichtert auf. „Alex, geht es dir gut?"

Er grunzte etwas, das sie nicht verstand.

„Tut mir leid, ich habe das nicht verstanden, aber du lebst, das ist gut. Wir müssen hier raus." Sie versuchte, ihn hochzuheben, aber er hing wie ein Sack an ihr. „Alex, bitte. Das Ding ist weg. Wir müssen gehen, bevor es zurückkommt."

Er drehte den Kopf leicht, die Augen fest geschlossen, und murmelte etwas in einer kehligen Sprache, die sie nicht verstand. *Was zum Teufel war los?*

„Hör auf, blöde Witze zu machen. Ich kann dich nicht verstehen."

Alex setzte sich plötzlich auf, riss die Augen auf und Avery hätte fast verschreckt geschrien. Seine Augen waren blind, als er den Kopf drehte. Seine Stimme wurde panisch, und dann fiel er wieder nach vorn, die Worte purzelten nur so aus ihm heraus. *Verdammt.* Sie musste ihn zu Briar bringen.

„Ist schon gut, atme tief durch", erklärte sie und versuchte, ihn mit ihrer beruhigendsten Stimme zu besänftigen. Sie streichelte seine Arme und versuchte, das zerbrochene Glas zu umgehen, das zwischen ihnen lag, aber er versuchte, sie wegzustoßen, murmelte immer noch und wurde fast hysterisch. *War er besessen?*

Sie kannte ein paar Heilzauber und versuchte es dann damit. Einige Sekunden lang, die ihr wie Stunden vorkamen, beobachtete sie ihn unruhig und hörte, wie sich das alte Gebäude um sie herum beruhigte; das Quietschen und Knarren des alten Holzes, das Rauschen einer Brise aus schlecht schließenden Fenstern. Und dann spürte sie, wie Alex sich zu entspannen begann und seine Worte langsamer wurden.

„Okay. Zeit zu gehen." Sie ließ sich langsam zurückgleiten und begann, ihre wenigen Habseligkeiten einzusammeln und in ihre Rucksäcke zu packen. Sie wollte das Licht einschalten, hatte aber Angst, dass es Alex' Augen noch mehr schaden würde, also beschwor sie ein Hexenlicht, bevor sie die Kerzen löschte. Mit einem Zauberspruch sammelte sie das Glas der Kristallkugel ein, und die Stücke schwebten in der Luft, bevor sie sie in eine Tasche fallen ließ.

Alex stöhnte, als sie ihn auf die Beine zog. „Komm schon, Zeit, Briar zu besuchen."

Zwölf

Bevor sie zu Briars Haus aufbrachen, musste Avery den Schlüssel zur Kirche zurückgeben. Das Pfarrhaus war ein Haus aus dem 18. Jahrhundert, nur wenige Schritte von der Kirche entfernt. Sie ließ Alex, der immer noch vor sich hin murmelte, in ihrem Wagen sitzen, wo er sanft vor und zurück schaukelte. Sie wollte ihn nicht verlassen, aber sie musste den Schlüssel zurückgeben, also ging sie den Weg hinauf zu James' Haustür.

James erschien sofort, seine Augen voller Fragen. „Was ist passiert? Seid ihr den Geist losgeworden?"

Avery schüttelte den Kopf. „Das war auch nicht der Plan, James. Wir wollten herausfinden, um was es sich handelt."

„Und ist es euch gelungen?"

„Ich weiß es noch nicht. Ich muss Alex fragen." Sie zögerte. „Es geht ihm im Moment nicht sehr gut. Ich muss ihn zu einer Freundin bringen."

„Kann ich ihn sehen?", fragte er besorgt.

„Nicht jetzt. Ich weiß, dass du dir Sorgen machst, aber wir müssen vorsichtig sein. Geh nicht in diese Kirche – egal, was der Bischof sagt."

Er schaute ein paar Momente auf den Boden und sah ihr dann in die Augen. „Glaubst du an den Teufel?"

„Ich glaube an viele Dinge. Die Welt ist nicht so schwarz-weiß, wie manche sie gerne hätten. Und du?"

„Ich glaube an Gott. Ich glaube, dass er seinen Bruder, den Engel, verstoßen hat, und ich glaube, dass er versucht, uns zum Bösen zu verleiten."

Avery nickte, ohne zu wissen, worauf James hinauswollte. „Nun, du bist ein Pfarrer, also macht das Sinn." *Wow. Das klang lahm.*

„Ist er in meiner Kirche, Avery?"

Sie starrte ihn eine Sekunde lang an. „Der Teufel?"

„Ist er es?", wiederholte er.

„Nein, ich bin mir ziemlich sicher, dass es nicht der Teufel ist, aber ich weiß noch nicht, was es ist."

James seufzte und fuhr sich mit der Hand über das Gesicht. Avery konnte den Fernseher im Hintergrund und jemanden reden hören. James hatte eine Familie und eine Gemeinde, um deren Wohlergehen er sich Sorgen machen musste. Avery hatte das Gefühl, dass die Sicherheit der ganzen Stadt auf ihren Schultern ruhte.

„Ich muss los. Pass auf dich auf, und wir bleiben in Kontakt."

Auf der Fahrt wurde Alex wieder unruhig, und Avery hielt an und schaffte es, ihn wieder zu beruhigen. Dann rief sie kurz bei Briar an, um sich davon zu versichern, dass sie zu Hause war. Avery war erleichtert, dass es eine kurze Fahrt war. Als sie bei Briars kleinem Häuschen ankamen, war es nach elf Uhr abends, aber Briar empfing sie an der Tür und führte sie in den kleinen

Wintergarten auf der Rückseite, wo sie erst vor wenigen Wochen zu Abend gegessen hatten.

Die Wände des Wintergartens bestanden hauptsächlich aus Glas in Holzrahmen, die untere Hälfte aus Massivholz. Unter einem der langen Fenster stand ein durchgesessenes Sofa, das voller Kissen war, und sie führte Alex dorthin.

Rattan-Jalousien verdeckten die Fenster, aber die Doppeltüren standen einen Spalt weit offen und ließen eine warme Nachtbrise herein. Kerzen erfüllten den Raum und Weihrauch lag in der Luft. Auf dem langen Holztisch stapelten sich Bücher und Papiere, und es war klar, dass Briar dort gearbeitet hatte. Auf dem Tisch stand ein alter, abgenutzter Koffer, den sie für den Transport ihrer Kräuter, Edelsteine und Tränke benutzte, offen und bereit, daneben ihre Zauberbücher.

„Was ist passiert?", fragte Briar, nachdem Alex sich hingelegt hatte.

„Nun, es hat funktioniert. Alex konnte mit dem Geist sprechen, glaube ich. Ich habe keine Ahnung, was er gesagt hat", erklärte Avery. „Aber dann ist etwas passiert. Die Kristallkugel wurde weiß und Alex hat plötzlich einfach nur noch hineingestarrt. Ich musste die Kugel zerstören, um ihn zu befreien, und jetzt spricht er in einer seltsamen Sprache und seine Augen ..." Sie hielt inne, als er die Augen öffnete und anfing zu schreien, und Briar schrie vor Überraschung auf.

„Avery, was zum Teufel?"

Avery spürte, wie ihr die Tränen kamen, jetzt, wo sie bei Briar war und ihr Adrenalin nachließ. „Ich weiß es nicht. Ich habe es geschafft, ihn zu überwältigen, aber der Zauber hält nicht lange an. Ist er besessen?"

„Ich bin mir nicht sicher, bis ich ihn untersucht habe. Hast du dein Handy?"

Als Avery nickte, sagte sie: „Starte die Aufnahme, ich möchte mir später anhören, was er zu sagen hat."

„Das ist eine brillante Idee", erwiderte Avery und zog ihr Handy aus der Tasche. Sie setzte sich auf den Boden und beugte sich näher zu Alex, wobei sie versuchte, Briar nicht im Weg zu stehen, und drückte dann auf Aufnahme.

Obwohl sie es geschafft hatten, Alex auf dem Sofa abzusetzen, war er weit davon entfernt, sich zu beruhigen. Er zuckte am ganzen Körper, seine Hände waren fest zu Fäusten geballt, und er fuhr fort zu murmeln und zu stöhnen, wobei sein Gesicht schweißnass war. Avery beobachtete, wie Briar ihm mit geschickten Händen über die Stirn strich, und dann tat sie, was Avery getan hatte, und nahm seinen Kopf in ihre Hände. Ab und zu wandte sie sich ihrem Koffer zu, um verschiedene Steine und Kräuter zu holen. Sie legte einen großen Amethyst auf Alex' Stirn, hielt ihre Hand darauf und begann einen Zauberspruch, wobei sich ihre Lippen schnell bewegten.

Avery versuchte, alles andere auszublenden und nur Alex zuzuhören, wie sein Atem gehetzt und flach war und die Worte in einem Strom aus seinem Mund kamen. Als sie still saß, wurde ihr klar, dass er immer wieder dasselbe sagte, aber sie konnte nicht verstehen, was es war. Vielleicht sollte sie Genevieve oder Rasmus oder Oswald anrufen. Sie waren älter und erfahrener. Sie sollten wissen, was zu tun war. Aber als sie Briar beobachtete, beruhigten sich auch Averys Gedanken. Avery konnte spüren, wie ihre Magie Alex umschloss und das herauszog, was sein Gehirn in Aufruhr versetzt hatte.

Alex' Gesicht wurde weiß und für einen Moment sah er verängstigt aus, seine Augen starrten und waren starr, dann schloss er die Augen und fiel in einen tiefen Schlaf, sein Kopf fiel zur Seite, während sein Atem tiefer und langsamer wurde.

Avery atmete tief durch, und sie hatte nicht einmal bemerkt, dass sie die Luft angehalten hatte, und lehnte ihren Kopf an Alex' Arm, getröstet von seiner Wärme. Erschöpfung überkam sie nun und sie hatte das Gefühl, sie könnte eine Woche lang schlafen, aber es gab noch mehr zu tun. Sie setzte sich auf und sah Briar an, wobei sie zum ersten Mal, seit sie mit Alex angekommen war, ihr Aussehen bewusst wahrnahm.

Briars langes Haar war locker auf dem Kopf zusammengebunden, und einzelne Strähnen fielen ihr zu beiden Seiten ins Gesicht. Sie hatte kein Make-up im Gesicht und sah jung und frisch aus. Sie trug eine weite Baumwollhose und ein T-Shirt und sah aus, als wäre sie bereit, ins Bett zu gehen. „Entschuldige, Briar. Ich wollte deinen Abend nicht ruinieren."

Briar schürzte die Lippen. „Entschuldige dich nicht, du weißt, dass du jederzeit kommen kannst. Außerdem habe ich hier etwas gelesen. Du hast mich nicht geweckt."

„Ich bin nur erleichtert, dass du hier bist. Du hättest noch in der Kneipe sein können oder bei Newton."

„Er ist nach Hause gegangen – er hat gerade viel zu tun auf der Arbeit. Also, was ist passiert?"

Avery berichtete so knapp wie möglich, was in der Kirche geschehen war. „Es war super beängstigend. Ich konnte spüren, wie es um uns herumschlich." Sie wechselte das Thema. „Ist es vorbei? Hast du ihn geheilt?"

Briar schüttelte den Kopf. „Das bezweifle ich. Ich habe ihn gerade so weit beruhigt, dass er sich vorerst entspannen kann. Weißt du, welche Sprache das war?"

„Nein. Seine Augen. Ist sein Zustand dauerhaft?" Avery spürte, wie sich ihre Brust vor Angst zusammenzog. „Ist er blind?"

Briar legte eine Hand auf Averys Arm. „Ich weiß es nicht. Es ist schwer zu sagen, bis wir verstehen, was heute Abend wirklich passiert ist. Manchmal, wenn die Augen weiß werden, deutet das auf den Seher hin – einen Zustand der Vision. Ich hoffe, dass es das ist. Die Kristallkugel verstärkt solche Dinge, und es klingt so, als hätte der Geist oder was auch immer es war, seinen Blick in der Kugel gefangen. Der Zauber, den ich verwendet habe, ist ziemlich allgemein gehalten, nur um ihn vorerst zu beruhigen, aber es gibt noch einen anderen Zauber, den ich überprüfen muss."

Briar stand schnell auf und begann, ihr Zauberbuch zu durchstöbern, während Avery ein Bodenkissen heranzog, es sich darauf bequem machte und sich wieder Alex zuwandte. Sie nahm seine warme, kräftige Hand in ihre und streichelte sie, während sie ihn beim Atmen beobachtete. Er war wieder zu Kräften gekommen und sah im warmen Licht der Kerzen gesünder aus. Sein Haar war offen und er hatte Bartstoppeln am Kinn und an den Wangen. Sie hatte Alex immer für unverwundbar gehalten. Er war so stark und seine Magie so mächtig, dass sie immer geglaubt hatte, dass ihn nichts besiegen könnte. Und jetzt war das alles anders. Sie streckte die Hand aus und legte eine Hand auf seine Wange. Sie wollte nur, dass er aufwachte, damit sie ihn in den Arm nehmen und ihm sagen konnte, wie viel er ihr bedeutete. Er würde wieder gesund werden. Er musste es einfach.

Avery hörte, wie Briar hinter ihr einen Zauberspruch flüsterte, und hörte, wie sich die Seiten des Zauberbuchs schnell umblätterten. Ein Suchzauber, ähnlich dem, den sie schon einmal benutzt hatte.

„Da ist er ja", rief Briar triumphierend aus.

Avery drehte sich um. „Was?"

„Der Zauberspruch, um den Geist von einer eindringlichen Vision zu befreien. Er ist nicht perfekt, aber wenn ich ihn etwas anpasse …"

Ihre Stimme wurde leiser, als sie begann, die Zutaten für den Zauberspruch zusammenzustellen, und Avery wandte sich wieder Alex zu und dachte über die Ereignisse des Abends nach.

Der Geist war alt und mächtig. Er hatte Flügel, wie ein Engel oder der Teufel. Sie hielt inne, als sie an James' Frage dachte. Es war nicht der Teufel. Nicht, wenn es zwei oder mehr von ihnen gab. Ein Schauder durchlief sie, als sie an die wachsame Präsenz des Geistes dachte, der außerhalb des Kreises lauerte. *Was wollte er?*

Eine kühle Brise strich durch den Raum, und sie schauderte und suchte nach einer Decke. Sie stand auf und zog die Tür zu. „Macht es dir etwas aus, wenn ich die Tür schließe, Briar?"

Briar schüttelte den Kopf und widmete sich wieder ihrem Zauberspruch. Avery schloss die Tür, zog eine Decke über Alex, legte sich selbst ebenfalls eine um die Schultern und setzte sich wieder auf das Bodenkissen. Sie sah ihr Handy auf dem Boden. *Die Aufnahme. Was würde darauf zu hören sein?*

Sie spielte die Aufnahme leise ab, um Briar nicht zu stören, und hielt sie sich ans Ohr. Die Worte waren klar genug, aber sie verstand sie nicht. Allerdings gab es ein Muster. Sie hatte vorhin recht gehabt. Es war derselbe Satz, der immer wieder wiederholt wurde. *Gab es einen Zauberspruch, mit dem sie ihn verstehen konnte?* Sie ging die Zaubersprüche durch, die sie kannte, aber keiner davon würde hier funktionieren. Allerdings könnte es durchaus etwas in ihrem eigenen oder einem der anderen Grimoires geben. Wenn – nein, *sobald* – Alex aufwachen würde, würde er es vielleicht wissen.

Averys Kehle fühlte sich an wie Sandpapier. *Ich brauche etwas zu trinken.* Sie ließ Alex schlafen und Briar an ihrem Zauberspruch arbeiten, ging in die Küche und setzte den Wasserkocher auf. Nachdem sie Kamillentee gekocht hatte, in dem vergeblichen Versuch, ihren rasenden Geist zu beruhigen, ging sie ins Wohnzimmer und schaltete den Fernseher ein, um die Nachrichten zu schauen. Sie brauchte Ablenkung. Sie ließ sich auf das Sofa nieder und ließ die Ereignisse in ihrem Kopf Revue passieren. Der Hexenrat, die Lichter im Meer, die Bedrohung durch die Meerjungfrauen, die ruhelosen Geister, die Kirchengeister und die Todesfälle. Die Magie, die sie freigesetzt hatten, ihre Magie, hatte so viel unvorhergesehenen Ärger verursacht. Und dann flackerte eine Nachrichtensendung über den Bildschirm und sie starrte entsetzt auf den Bildschirm.

Es hatte einen weiteren Todesfall gegeben, in einer anderen Kirche in St. Just.

Eine junge Frau war an diesem Abend in der Kirche gewesen, um zu putzen, und der Pfarrer hatte sie tot aufgefunden. Es gab keine Einzelheiten darüber, wie sie gestorben war, nur den Tod selbst, aber Avery war klar, dass dieser Tod mit den anderen in Verbindung stand.

Konnte dieser Abend noch schlimmer werden?

„Avery!" Briars Stimme riss sie aus ihren Gedanken, und sie eilte zum Wintergarten.

„Was? Geht es Alex gut?"

„Nein, aber er spricht wieder."

Alex lag immer noch, aber er war unter seiner Decke unruhig und die Hälfte davon lag auf dem Boden. Ihm stand wieder Schweiß im Gesicht und seine Augen waren weit geöffnet, mit einem wilden Blick. Seine Augen waren immer noch völlig weiß.

Avery lief hinüber und hielt seine Hand. „Es ist okay, Alex, es ist alles in Ordnung. Du bist nicht in Gefahr. Kannst du mich hören?"

Alex hielt ihre Hand fest, aber es gab keine Anzeichen dafür, dass er sie erkannte.

„Ich habe einen Trank vorbereitet, also ist es gut, dass er wieder wach ist", bemerkte Briar. „Hilf ihm, sich aufzusetzen, oder hebe einfach seinen Kopf an", wies sie Avery an, die mit ihm zu kämpfen hatte.

Briar kniete sich neben Avery und hielt einen kleinen Kelch mit einem Fingerhut voll Flüssigkeit in der Hand. Während Avery Alex' Kopf stützte, träufelte Briar die Flüssigkeit tröpfchenweise in seinen Mund, und während er trank, sprach Briar einen Zauberspruch.

Sobald der Zauberspruch beendet war, fiel er bewusstlos nach hinten, und Briar legte einen Lapislazuli-Edelstein auf jedes geschlossene Auge. „Gut." Sie lächelte Avery an. „Das sollte reichen. Jetzt lassen wir ihn schlafen. Ich bin mir ziemlich sicher, dass er von einem starken Bild oder einer Vision erfasst worden ist. Sein Geist versucht, es zu verarbeiten, und spielt es wahrscheinlich immer wieder ab. Dieser Zauber wird ihn endgültig davon befreien – hoffentlich, ohne dass er die Vision völlig vergisst."

„Danke, Briar", sagte Avery und umarmte sie. „Ich hatte solche Angst. Aber", sie zögerte einen Moment, „es gab einen weiteren Todesfall. In St. Just."

Briars triumphierender Gesichtsausdruck verschwand. „Es wird noch mehr geben, Avery. Ich kann es fühlen. Die Erde selbst ist aufgewühlt ... sie bebt. Die Sache ist noch lange nicht vorbei."

Dreizehn

Es war eine lange Nacht.

Briar hatte Avery ein Bett angeboten, aber sie wollte nicht so weit von Alex entfernt sein, also schlief sie wie Briar auf einem der Sofas im Wohnzimmer. Leider war das Wohnzimmer klein und ein Sofa war nur ein Zweisitzer, auf dem Briar bestand, weil sie kleiner war, aber sie schliefen beide kaum, da sie jede Stunde von einem Wecker geweckt wurden, um nach Alex zu sehen. Nicht, dass sie zwischendurch wirklich geschlafen hätten.

Als es dämmerte, fühlte sich Avery unwohl, ihr Nacken schmerzte und sie bekam kaum ihre Augen auf. Aber Alex ging es besser. Er atmete regelmäßig und tief und hatte sich in der Nacht umgedreht und die Decke enger um sich gezogen. Die Steine waren von seinem Kopf und seinen Augen gerutscht und Briar sammelte sie auf. Sie lächelte Avery an. „Ich bin mir ziemlich sicher, dass das jetzt ein normaler Schlaf ist, Avery. Du kannst gehen, wenn du willst."

„Nein. Dan kann den Laden aufmachen. Und was hast du vor?"

„Mein Laden kann ein paar Stunden geschlossen bleiben", beruhigte sie sie. „Lass uns frühstücken und Kaffee trinken."

„Einen richtig starken Kaffee", entgegnete Avery und blinzelte vor Müdigkeit.

Briar ging zum Kühlschrank. „Und richtig knusprigen Speck. Und Eier. Und knuspriges Brot."

Briar hatte gerade erst den Kaffee gekocht und der Geruch von Speck lag in der Luft, als es an der Tür klopfte. Briar sah Avery mit hochgezogener Augenbraue an. „Ich kann ihn von hier aus spüren. Du auch?"

„Nicht so wie du, aber ..." Sie hob den Kopf und rief die Luft zu sich, um die Gerüche des Morgens zu filtern: „Ich rieche Newton und Entschlossenheit. Ich werde ihn hereinlassen."

Als Avery die Tür öffnete, sah Newton sie schockiert an. „Was machst du hier?"

„Lange Geschichte. Komm rein", begrüßte sie ihn, drehte sich um und ging in die Küche, dicht gefolgt von Newton.

„Speck!", bemerkte er mit leuchtenden Augen. Avery war sich nicht sicher, ob es der Geruch von Speck oder der Anblick von Briar war, der ihm den plötzlichen Elan verliehen hatte. „Guten Morgen, Briar. Wie viel Speck hast du?"

Sie lächelte ihn über ihre Schulter hinweg an. „Ich habe reichlich. Möchtest du etwas?"

„Ja, bitte. Ich bin in Eile aus dem Haus gegangen, aber plötzlich habe ich Hunger."

Er griff nach der Kaffeekanne und suchte gleichzeitig im Schrank darüber nach einem Becher, und Avery versuchte, ein Grinsen zu unterdrücken, als ihr klar wurde, wie vertraut Newton mit Briars Küche war. Trotz der frühen Stunde hatte er sich sorgfältig gekleidet. Sein dunkelgrauer Anzug und sein hellgraues Hemd waren makellos, er roch nach Duschgel und war glatt rasiert. *Jemand gab sich Mühe.* Obwohl er, um fair zu sein, immer tadellos gekleidet zur Arbeit erschien.

Avery lehnte sich an die Küchenzeile. „Nun, du bist früh hier und ziemlich munter."

„Nicht sonderlich munter. Ich versuche mich wie ein Verrückter an die Normalität zu klammern." Er lehnte sich auf der gegenüberliegenden Theke zurück und beobachtete sie. „Du siehst aus wie ein Toter. Was ist passiert?"

Avery fuhr sich verlegen durchs Haar und flüsterte einen winzigen Zauberspruch, um sich ein wenig zu verschönern. *Eitel? Vielleicht.* „Wir hatten gestern Abend eine sehr unangenehme Begegnung mit dem Geist. Alex hat sich ein wenig zu stark mit ihm verbunden, und jetzt sind wir hier."

Newton richtete sich auf. „Geht es ihm gut?"

„Wir glauben schon. Dank Briar." Avery zögerte einen Moment. „Wir haben die Nachrichten spät gestern Abend gesehen. Es gab einen weiteren Todesfall."

Newton atmete laut aus. „Ja. Ich war bis zwei Uhr morgens unterwegs. Es sieht genauso aus wie bei den anderen."

„Zwei!", rief Briar aus. „Und du bist schon wach?"

„Das ist der Job, Briar. Also, eine weitere Leiche, ausgelaugt, blass, gefunden im Kirchenschiff der St.-Andreas-Kirche in St. Just. Es ist eine der ältesten Kirchen der Stadt, genau wie hier und in Harecombe." Er hielt einen Moment inne und dachte nach. „Und es gibt keine Anzeichen für einen Einbruch, keine gestohlenen Gegenstände, und laut dem Pfarrer hatte er in den letzten Tagen ein unheimliches Gefühl von etwas Seltsamem in der Kirche."

Briar wandte sich vom Herd ab, wo sie Eier zubereitet und von ihrem Kaffee getrunken hatte. Ihr Gesichtsausdruck war düster. „Es wird noch mehr Todesfälle geben. Ich kann es in der Erde spüren, das habe ich Avery gestern Abend gesagt. Es ist, als würde die Erde erbeben, entweder vor Angst oder weil sich die Macht regt. Ich kann noch nicht genau sagen, was es ist. Vielleicht beides." Sie sah Avery an. „Nimm dir heute etwas Zeit, wenn du kannst, Avery. Schau, ob du eine Veränderung in der Luft spürst."

Bevor Avery antworten konnte, hörten sie, wie sich die Tür zum Wintergarten öffnete, und plötzlich lehnte Alex am Rahmen. „Rieche ich Speck und Kaffee?"

Avery lächelte breit und eilte zu ihm hinüber, um ihn zu umarmen. „Alex! Du bist wach! Geht es dir gut?" Sie sah ihn aufmerksam an und war erleichtert, dass seine Augen wieder ihr normales dunkles Schokoladenbraun angenommen hatten. „Du hast mich zu Tode erschreckt."

Er umarmte sie ebenfalls und ließ sie widerwillig los. „Ich habe mich auch zu Tode erschreckt. Mein Geist wurde von … irgendetwas … beherrscht", sagte er und sprach nicht weiter.

„Erst mal Kaffee und Frühstück", erklärte Briar entschlossen. „Und das Frühstück ist jetzt fertig, setzt euch", befahl sie und scheuchte alle in den Wintergarten.

Mit einem starken Kaffee in der Hand am Holztisch sitzend, fühlte sich Avery wieder wie ein Mensch, vor allem jetzt, wo es Alex gut ging. Sein Erlebnis hatte seinem Hunger offensichtlich keinen Abbruch getan; er aß, als hätte er seit Monaten nichts mehr zu essen bekommen.

„Danke, Briar", erklärte Avery und aß ihr Sandwich mit Speck und Eiern auf. „Das war fantastisch."

„Ja, danke, Briar. Aber ich muss zur Arbeit, um einen Mord zu untersuchen, also sag mir: Was hast du gestern Abend gesehen?", fragte Newton und blickte Alex mit zusammengekniffenen Augen an.

Alex hielt für einen Moment inne, blickte auf den Tisch und sammelte seine Gedanken. Als er schließlich aufblickte, seufzte er. „Der Zauber hat funktioniert. Die Kristallkugel hat mir geholfen, mich auf den Geist zu konzentrieren, und, mir die Möglichkeit gegeben, mit ihm zu kommunizieren. Zuerst wollte der Geist das nicht. Er scheute zurück, schlich am Rande meines Bewusstseins umher, bis seine Neugier siegte. Ich glaube, die Tatsache, dass wir in dem schützenden Kreis eingeschlossen waren, hat ihn verärgert. Ich fand heraus, dass er alt ist, Tausende von Jahren alt, und schon seit langer, langer Zeit jenseits unserer Ebene gefangen war. Als wir die Tür zu seiner Dimension geöffnet haben, haben sie ihre Chance genutzt und sich nach draußen gedrängt, wie du gesehen hast, Avery. Der Rest von uns war zu sehr mit dem Dämon beschäftigt, um es zu bemerken."

„Und ich *war* als Geist unterwegs", erinnerte Avery ihn. „Dadurch konnte ich Dinge sehen, die du nicht sehen konntest."

„Stimmt. Jedenfalls waren sie im Gegensatz zu den anderen Geistern dort stark genug, um auszubrechen. Ich weiß nicht, wie viele von ihnen herausgekommen sind. Zuerst wollte er es mir nicht sagen. Es gefiel ihm, Wissen zu haben, das ich nicht hatte, das konnte ich spüren."

Briar stützte sich auf den Tisch. „Du hast gestern Abend in einer seltsamen Sprache gesprochen, die wir nicht verstehen konnten. Avery hat es aufgenommen. Es war, als würdest du etwas immer und immer wieder wiederholen, als wäre es in deinem Gehirn eingeschlossen. Weißt du, was du gesagt hast?"

Alex antwortete nicht sofort, sondern nahm stattdessen seine Tasse und trank mehr Kaffee.

„Du hast etwas Schlimmes herausgefunden, oder?", fragte Avery, und ihr Herz rutschte ihr in die Hose.

Alex sah ihr in die Augen und nickte, dann warf er den anderen einen Blick zu. „Ich weiß nicht, ob es gut oder schlecht ist, aber Jasper hatte recht. Es *ist* einer der Nephilim. Oder besser gesagt, sie *alle* sind es. Kein Wunder, dass es sich alt anfühlt. Die Dinger sind verdammt uralt."

„Und was bedeutet das? Was sollen wir jetzt machen?", wollte Newton wissen.

„Ich habe keine Ahnung. Der Nephilim war neugierig, was ich war, was wir waren. Es mochte unsere Macht nicht, aber er respektierte uns. Und so hat er nach diesem Kampf der Geister, in Ermangelung eines besseren Wortes, seinen Namen preisgegeben."

„Was wollen sie?", fragte Avery. „Ich konnte spüren, dass du mit ihm gestritten hast."

„Sie wollen an den Ort zurückkehren, den sie als ihren rechtmäßigen Platz auf der Erde betrachten – um wieder unter Menschen zu wandeln."

„Das ist lächerlich", entgegnete Newton, und wurde blass. „Sie sind alt, sie gehören nicht hierher."

„Das fand er ganz und gar nicht", erklärte Alex.

„Warum also die Todesfälle?", fragte Avery, die befürchtete, dass sie die Antwort bereits kannte.

„Sie brauchen die Energie. Sie brauchen mehr, um sich zu manifestieren."

„Und warum bleiben sie in den Kirchen?", fragte Briar.

„Für unseren speziellen Geist war es praktisch, da er dorthin entkommen war. Aber Kirchen tragen spirituelle Energie in sich, und diese eignet sich anscheinend hervorragend als Energiequelle für den Nephilim. Außerdem sind sie im Allgemeinen ruhige Orte. Die anderen suchten ihre eigenen Kirchen auf, um dort zu lauern."

„Also, was hast du gesagt, das sich in deinem Gehirn eingebrannt hat?", fragte Briar.

"Wir sind die Nephilim, wir sind sieben, und wir werden wieder auf Erden wandeln. Versucht, uns aufzuhalten, und ihr werdet sterben."

Als Avery zur Arbeit kam, hätte sie sich am liebsten gleich wieder ins Bett gelegt und so getan, als wäre der Vorfall von gestern Abend nie passiert, so getan, als hätte einer der Nephilim sich nicht in ihrer örtlichen Kirche eingenistet. Irgendwann würde sie es James, dem Pfarrer, erzählen müssen, aber nicht jetzt. Sie konnte sich dem nicht stellen. Zu allem Überfluss hatte Sally ein paar Tage Jahresurlaub genommen, da jetzt Sommerferien waren und ihre Kinder schulfrei hatten.

Dan stand hinter dem Hauptschalter, mit dem Rücken zum Raum, und beugte sich über die Musikanlage, als sie mit zwei dampfenden Lattes und zwei großen, klebrigen Teilchen hereinkam. Er trug Jeans und sein Uni-T-Shirt und drehte sich um, als sie ankam. Er sah frisch und ausgeruht aus. *Ugh.* Avery fühlte sich dadurch noch schlechter.

Dan nahm dankbar einen Kaffee entgegen, während die Klänge von John Lee Hooker den Raum erfüllten. „Danke, Ave. Du bist früh auf." Er sah verwirrt aus. „Du warst schon draußen und es ist noch nicht einmal neun. Bist du wirklich Avery Hamilton?"

Sie grinste, obwohl sie eine schlechte Nacht hinter sich hatte. „Witzig. Ich stehe manchmal wirklich früh auf."

„Klar tust du das. Das redest du dir immer wieder ein." Er nahm ein Gebäckstück und biss hinein. „Also, erzähl schon. Warum bist du so früh wach?"

Avery stöhnte und sah sich um, um sich zu vergewissern, dass der Laden noch leer war. „Wir hatten einen ereignisreichen Abend. Alex und ich haben versucht, mit einem Geist zu kommunizieren, und Alex wurde in eine Art Seherzustand versetzt. Jedenfalls geht es ihm dank Briar jetzt wieder gut.“

„Wow. Dein Leben ist in letzter Zeit alles andere als langweilig. Was für ein Geist war das?“

Sie überlegte kurz, ob sie es nicht näher ausführen sollte, aber Dan wusste, was sie war und was unter der All Souls Kirche geschehen war, sodass es nur fair schien, ihm die Wahrheit zu sagen. „Ich weiß nicht genau, wie viel Sally dir über den Tod in der Kirche und die Geister erzählt hat, die ich entkommen sehen habe, als wir unsere Magie gewirkt haben …“

„Ich weiß alles“, unterbrach Dan sie.

„Gut. Nun, einer der Geister lauert in der All Souls Kirche. Es hat sich herausgestellt, dass es – *er* – ein Nephilim ist.“

Dan hielt mitten im Bissen inne und starrte Avery an. „Ist das nicht irgendwas Biblisches?“

„Ja“, entgegnete Avery und erklärte, worum es sich handelte. „Es gibt sieben von ihnen, drei Tote in drei Kirchen bisher, und es werden zweifellos noch mehr werden. Und wir haben keine Ahnung, wie wir sie aufhalten können. Sie sind sehr mächtig, weitaus mächtiger als normale Geister. Ich muss mit dem Hexenrat sprechen.“

„Ich sage es dir nur ungern, aber es gab mehr als drei Todesfälle, Avery. Erst vor wenigen Minuten wurden in den Eilmeldungen zwei weitere gemeldet. Ich habe es im Radio gehört.“

„Was?“ Sie müssen gemeldet worden sein, nachdem sie Newton verlassen hatte, sonst hätte er es gesagt. „Wo?“

„Bodmin und Perranporth.“

„Ebenfalls in alten Kirchen?“

„Ich glaube schon. Es gab nicht viele Details in den Nachrichten.“

Avery wurde ganz weich in den Knien und sie ging um die Verkaufstheke herum und setzte sich auf einen der Stühle neben Dan. „Das ist schrecklich."

Dan hielt seinen Kaffee in der Hand, während er sie beobachtete. „Ja, das ist es. Ziemlich beängstigend auch. Es muss doch einen Zauberspruch geben, mit all deiner übersprudelnden Magie."

„Es gibt viele Zaubersprüche ... man muss nur den richtigen finden."

„Ist das nicht der Zweck des Rates? Ihr arbeitet alle zusammen, bündelt eure Kräfte. Du bist nicht allein, vergiss das nicht." Dan lächelte und versuchte, sie zu beruhigen.

„Ich glaube, ich fühle mich im Moment ziemlich überfordert." Sie nahm wieder einen Schluck von ihrem Kaffee und genoss den Koffeinschub.

„Das liegt daran, dass alles groß und neu ist, aber du wirst schon dahinterkommen. Das gelingt dir schließlich immer."

Sie lächelte ihn an. „Danke. Ich bin einfach nur müde, glaube ich. Schlaf wird helfen."

„Rate mal, wen ich gestern gesehen habe?"

Avery überlegte eine Sekunde. „Dylan?"

„Bingo! Ich habe ihn in der Uni-Bibliothek gesehen. Ihr habt einen ziemlichen Eindruck hinterlassen. Eigentlich ihr alle."

„Haben wir das?"

„Oh ja", nickte er. „Er hat mir erzählt, dass sie heute Abend in die St. Luke-Kirche gehen."

„Ja. Ich gehe auch hin. Ich lasse sie nicht mit Caspian allein."

Dan nickte erleichtert. „Gut, ich hatte gehofft, dass du das sagst. Jetzt geh und hol etwas Schlaf nach, ich komme hier ein paar Stunden allein zurecht."

„Bist du sicher? Das klingt nämlich wunderbar."

„Ja. Komm und lös mich zum Mittagessen ab."

Avery stand dankbar auf und ging zum hinteren Teil des Ladens. Doch bevor sie die Treppe zu ihrer Wohnung hinaufging, verstärkte sie für alle Fälle die Schutzzauber im Laden.

Vierzehn

Neuer Abend, neue Kirche.“

Alex lehnte sich an die niedrige Mauer, die die *St. Luke*-Kirche umgab. Anders als die *All Souls* lag diese Kirche etwas außerhalb der Stadt, und es gab keine benachbarten Geschäfte oder Häuser, von denen sie bei ihren Aktivitäten hätten gesehen werden können. „Das wird langsam zur Gewohnheit.“

„Eine Gewohnheit, die mir nicht gefällt“, erwiderte Avery. Sie betrachtete Alex’ Gesicht erneut und machte sich Sorgen, dass er sich noch nicht vollständig vom letzten Abend erholt hatte.

Er sah ihren besorgten Gesichtsausdruck und lachte. „Mir geht es gut, Avery.“

Sie streckte die Hand aus und berührte mit der Hand seine Wange. „Das hoffe ich. Ich habe mir letzte Nacht wirklich Sorgen gemacht.“

Er griff nach ihrer Hand, zog sie an seine Lippen und küsste ihre Handfläche. „Ich weiß. Du bist wunderschön, weißt du das?“

„Das sagst du mir immer wieder.“ Sie lächelte, und Wärme breitete sich in ihr aus.

„Ich meine es ernst." Er sah aus, als wollte er noch mehr sagen, als sie hörten, wie Fahrzeuge ankamen, und sie sahen sich um und sahen die drei Geisterjäger, die gleichzeitig mit Caspian ankamen.

Dylan, Cassie und Ben riefen ihnen Begrüßungen zu und begannen dann, Ausrüstung aus ihrem Wagen zu holen, aber Caspian verzog das Gesicht, als er sie sah. Er schlug die Tür seines schnittigen Audis zu und seine Schwester Estelle stieg vom Beifahrersitz aus.

Avery hatte nur zweimal Kontakt mit Estelle gehabt. Das erste Mal war, als sie Reuben in der *Old Haven Church* angegriffen hatte und Briar sie zur Verteidigung halb im Boden vergraben hatte und Avery sie mit einem heruntergefallenen Ast bewusstlos geschlagen hatte. Das zweite Mal war in *Faversham Central* gewesen, wie sie Sebastian Favershams Anwesen nannten, wo Estelle sie im Flur angegriffen hatte und Reuben es geschafft hatte, sie zu besiegen. Heute, dachte Avery, war das erste Mal, dass sie sie sahen und sich nicht gegenseitig angriffen. Leider sah sie tatsächlich so aus, als würde sie sie jetzt angreifen wollen. Das war in Ordnung. Avery hätte ihr diesen abweisenden Gesichtsausdruck am liebsten aus dem Gesicht gewischt.

„Schön, dich zu sehen", bemerkte Alex grinsend.

„Wir brauchen euch hier nicht", erklärte Caspian und drehte ihnen den Rücken zu, während er die Kirchentür öffnete. Estelle stand neben ihm und funkelte sie an.

„Nun, sie brauchen dich, also solltest du dich besser zusammenreißen", erwiderte Alex und trat neben Caspian an der Tür. Er nickte Estelle zu. „Estelle, es ist mir immer ein Vergnügen, dich zu sehen."

Estelle kniff die Augen zusammen. „Brauchen wir euch beide?"

„Sicherheit im Rudel. Vor allem, wenn ihr beide hier seid. Außerdem, wenn das hier so etwas wie der Geist in unserer Kirche ist, dann ist er sehr gemein." Er zögerte einen Moment. „Wir haben herausgefunden, was es ist. Was *sie alle* sind."

„Und?" Caspian zog es in die Länge. „Wollt ihr einen Trommelwirbel?"

Alex ignorierte seinen Sarkasmus. „Sie *sind* Nephilims."

Estelle stieß ein bellendes Lachen aus und warf den Kopf in den Nacken. „Wirklich?" Ihre Stimme triefte vor Zweifel.

„Wirklich. Also pass auf, was du tust, Estelle. Es könnte für dich ganz schön biblisch werden."

Caspian und Estelle blieben auf der Schwelle der Kirche stehen und starrten sich einige Momente lang an, dann sah Caspian Alex an, sichtlich genervt. „Woher weißt du das?"

„Ich habe letzte Nacht mit dem Nephilim in der *All Souls*-Kirche kommuniziert, durch eine Kristallkugel." Alex zuckte mit den Schultern. „Er sagte, sie wären zu siebt. Die Frage ist, wollen wir wirklich versuchen, diesen einen zu filmen, jetzt, wo wir wissen, was es ist?"

Das war eine gute Frage, dachte Avery, und eine, über die sie auf dem Weg hierher diskutiert hatten. Sie könnten alle in größere Gefahr gebracht werden, als nötig. Der Sinn der paranormalen Untersuchung bestand darin, zu sehen, ob die Geister miteinander verbunden waren, und es schien, als wären sie es.

Ben sprach hinter ihnen. „Ja, das wollen wir. Je mehr wir filmen, desto mehr wissen wir."

„Und außerdem", warf Caspian ein, „könntet ihr euch irren."

„Ich bin davon ausgegangen, dass du sie lieber nicht hier hättest?", fragte Avery scharf und bezog sich dabei auf die Geisterjäger.

„Wir wollen doch Genevieve nicht verärgern", erwiderte Caspian und wandte sich von ihr ab. „Jetzt bringen wir das hinter uns."

Sie folgten Caspian in das Kirchenschiff, in dem das schwache elektrische Licht überall Schatten warf.

Wie *All Souls* war auch diese Kirche mittelalterlich gestaltet, und die hohe, gewölbte Decke erstreckte sich über ihnen. Im Gegensatz zur *All Souls*-Kirche war sie viel kleiner, eine Landkirche, ähnlich groß wie *Old Haven*. Und sie war völlig zerstört worden.

Mehr als die Hälfte der polierten Holzbänke war zerschmettert, der Altar umgestürzt und Kerzen lagen verstreut auf dem Boden. In die Wände eingelassen waren kleine, gewölbte Nischen, in denen sich Ikonen, Blumen oder Kerzen befanden, und bis auf zwei waren alle leer, ihre Ausstellungsstücke lagen über den Boden verstreut.

„Verdammter Mist", murmelte Ben und sah sich schockiert um. „Was ist hier passiert?"

Avery war genauso schockiert, wie er aussah. Dieser Geist hatte tatsächlich Gegenstände zerstört. Große, schwere Gegenstände. Einige der Kirchenbänke waren kaum mehr als Holzsplitter.

Caspian ging mit funkelnden Augen auf sie zu. „Ich nehme an, das ist nicht in der *All Souls*-Kirche passiert?"

„Nein", erwiderte Alex und betrachtete den Schaden. „Jedenfalls nicht gestern Abend. Inzwischen könnte es aber passiert sein."

Estelles Stimme klang mit ihrem kühlen, schneidenden Ton durch die Kirche und sie warf Avery und Alex einen abweisenden Blick zu. „Nun, so viel dazu, dass es nur ein Geist war."

„Vielleicht", begann Avery ebenso kühl, „hat der Geist durch das Töten seines Opfers viel Macht gewonnen. Wo wurde die Leiche gefunden?"

Estelle senkte den Blick und zeigte mit einem Anflug von Bedauern im Gesicht auf die Stelle. „Hier im Kirchenschiff, neben dem Altar. Man kann noch sehen, wo das Blut war."

Dylan und Cassie standen jetzt hinter Ben und anstatt bestürzt über den Schaden zu sein, wirkten sie tatsächlich aufgeregt. „Wow. Genial", sagte Dylan. „Ich wünschte, wir hätten das mit der Kamera aufgenommen."

„Sei vorsichtig, was du dir wünschst", bemerkte Alex und zog die Augenbrauen hoch. „Lasst uns loslegen."

Cassie, Ben und Dylan arbeiteten schnell und fielen in eingespielte Routinen. Bald hatten sie ihre Ausrüstung aufgebaut und Cassie hatte ihre ersten Temperaturmessungen durchgeführt. Dylan durchstreifte bereits den Umkreis mit seiner Wärmebildkamera, während Ben die Tontechnik einrichtete.

Während das Team sich organisierte, stellten Avery und Alex die Kerzen auf und Avery entzündete sie mit einem Wort. Estelle und Caspian standen in der Mitte des Raumes, und Avery wusste, dass sie das Gleiche taten wie sie und Alex: Sie versuchten, den Geist zu spüren und seine Anwesenheit zu lokalisieren. Bisher spürte Avery nichts, aber sie wusste, dass er hier sein musste.

„Weißt du was?", fragte Alex stirnrunzelnd. „Ich werde einen sehr großen Schutzkreis bilden. Leute!", rief er. „Macht euch bereit, schnell hierher zu kommen."

Ben, Cassie und Dylan drehten sich um und nickten, aber Estelle grinste hämisch. „Hast du Angst, Alex?"

Alex lächelte nur dünn. „Ihr werdet mir später dafür danken."

Er arbeitete schnell und holte alle notwendigen Dinge aus seinem Rucksack, darunter einen großen silbernen Dolch, und er benutzte Salz, um den Kreis zu zeichnen, genau wie sie es zuvor getan hatten. Avery arbeitete mit ihm zusammen und sprach leise. „Ich denke, das ist eine großartige Idee. Und es hat gestern Abend gut funktioniert."

Alex nickte. „Ich habe ein schlechtes Gefühl dabei."

In den nächsten fünfzehn Minuten passierte nichts, außer dass sie auf und ab gingen und warteten.

„Der Geist macht nicht mit", murmelte Caspian genervt.

„Könnte er entkommen sein?", fragte Avery.

„Nein. Ich weiß, wie man ein Gebäude versiegelt, danke", erwiderte Caspian sarkastisch. Er drehte ihnen den Rücken zu und beobachtete die Geisterjäger.

Der Geist mochte sich zwar weigern, zu erscheinen, aber die Spannung im Raum stieg trotzdem. Es war unangenehm, Caspian und Estelle so nah zu sein.

Ben und die anderen Geisterjäger ignorierten sie und konzentrierten sich ausschließlich darauf, den Schaden aufzunehmen und Ben lieferte sogar einige Audioaufnahmen.

Dann, ohne Vorwarnung, begannen die elektrischen Lichter, die ohnehin nicht sehr hell waren, zu summen und zu knistern, das Licht pulsierte.

Sie drehten sich alle um und Avery sperrte ihre Sinne weit auf, um zu erkennen, wo sich der Geist befand. Eine große, dunkle Masse begann sich hinter dem Altar zu manifestieren. Das EMF-Messgerät begann zu piepen, und dann zersprangen nacheinander die Lichter im Raum, sodass nur noch die Kerzen als einzige Lichtquelle übrig blieben.

Alex ergriff Averys Hand und zog sie in den Kreis. „Alle sofort hierherkommen!"

Cassie rannte sofort zu ihnen und stellte sich dicht neben Avery, aber Ben benutzte weiterhin das Messgerät und Dylan zeichnete weiter auf. Caspian und Estelle ignorierten sie ebenfalls und traten näher an den Geist heran, der sich zu manifestieren begann.

Die dunkle Masse wurde immer größer und nahm an Umfang zu.

Cassie rief: „Dylan. Ben. Kommt bitte her!"

Sie warfen den beiden einen Blick zu, wandten sich dann wieder dem Geist zu und schienen zu entscheiden, dass es klug wäre, sich zurückzuziehen. Sie wichen Schritt für Schritt zurück und zeichneten dabei weiter auf.

Caspian und Estelle hatten sich jedoch zum Angriff bereit gemacht, die Hände erhoben, Energiebälle in den Handflächen sichtbar.

Ohne Vorwarnung wuchs der Geist und nahm eine menschlichere Gestalt an – bis auf die weit ausgebreiteten Flügel. Er stürzte sich auf Caspian, ein großer Flügel fegte ihn von den Füßen und schleuderte ihn gegen die Wand.

Das reichte aus, um Ben und Dylan zum Laufen zu bringen.

Estelle hatte keine derartigen Ängste, und Avery war sich nicht sicher, ob sie mutig oder dumm war. Sie schleuderte einen Energieball nach dem anderen auf den Geist, aber anstatt sich zurückzuziehen, wurde er immer größer, und seine enorme Flügelspannweite reichte nun bis zur Hälfte der Wand. Avery konnte nicht herausfinden, ob sie seinen Schatten von den Kerzen oder den Geist selbst sah. *Sollte er überhaupt einen Schatten haben?*

Alex schrie: „Estelle! Hör auf! Du gibst ihm Kraft!"

Sie ignorierte ihn, beschwor stattdessen Flammen und schleuderte sie auf den Geist. Caspian stand unterdessen schwankend auf und fügte seine Kraft zu ihrer hinzu.

Avery sah Alex verwirrt an. „Können die nicht sehen, was sie tun?"

„Von Dummheit geblendet", murmelte Alex. „Caspian! Du bist keine Hilfe. Komm zurück!"

Der Geist veränderte sich weiter und bildete zwei Beine und dann Arme, aber die Flügel blieben. Er stürzte sich erneut auf Caspian und Estelle, diesmal mit den Flügeln, und schleuderte sie durch die Luft. Caspian landete ungeschickt auf den kaputten Kirchenbänken und Estelle auf dem Steinboden in einem Häufchen Elend.

Avery warf Alex einen Blick zu und sie hatten instinktiv den gleichen Gedanken. Beide schossen aus dem Kreis heraus, wobei Avery die Geisterjäger anschrie: „Ihr bewegt euch nicht!"

Avery eilte zu Estelle, die benommen, aber noch bei Bewusstsein war, und rief nach Luft. Der Windstoß hob Estelle hoch, sodass sie keinen Boden mehr unter den Füßen hatte, sodass Avery sie zurück in die Sicherheit des Kreises ziehen konnte. Zur gleichen Zeit zog Alex Caspian auf die Beine und schleppte ihn davon.

Der Nephilim, der jetzt mehr Kreatur als Geist war, näherte sich ihnen über das Kirchenschiff, aber seine Gesichtszüge waren noch nicht ausgebildet. Eine Stimme erfüllte die Luft, fast ohrenbetäubend, und Avery erkannte die Sprache, die Alex in der vergangenen Nacht immer wieder wiederholt hatte.

Caspian wehrte sich gegen Alex' Hilfe, aber Alex hatte offensichtlich genug und schlug ihn, was Caspian offensichtlich nicht erwartet hatte, denn er brach zusammen und Alex schleifte ihn über den Boden. Avery half ihm, ihn in den Kreis zu hieven, und sprach dann den Zauberspruch, der sie einschließen würde.

Die Magie war spürbar und der Nephilim hielt inne und beobachtete sie. Dann begann er, sie zu umkreisen, und seine seltsame, gutturale Sprache erfüllte immer noch die Kirche.

„*Das* habe ich nicht erwartet", erklärte Ben. Seine Augen waren weit aufgerissen und seine Hände zitterten. Das EMF-Messgerät summte wild. Er fragte Dylan: „Nimmst du immer noch auf?"

„Ja. Ich weiß nicht, wie stabil das Filmmaterial sein wird."

Estelle stand zitternd auf und zischte Alex an: „Du hast Caspian geschlagen."

„Und ich schlage dich auch, wenn du irgendetwas versuchst", erwiderte er und ging auf sie los. „Normalerweise mag ich keine Gewalt gegen Frauen, aber bei dir mache ich eine Ausnahme."

Caspian setzte sich stöhnend auf und hielt sich eine Hand an die Nase. Blut strömte über sein Gesicht und er starrte Alex finster an.

„Wir haben dein Leben gerettet", bemerkte Avery mit Nachdruck, bevor er anfangen konnte, zu argumentieren.

Das schwere Aufschlagen von Füßen auf dem Boden ließ sie sich wieder dem Nephilim zuwenden, aber anstatt weiter vorzudringen, lachte er – wenn man das so nennen konnte. Es war wie ein Heulen, das Avery eine Gänsehaut über den Rücken jagte und bei dem sich ihr die Nackenhaare aufstellten.

Der Nephilim wandte sich ab, hob seine Flügel und flog auf das nächste Fenster zu. Er zögerte nicht, durchbrach es mit hoher Geschwindigkeit und ließ überall Glas zersplittern und den Rahmen splittern. Und dann verschwand er in der Nacht.

„Na toll. Einfach toll. So viel zum Versiegeln der verdammten Kirche", rief Alex. Er ballte die Fäuste und atmete mit sichtbarer Mühe tief durch und versuchte, sich zu beruhigen. Er sah die Geisterjäger an. „Geht es euch gut?"

„Ich denke schon", murmelte Cassie, während die anderen nickten.

Avery sank deprimiert zu Boden und wusste nicht, was sie als Nächstes tun sollte.

„Es war stärker, als ich erwartet hatte", gab Caspian zu. Er saß immer noch auf dem Boden und genau wie Avery auch eher deprimiert zu sein und in sich zusammenzusinken. Er flüsterte einen Zauberspruch und seine Blutung stoppte. Dann hob er sein T-Shirt und wischte sich mit dem Saum das Gesicht ab.

„Er wird die anderen holen", erklärte Alex. „Sie werden alle innerhalb einer Stunde frei sein und dann, wer weiß, was dann passiert."

„Tod und Zerstörung. Wir müssen es Genevieve sagen." Avery sah entschlossen aus. „Wer weiß, vielleicht kann sie die anderen mit einer Warnung aufhalten?"

Caspian schüttelte den Kopf und stand auf. „Ich bezweifle es, aber einen Versuch ist es wert. Lös den Zauber, Avery, wir müssen nicht länger im Kreis bleiben."

Avery nickte und ließ den Zauber los, während er Caspian beobachtete, der unter dem zerbrochenen Fenster stand. Er hob die Hände und das zerbrochene Glas und der Rahmen begannen sich wieder zusammenzusetzen, bis das Fenster Sekunden später repariert war.

„Wow", bemerkte Dylan voller Bewunderung, „das ist so cool."

Caspian drehte sich zu ihm um und kniff die Augen zusammen. „Ich vertraue darauf, dass ihr unsere Geheimnisse bewahrt?" Sein Tonfall duldete keinen Widerspruch.

„Absolut. Wir schätzen die Privatsphäre unserer Kunden", erklärte Dylan mit Nachdruck, und Ben und Cassie nickten neben ihm heftig.

„Gut." Caspian sah Alex und Avery an. „Ihr geht besser und überprüft die *All Souls*-Kirche und repariert auch dort alle Schäden. Wir bleiben hier und reparieren das." Er deutete auf die zerstörten Kirchenbänke. „Jetzt geht es nur noch um Schadensbegrenzung. Je weniger die Leute, auch die Polizei, davon wissen, desto besser."

Fünfzehn

Nach der kalten und trostlosen Atmosphäre in der *St. Luke*-Kirche war Alex' Wohnung eine warme und einladende Zuflucht.

Avery saß mit einem Glas Rotwein in der Ecke von Alex' weichem und luxuriösem Sofa und beobachtete die tanzenden Flammen der Kerzen. Die Jalousien waren geschlossen, um die Nacht draußen zu halten, und Alex saß auf dem Boden und blätterte in seinem Zauberbuch, in dem vergeblichen Versuch, etwas Nützliches zu tun.

Avery hatte gerade einen Anruf von Genevieve erhalten, die bestätigte, dass auch die anderen entkommen waren und zerbrochenes Glas und beschädigte Fensterrahmen zurückgelassen hatten. Schlimmer war, dass sie ihr keine Vorwürfe gemacht hatte, und Avery hatte das Gefühl, dass sie sich vielleicht etwas besser fühlen würde, wenn sie sie angeschrien hätte.

Bevor Alex und Avery in Alex Wohnung zurückkehrten, machten sie noch in der *All Souls*-Kirche Halt, aber auch dort war ein Fenster zerbrochen, glücklicherweise an der Rückseite der Kirche, weit weg von der Straße. Sie reparierten es und überprüften das Innere, um sich zu vergewissern, dass im Inneren nichts anderes passiert war, aber im Gegensatz zur *St. Luke*-Kirche war das Innere intakt.

Die Geisterjäger waren nach Hause zurückgekehrt und Avery hatte sie ermahnt, ihre Amulette zu tragen, nur für den Fall. Dylan hatte seines aus seinem Hemd gezogen und gesagt: „Machst du Witze? Ich trage das jetzt *überall*!“

Das hatte Avery etwas Trost gespendet, aber sie fühlte sich so deprimiert wie schon lange nicht mehr. Sie schwenkte ihren Wein und nahm einen großen Schluck. „Ich fühle mich hilflos.“

Alex sah besorgt aus. „Ich auch. Aber die Geister sind entkommen, also müssen wir jetzt herausfinden, was wir als Nächstes tun sollten.“

„Wie war es neulich abends, dieses *Ding* in deinem Kopf zu haben?“

Bei der Erinnerung schauderte er. „Intensiv und unangenehm. Es war stark, vielleicht stärker als es wegen der Kristallkugel hätte sein sollen, aber“, er zuckte mit den Schultern, „es hat funktioniert. Wir wissen, was es ist. Und es weiß auch, was wir sind.“

Avery beugte sich vor. „Was meinst du damit?“

„Nun, der ganze Schutzkreis bedeutete, dass es erkannt hat, dass es sich um Magie handelte, aber ich spürte, wie es meine Gedanken streifte. Ich bin sicher, dass es weiß, dass wir Hexen sind, und ich bin sicher, dass es weiß, was das bedeutet.“ Er lächelte leicht. „Seien wir ehrlich – Hexen gibt es auch schon sehr lange. Magie ist die Wurzel von allem.“

„Glaubst du, dass es das erschreckt hat?“

„Nein. Aber“, Alex sah nachdenklich aus, “ich glaube, es hat mich respektiert. *Ich glaube,* das hat es. Hoffen wir, dass sich das irgendwann zu unseren Gunsten auswirkt. Vielleicht finden wir sogar heraus, was wir mit ihnen machen sollen.“

„Ich weiß nicht einmal, welcher Tag heute ist, geschweige denn, wie wir herausfinden sollen, was wir mit den umherirrenden Nephilim machen sollen.“

„Es wird dich freuen zu hören, dass heute Samstag ist, was bedeutet, dass wir ausschlafen und einen Sonntagsbrunch machen können.“

„Gut, das ist doch schon mal etwas“, sagte sie und ließ sich auf das Sofa fallen. „Ich weiß nicht so recht, wann aus meinen Samstagen eine regelrechte Geisterjagd in Zusammenarbeit mit den Favershams geworden ist.“

„Seitdem *jemand beschlossen hat*, Grimoires zu finden, ist es so.“ Er nahm ihren Fuß in die Hände und begann, ihre Wade zu küssen, während er sie die ganze Zeit mit seinen dunklen Augen beobachtete.

„Das ist schön“, stöhnte sie und hatte das Gefühl, sie könnte mit dem Sofa verschmelzen.

„Nur schön?“ Er fuhr an ihrem Innenschenkel weiter nach oben.

„Sehr, *sehr* schön.“ Sie beobachtete ihn, fragte sich, ob er aufhören würde, und hoffte, dass er es nicht tun würde.

Er sah sie mit einem verschmitzten Grinsen an und nahm ihr Weinglas aus der Hand. „Ich glaube, ich habe genug von Zauberbüchern und Geisterjagden, du nicht auch?“

Am nächsten Morgen gab es in den lokalen Nachrichten nichts über die Kirchen, was eine gewisse Erleichterung war. Ihre Bemühungen, die Tatsache, dass diese Geister existierten und noch dazu entkommen waren, zu verbergen, waren erfolgreich gewesen.

Avery nahm einen Schluck von ihrem Kaffee und beobachtete, wie Alex sich geschickt in der Küche bewegte. „Was glaubst du, wo sie hin sind?"

„Gute Frage." Alex schob ihr einen Teller mit Eiern Benedikt unter die Nase und setzte sich neben sie an die Frühstückstheke. „Irgendwo, wo es dunkel und geschützt ist."

„Eine Höhle?", fragte sie mit vollem Mund.

„Ein verlassenes Gebäude, an einem unzugänglichen Ort? Aber", sagte Alex und zeigte mit seiner Gabel auf sie, „bisher gab es keine Todesfälle."

„Von denen wir gehört haben."

„Aber sie sind eindeutig zusammen, und vielleicht auch mit den anderen beiden. Erinnerst du dich an den Nephilim, mit dem ich kommuniziert habe? Er sagte: *Wir sind sieben*."

Avery nickte abwesend, leicht abgelenkt von dem fantastischen Brunch, den Alex zubereitet hatte. „Glaubst du, es gibt einen Leitfaden für Nephilim? Zum Beispiel, wie man sie vernichtet und in die Anderswelt zurückschickt?"

„Mmm, unwahrscheinlich, Ave. Aber vielleicht könntest du danach einen schreiben? Oder natürlich könntest du dafür sorgen, dass es vierzig Tage und vierzig Nächte lang regnet. Ist das nicht der Zweck der Sintflut?" Er grinste sie auf eine nervige Art an.

Sie stöhnte. „Ich glaube nicht, dass meine Wettermagie so gut ist. Und dein Bootsbau auch nicht."

Bevor Alex sie weiter necken konnte, klingelte sein Telefon. „Hey Reuben, wie geht's dir?" Er aß weiter, während er redete, und grunzte gelegentlich, während Avery neugierig zusah.

Sie hatte Reuben und El seit ein paar Tagen nicht mehr gesehen und fragte sich, was sie wohl so getrieben hatten. Sie musste nicht lange warten.

„Klar", fuhr Alex fort. „Wir sehen uns in einer halben Stunde am Hafen."

Er legte auf und Avery sah ihn erwartungsvoll an. „Was hast du am Hafen vor?"

„Du meinst, was haben *wir* vor?", korrigierte er und zog die Augenbrauen hoch.

„Wir? Kann ich nicht wieder ins Bett gehen?", fragte sie und wünschte sich, sie könne die Energie aufbringen, sich auch nur im Geringsten für diese Aussicht zu begeistern.

„Nein. Auf hoher See wurde ein Boot gefunden. Leer. Wie die Marie Celeste. Reuben hat davon gehört, als er surfen war. Er hat Nils überredet, uns in die Gegend zu fahren."

„Nils, den Tätowierer? Er hat ein Boot?" Das letzte Mal hatte Avery ihn gesehen, als er ihr in seinem Geschäft *Viking Ink* ein Schutztattoo auf die Hüfte tätowiert hatte.

„Er ist ein Wikinger. Natürlich hat er ein Boot."

„Morgen, Leute!", rief Nils mit seinem leichten schwedischen Akzent, während er auf dem Deck seines alten Fischerboots stand. Er winkte und grinste. „Kommt an Bord. Ich zeige euch mein Baby!"

Es war kaum ein Baby, dachte Avery, als sie es betrachtete. Der Lack blätterte ab und es machte einen ramponierten Eindruck, der darauf hindeutete, dass es schon bessere Tage gesehen hatte. Aber Nils liebte es offensichtlich. Er beugte sich über die Seite und streckte Avery seine Hand entgegen, um ihre Hand in seiner sehr großen Hand zu halten. Sie hatte vergessen, wie groß er war.

Sie ging vorsichtig den schmalen Steg hinauf auf das Boot und blickte in Nils' hellblaue Augen. Er zwinkerte ihr zu. „Schön, dich zu sehen, Avery. Ich hoffe, mein Tattoo sieht gut aus. Reuben ist drinnen und macht Tee." Er deutete mit der Hand über die Schulter zur Kabine und blickte dann Alex an, der Avery auf das Boot gefolgt war. „Alex! Mein tätowierter Freund!" Er umarmte ihn mit einer kräftigen Männerumarmung. „Wir haben wieder Probleme, ja? Vermisste Personen. Das sind schlechte Nachrichten. Ich werde den Motor überprüfen. Sobald die anderen hier sind, fahren wir los."

Er verschwand am anderen Ende des Bootes und ließ Avery verwirrt zurück. „Wow. Er ist eine Naturgewalt."

Alex grinste. „Er ist aber toll, oder?"

Reuben tauchte beim Klang ihrer Stimmen aus der Kabine auf. Sein blondes Haar war leicht feucht und er trug seine Boardshorts und ein T-Shirt. Er sah nicht annähernd so begeistert aus wie Nils. „Morgen, Leute. Was für eine beschissene Nacht."

„Du auch?", sagte Alex. „Du hast noch nicht einmal *unsere* Neuigkeiten gehört."

„Geht es um vermisste Fischer und ein herrenloses Boot?"

„Nein. Aber es werden Nephilim vermisst."

„Verdammt", bemerkte Reuben, lehnte sich an die Seite des Bootes, eine dampfende Tasse in der Hand. „Das wird immer schlimmer."

„Hast du irgendwelche Details über das Boot?", fragte Alex.

Reuben nickte. „Ja, einige. Es klingt nicht gut. Als ich morgens surfen war, haben mich die Jungs über die Neuigkeiten informiert. Einer von ihnen hatte die Küstenwache früh am Morgen auf dem Weg nach draußen gesehen. Du kennst diesen

Ort. Neuigkeiten verbreiten sich rasend schnell. Danach habe ich mich mit Connor, einem aus der Crew, getroffen." Er seufzte schwer. „Er sagte, es sei seltsam. Es war eine ruhige Nacht. Es gab keine Notrufe, aber das Boot war verlassen. Keine fehlende Ausrüstung, keine Anzeichen von Schäden. Die Netze waren noch draußen. Außerdem handelte es sich um ein kleines Familienunternehmen. Vater und zwei Söhne. Wie beschissen ist das denn?"

„Wer war es?", fragte Avery, sicher, dass sie sie kennen würde. Die meisten Menschen in White Haven kannten sich vom Sehen, auch wenn sie sich nicht gut kannten.

„Die Petersons", erwiderte Reuben und beobachtete sie.

Avery schloss kurz die Augen. *Ja, sie kannte sie.* „Verdammt."

Sie wandte sich ab, ließ Alex und Reuben weiterreden und lehnte sich an die Seite des Bootes. Während sie auf den Hafen und das Meer dahinter blickte, dachte sie darüber nach, wie ein so strahlender Morgen existieren konnte, wenn es da draußen so viel Dunkelheit gab. Mehrere Frauen vermissten Ehemänner, Freunde, Söhne und Väter. Und es klang, als wären die Töchter von Llyr schuld daran.

Im Hafen lagen noch immer kaum Boote, viele von ihnen waren noch auf Fischfang. Einige der größeren Schiffe waren aufgereiht, bereit, Touristen für ein paar Stunden aufs Meer hinauszufahren, und die Menschen standen bereits Schlange, um an Bord zu gehen.

Hinter dem Hafen erstrahlte die Stadt im Sonnenschein. Helle Farbtupfer markierten die Pflanzen und Blumenampeln vor Geschäften und Pubs, und der Geruch von Salz lag in der Luft. Es war Ende Juli und die Touristensaison war in vollem Gange; überall waren Familien zu sehen. Dies war ein schrecklicher Zeitpunkt, um Meerjungfrauen und Nephilim an der Küste ihr Unwesen treiben zu lassen.

Avery hörte einen Schrei und sah sich um, um Briar, Newton und El an Bord klettern zu sehen. Sie winkte, ohne ein Lächeln zustande zu bringen. „Hey, Leute."

Sie riefen ihnen zur Begrüßung zu und gingen über das Deck zu ihnen.

Nils muss sie gehört haben, als sie ankamen, und er kam aus dem Maschinenraum, ölverschmiert und seine Hände an einem zerrissenen Tuch abwischend. „Alle bereit?", fragte er.

Sie nickten.

„Toll, schnappt euch eine Schwimmweste und dann geht's los."

Sobald sie den Hafen verlassen hatten, peitschte eine frische Meeresbrise die Wellen auf und sie schaukelten über das Wasser mit Kurs auf die Stelle, an der das Boot gefunden worden war. Sie brauchten fast eine Stunde, um dorthin zu gelangen, und auf dem Weg dorthin berichteten sie allen von den Nephilim. Sie standen am Heck des Bootes, weit weg vom Steuerhaus, damit Nils sie nicht hören konnte.

„Na toll. Sieben Nephilim-Geister, die in Cornwall ihr Unwesen treiben. Einfach großartig", bemerkte Newton und ging auf dem Deck auf und ab. „Und möglicherweise sind sie nicht einmal mehr Geister."

Briar blinzelte in die Sonne und setzte ihre Sonnenbrille auf. „Ich kann sie immer noch spüren – nicht so sehr auf diesem Boot, aber an Land. Sie werden immer stärker."

„Kannst du feststellen, wo sie sich befinden?", fragte Newton eifrig.

„Nein, leider nicht. Ich spüre ihre Anwesenheit in der Atmosphäre eher auf subtile Weise."

„Nun, keine weiteren Todesfälle heißen doch sicher etwas Gutes, oder?", fragte El.

„Ich denke schon", entgegnete Avery. „Ich wünschte allerdings wirklich, wir wüssten, was sie vorhaben."

„Sah Caspian auch nur im Geringsten reumütig aus, weil er dem Nephilim in *St. Luke* genug Energie gegeben hat, um von dort zu fliehen?", fragte Reuben.

„Nicht wirklich", antwortete Alex, „aber es hat mir Spaß gemacht, ihm eine reinzuhauen."

„Und er hat sich nicht gerächt?", fragte Newton schockiert.

„Es war dort bereits zu viel los. Ein Kampf wäre gefährlich gewesen. Außerdem habe ich es getan, um ihn davon abzuhalten, sich zu wehren. Gott weiß, was dieser Nephilim getan hätte, wenn er uns erreicht hätte."

„Und was ist mit heute?", fragte Briar. „Abgesehen davon, dass wir herausfinden wollen, wo die Crew verschwunden ist, wie sieht der Plan aus?"

„Ich möchte sehen, ob wir die Meerjungfrauen finden können", erklärte Reuben. „Ich habe einen Zauberspruch, der funktionieren sollte."

„Und was dann? Ich meine, ist das nicht gefährlich?", wollte Briar wissen. „An Bord sind fünf Männer, und ihr alle werdet für ihren Ruf empfänglich sein. Wie können *wir* das verhindern?" Sie deutete auf Avery und El. *Das war eine gute Frage*, dachte Avery. Das hatte sie sich auch schon gefragt.

„Du gehst also davon aus, dass du nicht gefährdet bist?", fragte Newton verwirrt.

„Theoretisch nicht", erklärte El. „Reu und ich haben uns ein wenig mit Meerjungfrauen beschäftigt und es scheint, als würden sie nur Männer ins Visier nehmen. Wir hoffen, dass ihr Ruf bei uns nicht funktioniert. Natürlich könnten wir uns auch irren. Wir können euch alle mit einem Bann belegen und euch an das Boot fesseln, wenn es sein muss, aber wir glauben nicht, dass wir sie heute zu Gesicht bekommen werden. Es geht hier eher um einen Ortungszauber."

Reuben führte weiter aus: „Oswald war überzeugt, dass sie in Mevagissey auf dem Land unterwegs waren. Vielleicht sind sie hier. Ich möchte wissen, ob wir herausfinden können, ob sie an Land gekommen sind."

„Können wir sie an Land aufspüren?", fragte Newton. „Ich meine, sehen sie anders aus als Menschen?"

„Der Folklore zufolge sehen sie genauso aus", erklärte Reuben. „Deswegen sind sie so erfolgreich, aber es sollte grundlegende Unterschiede geben. Wenn wir *irgendein* ihnen charakteristisches Merkmal erspüren können, können wir vielleicht einen Zauberspruch entwickeln, der uns hilft, sie zu finden. Ich meine, ich könnte mir vorstellen, dass sie eine starke Wasserelementar-Natur haben, auch wenn wir sie nicht sehen können."

Avery rieb sich frustriert das Gesicht. „Also haben sie keine leuchtend grünen Augen oder Schwimmhäute oder so etwas?"

„Ziemlich sicher nicht, nein", erwiderte Reuben grinsend.

„Was ist mit Nils?", fragte Newton und warf einen Blick zum Steuerhaus. „Was weiß er über uns?"

„Nicht viel. Er weiß, dass ich ein bisschen mit Hexerei herumexperimentiere, aber er hat keine Ahnung, wie weit das geht. Er hat nicht allzu viele Fragen zu unserer heutigen Aktion gestellt. In dieser Hinsicht ist er schlau."

Avery nickte, da er wusste, was er meinte. Wie Sally und Dan früher war er wahrscheinlich schlauer als er vorgab und hielt sich vernünftigerweise heraus. Diesen Luxus konnte er sich wahrscheinlich bald nicht mehr leisten.

Als hätte er ihre Gedanken gelesen, sagte Reuben: „Ich wäre dankbar, wenn ihn jemand ablenken könnte, während ich den Zauber ausführe."

„Kein Problem", entgegnete Newton.

In diesem Moment spürten und hörten sie, wie der Motor langsamer wurde und ihre Geschwindigkeit nachließ, und Nils schrie über das Boot. „Wir nähern uns jetzt der Stelle. Es ist keine der üblichen Fischfanggebiete – sie wären hier schon eine ganze Weile allein gewesen."

„Vielleicht wurden sie überhaupt erst hierher gelockt", mutmaßte El.

Avery spähte über Bord und fragte sich, wo unter ihnen die Petersons wohl sein mochten. „Glaubst du, sie wussten, dass sie sterben würden?", fragte sie.

„Sie sind wahrscheinlich nicht tot", gab Alex zu bedenken und legte seinen Arm um sie. „Denk an die alten Geschichten. Sie könnten inzwischen Wassermänner sein."

Avery schauderte. „Glaubst du, sie haben Erinnerungen an ihr Leben an Land? An ihre Lieben, ihre Freunde?"

„Hoffentlich nicht", bemerkte Alex leise und küsste sie auf die Stirn. „Das wäre einfacher."

Newton ging zum Steuerhaus, um mit Nils zu sprechen, und ließ Reuben Zeit, seinen Zauber auszuführen. Er holte ein paar Gegenstände aus seinem Rucksack und reichte sie El. Avery beobachtete ihn neugierig, was für einen Zauber er wohl im Sinn hatte.

Briar begriff schnell. „Du willst dir das Element Wasser zunutze machen, oder?"

Reuben nickte. „So wie du die Erde nutzt und ihre Energien spürst, spüre ich, wie das Wasser durch mich fließt. Ich versuche, es beim Surfen nicht zu nutzen – es fühlt sich an, als würde ich schummeln – aber ich glaube, ich mache mir etwas vor. Wahrscheinlich nutze ich es sowieso unbewusst. Ich kann es jetzt spüren. Und wenn die Erde eine Veränderung im Energiestrom spürt, hoffe ich, dass ich die Meerjungfrauen hier spüren kann."

„Ist dir beim Surfen nichts aufgefallen?", fragte El.

„Nein. Aber ich bin zu sehr damit beschäftigt, mich aufs Surfen und die perfekte Welle zu konzentrieren", grinste er verlegen. „Das lenkt ziemlich ab."

Avery, Alex und Briar traten einen Schritt zurück, um Reuben etwas Platz zu machen. „Und, wie kommst du zurecht, Briar?", fragte Avery sie.

„Nicht schlecht. Im Laden ist viel los, was gut ist. Wenn ich Zeit habe, versuche ich, einen gewissen Schutzzauber in meine Tränke einzuweben." Sie sah schuldbewusst aus. „Ich denke, das ist das Mindeste, was ich tun kann. Ich möchte die Stadt und die Menschen, die hier leben, schützen. Für El ist das in Ordnung, sie stellt Schutzamulette her, aber Frauen kommen meistens zu mir, um Cremes und Tränke zu kaufen, die mehr mit Haut und Gerüchen zu tun haben als mit Schutz."

„Das ist eine tolle Idee. Wie wäre es, wenn du Kräuterbündel für Schubladen und Schränke herstellen würdest? In diese könnte man Schutzzauber einweben. Oder Kräuterbündel als Willkommensgruß für Haustüren und Veranden?"

Briars Gesicht hellte sich auf. „Das ist eine brillante Idee! Das könnte ich machen! Ich habe jetzt so viele Kräuter und Blumen im Schrebergarten, das wäre perfekt. Und ich könnte sie für den Winter trocknen."

Avery lächelte, erfreut, dass ihr etwas Nützliches eingefallen war. „Ich helfe gerne. Warum stellst du nicht ein paar her und ich verkaufe sie auch in meinem Laden? Sie würden gut zu den Räucherstäbchen und Tarotkarten passen. Ich werde El auch um ein paar Amulette und Edelsteine bitten. Auf diese Weise können wir versuchen, so viele Menschen wie möglich zu schützen."

Alex runzelte die Stirn. „Durch die Kneipe kommen viele Leute. Viele Einheimische und Besucher. Ich werde das Barpersonal bitten, nach verdächtigen Aktivitäten und seltsamen Neuigkeiten oder Gerüchten Ausschau zu halten."

Briar wirkte erleichtert. „Das ist großartig. Zum ersten Mal seit Tagen habe ich das Gefühl, dass wir etwas Positives bewirken können."

„Die Sache ist aber die", warnte Alex, „ich glaube, das ist unsere neue Normalität. Jetzt wird immer etwas passieren. Wenn es nicht das ist, wird es etwas anderes sein."

„Na toll, Alex", sagte Avery und sah ihn ungläubig an. „Gerade als wir anfingen, uns wieder einigermaßen gut zu fühlen."

„Aber das *ist* doch gut", gab er zu bedenken. „Wir sind endlich wach geworden und uns der Möglichkeiten der übernatürlichen Welt bewusst. Wir müssen nur noch besser werden."

Sie wurden von Reubens Schrei abgelenkt, und er zeigte über Bord. Sie drehten sich um und sahen, wie das Meer hinter ihnen brodelte und sich eine seltsame, silbrige Spur vom Boot zum Ufer hin ausbreitete. „Nils!", schrie Reuben. „Folg der Spur!"

Nils hörte seinen Ruf und erhöhte die Geschwindigkeit, und sie folgten der Spur in Richtung Küste.

Reuben und El gingen zum Bug des Bootes, die anderen stellten sich direkt hinter sie. Sie folgten der Spur westlich von White

Haven, einer kleinen Bucht außerhalb der Stadt. Als sie sich der Küste näherten, verlangsamte Nils die Fahrt und sie fuhren in eine tiefe Bucht mit hohen Klippen auf beiden Seiten.

„Die Teufelsschlucht." Reuben zeigte auf die Stelle, an der die Felswand ausgehöhlt war und eine Höhle bildete. „Und das ist die Hades-Höhle. Bei Flut wird es dort ziemlich tief und tagsüber ist es immer dunkel."

Das Boot trieb im Leerlauf, und Nils gesellte sich zu ihnen. Seine Augen blinzelten gegen das Licht und schienen in der prallen Sonne fast eisblau. Er nickte zustimmend. „Niemand wagt sich da hinein, außer dumme Kinder, die sich gegenseitig herausfordern. Sie riskieren zu ertrinken. Die Unterströmung ist gewaltig."

Avery nickte. Sie alle hatten von dieser Bucht und den Gefahren der Höhle gehört. Sie sah selbst bei Sonnenschein bedrohlich aus. Der Stadtrat hatte an der Felswand einen Hinweis angebracht, der vor den Gefahren bei Flut warnte. „Der perfekte Ort für diejenigen, die sich nicht um starke Strömungen scheren, oder?"

„Kannst du weiter hineinfahren?", fragte Reuben Nils.

„Nur bis zum Eingang", erklärte er. „Die Flut geht bereits zurück. Wir müssen wirklich zurück zum Hafen."

„Dann nur ein kurzer Blick."

Nils nickte und ging zurück zum Steuerhaus. Dann fuhren sie langsam zum Höhleneingang und gerade so ins Innere der Höhle. Sofort verschwand der Sonnenschein und die Temperatur sank. Das schwere *Gluckern*, und Gurgeln des Wassers, das in die Höhle floss, erfüllte die Luft. Der hintere Teil der Höhle lag im Dunkeln.

Reuben griff in seinen Rucksack und holte eine riesige Taschenlampe heraus. Er schaltete sie ein und richtete den starken Lichtstrahl auf den hinteren Teil der Höhle. Das Wasser sah dunkel und bedrohlich aus, und die Wände waren feucht und glatt. Ein schmaler Felsstreifen säumte den hinteren Teil der Höhle, und etwas darauf glitzerte im Licht, aber es war unklar, was es war, und Avery hatte das starke Gefühl, beobachtet zu werden. Sie zitterte und wünschte sich verzweifelt, umkehren zu können. Und dann hörte sie etwas; das leiseste Plätschern – etwas anderes als das *Gluckern* des Wassers.

Und dann noch eines und noch eines.

Alex muss es auch gehört haben, denn er sagte leise, aber eindringlich: „Zeit zu verschwinden."

Reuben nickte und schaltete das Licht aus. Er drehte sich zu Nils um und bedeutete ihm zurückzufahren, und sie fuhren langsam zurück in die Sonne und machten sich auf den Weg in die Sicherheit von White Haven.

Avery bemerkte jedoch, dass sich die anderen drei Männer, mit Ausnahme von Nils am Steuer, umdrehten und sehnsüchtig zur Höhle zurückblickten.

Sechzehn

Alle fünf Hexen und Newton waren überwältigt, als sie im Hof des *The Wayward Son* saßen und die Sonne genossen.

Auf der Rückfahrt nach White Haven hatten sie kaum miteinander gesprochen, und nur Nils schien davon nicht beeinträchtigt gewesen zu sein. Avery vermutete und hoffte, dass er im Steuerhaus vor dem, was sie gehört und gefühlt hatten, geschützt gewesen war. Erst jetzt, mit einem Pint Bier oder einem Glas Wein vor sich und der Tatsache, bald etwas zwischen die Zähne zu bekommen, begannen sie sich alle zu entspannen.

„Ich weiß, dass wir in letzter Zeit mit ziemlich seltsamen Dingen konfrontiert worden sind“, bemerkte El und starrte jeden von ihnen an, als würde er sie herausfordern, anderer Meinung zu sein, „aber das muss das absolut Schlimmste sein.“

„Du hast recht, und ich weiß, dass wir nichts gesehen haben, aber irgendetwas *war* da. Ich konnte es spüren. Ich habe eine Gänsehaut gehabt“, bemerkte Avery zitternd. *„Irgendetwas* hat uns beobachtet.“

Briar nickte und blickte in ihren Weißwein, als wären die Antworten des Universums darin zu finden. „Es fühlte sich anders an als alles andere – Dämonen, Geister, dunkle Magie, das ganze Programm. Es fühlte sich ... fremd an.“ Sie zitterte, als sie sich endlich für ein Wort entschieden hatte.

Alex, Reuben und Newton schwiegen, und Avery sah sie besorgt an. Briar hatte die Getränke bestellt und Avery und El hatten die Sitzplätze zugewiesen. Die Jungs waren verdächtig still gewesen und hatten ergeben getan, was man ihnen sagte. „Alles in Ordnung? Alex?"

Er blickte auf und sah ihr schließlich in die Augen. „Ich habe etwas gehört. Etwas Wildes und Unerklärliches, gerade als wir die Bucht verließen. Ich kann es nicht erklären. Es war gespenstisch und ..."

„Fesselnd", beendete Newton für ihn. „Ich kann es immer noch hören." Seine Augen hatten einen leicht glasigen Ausdruck und er blickte abwesend über den Tisch. „Vielleicht sollten wir dorthin zurückkehren?"

El war von seiner Aussage schockiert und wandte sich an Reuben: „Und was ist mit dir?"

„Ich habe das leise Rauschen von Wasser gehört und hatte Bilder von etwas unter der Oberfläche, etwas ..." Er verstummte, unfähig, sich zu konzentrieren.

El handelte schnell. Sie blickte sich um, um sich zu vergewissern, dass niemand nahe genug war, um ihre Handlungen zu beobachten, und feuerte dann einen kurzen Feuerstoß auf alle drei Männer ab. Ein Flammenstoß schoss über ihre Hände und ihre Arme hinauf, und sie schrien vor Schmerz.

Newton schrie: „Was zum Teufel?"

„Fühlt ihr euch besser?", fragte El und kniff die Augen zusammen.

Reuben schüttelte den Kopf und rieb sich die Arme. „Wow. Autsch! Wofür war das denn? Das war doch unnötig."

„Ach ja?", fragte El ungläubig. „Ihr wart alle wie in Trance. Nicht vollständig, aber definitiv nicht euer normales Selbst."

Alex und Newton schienen sich zum ersten Mal seit ihrer Ankunft auf ihre Umgebung zu konzentrieren.

„Ich kann mich *nicht* daran erinnern, wie wir hierhergekommen sind", meinte Alex und sah sich verwirrt und besorgt um.

„Ich auch nicht. Ich war eigentlich nur sehr müde", bemerkte Newton. „Bin ich eingenickt? Hat mich gerade jemand verbrannt?", fragte er den Tisch im Allgemeinen.

„Oh, Mist", sagte Avery ungläubig. „Am Höhleneingang habt ihr euch innerhalb von Sekunden alle von den Meerjungfrauen in ihren Bann ziehen lassen. Ich meine, ernsthaft. Wie kann das passieren? Ich habe nichts gehört."

Briar stimmte zu. „Es ist beruhigend, dass wir nichts gehört haben, aber beunruhigend, dass ihr es gehört habt. Den Göttern sei Dank, dass er nicht ins Wasser gesprungen seid."

El runzelte die Stirn und spielte immer noch mit den Flammen an den Enden ihrer Hände. „Wir müssen euch vor ihrem Ruf schützen."

„Aber wie?", fragte Alex verwirrt. „Ich bin auch nicht besonders begeistert von der Sache. Ich will kein verdammter Wassermann werden."

„Wer will das schon?", fragte Reuben und blickte in die Runde. „Ich überlege es mir jetzt zweimal, ob ich surfen gehe. Ich kann eigentlich nicht glauben, dass noch kein Surfer angegriffen worden ist, aber wir surfen wohl nicht in tiefem Wasser."

„Da ist was dran", bemerkte Avery stirnrunzelnd. „Vielleicht ist tiefes Wasser ihre bevorzugte Art, Männer anzulocken, aber warum sollten sie dann an Land gehen?"

„Wir wissen einfach nicht genügend über sie", überlegte El. „Aber bisher fanden beide Bootsangriffe nachts statt, vielleicht schreckt sie Tageslicht ab. Und vielleicht schützt das die Surfer."

„Wir müssen unsere Zauberbücher durchsuchen", erklärte Reuben. „Es muss etwas geben, das wir verwenden können. Und vielleicht hat der Rat auch einige Vorschläge."

Avery sah ihn überrascht an. „Das hätte ich wirklich nicht von dir erwartet, Reuben!"

„Ich weiß. Ich habe meine Meinung über den Rat geändert. Du hattest recht. Wir sollten von den Ratsmitgliedern lernen. Wie sonst sollen wir uns weiterentwickeln?"

An diesem Punkt schauten ihn alle am Tisch schockiert an. Er lachte über ihre Gesichter und zuckte mit den Schultern. „Ich habe nur ein bisschen nachgedacht. Und ich möchte nicht als Gefährte einer Meerjungfrau enden, egal wie sehr ich das Meer liebe."

Aus den Tiefen ihrer Tasche begann Averys Handy zu klingeln, und sie kramte schnell darin herum, überrascht, Eves Namen zu sehen. „Hey, Eve", antwortete sie schnell und verließ den Tisch, um die anderen nicht zu stören. „Wie läuft es?"

„So lala", antwortete sie mit belegter Stimme. „Ich dachte nur, du solltest wissen, dass wir in Zennor Quoit, der neolithischen Grabkammer in den Mooren außerhalb von Zennor, einige tote Rinder gefunden haben."

„Tote Rinder?", fragte sie verwirrt. *Wozu in aller Welt erzählte Eve ihr von Rindern?*

„Wir sind ziemlich sicher, dass die Nephilim sie getötet haben. Es waren sieben, alle ausgeblutet, ihre Körper von Farn bedeckt. Der Bauer Carrick bemerkte, dass einige seiner Kühe verschwunden waren, aber er hatte offensichtlich nicht daran gedacht, dort nachzusehen. Einer der Einheimischen war oben am Quoit spazieren und hat ihn kontaktiert."

Avery fühlte sich schwach und ihr war leicht übel, und sie hörte ihren Puls stetig in ihren Ohren dröhnen. Sie zog einen

Stuhl von einem leeren Tisch und setzte sich. „Rinder? Wenigstens töten sie keine Menschen. Ist das ein gutes Zeichen?"

„Ich weiß nicht, ja und nein. Dass sie keine Menschen töten, ist natürlich gut, aber es bedeutet trotzdem, dass sie an Macht gewinnen und wachsen."

Avery überlegte schnell. St. Ives war nicht weit entfernt. Es wäre wahrscheinlich nützlich, sich das mal anzusehen. „Kannst du uns zeigen, wo? Ich meine, lohnt es sich, sich das anzusehen?"

„Klar, ich dachte mir schon, dass ihr das wollt. Ich komme mit. Ich kenne den Bauer. Er hält mich über alle ungewöhnlichen Vorkommnisse auf dem Laufenden, und das *ist* schon ziemlich ungewöhnlich. Er hat die Polizei noch nicht gerufen, aber er wird es tun. Er muss. Wir haben nur wenig Zeit, also ..."

„Ich verstehe. Ich kann jetzt kommen."

„Toll, wir sehen uns dort", erklärte Eve. Erst als sie auflegte, wurde Avery klar, dass Zennor der Ort war, der auch von einer Meerjungfrau besucht worden war.

Els alter Land Rover holperte über die Wege und Straßen nach Zennor. Es hatte etwas mehr als eine Stunde gedauert, um dorthin zu gelangen, und sie drückte auf das alternde Gaspedal, um so schnell wie möglich dorthin zu gelangen.

Schließlich hatten vier von ihnen beschlossen, mitzufahren. Briar arbeitete an einigen Schutztränken für ihren Laden *„Charming Balms"*, und Newton wollte die polizeilichen Ermittlungen nicht behindern, obwohl er eigentlich gerne mitgekommen wäre, sodass Alex, El, Reuben und Avery die Reise ohne die beiden antraten.

Avery war in Gedanken versunken, als sie auf die Moore blickte. Sie waren an die Nordküste von Cornwall gefahren und hatten nach St. Ives Felder und Wiesen mit weidendem Vieh passiert. Und dann fielen die Felder ab und machten wildem Moorland Platz, das mit Farn und Heidekraut bedeckt war, eine wellige, violette Fläche, die bis zum Horizont reichte, mit dem Meer zu ihrer Rechten.

„Was bedeutet das also?", fragte Reuben und sprach lauter, damit Avery und Alex ihn hinten hören konnten.

„Ich hoffe, es bedeutet, dass sie keine kaltblütigen Mörder werden", antwortete Alex.

„Nicht noch einmal", mahnte Avery. „Fünf Tote sind genug."

„Aber es wäre für sie ein Leichtes gewesen, wieder Menschen zu töten", argumentierte Alex. „Das deutet darauf hin, dass sie ein Gewissen haben."

„Ich nehme es an", sagte Avery widerwillig. „Ich werde jetzt noch nicht anfangen zu feiern."

„Interessant ist aber, dass das Vieh bei Zennor Quoit getötet wurde", gab Alex zu bedenken und runzelte die Stirn. „Es ist eine alte Begräbnisstätte, die eine lange Geschichte des Todes und spirituelle Bedeutung für die Gegend hat."

Avery nickte. „Stimmt. Glaubst du, dass es für sie eine Bedeutung hat?"

„Nun, sie sind alt. Es könnte für sie etwas bedeuten, an einem solchen Ort zu töten. Sie sind schließlich die Kinder von Engeln, wenn wir den Mythen glauben wollen."

„Hast du sie bei eurem kleinen Einzelgespräch nicht nach ihrer Abstammung gefragt?", fragte Reuben Alex grinsend.

„Nicht wirklich, nein", antwortete er trocken. „Ich hatte andere Prioritäten. Außerdem war ich nicht wirklich derjenige, der das Gespräch gesteuert hat."

„Vielleicht waren die Todesfälle ritualisiert", überlegte Avery.

„Dann hoffen wir mal, dass wir an jenem Ort etwas Neues erfahren", erklärte Alex.

„Es ist ein ziemlich langer Weg, um Vieh zu transportieren", warf El ein. „Sie müssen sie dorthin geflogen haben."

„Und ich bezweifle, dass die Rinder sich ruhig verhalten haben", fügte Reuben hinzu.

Sie verstummten, und es dauerte nicht lange, bis sie das kleine Dorf Zennor durchquerten und dann auf eine winzige Landstraße zusteuerten, die zu den Mooren führte. Zu beiden Seiten umgaben sie nun kilometerweit Farn und Heidekraut, und nur wenige Minuten später hielt El an, als der Weg an einem winzigen Parkplatz endete. Ein alter Kombi war das einzige andere Fahrzeug vor Ort, und ein Schild wies den Weg über einen gewundenen Pfad. Avery konnte in der Ferne gerade noch eine Ansammlung von Steinen erkennen.

„Von hier aus geht es zu Fuß weiter", erklärte El, stieg aus dem Wagen und zog ihre Jacke an, um sich vor dem frischen Wind zu schützen, der vom Meer her wehte.

Der Weg war nicht lang und nach ein paar Minuten kamen sie an großen Felsen vorbei, einige von den vielen, die über die Landschaft verteilt waren. Dieses Land war geschichtsträchtig, geprägt von Jahrhunderten menschlicher Besiedlung; die umliegenden Felssysteme waren prähistorisch und die Felsen markierten kilometerweit alte Hügelgräber und alte Siedlungen. Schließlich sahen sie auf einer leichten Anhöhe die riesigen zerklüfteten Felsen, aus denen Zennor Quoit bestand, eine neolithische Grabkammer. Es war still und unheimlich, die Landschaft bestand nur aus Moor und Himmel, das einzige Geräusch war der Wind, der durch Heidekraut, Stechginster und Adlerfarn streifte. Es war uralt, und Avery spürte die Last der Jahre um sich herum. Dieses Land war einzigartig.

Zwei Gestalten hatten ihnen den Rücken zugewandt und drehten sich um, als sie sich näherten. Avery erkannte Eve, die winkte. Sie konnte bereits das Blut und den Gestank der Verwesung riechen, als sie die anderen herüberführte.

„Hey, Avery", begrüßte Eve sie mit einem schwachen Lächeln. „Schön, dich zu sehen. Ich wünschte nur, es wäre nicht unter diesen Umständen." Sie deutete hinter sich auf die Überreste der getöteten Rinder, die unter dem Farn zu sehen waren. Sie nickte ihrem Begleiter zu. „Das ist Nate. Er ist ebenfalls eine Hexe aus St. Ives. Damit sind wir insgesamt schon mal zu zweit."

Nate murmelte ein leises „Hey" und schüttelte ihnen die Hände, während sich alle vorstellten. In diesem kurzen Wort glaubte Avery einen nordenglischen Akzent zu hören und schätzte ihn auf Mitte vierzig. Er hatte kurzes dunkles Haar, das von grauen Strähnen durchzogen war. Über jedem Ohr war eine Partie rasiert, sodass er einen leichten Irokesenschnitt hatte, und er hatte einen kurzen Bart und hellbraune Augen. Er trug alte Bluejeans, die in Bikerstiefeln steckten, ein T-Shirt und eine alte Pilotenjacke aus braunem Leder mit Fellfutter. Eve war nicht viel anders gekleidet als er, aber ein leuchtend blauer Schal hielt ihr Haar hochgebunden und aus dem Gesicht, ihre langen Dreadlocks fielen ihr auf den Rücken.

Eve fügte hinzu: „Carrick, der Bauer, war vorhin hier, aber er ist auf dem Weg zum Hof, um seinen Pritschenwagen zu holen. Er wird nicht lange brauchen." Sie sah traurig aus und bedauerte den Tod für ihn. „Er hat wirklich nicht geglaubt, dass es sich um seine Rinder handelte. Er dachte, man würde ihm wilde Geschichten erzählen. Er ist ziemlich niedergeschlagen, ehrlich gesagt."

„Wo ist die Person, die sie gefunden hat?“, fragte Avery.

„Ein Einheimischer, der mit seinem Hund Gassi ging. Er war schon weg, als wir ankamen. Er wollte verständlicherweise nicht länger bleiben“, erklärte Eve. „Aber kommt und seht euch das an. Wir haben nichts verändert.“

Die getöteten Rinder waren über ein mehrere Meter breites Gebiet verteilt. Man hatte versucht, sie mit Farnkraut zu bedecken, aber es war offensichtlich, dass sie nicht richtig versteckt werden sollten. Allen Kühen war die Kehle durchgeschnitten und das Herz aus dem Leib gerissen worden. Fliegen schwirrten um sie herum, und Avery spürte, wie ihr die bittere Galle in die Kehle stieg. Aber es war nur sehr wenig Blut zu sehen. Sie drehte sich in den Wind und holte mehrmals tief Luft, bevor sie sich wieder dem Gemetzel zuwandte.

Alex betrachtete sie nachdenklich. „Sie wurden vollständig ausgeblutet. Sieben Nephilim, sieben Kühe.“

Nate wirbelte herum. „Woher weißt du, dass es sieben Nephilim gibt?“ Sein Akzent war jetzt deutlicher zu hören, seine tiefe Stimme verriet einen abgeschwächten Geordie-Akzent.

„Wir haben neulich Abend in der Kirche eine kleine Hellseher-Sitzung unter vier Augen abgehalten, und der Nephilim hat es mir gesagt.“

„Das ist ein ziemlich cooler Trick“, bemerkte Nate und kniff die Augen zusammen.

„Ich würde es nicht empfehlen“, erklärte Avery und sah Alex entnervt an. „Er hat mich zu Tode erschreckt. Er fing an, in einer fremden Sprache zu reden, wahrscheinlich einer alten, und seine Augen waren ganz weiß.“

„Es war *deine* Idee“, gab Alex zu bedenken.

El und Reuben hatten sie beim Reden allein gelassen und schlenderten über das Gelände, als El vom Dolmen aus rief.

„Dieser Stein wurde bewegt. Der Deckstein war vor Jahren heruntergefallen, wenn ich mich recht erinnere."

Eve ging hinüber, die anderen folgten ihr. „Du hast recht. Der große, flache Stein auf dem gezackten ist der Deckstein. Sie haben ihn wieder an seinen Platz gelegt."

„Beeindruckende Hebekraft", bemerkte Reuben. „Sie haben ihn als Opfertisch benutzt. Er ist voller Blut."

In diesem Moment heulte ein wilder Wind über sie hinweg, und sie alle fröstelten und zogen ihre Jacken enger um sich. Avery betrachtete den Opfertisch unsicher und rümpfte die Nase; der Geruch von Blut war hier stärker. Die Presse würde sich darüber hermachen, wenn sie es jemals erfuhr.

Nate zog die Schultern hoch und fragte Alex: „Also, was wollen sie? Haben sie dir das gesagt?"

„Sie wollen wieder auf der Erde wandeln. Der Geist, mit dem ich gesprochen habe, dachte, sie wären um ihr Leben betrogen worden."

„Also, was wollen Sie mit diesen Opfern erreichen?", fragte Eve.

„Wir glauben, dass sie sich in physischer Form manifestieren wollen, und deshalb haben sie diese Menschen in der Kirche getötet, um ihnen die Kraft zu geben, sich zu verändern."

Avery fuhr fort: „Und dann haben Caspian und Estelle es neulich Nacht geschafft, dem Geist in der *St. Luke*-Kirche einen zusätzlichen Energieschub zu geben, und dadurch konnte er entkommen."

Nate schnaubte. „Typisch verdammter Caspian. Arroganter Idiot."

El lachte, aber ohne Humor. „Also bist du auch kein Fan von ihm."

„So sehr, wie jeder andere in diesem verdammten Rat“, erklärte Nate verärgert. „Eve sagte, du hättest einen ziemlichen Eindruck hinterlassen.“

„Ich weiß nicht, wieso“, erwiderte Avery verwirrt. „Ich dachte, wir hätten alle verärgert.“

„Nicht alle“, bemerkte Eve. „Ja, ihr habt unser Leben kompliziert gemacht, aber es hat den Rat aufgewühlt, und Sebastian ist endlich weg. Er war ein Tyrann. Das ist eine gute Sache.“ Sie schüttelte sich und sah sich um. „Gibt es noch etwas, das ihr euch hier ansehen möchtet? Carrick kommt sicher bald zurück.“

Avery schüttelte den Kopf. „Ich glaube nicht.“

Während sie sprach, beugte sich Alex vor, berührte den Deckstein und fuhr mit dem Finger über das getrocknete Blut. Er schrie sofort auf, fiel auf die Knie und rollte sich dann rückwärts, und fiel in eine Art Trance. Seine Augen waren geschlossen, aber sie flatterten wild.

Reuben rannte herbei. „Verdammt. Was jetzt?“

Avery ließ sich neben Alex fallen, und spürte die federnde Erde kühl durch ihre Jeans. Sie schüttelte seine Schulter. „Alex!“

Nate zog ihre Hände weg. „Lass es seinen Lauf nehmen. Er hat eine Verbindung hergestellt.“

Alex stöhnte und begann erneut, in der seltsamen Sprache zu sprechen, die er in der Nacht zuvor geäußert hatte. Eine gefühlte Ewigkeit lang, bei der es sich tatsächlich wahrscheinlich nur um Sekunden handelte, murmelte und wand sich Alex, Schweiß brach ihm auf der Stirn aus, und dann wurde er ohnmächtig.

„Er braucht Wasser“, wies Nate an. „Hat jemand etwas dabei?“

„Hier“, sagte El und reichte ihr eine Flasche.

Nate hob Alex’ Kopf vorsichtig an und träufelte etwas Wasser auf seine Lippen. Dann strich er mit der Hand über Alex’ Stirn. Alex regte sich sofort und blinzelte ein paar Mal.

„Was hast du gemacht?", fragte Avery Nate.

„Meine Mutter hatte die Gabe des Sehens", erklärte er. „Ich habe im Laufe der Jahre ein paar Tricks gelernt."

Alex setzte sich langsam auf und atmete tief durch. „Wow. Das war heftig."

„Möchtest du es uns erzählen?", fragte Nate, der Alex immer noch den Rücken stützte.

„Es war eine Warnung, sich fernzuhalten. Sie wissen, dass wir hier sind – dass *ich hier bin*. Aber auch ein unwillkommener Rat. Sie warnen, dass die Kinder von Llyr angekommen sind und die Nephilim alles andere als erfreut darüber sind." Er rieb sich den Kopf. „Hat jemand Paracetamol?"

Eve verschränkte entschlossen die Arme vor der Brust. „Gut, dann kommt ihr besser mit zu mir."

Siebzehn

El folgte Eve auf der B3306 zurück in Richtung St. Ives und dann weiter durch die Stadt zur Porthmeor Beach und dem kleinen Landzipfel namens *The Island*.

Die Straßen hier, wie in vielen kleinen Städten in Cornwall, waren eng und von einer Vielzahl alter Steinhäuser gesäumt, die im Laufe der Jahrhunderte gebaut worden waren. Da sie so eng waren, waren einige der Straßen nur in eine Richtung befahrbar. St. Ives war für seine Künstlerkolonie und Kunstgalerien bekannt, und die Straßen waren voller Fußgänger, die sich ihren Weg durch Geschäfte, Restaurants und Pubs bahnten. Avery war vor Jahren zum letzten Mal dort gewesen, und sie schaute neugierig aus dem Fenster, bemerkte die Veränderungen und behielt Alex dabei im Auge. Er war ruhig, lag regungslos auf dem Rücksitz, den Kopf in ihrem Schoß, und Avery streichelte sein Haar und Gesicht.

Eve führte sie durch ein Gewirr von Gassen, bis sie auf der Küstenstraße mit Blick auf den Porthmeor Beach waren, und fuhr auf einen winzigen Parkplatz am Ende einer Reihe von Cottages.

Eve lebte in einer Dachgeschoss-Atelierwohnung über einer Kunstgalerie, und während die Rückseite auf die Straßen und

Häuser blickte, blickte die Vorderseite auf den Strand und die Weite des Meeres, über dem sich die Südküste Irlands befand.

Avery war nicht bewusst gewesen, dass Eve eine Künstlerin war, aber das wurde ihr klar, sobald sie ihre Wohnung betrat. Die Wände waren mit Kunstwerken bedeckt, die entweder fertiggestellt oder in verschiedenen Stadien der Fertigstellung waren, und überall lagen und standen Farben, Bleistifte, Pinsel, Pastellkreiden, Leinwände, Bücher und Staffeleien herum. Die Fenster waren riesig und ließen viel Licht herein.

Avery betrachtete einige der Gemälde und nahm zur Kenntnis, dass sie düstere Landschaften zeigten, die von weiten Himmelsflächen überschattet wurden. Aus der Nähe konnte sie verschwommene Bilder von Gesichtern erkennen, die geschickt in den Bäumen und Hügeln versteckt waren.

Avery lächelte, als sie sich umsah und sich mit der Künstlerin verbunden fühlte. Wenn möglich, war Eve noch unordentlicher als sie selbst. Das hintere Ende des Ateliers war als Wohnbereich eingerichtet, und drei Sofas waren um den Kamin an der Stirnwand herum angeordnet. Hierher begleitete Eve sie, setzte Alex in einen Sessel und machte sich dann daran, Tee zu kochen. Die Küche war offen gestaltet und befand sich in der hinteren Ecke neben dem Wohnbereich, wo Platz für einen kleinen runden Tisch und vier Stühle war. In der Wand befand sich eine einzelne Tür, von der Avery annahm, dass sie zum Schlafzimmer und zum Badezimmer führte.

Avery setzte sich neben Alex, der sich auf dem Sofa ausgestreckt hatte, während Reuben aus dem Fenster schaute und Nate durch die Seitentür verschwand. El ging, um Schmerzmittel zu holen.

„Wie geht es dir?", fragte Avery leise mit sanfter Stimme.

Alex kniff die Augen zusammen, und ihm stand der Schmerz ins Gesicht geschrieben. „Mir ging es schon besser.“

„Dann solltest du aufhören, mit Geistern zu kommunizieren.“

„Er hat angefangen“, murmelte Alex.

El kam mit einem Glas Wasser und etwas Paracetamol zurück. „Bitte schön. Nate ist hinten und bereitet dir etwas Stärkeres zu.“

Alex stöhnte, setzte sich auf, schüttete die Tabletten mit etwas Wasser hinunter und legte sich sofort wieder hin.

„Mischt er einen Trank?“, fragte Avery.

El nickte und ließ sich anmutig mit überkreuzten Beinen auf dem Boden nieder. „Ich glaube schon. Er hat ein Rezept für etwas, das bei seiner Mutter Wunder gewirkt hat.“ Sie nickte in Richtung des hinteren Teils des Raumes. „Eves Zauberzimmer ist dort hinten, hinter ihrem Schlafzimmer.“

In diesem Moment hörten sie, wie der Wasserkessel zu kochen begann, und Eve kam zu ihnen, mit einem riesigen Tablett voller Tassen, einer Teekanne und einer Kaffeekanne. Sie stellte alles auf einen abgenutzten Wohnzimmertisch aus Holz und setzte sich neben El auf den bunten Teppich auf dem Boden.

„Ich wusste nicht genau, was ihr alle wollt, also habe ich alles gemacht. Und ich habe Plätzchen dabei.“

Sie öffnete eine Packung Plätzchen und bot sie allen an, bevor sie sich um die Getränke kümmerte.

„Super“, sagte Reuben und nahm eine Handvoll Plätzchen. „Mein Blutzucker war gefährlich niedrig.“

„Du bist eine Wunderfrau“, erklärte Avery und streckte die Hand aus, um eine Tasse Kaffee zu nehmen. „Danke. Es ist toll, dass wir nicht direkt nach Hause fahren mussten.“

„Kein Problem. Es ist schön, endlich die Gelegenheit zu haben, mal richtig mit euch zu reden.“ Sie grinste und sah die anderen an. „Und um noch ein paar der berühmten Hexen von White Haven kennenzulernen.“

Reuben stieß ein kurzes, bellendes Lachen aus und setzte sich auf das andere Sofa, wobei er seine langen Beine ausstreckte. „Das ist lustig. Meinst du nicht eher *berüchtigt*?“

„Vielleicht wäre das ein besseres Wort“, stimmte Eve zu und lachte kurz, bevor sie wieder ernst wurde. „Wir leben in seltsamen Zeiten, aber es ist gut, euch endlich kennenzulernen. Ich mache mir Sorgen über das, was dein Freund gesagt hat.“ Sie nickte in Alex’ Richtung.

„Ich auch“, stimmte er stöhnend zu. „Ich glaube nicht, dass wir noch der Feind Nummer eins sind.“

„Warte, bis Nate mit seinem Wundermittel zurück ist, dann reden wir weiter“, erwiderte Eve. Sie machte es sich bequemer und nahm einen Schluck von ihrem Tee. „Stattdessen kannst du mir erzählen, was ihr an der Südküste so alles anstellt.“

Die nächsten zehn Minuten plauderten sie müßig über ihre Tätigkeiten, dann erklärte Eve ihre Arbeit. „Ich male hauptsächlich Aquarelle und stelle sie an verschiedenen Orten in der Stadt und in verschiedenen Geschäften aus. Ich habe diese Wohnung langfristig gemietet. Ich liebe sie, das Licht ist fantastisch.“

„Und was ist mit Nate?“, fragte El. „Ist er auch Künstler?“

„Ja, aber er arbeitet hauptsächlich mit Metall. Er hat ein Atelier am anderen Ende der Stadt.“

„Seid ihr beide …?“, fragte Reuben vielsagend.

Eve lachte. „Nein. Er hat eine Freundin und ich bin gerade zwischen zwei Freunden.“

„Gibt es noch andere Hexen in St. Ives?“, fragte El.

Eve schüttelte traurig den Kopf. „Nein. Wir waren zu dritt, aber Ruth hat die Stadt vor Jahren verlassen. Wir kommen beide nicht von hier. Nate kommt aus Newcastle, ist aber als Jugendlicher mit seiner Mutter hierhergezogen. Sie hat einen Einheimischen geheiratet, nachdem Nates Vater gestorben ist, als er noch ein Kind war. Sein Stiefvater starb ebenfalls. Nates Mutter war eine mächtige Seherin, aber sie ist letztes Jahr nach einer plötzlichen Krankheit gestorben. Meine Familie stammt ursprünglich aus Glastonbury, aber ich bin alleine hierher gezogen. St. Ives ist meiner Meinung nach der nächstbeste Ort nach Glastonbury."

Eve sah ein wenig traurig aus, als sie das sagte, aber sie ging nicht näher darauf ein, und Avery fragte sich, ob es einen Grund gab, warum sie Glastonbury verlassen musste. Oder einen Grund, warum sie es gewollt hatte.

Sie wurden dann von Nate unterbrochen, der mit einer dampfenden Tasse mit etwas Duftendem aus dem Hinterzimmer kam. Er kniete sich neben Alex, der immer noch mit geschlossenen Augen dalag.

„Alles klar, Kumpel. Setz dich auf. Ich habe etwas für dich, das dir helfen wird."

Alex blinzelte ihn an und setzte sich langsam auf. „Ich glaube es erst, wenn es wirkt."

„Es wird es schon", versicherte er und reichte ihm die kleine, dampfende Tasse.

Alex nahm einen vorsichtigen Schluck und verzog das Gesicht.

„Was ist das?", fragte Avery und atmete tief ein. „Es riecht köstlich, wie Sommer."

„Ich kann dir versichern, dass es nicht so schmeckt", bemerkte Alex und verzog angewidert das Gesicht.

„Interessant, dass du das denkst", sagte Nate, wandte sich an Avery und ignorierte Alex. „Es heißt Summer Lightning. Es wurde über Jahrhunderte hinweg verfeinert."

„Das solltest du Briar erzählen. Sie ist unsere Heilerin – sie würde es lieben."

„Klar. Ich hüte meine Zaubersprüche nicht wie andere eifersüchtig", erklärte Nate ernst.

„Bist du ein Seher, wie deine Mutter?", fragte El ihn.

Er schüttelte den Kopf. „Nein. Das hat meine Generation übersprungen. Wahrscheinlich ein Segen." Er sah Alex an. „Es ist nicht leicht zu ertragen. Vor allem, wenn deine Sehkraft vollständig erwacht."

Alex sah ihn an. „Was meinst du damit, wenn sie vollständig erwacht?"

„Bei dir fängt es gerade erst an, Kumpel. Das sehe ich. Die Gabe zu sehen kann jahrelang inaktiv sein oder sich nur stoßweise ein- und ausschalten. Aber bei manchen löst es etwas aus, und wenn das passiert, ist es ein Kampf, es zu stoppen."

Avery spürte, wie sich ein Faden der Sorge durch sie zog, und Alex hörte auf, seinen Trank zu trinken, und sah sie an, dann wieder Nate. „Du meinst, diese Dinge werden häufiger passieren?"

„Sind sie in letzter Zeit häufiger passiert?"

„Ich denke schon", bemerkte Alex nachdenklich.

„Das dachte ich mir. Ich kann es spüren. Vielleicht ist es der letzte Rest der Gabe meiner Mutter zu sehen. Es könnte eine Weile schwierig werden. Du musst lernen, dich davon abzuschotten."

„Muss ich das?"

„Es sei denn, du willst verrückt werden", erklärte Nate. „Was du, wie ich annehme, nicht willst."

„Großartig. Einfach großartig", sagte Alex und zwang sich, noch einen zweiten Schluck zu trinken. „Irgendwelche Tipps?"

„Ich hätte da vielleicht ein paar", erklärte er. „Wenn du dich besser fühlst, können wir weiterreden."

Avery mochte Nate und Eve. Sie waren freundlich und unkompliziert und schienen gegen niemanden von ihnen einen Groll zu hegen, obwohl sie eine Wolke mächtiger Magie freigesetzt und in Cornwall ein gewisses Maß an Chaos angerichtet hatten. Sie hatte das Gefühl, Eve ein wenig von ihren kurzen Treffen im Rat zu kennen, aber obwohl sie von Eve ein wenig über Nate wusste, schien er immer noch ein Rätsel zu sein. Er hatte seine Lederjacke ausgezogen und darunter ein altes, löchriges T-Shirt der *New Model Army* zum Vorschein gebracht, und aus der Nähe konnte sie leichte Brandspuren an seiner Jeans erkennen. *Funken von Feuer für seine Skulpturen*, vermutete sie. Er war überhaupt nicht distanziert, aber sie konnte ihn nicht so gut einschätzen wie Eve.

„Und was ist mit dir, Nate? Was ist *deine* Stärke?", fragte Avery und sah ihn neugierig an.

Er richtete den Blick seiner hellbraunen Augen auf sie. „Feuer, das das Formen erleichtert, und ausgerechnet Telekinese. Und natürlich Tränke."

Es folgte eine kurze Stille, in der sogar Reuben aufhörte zu kauen. „Telekinese?"

Nate nickte. „Ich muss es kaum denken und ..." Er streckte seine Hand in Richtung der Pinsel auf einem Tisch in der Nähe aus und innerhalb von Sekunden hatten sie sich in die Luft erhoben, durch den Raum gesaust und in seiner ausgestreckten Hand gelandet.

Reuben schluckte laut. „Wow. Ich muss mich sehr anstrengen, um das zu tun."

„Ich muss dafür Luft beschwören", sagte Avery und stimmte Reuben zu.

Nate zuckte mit den Schultern und wirkte leicht verlegen. „Was soll ich sagen? Es ist eine Gabe.“

„Beeindruckend.“ El wandte sich an Eve. „Und was ist mit dir?“

Eves Gesichtsausdruck war hell und leicht schelmisch. „Ich bin eine Wetterhexe. Natürlich habe ich Elementarkräfte, aber sie lassen sich besonders gut kombinieren, um das Wetter zu manipulieren. Allerdings mache ich das nicht oft. Es richtet überall Chaos an.“ Sie deutete auf die im Raum verteilten Kunstwerke, und Avery wurde plötzlich klar, warum alle ihre Kunstwerke stürmische Landschaften darstellten.

Avery war noch nie einer Wetterhexe begegnet. Es erforderte große Kontrolle, riesige Systeme aus Wasser, Wind und Feuer zu manipulieren, und das Wetter war eine Kombination all dieser Dinge, insbesondere Stürme. Die Wahrscheinlichkeit, dass sie außer Kontrolle gerieten, war um ein Vielfaches höher.

„Lust auf einen Tausch?“, fragte Alex, der immer noch vor Schmerz das Gesicht verzog, eine Kombination, die aus dem Trank und seinen anhaltenden Kopfschmerzen herrührte.

„Nein, danke. Das Zweite Gesicht reizt mich nicht.“

Die Erwähnung der Hellseherei erinnerte Avery an etwas, das der Nephilim gesagt hatte. „Alex, der Geist sagte, dass die Kinder von Llyr angekommen sind. Sie müssen wissen, dass Meerjungfrauen hier an Land sind.“

Er nickte. „Ich weiß allerdings nicht, woher sie das wissen.“

„Es muss so sein, wie Briar gesagt hat – die Erde bebt, weil sie hier sind. Vielleicht spüren sie das.“

„Vielleicht“, sagte Nate, „bebt die Erde auch, weil die Nephilim hier sind.“

„Kann natürlich auch sein“, gab Avery zu. „Eve, wenn nötig, ist deine Magie stark genug, um die Meerjungfrauen zurück ins Meer zu treiben? Vor allem in Kombination mit Rubens Fähigkeit, Wasser zu manipulieren?"

Eve blickte in ihre Tasse, wirbelte ihren Tee herum und ließ Dampf und den Duft von Kardamom und Ingwer frei, bevor sie schließlich aufblickte. „Ich bezweifle es. Das Wetter kann zwar die Gezeiten und bei Stürmen offensichtlich auch die Wellen beeinflussen, aber ich bin mir nicht sicher, wie wirksam es gegen Meerjungfrauen wäre. Das Wasser ist ihre Stärke, ihr Lebensraum, nicht unserer. Es wäre wahrscheinlich am besten, sie an Land zu bekämpfen. Eine Erdhexe hätte dort größere Macht."

„Vielleicht. Wir wissen einfach so wenig über sie. Es ist zum Verrücktwerden!", rief Avery aus und fühlte sich wieder einmal hoffnungslos.

Nate runzelte die Stirn. „Bist du sicher, dass sie an Land sind? Woher weißt du das?"

„Nun, Oswald sagte, Ulysses hatte es in Mevagissey bemerkt. Und dann haben wir heute Morgen herausgefunden, dass drei Fischer über Nacht verschwunden sind und ihr leeres Boot heute Morgen auf dem Meer treibend aufgefunden wurde. Reuben hat die Meerjungfrauen bis zum Devil's Canyon verfolgt, einer kleinen Bucht außerhalb von White Haven. Wir sind uns ziemlich sicher, dass sie jetzt in der Stadt sind. Wir müssen einen Weg finden, sie zu identifizieren, bevor noch mehr Männer verschwinden."

„Du solltest mit Ulysses darüber sprechen", bemerkte Eve.

„Wirklich? Warum das? Ist er ein Meerjungfrauen-Detektor?", fragte Reuben.

Nate sah Eve an, als würde er abwägen, ob er ihnen etwas sagen sollte, und sagte dann: „Gerüchten zufolge hat Ulysses Meerjungfrauenblut in sich."

Avery ließ vor Schreck fast ihre Tasse fallen. „Was? Wie kann das sein?"

„Oswald redet nicht darüber und Ulysses auch nicht. Aber das sind die Gerüchte. Und wenn du ihn jemals kennengelernt hättest, wüsstest du, warum."

„Hat er Schuppen oder so etwas?", fragte Reuben, nur halb im Scherz.

Nate schüttelte den Kopf. „Ich sage nichts. Es soll eine Überraschung sein."

„Okay", sagte Avery müde. Noch etwas, das ich meiner Liste hinzufügen muss. Ich nehme an, ihr macht euch keine Sorgen wegen der Meerjungfrauen in St. Ives?"

Nate schüttelte den Kopf. „Nein. Aber wir sind nicht diejenigen, über denen eine große magische Wolke schwebt. Vielleicht ist nur die Südküste von Cornwall betroffen." Er sah Alex an. „Abgesehen von der Warnung, was haben die Nephilim noch gesagt? Wie war der allgemeine Ton?"

Alex dachte einen Moment lang nach. „Ich kann nur vermuten, dass das Blut auf dem Deckstein es ausgelöst haben muss. Als ich ihn berührt habe, spürte ich eine intensive Flut von Emotionen. Ich verband mich sofort mit dem Geist, mit dem ich mich das letzte Mal verbunden hatte. Ich erkannte ihn sofort und er erkannte mich." Er zögerte und sagte dann: „Ich vermute, dass er auch keinen Einfluss auf unsere Verbindung hatte. Es kam mir so vor, als hätte er einige Sekunden lang gar nicht bemerkt, dass ich überhaupt da war, und seine Gefühle waren ungeschützt. Ich konnte auch durch seine Augen sehen. Er war an einem dunklen und feuchten Ort und um ihn herum hing ein Geruch, den ich nicht ganz zuordnen konnte. Ich spürte seine Freude über seine Freilassung, aber auch Wut und Angst. Ich schätze, die Angst kommt von uns und der Tatsache, dass sie wissen, dass wir nach ihnen suchen, aber es gab auch Wut über die Meerjungfrauen. Jedenfalls war die Verbindung kurz, aber intensiv. Sobald er mich erkannte, konnte ich spüren, wie er mich mental abzuschütteln versuchte, und er warnte mich, mich fernzuhalten. Je mehr ich darüber nachdenke, desto mehr wird mir klar, wie sehr er an Meerjungfrauen dachte. Seine Gedanken waren voll davon."

El runzelte die Stirn. „Das ist ziemlich beängstigend, Alex, dass du eine so starke Verbindung eingegangen bist."

„Ich weiß. Jedenfalls war der Schock für uns beide groß, aber nach ein paar Augenblicken konnte er es unterbinden. *Nachdem* er mich gewarnt hatte, mich fernzuhalten."

„Ich denke, dass du wieder eine Verbindung herstellen können solltest", sagte Nate. „Wenn du willst."

„Ich bin mir nicht sicher, ob ich das will", erklärte Alex und leerte schließlich seine Tasse. „Was haben die Nephilim gegen die Kinder von Llyr?"

Averys Grinsen wurde breiter, als ihr etwas klar wurde. „Die Sintflut natürlich, als die Meere über das Land stiegen und die Nephilim auslöschten. Gott wollte sie ausrotten und benutzte Llyr, um das zu tun. Ich schätze, das ist eine ziemlich große Rechnung, die sie noch offen haben."

Achtzehn

Wieder in White Haven angekommen, setzte Avery Alex bei seiner Wohnung ab, denn er wollte früh schlafen gehen. Nates Trank schien zu wirken, aber die psychische Verbindung mit dem Nephilim hatte ihn ausgelaugt.

Sobald sie ihre eigene Wohnung betrat, roch sie Rauch und Veilchen. *Helena.* Sie sah sich um und fragte sich, ob sie sich manifestieren würde, aber außer ihrem Geruch gab es keine Anzeichen für ihre Anwesenheit. Avery war sich nicht sicher, ob das gut oder schlecht war. Sie hatte ihr Schlafzimmer gegen ihre Anwesenheit abgeschirmt, aber ansonsten konnte Helena nach Belieben ein- und ausgehen. Sie wusste, dass es seltsam war, vor allem, weil Helena versucht hatte, sie zu töten, aber sie konnte sich nicht dazu durchringen, sie vollständig zu verbannen. Sie war mit ihr verbunden. Sie gehörte schließlich zur Familie.

Avery riss die Tür und die Fenster auf, um die kühle Abendbrise durch die Räume wehen zu lassen und so zu versuchen, Helenas Geruch loszuwerden. Circe und Medea freuten sich, sie zu sehen, und rieben sich liebevoll an ihren Knöcheln. Avery streichelte ihre seidigen Köpfe und ging in die Küche, um sie zu füttern, bevor sie es sich auf dem Sofa auf dem Dachboden mit einer Sammlung von Büchern über Geschichte, Mythen und Legenden gemütlich machte. Sie hatte vor, so viele Informationen wie möglich über die Nephilim und die Kinder von Llyr zu sammeln.

Sie hatte erst etwa eine Stunde lang gelesen, als ihre Lampen flackerten, die Musik, die sie gehört hatte, verstummte und der Duft von Veilchen zurückkehrte und Helena sich plötzlich vor ihr manifestierte. Sie war in ihren dunklen Umhang gehüllt, ein Stück ihres langen Kleides war darunter zu sehen, und ihr dunkles Haar fiel ihr über den Rücken und über die Schultern. Sie war nicht so *deutlich* manifestiert, wie unter der All Souls-Kirche, und Avery konnte durch sie hindurch in den Raum dahinter sehen. Dennoch war Helenas intensiver Blick beunruhigend; der Blick aus zu Schlitzen verengten wütenden dunklen Augen, die in der Geisterwelt wer weiß was gesehen hatten.

Avery erwiderte ihren Blick und weigerte sich, wegzuschauen. „Helena. Schön, dass du vorbeischaust. Kann ich dir helfen?"

Es war lächerlich, mit ihr zu sprechen; Avery wusste, dass sie nicht antworten konnte, aber was hätte sie sonst tun sollen? Sie konnte sie nicht einfach ignorieren.

Helenas Blick war herrisch und leicht verärgert. Es schien, als hätte sie Avery nicht verziehen, dass sie die Kontrolle über ihren Körper wiedererlangt hatte, und Avery hatte nicht die Absicht, sie wieder hereinzulassen. Ihr Blick fiel auf Averys Hals und das Amulett, das El ihr kürzlich zum Schutz vor Geistern angefertigt hatte. Sie verzog ihre Lippen zu einem finsteren Lächeln.

„Beruhige dich, Helena. Das ist nicht für dich bestimmt. Was willst du?"

Helena zeigte auf den Tisch, auf dem die Zauberbücher lagen. Sofort klappte ihr Zauberbuch, das Original, auf und die Seiten blätterten schnell um, flatterten wie Flügel, bevor sie schließlich stehenblieben. Helena drehte sich mit den Händen in den Hüften zu Avery um.

Faszinierend.

„Na gut. Ich beiße an", bemerkte Avery, befreite sich aus dem Papierstapel und ging zum Zauberbuch. Helena schwebte hinter ihrer linken Schulter, als Avery ein Hexenlicht beschwor.

Der Zauberspruch vor ihr war alt und befand sich am Anfang des Buches. Das bedeutete, dass er wahrscheinlich im 14. Jahrhundert geschrieben worden war. Die Schrift war klein, die Sprache schwierig und altertümlich und die Abbildungen undeutlich. Und dort, im Hexenlicht, war das Bild einer Meerjungfrau zu sehen, die auf einem Felsen saß. Sie hatte ein wunderschönes Gesicht, das von langem, wallendem Haar umgeben war, und ihr langer Fischschwanz war um sie gewickelt und mit winzigen Schuppen versehen, aber ihr Lächeln war voller messerscharfer Zähne.

Avery schnappte nach Luft. *Ein Zauber über Meerjungfrauen.* Sie drehte sich um und sah, wie sich Helenas räuberisches Lächeln auf ihrem Gesicht ausbreitete. „Danke, Helena." Aber Helena verschwand bereits und hinterließ nur eine Spur von Veilchen.

Avery versuchte, die Schrift des Zaubers zu entziffern. Der Titel lautete *Geyppan Merewif.* Sie drehte sich zum Regal hinter sich um und tastete mit den Fingern die Nachschlagewerke ab, bis sie das gewünschte fand, ein Alt-Englisches Wörterbuch. Nach ein paar Minuten des Suchens fand sie die Bedeutung. Sie bedeutete im Wesentlichen „Die Wasserhexe entlarven".

Avery grinste. Ein Zauberspruch, um eine Meerjungfrau zu enttarnen. Wenn sie sie schon nicht verbannen konnten, konnten sie sie wenigstens erkennen, und das war immerhin schon mal ein Anfang. Sie zog das Zauberbuch zu sich heran, griff nach einem Stift und begann, den Zauberspruch zu übersetzen.

Am nächsten Morgen kam Avery trotz nur weniger Stunden Schlaf munter in *Happenstance Books* an. Es hatte Stunden gedauert, aber sie hatte den geheimnisvollen Zauberspruch endlich entschlüsselt und nun einen Weg gefunden, die Meerjungfrauen zu identifizieren. Sie musste mit Briar sprechen, um Hilfe bei einigen der Kräuter zu erhalten.

Sie kochte einen starken Kaffee und ging dann in ihrem Laden umher, erneuerte Schutzzauber, zündete Räucherstäbchen an, um Besuchern zu helfen, dieses eine, besondere Buch zu finden, und verstärkte im Allgemeinen die Magie, sodass es in dem Laden vor Energie nur so summte, als Dan eintraf.

Dan kam durch die Eingangstür herein, trug sein Uni-T-Shirt und Jeans und hatte eine Umhängetasche über der Schulter. Er sah sich im Laden um und sah sie dann mit zusammengekniffenen Augen an. „Du hattest wohl einen guten Sonntag."

„Ich hatte einen ausgezeichneten Sonntag, danke. Und du?"

„Ziemlich gut – Mittagessen in der Kneipe, ein Spaziergang am Strand, ein bisschen Fußball gespielt. Aber genug von mir", sagte er und stellte seine Tasche auf die Theke neben der Kasse. „Was hast du so gemacht?"

„Ich habe Nachforschungen über Meerjungfrauen angestellt und hatte ein wenig Erfolg. Ich könnte jetzt tatsächlich eine Möglichkeit gefunden haben, sie zu identifizieren." Sie sah ihn fragend an. „Ich nehme nicht an, dass du in der Stadt neue Frauen gesehen hast, oder?"

Er stöhnte. „Machst du Witze? Hier wimmelt es nur so von ihnen! Es ist Sommer. Sie sind in Scharen unterwegs, kichern und surfen und trinken. Ich wurde gestern Abend von zig Frauen angebaggert. Es war toll." Er grinste, dann verzog sich sein Gesicht. „Moment mal. Willst du damit sagen, dass ich von *Meerjungfrauen* angebaggert worden bin?"

Avery zuckte mit den Schultern. „Ich weiß es nicht. Aber seit gestern wissen wir, dass sie hier sind, irgendwo in der Stadt. Hast du nicht von den vermissten Fischern gehört?"

Dan nickte traurig. „Doch, habe ich. Das ist ziemlich beschissen. Ich kannte sie nicht, aber ich kenne Freunde von ihnen. Glaubst du, es waren Meerjungfrauen?"

„Es war eine ruhige Nacht, sie befanden sich in einem Gebiet, das nicht für die besten Fischgründe bekannt ist, und weit weg von den anderen Booten. Wir glauben, dass sie dorthin gelockt wurden und dann ..." Sie brauchte den Satz nicht zu beenden.

Dan ließ sich schwer auf den Hocker hinter der Theke fallen. Zum Glück hatten sie den Laden für sich allein. „Sind sie *so mächtig*?"

Avery nickte. „Wir glauben, wir haben herausgefunden, wo sie an Land gekommen sind – in der Höhle in der Devil's Canyon Cove. Innerhalb von Sekunden hatten sie Alex, Reuben und Newton in ihren Bann gezogen. Nicht genug, um sie über Bord springen zu lassen, aber sie waren benommen, verwirrt – verträumt", erklärte sie und suchte nach einem besseren Wort. „Aus irgendeinem Grund war Nils nicht betroffen, wahrscheinlich weil er vorn auf dem Boot war. Aber", ein plötzlicher Anflug von Sorge schoss ihr durch den Kopf. „Vielleicht sollten wir sicherheitshalber nachsehen."

„Und alles, was sie wollen, sind Männer? Partner?"

„Ja, das glauben wir. Wir glauben auch, dass die Magie, die wir freigesetzt haben, sie hierhergelockt hat. Ich nehme an, dass sie wie alles Übernatürliche ihre eigene Magie haben, aber auch von der Magie anderer angezogen werden. Aber sie sind nicht von der Erde. Sie sind *fremdartig*.“

Dans fröhliche und unbeschwerte Art war verschwunden. „In den letzten Tagen haben etwa ein halbes Dutzend langhaariger, langbeiniger junger Schönheiten im *The Kraken*, direkt am Hafen, die ganze Nacht lang geflirtet. Sie haben Männer angezogen wie Motten das Licht. Mich eingeschlossen. Jetzt, wo ich darüber nachdenke, kommt es mir schon seltsam vor. Ich meine, in Pubs wird ständig geflirtet, aber diese Mädchen strahlen Glamour und Selbstbewusstsein aus. Ich frage mich ...“ Er blickte in die Ferne und verlor sich für einen Augenblick in seinen Gedanken. „Ich muss zugeben, wenn man ihnen nahe ist, fällt es schwer, wegzuschauen. Aber sie sind attraktiv und witzig. Das ist nicht ungewöhnlich.“

Avery schwieg, dachte nach und beobachtete Dan. „Es ist ein großer Pub, oder? Ziemlich laut, manchmal spielen Bands?“

„Oh ja. Das ist eigentlich nicht die Kneipe, in die ich normalerweise gehe, sie ist mir ein bisschen zu voll, aber mein Kumpel Pete wollte am Samstagabend unbedingt hingehen. Am Wochenende herrscht dort eine ausgelassene Partystimmung, viele junge Leute wollen Spaß haben. Eine von *diesen* Kneipen.“

Avery nickte. Sie wusste genau, was er meinte. Es war die Art von Kneipe, die sie normalerweise auch mied. Aber vielleicht sollte sie eine Ausnahme machen. Sie ging alle Pubs in White Haven durch. Es gab eine ganze Reihe davon, eine Mischung aus Familienkneipen, gehobenen Bars, Kneipen, die einer Kette angehörten, solchen, die für alle Arten von Gästen geeignet waren, wie das *The Wayward Son*, und dann gab es die Party-Pubs, die nur für Singles oder Paare waren. Kinder wurden aktiv davon abgehalten, diese zu besuchen. Es gab nur wenige, die dieser Beschreibung entsprachen. *The Kraken, The Flying*

Fish und *The Badger's Hat*. Wenn sie ein eine Frau auf Beutezug wäre, das nach der größten Auswahl an jungen Männern sucht, die trinken, Spaß haben, flirten und Sex ohne Verpflichtungen wollen, dann wären das die Pubs, die die größte Auswahl an Männern bieten würden. Und sie nahm an, dass sie sich für diese Pubs entschieden *hatten*. Wenn Avery den Zauberspruch perfektionieren konnte, dann konnte sie ihn ausprobieren, vielleicht schon morgen.

Avery sah Dan an. „Kannst du mich für ein paar Stunden entbehren?"

„Ich denke schon." Er wirkte kurz verwirrt. „Ich dachte, du machst dir Sorgen um Nephilim?"

„Oh, jetzt mache ich mir um beides Sorgen."

„Toll, einfach toll", murmelte er. „Bring mir Kaffee und Kuchen mit, wenn du zurückkommst."

Wie immer roch Briars Laden himmlisch. Diesmal war es der Duft von Basilikum, Rosmarin und ..., *was?* Und dann fiel es Avery auf. Tomaten – frische, sonnengewärmte Tomaten. *Köstlich.*

Briar blickte auf und lächelte, dann wandte sie sich wieder ihrer Kundin zu und legte letzte Hand an ihre Geschenkverpackung.

Es waren bereits einige Kunden zwischen den Auslagen unterwegs, probierten Lotionen aus und schnupperten an Seifen. Eine andere Kundin, eine junge Frau, trug einige Cremes zur Theke, sodass Avery im Laden herumschlenderte und Handcremes ausprobierte, während sie wartete.

Als Briar endlich frei war, gesellte sie sich zu ihr an die Ladentheke. „Was machst du mit Tomaten, Briar?"

„Riechst du sie? Oh, gut. Gärtnerseife. Eine neue Produktreihe. Köstlich, nicht wahr? Und auch etwas zur Linderung von Gelenkschmerzen", erklärte sie verschwörerisch.

„Toll! Ich weiß, dass du viel zu tun hast, aber ich habe mich gefragt, ob du ein paar getrocknete Kräuter für mich hast. Die sind nicht so häufig. Ich habe sie jedenfalls nicht."

Briar runzelte die Stirn. „Welche denn?"

„Odermennigwurzel und Blätter der Mariendistel."

„Komm mit." Sie ging durch eine Tür in einen Raum im hinteren Teil des Ladens, und der stechende Geruch der Pflanzen traf Avery wie ein Schlag. Der Raum war vom Boden bis zur Decke mit Regalen gefüllt, auf denen sich Gläser und Körbe mit getrockneten Kräutern, Tinkturen, fetthaltigen Cremes, Wurzeln, Stecklingen und echten Pflanzen in Töpfen befanden. Alles war sorgfältig beschriftet. Über ihren Köpfen befanden sich Reihen von Holzbalken, an denen Bündel von Trockenpflanzen hingen. Unter einem Fenster verlief eine lange Bank, ein bisschen wie in Els Laden, und dort standen leere Gläser, die darauf warteten, gefüllt zu werden, sowie Bänder und Tüten zur Dekoration.

„Wow", sagte Avery und sah sich um. „Sehr beeindruckend."

„Ich brauche einen großen Vorrat", erklärte Briar. Sie zog eine kurze Trittleiter zu sich heran und benutzte sie, um ein kleines braunes Glas zu erreichen. Dann ging sie zu einem anderen Regal und holte ein Bündel Wurzeln herunter. Vorsichtig trug sie sie zur Theke, zog einen Strang von den Wurzeln und legte ihn in eine Papiertüte. Dann maß sie einen kleinen Fingerhut voll der getrockneten Pflanze aus der braunen Flasche ab. „Das ist ziemlich stark, also vertraue ich darauf, dass du es sparsam verwendest. Was hast du damit vor?"

Avery senkte ihre Stimme. „Ich versuche, Meerjungfrauen zu bestimmen.

Briar machte große Augen. „Brauchst du Hilfe?"

Avery dachte kurz nach. „Ja, bitte. Ich möchte nur ungern Alex oder einen der Männer mitnehmen."

Briar nickte. „Wie sieht der Plan aus?"

„Ich habe einen Zauberspruch, um Meerjungfrauen zu enthüllen, aber ich muss in ihrer Nähe sein, um ihn anzuwenden. Ich habe ein paar Orte, an denen ich es versuchen kann. Da fällt mir ein: Hast du etwas, um meinen Trank zu versprühen?"

„Wie einen altmodischen Parfümspender?", fragte Briar und griff nach dem Regal über ihr, wo sie einen wunderschönen, geschliffenen Glasbehälter mit Goldrand und einer schicken lila Pumpe oben herausholte.

„Perfekt! Hast du Lust, mich morgen nach der Arbeit auf eine Kneipentour zu begleiten? Wir fangen im *The Flying Fish* an."

„Ich bin gespannt. Abgemacht. Und El?"

„Ich werde sie auch fragen. Also, noch zwei Flaschen, bitte."

Bevor Avery zurück zum Laden ging, beschloss sie, James zu besuchen. Er hatte keine Ahnung, dass der Geist *All Souls* verlassen hatte, und sie wusste, dass er die Kirche wieder ausmachen wollte. Sie hoffte, dass er ihr keine unangenehmen Fragen stellen würde.

Er öffnete die Tür zum Pfarrhaus und runzelte die Stirn. „Avery, ist etwas passiert?"

„Nur gute Nachrichten, es wird dich freuen zu hören, dass ..."

Erleichterung machte sich auf seinem Gesicht breit. „Ausgezeichnet, komm herein, das Wasser müsste gleich kochen.“ Er drehte sich um und ging voraus in eine große Küche im hinteren Teil des Hauses, von der aus man einen kleinen quadratischen Garten voller Kinderspielzeug überblicken konnte. „Tee?“

„Tut mir leid, ich kann nicht bleiben“, erklärte sie. Je weniger Zeit sie dort verbrachte, desto weniger unangenehme Fragen würde er hoffentlich stellen. „Ich muss zurück in meinen Laden.“

„Natürlich“, nickte er und goss heißes Wasser in die Teekanne. „Also, was ist mit dem Geist passiert?“

„Er ist weg.“

Er hielt mitten beim Gießen inne. „Weg? Wie? Wo? Wann?“

Sollte sie lügen und sagen, dass Alex ihn verbannt hatte? Das könnte später Konsequenzen haben.

„Ich weiß nicht, wohin er verschwunden ist.“ Das entsprach der Wahrheit. „Manchmal verschwinden Geister einfach dorthin zurück, wo sie hergekommen sind, oder sie sind woanders hingegangen. Aber wir haben gestern die Kirche überprüft, und sie ist sicher“, erklärte sie vage.

„Aber ich dachte, Geister bleiben normalerweise an einem Ort, an dem sie sich wohlfühlen.“

„Normalerweise schon, aber nicht immer. Aber ich glaube nicht, dass du dir Sorgen machen musst. Ich bin mir sicher, dass es nicht für Harrys Tod verantwortlich war und dass es nur ein schrecklicher Unfall war. Die Polizei ermittelt noch immer.“

„Woher weißt du, dass es sich nicht einfach wieder versteckt? Und wie bist du reingekommen?“ Er hörte sich verärgert an.

Oh, Mist. „Hör mal, James. Ich kann dir nicht alles erklären, aber vertrau mir, es ist weg. Alex und ich haben unsere Methoden, um solche Dinge zu überprüfen.“

James schwieg für einen Augenblick und musterte sie. „Warum habe ich das Gefühl, dass du nicht ehrlich zu mir bist?"

„Ich bin so ehrlich, wie ich nur sein kann. Aber ich kann mit Sicherheit sagen, dass du die All Souls-Kirche wieder gefahrlos nutzen kannst." Sie lächelte zaghaft. „Hoffentlich ist dies das letzte Mal, dass du in deiner Kirche einen ruhelosen Geist hast. Wir werden die Gegend weiterhin überwachen, nur für den Fall, dass er woanders hingegangen ist."

Er kniff die Augen zusammen. „Wusstest du, dass es auch in Harecombe einen Todesfall gab?"

„Ja, aber es gibt keine Berichte über Geister", entgegnete sie und hoffte, dass der dortige Priester dort keine Präsenz gespürt hatte. Sicherlich nicht, sonst hätten sie davon gehört. „Wie auch immer, ich gehe jetzt besser. Ich wollte nur, dass du weißt, dass die Kirche wieder sicher ist."

„Wusstest du eigentlich, für was manche Leute in der Stadt dich halten, Avery?"

Sie spürte, wie ihr Herz zu klopfen begann, und holte tief Luft. „Ja, ich weiß. Wegen der Dinge in meinem Laden und wegen meiner Vorfahren denken die Leute, ich sei eine Hexe. In dieser Stadt gibt es Gerüchte über Magie. So verdienen wir unser Geld, das weißt du."

„Wo Rauch ist, ist auch Feuer", erklärte er und beobachtete sie aufmerksam.

„Nicht immer", entgegnete sie ruhig. „Und du bist zu mir gekommen, erinnerst du dich?"

„Ich akzeptiere, dass es viele Dinge auf dieser Welt gibt, die ich nicht verstehe, Avery. Ich brauchte Hilfe. Vielleicht war Verzweiflung meine Schwäche."

„Keine Schwäche. Du brauchtest Hilfe und ich habe sie dir gegeben und würde es wieder tun. Du kannst mir vertrauen. Wenn noch etwas passiert, lass es mich wissen."

Und bevor er noch etwas fragen konnte, ging sie.

Als Avery pflichtbewusst wieder bei *Happenstance Books* ankam, hatte sie frisches Gebäck, Dans Schwäche, und Café Latte dabei. Den Rest des Tages verbrachte sie damit, Kunden zu bedienen und in Gedanken die Anleitung für den Zauber zu wiederholen. Nachdem sie Feierabend gemacht hatte, ging sie auf den Dachboden, um mit der Beratung des Trans zu beginnen. Sie entzündete das Feuer im kleinen gemauerten Kamin und schürte es, bis es heiß und hell brannte. Dann holte sie den Kessel hervor, den sie für solche Arbeiten aufbewahrte, und stellte ihn auf ihren Holztisch. Schließlich begann sie, ihre Zutaten zusammenzustellen.

Es dauerte Stunden, bis Avery endlich fertig war, und der Trank köchelte nun vor sich hin. Ihr Magen knurrte, und es wurde bereits dunkel. Die Dachfenster waren offen, und der Duft von Sommer und Staub wehte herein. Dahinter, gerade noch sichtbar in der grauen Dämmerung, jagten Fledermäuse nach Insekten. Sie sog zufrieden den Duft ein und dachte wieder einmal daran, wie sehr sie White Haven liebte und dass sie alles tun würde, um ihre Stadt zu schützen.

Sie ging in die Küche, um die Katzen zu füttern, die sie bereits missbilligend beobachteten, und um einen Toast zuzubereiten, den sie mit nach oben nahm, um den Trank mit Argusaugen zu beobachten. Wenn jetzt etwas schieflief, musste sie von vorn anfangen.

Sie saß auf dem Teppich und aß geistesabwesend, als ihr Handy klingelte und sie Bens Nummer sah.

„Hey, Ben. Wie geht es euch Dreien nach Samstagabend?"

Seine Stimme klang aufgeregt, was eine Erleichterung war. „Uns geht es gut, danke, wir sind einfach nur aufgeregt wegen der ganzen Nacht und wirklich zufrieden mit einigen unserer Aufnahmen. Wenn du morgen Zeit hast, solltest du in das Büro kommen, das wir eingerichtet haben."

„Klingt interessant. Ich denke, das könnte ich machen. Wo ist euer Büro?"

„Wir haben einen Raum in der Universität gemietet. Er ist klein und muffig, aber besser als nichts."

„Klar – kann noch jemand mitkommen?"

„Jeder, der Interesse hat", entgegnete Ben.

„Cool. Passt es dir am Vormittag?", fragte sie und dachte daran, dass sie danach zurückkommen und ihre Mitarbeiter in der Mittagspause ablösen könnte.

„Perfekt. Bis dann."

Avery wusste, dass die meisten anderen arbeiten würden, aber Alex könnte morgens eventuell Zeit haben. Sie rief ihn an und freute sich darauf, seine Stimme zu hören. Es klingelte ein halbes Dutzend Mal, bevor er abnahm, und sie konnte Musik aus der Kneipe hören. „Hallo, meine Hübsche", antwortete er.

„Hallo, mein Hübscher, du auch. Bist du beschäftigt?"

„Warte mal", rief er, und dann verschwanden die Geräusche und sie merkte, dass er sich in den Küchenbereich hinter der Bar begeben haben musste. „Entschuldige, ich musste woanders hingehen. Ja, hier ist einiges los. Es ist ein Zeichen dafür, dass die Touristensaison begonnen hat. Und bei dir?"

„Das Übliche. Hör mal, ich will dich nicht aufhalten, aber hast du Lust, morgen früh mit mir zu unseren freundlichen Geisterjägern aus der Nachbarschaft zu kommen? An der Uni in Penryn?"

„Ja, warum nicht. Kann ich heute Abend zu dir kommen? Ich bin in ein paar Stunden fertig."

Sie spürte, wie die warme Freude, ihn zu sehen, sie durchflutete. „Das klingt toll. Brauchst du etwas? Essen, Trinken?"

„Nur dich."

Sie spürte, wie ihr Herz einen Schlag aussetzte und lächelte. „Nun, ich gehöre ganz dir."

„Bis später dann", sagte er, legte auf und sie stand da und grinste die Katzen an wie eine liebestolle Närrin.

Neunzehn

Die *Penryn University* war eine ausgewogene Mischung aus alten und neuen Gebäuden, die in der Nähe von Falmouth, einer Stadt an der Südküste von Cornwall inmitten grüner Felder lag.

Alex und Avery kamen gegen zehn Uhr an und fuhren auf den Besucherparkplatz in Alex' Alfa Romeo Spider Boat Tail. Der Tag war bewölkt, aber schwül, und sie waren mit heruntergeklapptem Dach und lauter Musik gefahren, wobei beide den ganzen Weg über laut gesungen und gelacht hatten.

Als Alex parkte, rief Avery Ben an, um ihm mitzuteilen, dass sie angekommen waren. Dann schauten sie auf der Karte an der Besucherinformation nach und schlenderten über den Campus zum Eingang des Pendennis-Gebäudes, wo sie sich mit Ben verabredet hatten. Es waren nur sehr wenige Studenten unterwegs. Es waren Semesterferien und die Universität hatte nur für die Sommerkurse und Intensivkurse geöffnet.

Sie näherten sich einem dunkelroten Steingebäude, dessen große Fenster im Sonnenlicht funkelten. Ben lehnte an der Wand und scrollte auf seinem Handy, während er wartete. Er sah zerzaust aus und fuhr sich gelegentlich mit der Hand durch sein kurzes dunkles Haar. Sein T-Shirt der *Penryn University* war zerknittert, seine Jeans war etwas heruntergerutscht und hing ihm auf den Hüften, und seine Füße steckten in alten grünen Adidas-Turnschuhen. Er blickte auf und grinste, als er sie näherkommen hörte, steckte sein Handy weg und schüttelte Alex die Hand. „Hallo, Leute. Schön, dass ihr kommen konntet. Ihr werdet begeistert sein von unseren Ergebnissen", sagte er und führte sie ins Gebäude.

Das Innere des Gebäudes war modern. Der Eingang war riesig und helle Kunstwerke schmückten die weißen Wände. Granitfliesen bedeckten die Böden und in der Mitte befand sich eine schlichte Treppe neben den Aufzügen.

„Ich wusste gar nicht, dass ihr Büroräume habt", sagte Avery und sah sich interessiert um.

Ben ging zu den Aufzügen und drückte auf den Knopf. „Das wussten wir bis vor etwa einem Monat auch nicht, aber dann wurde meine Website richtig erfolgreich und wir bekamen viele Empfehlungen. Ich habe meinen Tutor angesprochen und betont, dass es sich bei meiner Arbeit um Grundlagenforschung handelt, und darum geht es schließlich in diesem Gebäude – und an dieser Universität. Natürlich gibt es einen zentralen Forschungsbereich, den wir alle nutzen, aber ich wollte meinen eigenen Raum." Er senkte die Stimme. „Er war nicht sehr glücklich oder sehr hilfsbereit, aber eines der anderen Forschungsprojekte war gerade eingestellt worden und das Semester war zu Ende, also argumentierte ich, dass ich das freie Zimmer haben sollte. Und da gerade Ferien sind, ist niemand hier."

Der Aufzug *piepste*, als er ankam, und sie stiegen ein, dabei drückte Ben den Knopf für die vierte Etage.

„Nun, ich denke, Glückwünsche sind angebracht", sagte Alex und sah vage beeindruckt aus.

„Wir haben das Büro nur für sechs Monate", zuckte Ben mit den Schultern, „aber es ist besser als nichts. Wir werden uns danach in meiner Wohnung einrichten, wenn es sein muss."

Als sie im vierten Stock ankamen, führte Ben sie durch ein Labyrinth aus Gängen und Türen, vorbei an einem Raum nach dem anderen, bis sie am Ende des Korridors auf der Rückseite des Gebäudes ankamen. Er riss die Tür auf. „Ta da!"

Der Raum dahinter war klein, mit einem hohen, schmalen Fenster an der gegenüberliegenden Wand, durch das man auf eine Mischung aus Gebäuden und Feldern blicken konnte. In der Ferne konnte man das Meer und die weitläufige Stadt Falmouth erkennen. Der Raum war vollgestopft mit Werkbänken, einem Schreibtisch, Computern und elektronischer Ausrüstung, riesigen weißen Tafeln, die mit Bildern und Kritzeleien gefüllt waren, und das Summen der Elektrizität lag in der Luft. Inmitten all dessen standen Dylan und Cassie und starrten auf Monitore.

„Willkommen", erklärte Ben. *„Mi casa es su casa!"*

„Hier untersucht ihr also all die Dinge, die nachts herumgeistern?", fragte Alex und sah sich amüsiert um.

Avery stieß ihn in die Rippen. „Das ist ziemlich cool! Und aufregend."

Dylan nahm die Kopfhörer, die er getragen hatte, ab und legte sie sich um den Hals. „Damit wir uns legitimiert fühlen. Als Nächstes lasse ich Visitenkarten drucken."

Cassie lachte. „Ihr macht vielleicht dumme Gesichter, aber er macht keine Witze. In den letzten Tagen haben wir beschlossen, dass wir es versuchen wollen."

„Kommt rein", erklärte Ben, schloss die Tür hinter ihnen und führte sie zu einigen freien Plätzen.

„Aber ich dachte, ihr macht ein Aufbaustudium und hattet ...“, Avery suchte nach dem richtigen Wort, „*andere* Karrieren geplant.“

„Wenn man Parapsychologie studiert, ist *das* der perfekte Beruf“, gab Cassie zu bedenken und lehnte sich in ihrem Drehstuhl zurück. „Ich meine, natürlich werden wir unser Aufbaustudium abschließen, aber ich hatte nur vage Pläne, was ich damit anfangen wollte. Irgendwas mit Forschung. Das hier passt perfekt.“

„Im Ernst?“, fragte Alex und schaute sie verblüfft an. „Du hast auf der Burgruine beim ersten Treffen ziemlich verschreckt gewirkt.“

„Es war ein Schock, das gebe ich zu. Keiner von uns hatte je etwas in dieser Größenordnung gesehen.“

„Und wird es möglicherweise auch nie wieder“, erklärte Avery, da sie das Gefühl hatte, dass sie dem Gespräch etwas Sinnhaftes hinzufügen musste. „Geister manifestieren sich normalerweise nicht auf diese Weise.“

„Stimmt“, stimmte Cassie zu. „Aber ich bin zurückgekommen, oder?“

Dylan saß auf der Stuhlkante, den rechten Fuß auf dem Knie. Auf dem Bildschirm neben ihm schien eine Audiodatei zu laufen, die in der Mitte angehalten worden war. „Wir wissen, dass nicht jedes Ereignis so groß sein wird wie das, was wir kürzlich gesehen haben. Keine Sorge, wir kommen nicht auf falsche Gedanken. Aber es gibt viel mehr da draußen, als ich dachte. Und wenn man euch kennt und weiß, was ihr seid, dann ist man für alles Mögliche offen. Wir werden mehr sein als nur Geisterjäger.“

„Wirklich?“, fragte Alex.

„Und wir würden gerne eure Hilfe in Anspruch nehmen“, fügte Cassie hinzu.

„Wirklich?", fragte Avery und warf Alex einen Blick zu.

„Es geht um nichts, was eure Identität enthüllen würde", versuchte Ben sie zu beruhigen.

„Ich bin nicht Batman", bemerkte Alex und sah amüsiert aus.

„Nein, nur eine paranoide Hexe", erwiderte Dylan. Er hielt seine Hände in gespielter Kapitulation hoch, während Alex ihn finster ansah. „Ich verstehe schon, ich sag's ja nur!"

Ben schaltete sich ein. „Moment mal. Wir greifen vor. Können wir euch zuerst ein paar Sachen zeigen?"

„Natürlich könnt ihr das", entgegnete Avery und versuchte, Alex, der neben ihr stand und genervt wirkte, zu ignorieren. „Wir sind ganz Ohr."

„Eins nach dem anderen. Zaubert hier drin nicht mit euren Hexen-Tricks herum – es sei denn, wir bitten euch darum. Unsere Sachen sind ziemlich empfindlich, und wir wollen nicht, dass ihr sie kurzschließt."

„Kein Problem", versicherte Avery und nickte.

„Toll. Also, Dylan – willst du das Video abspielen?"

Dylan drehte sich zu einem der Computer hinter ihm um. „Dieses Video ist von neulich Abend in der St. Luke-Kirche. Ich habe es ein wenig bearbeitet ... im ersten Teil war nicht viel zu sehen. Es ist in Infrarot, sodass die dunkelblauen und grünen Farben Kälte anzeigen und Gelb-, Rot- und Orangetöne Wärme."

Es war seltsam, sich selbst als Wärmebilder zu sehen. Die Kirche war in Blautönen gehalten, während ihre Körper in einem seltsamen Orangeton dargestellt wurden, insbesondere ihre Köpfe, wo sie am Wärmsten waren.

„Es ist interessant", bemerkte Cassie und betrachtete sie, „dass ihr Hexen alle heller ausseht als wir – eigentlich röter. Ich glaube, das muss an eurer Magie liegen."

„Du hast recht“, stimmte Alex nickend zu. „Das ist interessant.“

„Wenn ihr Magie einsetzt, ist die Wärmeentwicklung noch größer“, erklärte Dylan. „Ich glaube, es ist die Energie, die ihr beschwört, die Art und Weise, wie ihr die Elemente beeinflusst – oder was auch immer ihr tut. Darüber muss ich euch eines Tages mehr fragen.“

Toll. Jetzt wollten sie sie untersuchen. Avery hatte keine Ahnung, was sie davon hielt. Sicherlich lag die Magie der Magie in ihrer Unerklärbarkeit. Sie war sich nicht sicher, ob sie sie auf Wissenschaft und Diagramme reduzieren wollte. Andererseits *war* das Filmmaterial faszinierend.

Eine Weile passierte nicht viel auf dem Bildschirm, während sie sich in der Kirche bewegten und Alex den Kreis vorbereitete. Sie konnten das Aufflackern der Kerzenflammen und das helle Summen der Energie um Avery herum sehen, als sie die Kerzen mit Magie anzündete, und das Leuchten der Glühbirnen.

Und dann kam der Nephilim.

„Hier“, zeigte Ben, „können wir eine Gestalt hinter dem Altar ausmachen, ein etwas blasseres Blau als die Umgebung. Dreh den Ton auf, Dylan.“

Wieder zeigte die Wärmebildkamera die weit ausladenden Flügel, und sie konnten ein heulendes Summen von Störgeräuschen hören, als die elektrischen Lichter zu blinken begannen und dann überlasteten und ausfielen, was sich auf dem Film als sehr helle, orangerote Impulse zeigte. Der Klang von Rufen erfüllte die Luft, und das Zischen der Magie summte immer wieder. Auch der Nephilim wurden immer heller und schwoll vor Kraft an. Sie sahen, wie Caspian durch den Raum segelte, eingehüllt in die Flügel des Nephilim. Als Estelle anfing, Energiekugeln auf das Wesen abzufeuern, war sofort klar, dass sie jede einzelne absorbierte und dabei immer heller wurde, je größer sie wurde. Als Caspian sich anschloss, konnten sie sehen, wie sich ihre Gliedmaßen aus einem fast formlosen Klumpen mit Flügeln formten, das er zuvor gewesen war.

„Wow", sagte Avery. „Das ist unglaublich. Ich meine, ich weiß, ich war dabei. Ich habe es gesehen, aber es noch einmal so zu sehen! Man kann tatsächlich sehen, wie das Ding die Magie von Estelle und Caspian in sich aufnimmt."

Ben grinste. „Ich weiß. Das ist viel besser, als wir erwartet haben. Schaut euch das an", sagte er und zeigte zurück auf den Bildschirm.

Alle waren nun wieder im Kreis, bis auf Alex und Avery, die ihn verlassen hatten, um Caspian und Estelle zu holen. *Sie hatten es gerade so geschafft*, dachte Avery und spürte, wie ihr kalt wurde, als der Nephilim auf sie zukam. Sie sahen, wie Alex Caspian eine verpasste, den hellen Blutstrahl aus Caspians Nase und dann eine riesige rote Flamme, als Avery den Kreis aktivierte und eine schützende magische Mauer um sie herum erschuf.

„Und das ist deine Magie, Avery", erklärte Cassie bewundernd. „Das Ding kann nicht näher kommen."

Der Nephilim schlich um den Kreis herum und flammte dann wieder heller auf, als er auf das Fenster zusteuerte und es durchbrach. Eine Welle von Gelb blitzte über die Wände und verblasste dann.

„Das ist der Zauber, mit dem die Kirche versiegelt war", bemerkte Alex. Er lehnte sich schwer atmend in seinem Stuhl zurück. „Es ist wirklich erstaunlich, Magie und elementare Energie als Infrarot zu sehen. Und dass der Nephilim sie absorbiert hat."

Alle drei Geisterjäger grinsten. Dylan sagte: „Ich habe einen Teil des Tons isoliert. Hört mal."

Er wandte sich einem anderen Computer zu und spielte das Audio ab, das er auf dem Bildschirm angezeigt hatte. Über das Rauschen des statischen Rauschens hörten sie eine seltsame, gutturale Sprache.

„Das ist die Sprache, die Alex neulich Abend gesprochen hat!", sagte Avery.

„Ja. Ich erkenne das wieder", stimmte er zu.

„Ich kann nicht glauben, dass du das aufgenommen hast."

„Das ist alles, was wir haben", sagte Ben, „nur Sekunden. Wisst ihr, was das bedeutet?"

„Keine Ahnung", erwiderte Alex und schüttelte den Kopf.

„Ist dir aufgefallen, dass deine Energie viel heller ist als die von Caspian und Estelle?", fragte Cassie.

„Ich glaube schon", sagte Avery und schaute genau auf den Bildschirm. „Muss an unserem neuen Zauber liegen."

„Wie dem auch sei", sprach Ben weiter, „wir haben noch mehr Aufnahmen von anderen Orten, an denen wir waren. Nichts so Eindrucksvolles wie das hier, aber es handelt sich um Dinge, die in verschiedenen Häusern in Cornwall passiert sind. Wir dachten, es würde euch vielleicht gefallen, einige der Geisteraktivitäten zu sehen, die wir eingefangen haben."

„Klingt gut", sagte Alex. „Aber zuerst wolltet ihr uns doch etwas fragen. Was möchtet ihr wissen?"

Ben warf Cassie und Dylan einen Blick zu. „Wir haben uns gefragt, ob ihr uns helfen könntet, wenn wir ein paranormales Unternehmen gründen und Unterstützung bei Fällen benötigen. Wir würden euch natürlich bezahlen. Wir werden dafür eine Gebühr verlangen. Oder könntet ihr jemanden empfehlen, der uns helfen könnte?" Er wirkte etwas ratlos. „Wisst ihr, normalerweise sollten nur wir aufnehmen und beobachten, aber wir könnten auch einen Service anbieten – unerwünschte Geister, Ghule und dunkle Magie zu vertreiben …" Er verstummte und blickte hoffnungsvoll.

Alex warf Avery einen Blick zu. „Ich habe nichts dagegen zu helfen, aber ich bin ziemlich beschäftigt in der Kneipe und ich schätze, Avery ist ziemlich beschäftigt im Laden, aber wir könnten mal überlegen, ob es jemanden gibt, der öfter als wir helfen könnte."

„Super, danke Leute", erwiderte Ben erleichtert.

„Nach dem, was wir gesehen haben, wäre es gut, etwas Unterstützung zu haben", fügte Cassie hinzu.

„Wir könnten euch wahrscheinlich ein paar einfache Schutz- und Bannzauber beibringen, nichts, was zu viel Magie erfordert", überlegte Avery und dachte bereits über einige grundlegende Zaubersprüche nach, die funktionieren würden.

„Toll! Danke."

Und dann hatte Avery noch eine Idee. „Wisst ihr, ich habe neulich mit Briar gesprochen. Sie ist ziemlich beschäftigt in ihrem Laden. Sie hat keine Hilfe wie wir, aber ich habe das Gefühl, dass sie darüber nachgedacht hat, jemanden zu suchen. Offensichtlich möchte sie jemanden, dem sie vertrauen kann."

„Ich!", rief Cassie sofort. „Ich würde gerne helfen und es ist eine großartige Gelegenheit, etwas zu lernen."

Avery lächelte. „Cool. Ich kann nichts versprechen, aber ich werde ein gutes Wort für dich einlegen."

„Also", sagte Ben, „dann zeige ich euch mal, was wir sonst noch so gemacht haben."

Zwanzig

An diesem Abend um neunzehn Uhr dreißig war Avery mit ihren High Heels, Skinny Jeans und einem verführerischen Top bereit, sich mit Briar und El zu treffen, um mit ihnen auf die Pirsch nach Meerjungfrauen zu gehen.

Nachdem sie und Alex Penryn am Nachmittag verlassen hatten, waren sie beide zur Arbeit aufgebrochen. Sie hatte beschlossen, Alex wegen ihrer Pläne für den Abend nicht die Wahrheit zu sagen. Sie wusste, dass er es missbilligen und sich Sorgen machen würde.

„Ich bleibe heute Abend einfach zu Hause, lese etwas und übe ein paar Zaubersprüche.“

„Na gut, ich muss arbeiten, also viel Spaß.“

„Wenn eine Gruppe junger, attraktiver Frauen in deine Kneipe kommt und unwahrscheinlich glamourös aussieht, sei auf der Hut.“

„Spielverderber“, erwiderte er mit einem Augenzwinkern. Er setzte sie vor ihrer Wohnung ab und zog sie für einen langen Kuss an sich. „Bis bald.“

Sie verbrachte den Rest des Arbeitstags im Geschäft und füllte, sobald sie wieder in ihrer Wohnung war, den fertigen Trank in die drei Parfümfläschchen. Sie hielt eines davon gegen das Licht und bewunderte die blasse Bernsteinfarbe. Es war immer befriedigend, einen Zauber erfolgreich zu vollenden. *Hoffentlich funktioniert es.* Dann fütterte sie die Katzen, schnappte sich ihre Ledertasche und ging zur Tür hinaus.

Avery schlenderte durch die Straßen und hinunter zum Hafen, wo sie die Wärme des Abends genoss. Unten am Hafen roch es stark nach Salzlake und Seetang, und sie atmete tief ein und fühlte sich dadurch belebt. Es war Ebbe und die Boote lagen halb auf dem Trockenen. Die Fish-and-Chips-Läden hatten regen Betrieb, und die Leute saßen auf dem Kai und aßen Pommes aus Papiertüten. Der Duft des Essens und der unterschwellige scharfe Essiggeruch, vermischt mit der salzigen Meeresluft, zauberten ihr ein Lächeln ins Gesicht; sie fühlte sich durch die beruhigenden Düfte getröstet. Dies war das White Haven, das sie liebte.

Sie traf sich mit El und Briar im *Flying Fish*, einem Pub, der auf einer Anhöhe mit Blick auf den Hafen an der Straße am Strand lag. Sie blieb davor stehen und schaute nach oben. Es war ein großes Pub, das etwas vom Bürgersteig zurückgesetzt war, sodass ein paar Tische draußen aufgestellt werden konnten. Aber es war die große Terrasse im ersten Stock, die am Belebtesten war, und der Klang von Musik und das Stimmengewirr der Menschen erfüllten die Luft von oben. Die Terrasse bot Schutz für die Sitzplätze im Erdgeschoss und war mit grünen Töpfen und Lichterketten gesäumt. Avery bahnte sich einen Weg durch die bereits überfüllten Tische und hielt Ausschau nach Frauengruppen, aber die meisten Leute im Erdgeschoss waren Paare oder kleine Gruppen von drei oder vier Personen, sowohl Männer als auch Frauen.

Avery ging nach oben, und der Lärm von Musik, Gelächter und Geplauder traf sie wie eine Wand. Hier war *viel los*. Sie lehnte sich an die Theke und holte sich ein Glas Wein. Dann machte sie sich auf den Weg zu El, die auf einem Barhocker am anderen Ende saß und von einem Pint Bier trank. Ihr langes, blondes Haar fiel ihr locker über den Rücken, und das Licht fing ihre Piercings ein; sie zog viele bewundernde Blicke auf sich.

„Hey El, wie geht es dir?"

El nickte und warf den Kopf über die Schulter zurück. „Dieser Ort ist verrückt."

„Ich weiß. Ich war seit Jahren nicht mehr hier. Ich hatte vergessen, dass es so voll ist."

„Ich war einmal hier, und das war genug. Aber du hast recht. Das ist der perfekte Ort, um mit der Suche zu beginnen."

Avery blickte sich im Raum um und erhaschte einen Blick auf Briar, die oben an der Treppe auftauchte. Sie winkte, um ihre Aufmerksamkeit zu erregen, und Briar winkte zurück und schlängelte sich durch die Menge, um sie zu treffen. „Ich hasse diesen Ort jetzt schon", erklärte sie, als sie sich ihnen anschloss. Sie erhaschte den Blick des Barkeepers und bestellte einen Drink.

Avery lachte. „Kommt schon, Mädels, das ist nur ein kleiner Spaß. Na ja, bis die Meerjungfrauen gemein werden."

„Also, wie sieht der Plan aus?", fragte El.

„Ich denke, wir müssen nur ein Auge auf die Gruppen haben, vielleicht ein bisschen herumlaufen, ein bisschen lauschen und ein wenig Trank versprühen", meinte Avery und griff in ihre Tasche, um für jede von ihnen eine Parfümflasche herauszuholen.

„Das ist dein Zaubertrank?", fragte Briar und untersuchte ihn. „Er hat einen leichten Bernsteinton."

„Ja. Das soll er auch. Hoffentlich habe ich ihn richtig gemacht und er wirkt."

„Muss ich eine Zauberformel sagen?", fragte El.

Avery nickte. „Suchen wir uns ein ruhiges Plätzchen."

El ging durch die Menschenmenge hindurch zu einer Ecke des Balkons, wo die Musik leiser war, und Avery sprach die kurze Beschwörungsformel. „Wir verwenden es einfach wie Parfüm, sprühen es auf, aber nur beiläufig auf uns selbst, und sprühen es auf denjenigen neben uns, sagen die Worte, und es sollte den Zauber ihres Aussehens enthüllen und sie uns in ihrer wahren Gestalt zeigen."

„Werden sie es merken?", fragte El.

Avery runzelte die Stirn. „Ich weiß es nicht genau. Aber hoffentlich nicht."

„Toll", erwiderte El sarkastisch. „Das ist so beruhigend, Avery."

„Entschuldige", antwortete sie leicht verärgert. „Aber es ist besser, als nichts zu tun."

„Auch wieder wahr", stimmte El zu. „Warum fangen wir nicht mit denen da an?" Sie blickte sich in der kleinen Gruppe Mädchen hinter ihr um, die alle kicherten und miteinander plauderten, sprühte sich dann ein und murmelte die Worte, um den Zauber zu aktivieren. Avery schob den Trank mit einer leichten Brise an, sodass der feine Sprühnebel die Gruppe erreichte. Sie bemerkten es nicht einmal. Und nichts passierte.

„Nun, eine Gruppe ist schon mal ausgeschieden", sagte El grinsend. „Sollen wir weitermachen?"

Im Laufe der nächsten Stunde arbeiteten sie sich durch den Raum und überprüften jede verfügbare Gruppe. Ab und zu ging eine von ihnen auf die Toilette und versuchte es dort, aber ohne Erfolg. Schließlich standen sie an der Ecke der Bar und beobachteten den Raum, wobei der dröhnende Bass der Musik die Unterhaltung erschwerte.

„Sollen wir weiterziehen?", fragte Briar. „Ich denke, wir haben alle abgedeckt."

„Ich denke schon", stimmte Avery zu. „Versuchen wir es im *The Kraken*. Im *The Badger's Hat* befindet sich der Club im Keller, also sollten wir das zum Schluss machen."

„Glaubst du, dass ein Dienstag wahrscheinlich ein eher ruhiger Abend ist?", fragte Briar und sah sich zweifelnd um.

„Hier ist es voll", bemerkte El ungläubig. „Und ich glaube nicht, dass Meerjungfrauen bestimmte Arbeitszeiten einhalten."

Das *The Kraken* lag näher am Hafen und hatte einen großen Biergarten auf der Rückseite. Wie im *Flying Fish* war die Musik laut und die Stimmung ausgelassen. Sie trennten sich und fingen an, den Raum zu durchkämmen, wie sie es zuvor getan hatten. Es dauerte nicht lange, bis Avery ein Schulterklopfen spürte, und als sie sich umsah, stand Dan mit einem großen, blonden Mann da.

„Hey, Avery!" Dan nickte seinem Begleiter zu. „Das ist mein Kumpel Pete."

„Hallo, Jungs", Avery beugte sich vor und küsste Dan auf die Wange. „Du konntest also nicht wegbleiben?"

„Er konnte es nicht", erwiderte Dan mit einem Blick auf Pete.

Pete lachte. Er war attraktiv, sein blondes Haar war etwas länger und fiel ihm ins Gesicht. Seine Augen waren blau, mit Lachfalten in den Augenwinkeln, und seine Aufmerksamkeit galt einer Gruppe junger, hübscher Mädchen an der Bar. Er streckte seine Hand aus. „Hallo, Avery. Ich habe schon alles über dich gehört. Dan sagt, diese Bar könnte schlecht für meine Gesundheit sein."

Averys Augen weiteten sich, als sie Dan ansah, aber er schüttelte kaum merklich den Kopf, sodass sie wusste, dass Pete, trotzdem, was er gerade gesagt hatte, keine Ahnung hatte, dass sie eine Hexe war. Er lachte und sagte: „Avery will nicht, dass du diesen gefräßigen Frauen zum Fraß vorgeworfen wirst."

Avery stimmte zu. „Mir liegt das Wohlergehen meiner Freunde am Herzen, das ist alles." Sie blickte die Mädchen an, die zweifellos alle vor Jugend, Vitalität und einer unbestreitbaren Sexyness nur so strotzten. Jede einzelne war größer als die durchschnittliche Frau, schlank, mit langen Haaren und heller Haut. Je länger sie sie ansah, desto mehr dachte sie, dass sie Meerjungfrauen sein könnten. „Welche hat es dir angetan?"

Pete zuckte mit den Schultern. „Sie sind alle wunderschön und sie sind schon die ganze Woche hier und flirten gnadenlos."

Das glaube ich gerne. Zeit, den Trank zu probieren.

„Hoffentlich brechen sie dir nicht das Herz, Pete."

„Ich würde mich erholen", sagte er grinsend. „Komm schon, Dan. Du musst mir helfen."

Pete drehte sich um und ging zurück zu der Gruppe, die bereits von Männern umringt war, und Dan zögerte eine Sekunde. „Glaubst du, dass ...?"

„Vielleicht. Ich werde bald rübergehen und meine Theorie testen. Geht es dir gut?", fragte sie und untersuchte seinen Gesichtsausdruck sorgfältig auf Anzeichen von vager Verträumtheit. „Keine seltsamen Zwänge oder das Gefühl, mit einem Zauber belegt zu sein?"

Er sah sie amüsiert an. „Nicht mehr als sonst."

„Sei vorsichtig", bat sie ihn. „Ich komme später wieder zu dir."

Avery sah Briar und El am Eingang zu den Toiletten und bahnte sich einen Weg durch die Menge, um sich ihnen anzuschließen. Es wurde langsam dunkel und die spärliche Beleuchtung des Pubs schuf schattige Bereiche, in denen sich Paare zusammenfinden konnten.

El unterbrach ihr Gespräch mit Briar. „Hattest du Glück?"

„Vielleicht drüben an der Bar. Da gibt es ein halbes Dutzend Frauen, die alle infrage kommen könnten." Sie zeigte diskret auf sie. „Sie sehen sehr gut aus, flirten wie verrückt und haben einen Harem von Männern zur Auswahl.“

Briar stellte sich auf die Zehenspitzen, um über die Menge zu sehen. „Vielleicht. Hast du den Trank schon getestet?“

„Gerade dabei. Hattest du Glück?“

Beide schüttelten den Kopf, aber El antwortete. „Nein. Warum gehst du nicht und überprüfst die, und dann gehen wir zum nächsten Ort. Ich habe das Gefühl, dass mir hier die Seele ausgesaugt wird.“

Avery wusste, was sie meinte. Es roch fast nach Verzweiflung an diesem Ort. Es hätte Spaß machen sollen, aber stattdessen wirkte es aggressiv und traurig. Sie ging zur Theke, um so zu tun, als würde sie ihr Glas abstellen. Als sie nahe genug war, zog sie die Sprühflasche und hielt sie schräg hinter sich. Sie bereitete sich darauf vor, etwas Unangenehmes zu sehen und vielleicht erkannt zu werden.

Aber es passierte absolut nichts.

Niemand veränderte oder enthüllte sein Aussehen; sie flirteten weiterhin ungeniert und schienen Avery nicht im Geringsten zu bemerken.

Avery arbeitete sich um sie herum und sprühte ihren Trank diskret. Und immer noch nichts. Sie erhaschte Dans Blick und zeigte ihm den Daumen nach oben, und er lächelte erleichtert.

Sie ging zurück zu Briar und El, die sie aus der Ferne beobachtet hatten. „Nichts. Verdammt. Ich war mir sicher, dass sie es waren.“

El seufzte. „Also müssen wir ins *Badger's Hat*?“

„Ich fürchte ja, es sei denn, mein Trank wirkt nicht“, stimmte Avery zu, als sie sich auf den Weg zur letzten Kneipe des Abends machten.

Das *Badger's Hat* befand sich im Zentrum von White Haven, inmitten einer Reihe von Geschäften. Wie viele Gebäude stand es schon seit mehreren Jahren dort und hatte einen gewissen altmodischen Charme. Das Erdgeschoss des Pubs war für alle Gruppen geeignet und hatte eine umfangreiche Speisekarte, aber die Besitzer hatten den Keller ausgebaut und ihn in einen Nachtclub mit einer Tanzfläche am hinteren Ende verwandelt.

Es war fast zweiundzwanzig Uhr, als Avery die anderen hineinführte. Der Restaurantbereich befand sich auf der linken Seite und die meisten Tische waren noch besetzt, aber die Küche nahm keine Bestellungen mehr an und die Kunden aßen Desserts und tranken ihren Kaffee. Sie hielt sich dort nicht lange auf, sondern bog stattdessen rechts ab und ging auf die Tür in der Ecke zu, über der ein Schild mit der Aufschrift *The Badger's Set* hing. Avery lachte über den Namen. Das war neu – aber andererseits war es Jahre her, dass sie hier gewesen war.

Die Tür öffnete sich zu einem kleinen Treppenabsatz in einem schummrigen Treppenhaus, das von unverputzten Ziegelwänden gesäumt und mit gedämpftem Licht von der Seite beleuchtet war. Sie gingen die Treppe hinunter zur Bar und sobald sie eintraten, sagte Briar: „Wow. Das ist cool!"

Und das war es wirklich. Die Decken waren niedrig und mit Balken verkleidet, die Wände aus unverputzten Ziegeln, mit vereinzelten glatt verputzten Abschnitten, die in dunklen Grau- oder Violetttönen gestrichen waren. Die Lichter waren gedämpft, die Theke war lang und mit glänzendem poliertem Stahl verkleidet, und die Sitzgelegenheiten waren ausgefallen. Es war eine großartige Mischung aus Alt und Neu. Es war heiß und voll im Inneren, das Gemurmel der Stimmen war ein stetiger Unterton zur Musik, die noch nicht zu laut war. Avery konnte die Tanzfläche auf der anderen Seite des Raumes gerade noch erkennen, die derzeit leer war.

El ging zur Theke, schritt selbstbewusst durch die Menge und war größer als die meisten anderen. „Kommt schon, Mädels. Diese Runde geht auf mich. Ich glaube, das ist der richtige Ort.“

Avery wusste genau, was El meinte. Es lag tatsächlich ein Gefühl von Verheißung in der Luft. Aber vielleicht lag das auch nur an der Mischung aus Alkohol, Schweiß, Parfüm und Hormonen.

El reichte ihr ein Glas Rotwein, an dem sie genüsslich nippte. Keine von ihnen hatte etwas anderes getrunken als Limonade und Sodawasser in der zweiten Kneipe, da sie geistig wach und auf alles gefasst bleiben wollten.

Briar zog ihre Schuhe aus und tat so, als würde sie sich die schmerzenden Füße reiben. „Oh ja. Ich kann sie spüren. Ich bin vielleicht nicht auf nackter Erde, aber ich kann eine Veränderung spüren.“

„Ich schätze, wir sind *in der* Erde, in diesem Keller“, meinte Avery. Sie spürte, wie sie eine Gänsehaut bekam. *Sie waren hier.*

„Also trennen wir uns wieder?“, fragte Briar und ließ den Blick über die Menge schweifen.

El schüttelte den Kopf. „Nein. Ich denke, wir bleiben zusammen. Es gibt hier keine einfachen Fluchtwege, und ich möchte nicht, dass sich jemand, insbesondere wir, in die Enge getrieben fühlt, wenn sie herausfinden, dass sie entdeckt wurden.“

Avery stimmte zu. „Fangen wir am Eingang an und arbeiten uns nach innen vor.“

Nach einer halben Stunde, in der sie sich auf die größeren Gruppen konzentrierten und einige schreckliche Anmachsprüche über sich ergehen lassen hatten, hatten sie immer noch nichts erreicht und waren alle frustriert.

„Vielleicht ist mein Trank ja völlig nutzlos", bemerkte Avery, lehnte sich gegen die Wand und schloss die Augen.

„Nein. Sie müssen hier sein", erwiderte El und blieb entschlossen. „Schau dir all diese Separees an, die wir noch nicht überprüft haben."

Sie hatte recht. Alle Sitzplätze befanden sich an zwei Seiten des Raumes, und die Sitzplätze waren lange, gepolsterte Bänke, die um einen Tisch herum angeordnet waren. Alle waren teilweise von ihrem Nachbartisch abgetrennt, um diskrete Gespräche zu ermöglichen, sodass der zentrale Bereich zum Stehen frei blieb.

„Es wird aber nicht so einfach sein, sie zu besprühen, oder?", bemerkte Briar.

El grinste und zeigte auf die Klimaanlage an der Wand. „Lass uns kreativ werden."

Sie streckte die Hand aus und sprühte den Trank mehrmals schnell vor die Lüftungsschlitze. Dann sprach sie den Zauberspruch, während der Trank durch den Raum getragen wurde. Niemand bemerkte etwas. Sie waren alle zu sehr in ihre Gespräche vertieft. „Und noch ein paar Spritzer, nur um sicherzugehen", erklärte sie und sprühte erneut. „Jetzt werde ich alle paar Minuten weitersprühen, und ihr zwei müsst dann nachsehen gehen."

Avery nickte. „Ich werde eine leichte Brise heraufbeschwören, um zu helfen."

Auf halber Höhe sah Avery etwas, das ihr den Atem stocken ließ, und sie spürte, wie Briar sich neben ihr versteifte. Beide schauten weg, um nicht hinsehen zu müssen.

„Siehst du sie auch?", fragte Avery leise, während ihr Herz in ihrer Brust hämmerte.

„Ja. Oh, wow", Briar schluckte und versuchte verzweifelt, ihren schockierten Gesichtsausdruck zu verbergen. „So hätte ich sie mir wahrscheinlich vorgestellt, aber trotzdem ..."

Vier Meerjungfrauen saßen zusammen in einer Sitzecke, jede neben einem Mann, der ihr tief in die Augen schaute. Mit ihrem Glamour sahen sie aus wie durchschnittliche, attraktive Frauen Ende zwanzig, zwei mit langen Haaren, zwei mit schulterlangen Haaren, alle mit schlanker Figur und hübscher Kleidung, aber nichts allzu Auffälliges. Mit Hilfe des Tranks offenbarte sich, dass sie markante, scharfe Gesichter hatten und ihre Haut war grün mit einem leicht metallischen Schimmer. Ihre Haar war lang, lockte sich auf ihrem Rücken und wickelte sich auf den Sitzen um sie herum und war in allen Schattierungen von Blau, Grün und Lila gefärbt. Aber es waren ihre Augen, die sie *fremd* aussehen ließen – sie hatten eine flache, glänzende Oberfläche, wie Metall, die das Licht auf seltsame Weise reflektierte und vor wilder Intelligenz glänzte, und sie waren völlig rund – Fischaugen. Sie flirteten mit ihren Gefährten, und ab und zu lachten die Meerjungfrauen und entblößten dabei winzige scharfe Zähne, und an den Seiten ihres Halses befanden sich Kiemen, die flach anlagen und vorerst ungenutzt blieben.

Briar und Avery traten einen Schritt zurück und versuchten, sie diskret durch die Menge zu beobachten. Als Avery sich umdrehte, um nach El zu suchen, wäre ihr fast ihr Drink heruntergefallen. Mindestens die Hälfte der Stände war mit Meerjungfrauen gefüllt, und sie sah noch ein paar an der Bar.

Sie drehte sich sofort um und versuchte, die Panik in ihrem Gesicht zu verbergen. „Mist. Briar. Wir sind umzingelt."

Briar blickte sich um und wurde blass. „Was jetzt?"

„Einen überstürzten Rückzug antreten? Es ging darum, sie zu finden. Und das haben wir.“

El schloss sich ihnen an und bewahrte bewundernswert einen ausdruckslosen Gesichtsausdruck. „Zunächst einmal: Gut gemacht. Dein Trank hat gewirkt. Und jetzt?“

Avery blickte nervös zwischen ihnen hin und her. „Ich denke, wir müssen hier raus, bevor sie merken, dass sie enttarnt wurden. Es sind viel mehr von ihnen, als ich erwartet hatte. Und dann entscheiden wir uns für einen Plan.“

El ging voran zur Tür. Sie waren weit vom Eingang entfernt und kamen nur langsam durch die Menschenmenge. Es lief gut, bis eine Meerjungfrau sich von der Bar abwandte, um zu ihrer Sitzecke zurückzukehren, und ihnen direkt gegenüberstand. Avery konnte nicht anders. Sie blinzelte und wandte den Blick ab, und sie wusste sofort, dass sie einen Fehler gemacht hatte. Die Meerjungfrau runzelte die Stirn und drehte sich um, um ihr nachzuschauen, und Avery *wusste,* dass sie es wusste.

Innerhalb von wenigen Sekunden drehten sich die Köpfe der Menschen wie Wasserwellen nach ihnen um. Avery spürte, wie sich die Atmosphäre veränderte und bedrohlich wurde, und der Geruch von Salzwasser um sie herum aufstieg. *Was geschah hier?*

Sie erreichten die Tür, die zu den Treppen und in die Freiheit führte, betraten den dunklen Eingangsbereich und waren bereit zu rennen, als sie plötzlich stehen blieben.

Eine Meerjungfrau stand auf der Treppe und wartete auf sie, und eine von ihnen betrat das schmale Treppenhaus hinter ihnen.

Die Meerjungfrau auf der Treppe lächelte bösartig, das schwache Licht schimmerte auf ihren schillernden Schuppen und glitzerte auf ihren scharfen, weißen Zähnen. Ihre Augen beobachteten sie leidenschaftslos. „Was seid *ihr*, dass ihr uns sehen könnt?", fragte sie mit einer samtweichen Stimme.

El machte sich nicht einmal die Mühe zu bluffen. Ihre Hände ballten sich und sie beschwor ihr Feuer, als sie sagte: „Wir sind Hexen, mächtige Hexen, und wir beobachten *euch*. Was macht ihr in White Haven?"

Die Meerjungfrau beantwortete Els Frage nicht. Stattdessen kniff sie ihre seltsamen runden Augen zusammen, trat vor und schnupperte tief. „Ah, ja. Ich sehe es jetzt. Du trägst deine Magie gut. Sie umhüllt dich wie ein Mantel." Ihr Blick fiel auf ihre Taschen, in denen sie die Trankfläschchen trugen, und sie grinste. „Ein cleverer Zauber. Bei all der Magie an diesem hübschen Ort war er gut getarnt. Und ich war ein wenig abgelenkt von all euren hübschen Männern."

„Ich habe dir eine Frage gestellt", erwiderte El.

„Du weißt, wonach wir suchen, Mensch", fuhr sie mit ihrer melodischen Stimme fort, die das sanfte *Rauschen der Wellen* trug. „Nach Partnern. Und dieser Ort ist voll davon."

„Ihr dürft sie nicht mitnehmen!", erklärte Avery, und Wut blitzte in ihr auf. „Sie haben hier Familien und Menschen, die sie lieben. Sie gehören nicht unter die Wellen."

Die Meerjungfrau lächelte verführerisch, spielte mit ihrem Haar und drehte sich dann, um das Licht einzufangen. Avery wurde klar, dass sie versuchte, sie zu verführen. „Oh, aber das tun sie. Ihr Leben wird lang und angenehm sein mit uns. Es wird ihnen an *nichts* fehlen. Es ist erstaunlich, wie schnell sie ihr menschliches Leben vergessen."

Obwohl Avery gegen den Zauber der Meerjungfrau immun war, war ihre Art beunruhigend und sie musste dem Drang widerstehen, einen Schritt zurückzutreten.

„Aber warum White Haven?", fragte Briar. Avery bemerkte, dass sie ihre Schuhe in den Händen hielt und ihre nackten Füße fest auf dem Boden standen.

Die Meerjungfrau lachte erneut. „Die Magie – *eure* Magie – fällt durch den Himmel." Sie streckte die Hände aus, als wollte sie etwas auffangen. „Es fällt sogar jetzt noch wie Regen in meine Hände und ins Meer. Die Strömungen haben es zu uns gebracht, hinaus in den tiefen, tiefen Ozean. Es hat uns gerufen. Es *nährt* uns. Es fällt auf eure Männer, auch wenn sie es nicht wissen. Und jetzt wollen wir sie. Es ist selten, dass Magie in so reichem Maße vorhanden ist." Sie sah sie prüfend an. „Und ich glaube, dass ihr nichts dagegen tun könnt."

„Ihr müsst gehen", erklärte Avery, das Adrenalin machte sie mutig. „Ihr werdet niemanden mitnehmen."

„Ihr wagt es, uns zu drohen?" Die Meerjungfrau lachte, und die hinter ihnen schloss sich an. „Wir sind die Töchter von Llyr. Wir werden erst gehen, wenn wir bereit sind."

Die magische Energie in der kleinen Treppe war jetzt stark und ging in Wellen von allen aus, und Avery wurde mit schrecklicher Klarheit klar, dass die Meerjungfrauen selbst eine mächtige Magie besaßen.

El war sich dessen ebenfalls bewusst und sagte: „Ihr habt eure eigene Magie. Ich kann sie spüren. Warum braucht ihr unsere?"

„Jede Magie ist nützlich, Hexe, das weißt du doch sicher."

Die Meerjungfrau trat näher an El heran und stieß sie dann blitzschnell gegen die Wand, die Hand an ihrer Kehle, und Avery bemerkte ihre Schwimmhäute und langen, krallenartigen Fingernägeln. Wasser begann aus Els Mund zu rinnen, während sie nach Luft rang und vor ihren Augen blau anlief, und das Feuerbällchen in ihren Händen verschwand.

Avery reagierte instinktiv, der Wind zauste bereits ihr Haar, und sie schleuderte die Meerjungfrau hinter sich ebenfalls gegen die Wand, wodurch sie mehrere Fuß über dem Boden schwebte. „Hör auf. Wir können beide dieses Spiel spielen."

Die erste Meerjungfrau ignorierte sie und konzentrierte sich nur auf El, ihr Gesicht nur wenige Zentimeter entfernt, während sie El beim Kampf um ihr Leben zusah. Briar stampfte mit dem Fuß auf, woraufhin sich eine starke Wurzel aus der Holztreppe schlang. Sie packte die Meerjungfrau am Knöchel, riss sie von El weg und unterbrach so ihre Konzentration. El fiel nach vorn auf die Knie, spuckte Wasser und holte keuchend Luft, aber Avery hielt die zweite Meerjungfrau fest an die Wand gedrückt. Sie konnte spüren, wie sie ihre Magie anzapfte, um sich zu befreien, und vor Ärger fauchte.

Die erste Meerjungfrau beugte sich vor und griff nach der Wurzel, die sie fest umklammerte. Innerhalb von Sekunden wurde das Holz weich und morsch und fiel ab, und sie blickte triumphierend zu ihnen auf.

Avery konnte nicht glauben, dass Briars Zauber so leicht entschärft worden war, aber sie versuchte, ihre Überraschung oder irgendein Zeichen von Schwäche nicht zu zeigen. Sie starrte die erste Meerjungfrau nieder. „Das ist keine Diskussion. Ihr müsst White Haven *jetzt sofort* verlassen."

Zum Glück war das Treppenhaus leer geblieben, aber es konnte jeden Moment jemand kommen, und Avery wollte die Sache schnell beenden. Dies war kein Ort für einen Kampf. Und sie hatte das Gefühl, dass sie ihnen zahlenmäßig weit unterlegen waren.

Die Meerjungfrau musterte sie mit kalten Augen. „Wir sind viele, kleine Hexe, und ihr seid wenige. Wir gehen, wenn wir bereit sind, und wenn du uns weiterhin drohst, nehmen wir *alle* eure Männer mit. Und jetzt lass meine Freundin frei.“

Für ein paar Sekunden sahen sie sich in die Augen, dann schlug die Tür über ihnen zu und Stimmen drangen zu ihnen herüber.

Avery ließ die Meerjungfrau zu Boden fallen und innerhalb von Sekunden kehrten die Meerjungfrauen zur Bar zurück und ließen Avery, El und Briar zurück, die sich auf den Weg nach draußen machten.

Sie rannten mit klopfendem Herzen auf die Straße und lehnten sich an die Wand des nächsten Imbiss, wo sie sich in die Handvoll Menschen flüchteten, die dort herumlungerten.

„Das ist nicht so gut gelaufen“, bemerkte El, deren Atem immer noch unregelmäßig und stoßweise war, während sie vorsichtig ihren Hals abtastete. Ihre Haut war furchtbar blass. „Ugh, ich kann immer noch ihre schwimmhäutigen Hände auf meiner Haut spüren.“

„Hat sie dir wehgetan?“, fragte Briar und schob Els Finger zur Seite, um die Stelle zu untersuchen.

„Nein, mir geht es gut, ehrlich. Meine Brust schmerzt ein wenig, und ich werde ein paar blaue Flecken haben.“ Sie sah verärgert und schockiert aus. „Genau wie mein Ego. Sie war schneller und stärker, als ich erwartet hatte.“

Avery nickte und dachte über ihre Begegnung nach. „Sie *war* schnell – und sie hat versucht, dich zu ertränken, auf dem Trockenen! Ich meine, ich wusste, dass sie Magie hatten, aber ich schätze, ich habe nicht wirklich gewusst, wie viel.“

Briar legte noch ein paar Momente lang ihre Hände auf Els Nacken, und Avery spürte einen Impuls heilender Magie. „Das sollte helfen“, erklärte sie, als sie sich schließlich entfernte. „Sag mir Bescheid, wenn du einen Umschlag brauchst.“

El lächelte reumütig. „Danke, Briar.“

Avery warf einen Blick auf ihre Uhr. „Wenn wir uns beeilen, können wir vor der letzten Runde im *The Wayward Son* sein – ich würde Alex gerne erzählen, was passiert ist."

„Ich habe das Gefühl, dass Reuben auch da ist", sagte El. „Es läuft Fußball im Fernsehen."

Sie rannten fast zur Kneipe und kamen gerade an der Bar an, als die Glocke für die letzte Runde läutete. Das Barpersonal war damit beschäftigt, die letzten Getränke auszuschenken, und das Stimmengewirr und die vertraute Umgebung wirkten beruhigend. Alex zapfte mit dem Rest seines Personals Bier und blickte auf, als er Averys Ankunft bemerkte. Er rief: „Komme gleich zu dir!"

Reuben und Newton saßen auf Hockern am Ende der Theke und sahen sich eine Wiederholung des Spiels vom Wochenende zwischen Manchester United und Chelsea auf dem Fernseher an, der an der Wand in der Ecke montiert war, beide mit einem frischen Pint vor sich. Als die Mädchen zu ihnen kamen, gab El Reuben einen Kuss auf die Wange.

„Meine Damen", begrüßte Newton sie und drehte sich um. Er sah sie von oben bis unten an und runzelte die Stirn. „Was habt ihr drei angestellt?"

„Wir haben Nachforschungen angestellt", antwortete Avery nervös. Sie wusste, dass er nicht glücklich darüber sein würde.

„Was für Nachforschungen?", fragte Newton misstrauisch.

Sie waren in der Kneipe von Menschen umgeben, und obwohl es ein ständiges Stimmengewirr gab, war es nicht privat. „Wir haben uns mit unserem neuesten Problem befasst."

„Mit welchem?", fragte Reuben.

„Mit dem, das mit dem Meer zu tun hat", antwortete Briar rätselhaft.

„Oh, deshalb warst du vorhin so vage", sagte Reuben zu El. „Das war sehr hinterhältig von dir."

El sträubte sich leicht. „Aus einem sehr guten Grund!"

„Warum ist dein Hals rot?", fragte Reuben anklagend.

„Äh, es wurde ein wenig hässlich."

„Was!", hakte er mit vor Sorge weit aufgerissenen Augen nach.

„Bitte beruhige dich", versuchte sie ihn zu beschwichtigen. „Mir geht es gut. *Uns* geht es gut."

„Ich denke", sagte Briar entschlossen, „wir sollten den Laden hier auch absuchen – nur um auf Nummer sicher zu gehen. Ein Glas Wein, bitte, Avery. El, hilfst du mir?"

„Mit Vergnügen. Bring mir bitte ein Pint Doom", bat El und folgte Briar weiter in die Kneipe.

„Kein Problem", antwortete Avery und kramte in ihrer Tasche nach ihrer Geldbörse.

Alex bediente seinen Kunden und rückte näher, bis alle vier beieinander an der Bar standen.

„Was habt ihr getan?", fragte Newton und sah zunehmend beunruhigt aus. „Und was machen die beiden?" Er deutete auf El und Briar, die nun in der Menge untergetaucht waren.

„Ich habe einen Weg gefunden, unsere *Besucher* zu identifizieren. Und es hat funktioniert." Avery blickte in ihre erstaunten Gesichter und versuchte, nicht allzu zufrieden mit sich selbst zu wirken. „Wir haben eine ganze gesunde Anzahl von *Besuchern* im *Badger's Set* ausfindig gemacht. Ungesunde Anzahl wäre eigentlich das bessere Wort. Sie suchen sich bereits ihre Beute aus. El und Briar stellen nur sicher, dass hier keine sind."

„Machst du Witze?", erklärte Alex sichtlich verärgert. „Das war unglaublich gefährlich. Du hättest uns einweihen sollen."

Avery schaute ungläubig. „Wirklich? Nachdem ihr ihnen neulich so schnell erlegen seid? Wohl eher nicht."

„Wir waren nur ein wenig verblendet und das weißt du", argumentierte er.

Reuben schaute leicht verlegen. „So wenig war es wirklich nicht, Alex. Wir sind ihrem Bann komplett erlegen."

Alex verzog das Gesicht. „Du solltest eigentlich auf meiner Seite sein!"

„Ja, halt die Klappe, Reuben", fügte Newton hinzu. Er nahm sein Verhörgesicht an und sah Avery erneut an. „Waren alle in der Kneipe ihnen verfallen? Und von wie vielen reden wir?"

„Ich schätze mindestens ein Dutzend, vielleicht mehr. Und nein, nicht alle in der Bar waren ihnen komplett *verfallen*. Nun, nicht *komplett* alle. Sie hatten es sich in den Sitznischen gemütlich gemacht." Sie starrten sie alle an, und sie wandte sich an Alex. „Hör mal, kannst du mir wenigstens etwas Wein besorgen, bevor dieses Verhör weitergeht?"

Er seufzte und rieb sich das Gesicht. „Verdammt, Avery. Du machst mich völlig fertig. In Ordnung. Und dann will ich jedes Detail hören!"

Als El und Briar zurückkamen, hatte sich die Bar beruhigt und Avery hatte ihnen von ihrer Begegnung auf der Treppe erzählt.

Alex fragte: „Gibt es etwas, worüber ich mir Sorgen machen muss?"

„Alles in bester Ordnung", erklärte El sichtlich erleichtert. „Aber ich denke, wir sollten jeden Abend regelmäßige Kontrollen durchführen."

„Ich stimme zu", meinte Briar, zog einen Barhocker heran und setzte sich, bevor sie einen Schluck Wein nahm. „Es ist noch etwas Zaubertrank übrig."

„Und ich kann noch mehr machen", fügte Avery hinzu. „Aber sie zu identifizieren, ist jetzt unsere geringste Sorge. Sie sind stark. Oder zumindest war es die Meerjungfrau, mit der wir hauptsächlich gesprochen haben. Ich habe Angst, dass unsere Magie nicht mit ihrer mithalten kann."

„Das wird sie", versicherte Alex ihr. „Wir müssen nur ihre Schwäche finden."

„Ich werde es Genevieve mitteilen", erwiderte Avery. „Ich denke, wir sollten den Rat über alles auf dem Laufenden halten. Und vielleicht können sie uns helfen. Irgendjemand muss wissen, wie man sie bekämpfen kann."

Reuben grinste. „Ich wette, Ulysses weiß, wie."

Einundzwanzig

Am nächsten Tag gegen Vormittag rief Avery Oswald in einer Pause zwischen zwei Kundengesprächen an. Seine Stimme klang warm. „Avery, wie kann ich dir helfen?"

„Es scheint, als hätten wir eine Meerjungfrauenplage, und ich hatte gehofft, mit Ulysses sprechen zu können."

Oswald schwieg einen Moment. „Darf ich fragen, warum?"

Avery zögerte einen Moment und dachte dann, sie sollte einfach ehrlich sein. „Mir wurde gesagt, dass Ulysses von Meerjungfrauen abstammt, und ich dachte, er könnte wertvolle Erkenntnisse haben, aber wenn ich falsch liege oder wir es nicht wissen sollten ...", sagte sie entschuldigend.

Es herrschte noch einige Momente lang Stille und Avery fragte sich, ob sie gerade einen schrecklichen Fehler begangen hatte, als Oswald schließlich sagte: „Lass mich mit ihm sprechen und ich rufe dich zurück."

Avery verbrachte dann ein paar unangenehme Stunden damit, sich abzulenken. Sie ordnete Bücherregale neu, sortierte den Lagerbestand um, beschloss, die Sicherheitseinrichtungen in ihrem Geschäft und ihrer Wohnung zu verstärken, und trieb Dan in den Wahnsinn.

Nachdem sie sich endlich beruhigt hatte, sagte Dan: „Möchtest du mir sagen, was los ist? Lass mich das anders formulieren.

Avery, setz dich und sag mir, was los ist." Er legte sanft seine Hände um ihre Oberarme und führte sie zum Sofa unter dem Fenster.

Avery war nervös. Sie hatte den ganzen Tag versucht, dieses Gespräch zu vermeiden, weil sie nicht wusste, was sie sagen sollte. Aber es ging um Dan, und er hatte ihr geholfen, und sie hatte das Gefühl, dass sie es ihm sagen musste. Sie wollte ihm nur keine Angst machen. *Aber vielleicht wäre es besser, wenn er ein wenig Angst hat.* „Nachdem wir dich gestern Abend verlassen hatten, sind wir in ein paar andere Pubs gegangen, und nun, wir haben *sie gefunden.* Es war alles ein bisschen seltsam."

„Mit ‚sie' meinst du ..."

„Ja. *Sie.*"

„Wow. Sie sind also wirklich hier. Müssen wir uns Sorgen machen?", fragte er und setzte sich neben sie, als würde er sich für eine lange Geschichte vorbereiten.

„Ich weiß nicht. Ja, wahrscheinlich? Es sind viele von ihnen." Sie rieb sich das Gesicht, als würde sie versuchen, all ihre Sorgen wegzuwischen.

Er atmete kräftig aus. „Okay. Ich gebe zu, dass ich das nicht so ernst genommen habe, wie ich sollte. Jetzt bin ich ein bisschen durch den Wind."

„Ich möchte dich nicht beunruhigen, aber du bist nicht der Einzige. Wir sind auch ein bisschen durch den Wind."

Er starrte sie an. „Nicht gerade beruhigend. Hat das irgendetwas mit den seltsamen Todesfällen in den Kirchen zu tun?"

„Nein. Das ist völlig unabhängig davon."

„Toll. Nephilims und Meerjungfrauen, die unabhängig voneinander agieren, beide tödlich." Er zog eine Augenbraue hoch. „Gibt es sonst noch etwas, das du mir erzählen möchtest?"

„Meide am besten vorerst das *The Badger's Hat*. Nun, *The Badger's Set*, um genau zu sein.“

„Guter Tipp. Danke. Das hast du vorher nicht erwähnt, weil …?“

„Ich habe versucht, mir eine Lösung zu überlegen, bevor ich dich verrückt mache. Zu spät!“

„Ha!“, lachte er trocken. ‚Weißt du was? Ich gehe jetzt wieder an die Arbeit und verzichte dann auf soziale Kontakte, bis das alles vorbei ist. Aber ich werde meine Backwarenquote erhöhen. Zucker hilft immer.“

„Die Backwaren gehen auf mich“, erklärte Avery, dankbar für eine Ablenkung. „Ich gehe jetzt. Gib mir fünf Minuten.“

Sie war auf dem Rückweg vom Laden, beladen mit doppelt so viel Gebäck wie sonst und zwei Mokkas für den extra Zuckerschub, als ihr Handy klingelte. Es war Oswald. Sie jonglierte mit ihren Taschen und dem Handy und versuchte, einen ruhigen Ton zu bewahren, als sie antwortete. „Hallo, Oswald.“

Oswald machte es kurz. „Heute Abend um acht bei mir.“

„Kann ich die anderen Hexen mitbringen?“

„Ich denke schon. Aber nicht diesen Newton.“

Und dann legte er auf.

„Wenn ich groß bin, möchte ich in einem Schloss leben“, sagte Alex und blickte bewundernd auf *Crag's End*.

„Idiot. Das ist kein Schloss“, sagte Avery und sah ihn liebevoll an. Er sah immer so heiß aus, und heute Abend war keine Ausnahme. Er hatte sein Haar zu einem halben Dutt zusammengebunden, und sie musste sich beherrschen, um ihn nicht ständig den Nacken zu kraulen.

„Es ist aber verdammt nah dran", antwortete er, ohne sich ihrer lüsternen Gedanken bewusst zu sein.

„Ist schon in Ordnung", sagte Reuben und versuchte, unbeeindruckt zu wirken. „Ich bevorzuge mein Herrenhaus."

„Angeber", erwiderte El und kniff die Augen zusammen.

Reuben grinste. „Ich weiß. Du kannst jederzeit bleiben."

„Nur, wenn ich meinen eigenen Flügel bekomme", schoss sie zurück.

„Kommt darauf an, wie gut du dich benimmst."

Briar lachte und ging voran zu Oswalds riesiger hölzerner Eingangstür. Newton wusste von ihrem Termin und ärgerte sich, dass er nicht mitkommen konnte. Avery hatte immer noch keine Ahnung, ob Briar und Newton eine Beziehung hatten, die über Freundschaft hinausging, und wenn ja, verriet Briar es nicht.

Es dauerte ein paar Augenblicke, bis Oswald die Tür öffnete, und als er es tat, trat er nach draußen, um sich zu ihnen auf die überdachte Veranda zu gesellen, als hätte Ulysses im Haus jedes Wort gehört. *Das nenne ich paranoid.* Seine scharfen Augen musterten sie, und Avery stellte ihm Alex, Briar und El vor, die er noch nicht kennengelernt hatte.

Er leckte sich nervös die Lippen. „Ich möchte darauf hinweisen, bevor ich euch Ulysses vorstelle, dass er im Allgemeinen nicht gerne über seine Abstammung spricht. Aber er gibt zu, dass viele Hexen davon wissen. Es liegt an ihm, das Thema anzusprechen, und das wird er oft nicht tun. Ihr habt heute Abend Glück. Nun folgt mir."

Er drehte sich um und ging voran, während die anderen sich verblüfft ansahen und einander anstarrten, bevor sie Oswald eilig folgten.

Oswald führte sie durch ein Labyrinth aus mit Eichenholz getäfelten Korridoren im Erdgeschoss und Fischgrätenparkett, bevor er sie schließlich in einen Raum an der Seite des Hauses führte, von dem aus man einen üppigen Rosengarten überblicken konnte. Es war ein Wohnzimmer mit eleganten, samtbezogenen Sesseln in kräftigen Blau- und Grüntönen und einem großen pfauenblauen Chesterfield-Sofa, das Avery sofort gefiel. Die Wände waren mit hellblauen Chinoiserie-Tapeten bedeckt und auf den Beistelltischen standen dekorative Lampen. Es war äußerst charmant und typisch Oswald.

Avery war von dem Raum verzaubert, doch ihre Aufmerksamkeit wurde schnell auf den Mann gelenkt, der mit dem Rücken zu ihnen am Fenster stand. Es war bereits dämmrig und der Raum voller Schatten, sodass es selbst dann, als er sich bei ihrer Ankunft umdrehte, schwierig war, seine Gesichtszüge sofort zu erkennen. Eines war jedoch offensichtlich – er war riesig. Seine Schultern waren breit und seine Arme und Oberschenkel waren kräftig.

„Ulysses", sagte Oswald. „Nochmals vielen Dank, guter Freund, für dein Kommen. Hier sind die Hexen von White Haven."

Als Oswald sie nacheinander vorstellte, trafen sie sich alle in der Mitte des Raumes, und Avery spürte, wie Ulysses riesige Hand ihre zerquetschte. Das Lampenlicht hob sein Gesicht hervor, und sie sah das erstaunlichste Paar smaragdgrüner Augen, tief in einem langen Gesicht, das von einer schweren Stirn und prächtigen wilden Augenbrauen überschattet wurde. Sein Haar war ähnlich wild und fiel ihm in strähnigen Wellen über den Rücken, und sein Gesichtsausdruck war grimmig.

Avery lächelte nervös, ihr Selbstvertrauen geriet ins Wanken. *Bei der Göttin. Er sieht aus wie Aquaman, nur in den Fünfzigern. Und er ist Furcht einflößend.*

Falls Alex oder die anderen solche Gedanken hatten, verbargen sie sie gut, aber außer einer gedämpften Begrüßung sagte niemand etwas.

Oswald wies ihnen Plätze zu und brachte dann ein Tablett mit Getränken und Gläsern. Es gab geschliffene Glaskaraffen mit Sherry, Whiskey und Portwein, und Oswald schenkte allen höflich ein Glas ein, bevor er sich selbst einen Sherry einschenkte und sich neben Ulysses setzte, wo er im Vergleich wie ein Zwerg aussah.

Ulysses hielt seinen Whiskey in der Hand und starrte sie misstrauisch an. Bis jetzt hatte er noch kein Wort gesagt.

„Herzlich willkommen, alle zusammen", begrüßte Oswald sie noch einmal. „Bevor Ulysses uns etwas über sich erzählt, könntet ihr vielleicht alle ein wenig über euch und euer spezielles Problem erzählen?"

Oh mein Gott. Das ist wie eine höllische Talkshow oder ein Eisbrecher bei der Arbeit.

„Ich fange an", erklärte Avery, als sie die leicht verwirrten Blicke der anderen sah, und sie erzählte Ulysses von ihrem Geschäft und ihrer Familie und von den verborgenen Zauberbüchern, und dann fuhr Alex fort, bis sich schließlich alle vorgestellt, ihre Getränke geleert und immer noch Ulysses' mürrischen Gesichtsausdruck betrachtet hatten. Avery begann sich zu fragen, ob er stumm war.

Oswald lächelte ermutigend, schenkte ihnen noch etwas zu trinken ein und sagte dann: „Ulysses und ich kennen uns schon seit vielen Jahren. Er ist der einzige andere Hexer in Mevagissey. Seine Magie ist eine Mischung aus Erd- und Wassermagie – und damit meine ich nicht das Element Wasser selbst, in dem du, junger Reuben, noch ein Neuling bist, sondern die Magie der tiefen Ozeane, der Unterwasserabgründe und von Llyr selbst."

Ulysses nickte und sprach schließlich, während er die ganze Zeit in sein Glas blickte. „Danke, Oswald. Du bist wie immer sehr freundlich."

Ulysses' Stimme war nicht das, was Avery erwartet hatte. Sie hatte angenommen, dass sie rissig und gebrochen sein würde, ein kaum benutztes, krächzendes Etwas, aber stattdessen war sie tief und klangvoll, wie heiße Schokolade, und absolut betörend. *Und eigentlich*, überlegte sie kurz, *wenn er das Kind einer Meerjungfrau wäre, machte das auch Sinn. Ihre Stimmen trugen die Kraft der Verführung in sich.*

Schließlich sah er zu ihnen auf, und sie versuchte, nicht zu blinzeln und dem Blick seiner leuchtend grünen Augen auszuweichen. „Ich spreche nicht gern über meine Vergangenheit, meine Mutter, weil es sehr schmerzhaft für mich ist. Sogar jetzt noch." Er verzog die Lippen zu einem dünnen Lächeln. „Ihr mögt es angesichts meines Alters lächerlich finden."

„Ganz und gar nicht", erwiderte Briar freundlich. „Die Narben unserer Vergangenheit können lange anhalten."

Ulysses entspannte ein wenig die Schultern und sein Lächeln wurde weicher. „Was Oswald euch nicht erzählt, ist, dass er mich als Kind an den Stränden hinter Mevagissey gefunden hat, als er selbst noch sehr jung war. Er wusste sofort, was ich war, wegen meiner Augen und dieser hier."

Er breitete die Hände aus, und der Zauber, den er benutzt hatte, verschwand, und die Schwimmhäute der Meerjungfrau und der leicht grüne Schimmer der Haut kamen zum Vorschein. Innerhalb von Sekunden kehrte sein Zauber zurück und er sah wieder menschlich aus.

Er fuhr fort: „Ein Sturm hatte tagelang gewütet, und mein Vater hatte ihn ausgenutzt. Er hatte mich an Land gebracht, in der verzweifelten Hoffnung, dass ich dem Leben, das er führen musste, entkommen würde." Er sah sich um. „Ihr seid verwirrt, das sehe ich. Ich bin immer noch nicht besser darin, diese Geschichte zu erzählen."

„Vielleicht", sagte Oswald sanft, „solltest du mit deinem Vater beginnen."

Ulysses nickte. „Mein Vater war ein Hexer und lebte mit seiner Familie hier in Mevagissey, wie schon Generationen vor ihm. Das ist lange her. Damals, im 18. Jahrhundert. Wie sie es von Zeit zu Zeit tun, kam eine Meerjungfrau hierher, um einen Partner zu suchen, und mein Vater ging bereitwillig mit. Er sagte mir, er sei neugierig gewesen, und natürlich war meine Mutter bezaubernd gewesen. Aber das Leben war nicht so, wie er es erwartet hatte. Die Magie der Meerjungfrauen verändert einen Mann und ermöglicht ihm, unter Wasser zu atmen. Er bekommt Schwimmhäute an den Händen, seine Beine werden zu einem Fischschwanz und er entwickelt Kiemen. Aber selbst so sind die Meere dunkel und kalt. Sie hatten viele Kinder und ich war ihr Jüngster." Er hielt einen Moment inne, die Erinnerungen schienen ihm sichtlich wehzutun. „Aus irgendeinem Grund lehnte meine Mutter mich ab. Ich war zu *menschlich*. Ich weiß nicht, warum – eine Laune der Genetik, würde ich sagen. Meine Mutter tolerierte mich ein paar Jahre lang, aber als ich älter wurde, wurde ich menschlicher und sie beschloss, mich zu töten. Mein Vater intervenierte und brachte mich im Sturm an Land. Meine eigene natürliche Magie ermöglichte es meinem Körper, sich zu verändern, sobald ich das Ufer erreichte – mein Schwanz verschwand und ich konnte an Land gehen. Aber ich war ansonsten ziemlich hilflos."

Oswald übernahm das Wort und fuhr mit seinem Teil der Geschichte fort. „Am Tag nach dem Sturm war ich am Strand – Stürme bringen immer die besten Dinge hervor, die für die

Magie nützlich sind. Als ich ihn fand, war er nackt, hungrig und mit Seetang bedeckt. Ich wusste sofort, was er war. Es gab keine Anzeichen für seinen Vater oder seine Mutter, und obwohl ich den ganzen Tag bei ihm blieb – voller Angst, wie ich hinzufügen möchte – denn wie ihr wisst, ist mit Meerjungfrauen nicht zu spaßen, tauchte niemand auf. Am Ende brachte ich ihn hierher. Meine Familie lebt seit vielen Jahren hier, und es ist sehr abgeschieden. Seitdem bin ich im Wesentlichen sein Vater.“

„Hier habe ich gelernt, meine Magie zu beherrschen“, erklärte Ulysses mit einem gequälten und verletzlichen Gesichtsausdruck. „Die meines Vaters und meiner Mutter, und ich habe gelernt, mit Menschen zu leben. Mein Vater weigerte sich zu bleiben, brachte mich nur an die Küste und versprach mir, dass es zu meiner eigenen Sicherheit sei, und kehrte dann in die Tiefen des Meeres zurück. Er hatte vor, meiner Mutter zu sagen, dass ich im Sturm gestorben sei. Soweit ich weiß, lebt er immer noch dort. Das Leben in der Tiefe ist lang. Ich träume immer noch davon.“

Er verstummte und Oswald beobachtete ihn einen Moment lang. „Wie ihr seht, ist Ulysses einzigartig. Ich habe ihn nach dem großen Abenteurer benannt, der gegen die See angekämpft hat, um endlich nach Hause zurückzukehren. Es schien passend.“

„Und seitdem habt ihr nie wieder eine Meerjungfrau gesehen?“, fragte Briar.

„Nie. Bis ich sie neulich in Mevagissey gespürt habe. Ich gebe zu, ich habe sie gemieden. Ich würde ihre Magie sofort durchschauen, und sie meine, obwohl ich mich gut tarne. Ich möchte keinen Konflikt heraufbeschwören.“ Ulysses’ Gesichtsausdruck war düster. „Denn eins steht fest, wenn sie von mir wüssten, würden sie meinen Tod wünschen, und ich müsste um mein Leben kämpfen.“

„Ich habe einen Weg gefunden, sie zu überwachen", erklärte Oswald, „aber wir sind überzeugt, dass nur ein paar hier sind, und im Moment beobachten und warten sie nur."

„Leider gibt es in White Haven viel mehr", informierte Avery sie. „Mindestens ein Dutzend."

„Woher weißt du das?", fragte Ulysses.

„Ich habe in meinem Zauberbuch einen sehr alten Zauberspruch gefunden. Damit konnten wir ihren Zauber enthüllen und wir hatten eine *Begegnung* in einem Club. Sie wissen, dass wir wissen, dass sie hier sind, aber wir haben keine Ahnung, was wir als Nächstes tun sollen. Und sie wissen das." Avery wandte sich an Oswald und Ulysses. „Sie sind stark und wir stecken in Schwierigkeiten. Es wäre großartig, wenn ihr uns irgendetwas sagen könntet, womit wir sie bekämpfen können. Natürlich erwarten wir nicht, dass ihr euch einmischt."

Alex stellte sein Glas auf den Tisch. „Ich frage mich, warum sie unsere Magie wollen, wenn ihre eigene so mächtig ist. Die Meerjungfrau hat Avery erzählt, dass alle Magie begehrenswert sei, aber das glaube ich nicht."

Ulysses lachte, und es verwandelte sein Gesicht. „Natürlich wollen sie unsere Magie. Llyr ist gierig und trotz seiner eigenen Macht hat er die Magie der Erde und seines Bruders Don, dem Bruder des Lichts, immer gehasst. Llyr hat seine Töchter speziell dafür geschaffen, dass sie einen Mann von der Erde brauchen, mit dem sie sich paaren und fortpflanzen können – etwas, mit dem er seinen Bruder ständig verspotten kann. Wenn also Magie so frei verfügbar ist, wie es jetzt über White Haven der Fall ist", er zuckte mit den Schultern, „ist es für sie wie ein Jahrmarkt."

El nickte. „Sie sagte, Magie würde wie Regen fallen und alles und jeden bedecken."

„Wie werden wir sie los?", fragte Reuben.

„Sie werden aus Wasser geboren, daher ist dieses Element wie Luft für sie. Die Luft selbst macht ihnen nicht allzu viel zu schaffen, und Feuer löschen sie leicht. Aber trockene Erde – das ist eine andere Sache. Sie ist schwer, sie erstickt, sie sättigt Wasser und könnte sie begraben. Natürlich sind starke Energiestöße immer wirksam.“

„Nun, abgesehen von einem Erdbeben, was sollen wir tun?“, fragte Briar mit großen Augen. „Ich kann die Erde aufbrechen, aber nicht in einem solchen Ausmaß, und außerdem wäre es für alle in der Umgebung eine Katastrophe, nicht nur für die Meerjungfrauen. Wir können nicht einfach warten, bis sie sich genommen haben, was sie wollen, und hoffen, dass sie nicht zurückkommen. Fünf Fischer werden bereits vermisst.“

„Und sie werden nie wiederkommen“, erklärte Ulysses ernst, und seine Augen spiegelten Bedauern wider.

„Du hast eine Mischung aus beider Magie“, gab Alex zu bedenken. „Verleiht dir das besondere Fähigkeiten?“

Ulysses sah ihm kurz in die Augen und wandte den Blick ab. „Ich kann länger und tiefer schwimmen als jeder von euch.“ Er ließ seine Verkleidung wieder fallen, strich sich die Haare aus dem Gesicht und zeigte ihnen die Kiemen an beiden Seiten seines Halses. „Und ich habe Macht über die Ozeane, aber nicht so viel wie sie.“

Avery blickte die anderen an, und ihre Gesichter spiegelten ihre eigene Enttäuschung und Frustration wider. Sie wandte sich wieder Ulysses zu. „Danke, dass du dir Zeit genommen und deine Vergangenheit mit uns geteilt hast. Ich weiß, dass es nicht einfach war. Auf der Grundlage dessen, was wir jetzt wissen, müssen wir einfach versuchen, etwas zu finden.“

„Es tut mir leid“, erklärte er. „Ich weiß, dass ihr mehr wolltet. Aber noch eine letzte Sache. Sie haben nur einen Mondzyklus,

um an Land zu leben, und dann müssen sie ins Meer zurückkehren, also werden sie bald ihre Partner wählen – euch wird die
Zeit knapp."

Zweiundzwanzig

Genevieve", sagte Avery, die sehr frustriert war. „Der Rat kann doch sicher etwas tun, um uns zu helfen? Männer sind in Gefahr!"

Genevieve klang klar und direkt am Telefon und Avery hielt es etwas von ihrem Ohr weg, während sie im Zimmer auf und ab ging. „Nein, Avery. Ich habe die Covens dazu befragt, und obwohl sie White Haven gerne in den Rat aufgenommen haben, sind sie der Meinung, dass dies dein Problem ist und dass du dich darum kümmern musst."

„Soll das ein Scherz sein? Dreizehn Covens – die Magie, die wir gemeinsam ausüben könnten, wäre enorm. Ich dachte, das ist es, was Hexen tun? Sich in Zeiten der Not zusammenschließen."

„Einige haben zwar Verständnis für eure Notlage, aber viele befürchten, dass eine Beteiligung eine Katastrophe für ihre eigenen Gemeinden bedeuten würde. Es scheint, dass nur White Haven von dieser Invasion betroffen ist."

„Und Mevagissey", warf sie ein.

„Dort sind nur ein paar Meerjungfrauen, und wahrscheinlich, weil es so nah bei euch liegt. Keine anderen Gemeinden sind durch Meerjungfrauen gefährdet. Und jetzt, da auch die Bedrohung durch die Nephilim verschwunden ist, wollen viele Hexen lieber unauffällig bleiben."

„Die Nephilim sind vorerst ruhig. Das bedeutet nicht, dass sie für immer verschwunden sind."

„Darf ich dich daran erinnern, Avery, dass deine Magie dies verursacht hat. *Du* hast dies verursacht. Du hast darauf bestanden, den Bannzauber zu brechen, und jetzt trägst du die Konsequenzen."

„Aber wir hatten keine Ahnung, was die Konsequenzen sein würden!", schrie Avery. „Nicht die geringste Ahnung! Und das ist *eure* Schuld, weil ihr uns so lange ausgeschlossen habt!"

Es herrschte kurz Stille, aber wenn Avery erwartete, dass sie ihre Meinung ändern würde, lag sie leider falsch, denn Genevieve machte ungeachtet dessen weiter. „Es tut mir leid, Avery, aber das ist unsere endgültige Entscheidung. Wenn Einzelpersonen beschließen, euch zu helfen, ist das etwas anderes, aber es wird keine offizielle Einberufung der Covens geben."

Avery verspürte den Drang, Beleidigungen in den Hörer zu schreien, aber sie widerstand der Versuchung. „In diesem Fall werden wir es ohne euch schaffen und ich werde euch nicht noch einmal belästigen."

„Warte", sagte sie schnell. „Wir möchten euch trotzdem einbeziehen. Die Feier von Lughnasadh rückt näher und wir planen, sie gemeinsam zu begehen. Wir möchten, dass ihr daran teilnehmt."

Lughnasadh war eine der großen Feuerfest-Feiern und fiel auf den ersten Vollmond, der dem 1. August am nächsten lag. Es feierte den Beginn der Ernte und war eine Zeit, um für den Überfluss zu danken und den Wechsel der Jahreszeiten zu feiern.

Ich kann nicht glauben, dass sie den Nerv hat, uns dazu einzuladen.

Dieses Mal beschloss Avery, ihrem Temperament freien Lauf zu lassen. „Genevieve, du kannst mich mal." Sie warf das Handy auf den Stuhl in der Ecke und sah Alex an, der eine Augenbraue hochzog.

„Ärger?“

Sie waren erst vor etwa einer Stunde von Oswald zurückgekehrt, und Alex lag in ihrem Bett, mit offenem Haar und nacktem Oberkörper, und las einen Thriller. Medea hatte sich am Fußende des Bettes zusammengerollt, und Circe schnurrte zufrieden in Alex' Armbeuge.

„Diese Tussi hat sich geweigert, uns irgendwie zu helfen.“

„Das habe ich mir schon gedacht“, grinste er. „Ist das unsere Buße?“

„Es scheint so. Diese, diese ... *blöde Kuh*!“ Sie lief weiter auf und ab, verzweifelt darauf aus, irgendetwas, irgendwen, zu verfluchen, und als Helena sich in der Tür manifestierte, schrie sie: „Nicht jetzt!“, und schlug ihr mit einem kräftigen Windstoß die Tür vor der Nase zu.

„Komm und setz dich“, bat Alex ruhig und tätschelte das Bett neben sich.

So fantastisch er auch aussah, Avery wollte sich jetzt auf keinen Fall hinsetzen. Er hatte sich vor dem Schlafengehen rasiert und hatte jetzt einen sehr verwegenen, piratenhaften Spitzbart, der das böse Funkeln in seinen Augen noch verstärkte.

„Ich bin zu verärgert! Weißt du, dass sie, nachdem sie sich geweigert hatte, uns zu helfen, den Nerv hatte, uns zu den Lughnasadh-Feierlichkeiten einzuladen?“

„Ah! Das hat dich so verärgert. Und das ist auch nur fair. Wir werden uns ihnen natürlich nicht anschließen?“

Sie hatte plötzlich ein schlechtes Gewissen. „Das war schrecklich von mir. Was ist, wenn die anderen hingehen wollen? Willst du?“

„Nein. Ich würde lieber unser eigenes Ding machen. Und ich bin sicher, die anderen auch."

„Auch Reuben?"

„Auch Reuben." Er lächelte, und sie begann sich zu beruhigen.

„Du bist wunderbar."

„Ich weiß. Du auch. Selbst wenn du stinksauer bist. Jetzt komm und setz dich."

Sie schlüpfte zum Bett, kroch unter die Bettdecke und kuschelte sich unter seinen Arm, eng an seinen warmen Körper geschmiegt. „Was haben wir getan? Was habe *ich* getan?"

„Wenn ich dir sage, dass ich einen Plan habe, hilft dir das dann weiter?"

Sie drehte sich abrupt um und sah ihm direkt in die Augen. „Hast du einen? Wie sieht er aus?"

„Wir haben zwei mächtige magische Kreaturen in unserer Gemeinde als Ergebnis unserer Magie, die sich glücklicherweise gegenseitig hassen. Nun, die Nephilim hassen die Meerjungfrauen, die Töchter von Llyr. Ich habe keine Ahnung, ob die Meerjungfrauen überhaupt von der Existenz der Nephilim wissen. Jedenfalls scheinen die Nephilim nur in Ruhe gelassen werden zu wollen, und sie scheinen keine Gefahr für uns darzustellen – zumindest im Moment. Ich habe mir gedacht, dass sie sich vielleicht rächen wollen. Und wir sie dazu bringen könnten, uns zu helfen." Er lächelte rätselhaft.

„Und woher sollten sie wissen, wie das geht?"

„Ich werde sie erneut kontaktieren. Ich habe eine psychische Verbindung zu ihnen."

Avery setzte sich auf und glitt unter seinem Arm hervor. „Nein. Das ist zu gefährlich."

„Nein, ist es nicht."

„Doch, ist es. Sie haben dich letztes Mal bedroht. Du könntest eine weitere Verbindung nicht überleben."

„Das werde ich. Vertrau mir."

„Ich vertraue *dir*. Ich vertraue ihnen nicht."

Er lächelte und streckte die Hand aus, um ihr eine Haarsträhne aus dem Gesicht zu streichen, was sie erschauern ließ. „Es ist schön, dass du dich sorgst."

„Natürlich sorge ich mich. Ich will nicht, dass dir etwas zustößt."

„Und ich will nicht, dass dir etwas zustößt, und doch bist du neulich Abend losgestürmt, um es mit den Meerjungfrauen aufzunehmen, und hast kein Wort gesagt."

„Ich habe dich beschützt!"

„Und wer wird *dich* beschützen? Das ist meine Aufgabe."

Ihr Herz setzte fast aus und sie hatte das Gefühl, in seinem Blick gefangen zu sein. Sie glaubte nicht, dass sie sich jemals so – sie wagte es kaum, es auszusprechen – *geliebt* gefühlt hatte.

Er wartete nicht auf ihre Antwort, sondern zog sie an sich und küsste sie innig, seine Zunge erkundete ihren Mund, während er seinen schlanken, muskulösen Körper gegen ihren presste und sie auf die Matratze drückte. Sie hörte das mürrische Miauen der Katze, die sich mürrisch verzog, zog ihn aber näher an sich und streichelte seinen Rücken, während sie die andere in seinem Haar vergrub. Er roch und schmeckte so gut.

Alex zog sich zurück und starrte sie mit seinen warmen braunen Augen an. „Fühlst du dich jetzt ruhiger?"

Avery sagte verschmitzt: „Nein, aber aus ganz anderen Gründen."

„Gut", erklärte er mit immer noch ernstem Blick. „Denn wir können alles gemeinsam lösen, Avery. Vergiss das nie."

Am nächsten Tag war viel los bei der Arbeit, vor allem, weil Sally noch immer im Urlaub war. Eine Gruppe amerikanischer Touristen war in White Haven angekommen, als Teil einer Tour durch Cornwall, und sie trugen zur allgemeinen Geschäftigkeit in der Stadt bei.

Avery konnte erkennen, wer zu der Reisegruppe gehörte. Sie beobachtete sie durch das Schaufenster, wie sie sich zusammendrängten und dem Reiseleiter folgten, der die Straße entlangschlenderte und mit einem langen, roten, zusammengefalteten Regenschirm winkte, um sie zu verschiedenen Sehenswürdigkeiten zu führen. Avery fragte sich, was die Leute wohl denken würden, wenn sie wüssten, dass sie im Rahmen ihrer Tour Hexen und Meerjungfrauen sehen würden. Nicht wenige von ihnen kamen in ihren Laden, scharten sich um die Bücher über die Gegend und machten auch Fotos von den okkulten Ausstellungsstücken. Alles, was sie hörte, war, wie „süß" und „klein" alles sei, und sie bemerkte, dass Dan sich ein Grinsen verkneifen musste, als er sie bediente.

Sie machte eine halbstündige Mittagspause und ging in den Garten, um die Stille und den Sonnenschein zu genießen, und wünschte sich, sie hätte den ganzen Nachmittag Zeit, um zwischen den Pflanzen umherzuwandern. Widerwillig schleppte sie sich wieder hinein und erlebte dann einen schrecklichen Schock.

Dan stand vor dem Laden und kümmerte sich um eine junge Frau, die aussah, als wäre sie hingefallen. Er half ihr auf die Beine und hob einige ihrer heruntergefallenen Taschen auf, und er grinste von einem Ohr zum anderen. Avery konnte die Frau nur von hinten sehen, aber irgendetwas an ihr kam ihr sehr bekannt vor. Ein kalter Schauer lief ihr den Rücken hinunter und sie beeilte sich, wobei ihr auffiel, dass Dan sich nur auf die Frau konzentrierte und alles andere um sich herum vergaß.

Leider stellte sich ihr eine Kundin in den Weg und begann, sie nach Büchern aus der Region zu fragen, die sie empfehlen könne. Avery versuchte, so schnell wie möglich mit ihr fertig zu werden, ohne unhöflich zu sein, aber sie wurde trotzdem mehrere Minuten aufgehalten. Als sie endlich an Dans Seite ankam, sah er benommen und verzückt aus.

Avery konnte nun das Gesicht der Frau sehen und spürte, wie sich ihr Gesichtsausdruck vor Entsetzen versteifte. Es war die Meerjungfrau von neulich Abend, strahlend vor Gesundheit und Schönheit. Ihr langes, dunkles Haar war mit roten Strähnen durchzogen und ihre Haut leuchtete. Sie lächelte Avery mit triumphierender Bosheit an und Avery musste sich beherrschen, um nicht zu reagieren.

„Hey, Avery", sagte Dan. „Das ist Nixie. Sie ist für eine Weile zu Besuch in White Haven."

Das ist also ihr Name.

Nixie streckte Avery die Hand entgegen und wartete darauf, dass Avery sie schüttelte, und widerwillig erwiderte Avery die Geste, wobei sie Nixies starken Griff spürte. „Schön, dich kennenzulernen", murmelte sie in ihrem weichen, zischenden Tonfall. „Ich war so dumm, ich bin einfach umgefallen, und dein entzückender Verkäufer kam, um mir zu helfen."

„Ja, er ist sehr hilfsbereit", presste Avery zwischen zusammengebissenen Zähnen hervor. „Dan, kann ich kurz mit dir sprechen? Es geht um unser Gespräch vorhin. Du weißt schon, unsere *Besucher*." Sie sandte eine magische Ranke aus, in der Hoffnung, den Zauber brechen zu können, den Nixie so schnell und geschickt gewoben hatte, aber sie stieß auf eine Mauer aus Verlangen, die ihn fest umschloss.

Dan war ahnungslos. „Wir sehen uns später, wenn das okay ist? Ich esse mit Nixie unten im *Beachside Café* zu Mittag.“

Avery spürte, wie Angst sie durchströmte. *Was, wenn Dan nicht zurückkam?* Aber im Laden hatte sich eine kleine Schlange gebildet, und eine Frau winkte sie mit einem genervten Gesichtsausdruck heran, als Dan sich abwandte und die Straße entlangging. *Sie würde ihn jetzt nicht nehmen. Der Zeitpunkt war nicht richtig. Das war aber auf jeden Fall eine Drohung. Ein Machtbeweis.*

Avery sah Nixie an, die ein hinterhältiges Grinsen aufgesetzt hatte. „Klar, Dan, viel Spaß. Ich freue mich darauf, zu hören, wie das Mittagessen gelaufen ist.“

Nixie antwortete für ihn. „Oh, wir werden viel Spaß haben. Bis bald, Avery.“ Dann drehte sie sich um, legte ihren Arm in Dans und führte ihn davon.

Avery bediente die nächsten Kunden in Rekordzeit und rief dann El an, erleichtert, als sie antwortete. „El. Den Göttern sei Dank. Ich brauche deine Hilfe.“

„Hey Avery, was ist passiert?“

Mit gedämpfter Stimme berichtete sie von Dans Begegnung. „Besteht die Möglichkeit, dass ihr im selben Café zu Mittag esst? Ich bin hier völlig eingespannt und weiß, dass ihr in der Nähe seid. Ich mache mir wirklich Sorgen um ihn.“ Während sie sprach, bemerkte sie Dans Hexenbeutel auf dem Regal unter der Theke liegen und ihr stockte der Atem. „Und er hat das verdammte Schutzamulett, das ich ihm gemacht habe, abgenommen.“

Els Stimme wurde härter. „Dieses Miststück. Ja, kein Problem. Ich werde dafür sorgen, dass es ihm gut geht.“

Eine Stunde lang versuchte Avery, sich zu konzentrieren, aber mit jeder Minute, die Dan weg war, spürte sie, wie ihre Angst zunahm. Nur die regelmäßigen Nachrichten von El hielten sie davon ab, den Laden abzuschließen und die Straße entlangzurennen. El hatte in der Ecke des Cafés einen Tisch gefunden und beobachtete jede ihrer Bewegungen. Sie hatte Dan und Nixie begrüßt, sodass Nixie wusste, dass sie beobachtet wurde.

Als Dan nach über zwei Stunden endlich wieder im Laden ankam, eilte Avery auf ihn zu und umarmte ihn. „Du bist zurück. Toll. Geht es dir gut?"

„Natürlich geht es mir gut. Es war nur ein Mittagessen." Er bemerkte die Uhr an der Wand und das Grinsen auf seinem Gesicht verschwand. „Entschuldige. Ich hatte keine Ahnung, dass ich so lange gebraucht habe."

„Mach dir keine Sorgen wegen der Zeit." Sie führte ihn hinter die Theke und wandte dem Laden den Rücken zu. „Weißt du, wer das war?"

„Ja, Nixie. Ungewöhnlicher Name, nicht wahr? Genauso hübsch wie sie selbst." Seine Augen begannen wieder glasig zu werden und ein verträumtes Lächeln breitete sich auf seinem Gesicht aus.

„Sie ist eine *Meerjungfrau*!", zischte Avery. „Bist du verrückt? Hörst du mir nicht zu? Und warum hast du deinen Hexenbeutel abgenommen?"

Dan sah sie mit geduldiger Belustigung an. „Oh, Avery. Du hast so eine lebhafte Fantasie. Sie ist nur eine Frau. Nun, eine unglaubliche Frau. Wir haben über alles gesprochen, von Büchern über Kunst bis hin zu Fußball. Ich treffe sie heute Abend noch mal. Zum Abendessen." Er schob sein dunkles Haar zurück. „Und sie hat mich zu den Lughnasadh-Feierlichkeiten am Strand am kommenden Wochenende eingeladen. Einige ihrer

Freunde verlassen die Gegend für immer – es wird ein endgültiger Abschied oder so etwas in der Art sein."

Avery blinzelte und die Dinge begannen sich zusammenzufügen. „Das hatte ich vergessen."

White Haven war stolz auf seine Verbindung zu Hexen und der Stadtrat organisierte immer Veranstaltungen, um die heidnischen Feste zu ehren. Der Bürgermeister übernahm dabei besonders gerne die Leitung und Stan Rogers, einer der Stadträte, wurde zum örtlichen Druiden, zog sich Roben an und sang am Feuer, brachte Trankopfer dar und leitete im Allgemeinen die Feierlichkeiten ein. Im Sommer fanden die Feiern immer am Spriggan Beach am Rande der Stadt statt. Der Strand war von Sanddünen gesäumt und das Lagerfeuer wurde in der Nähe auf trockenem Sand oberhalb der Flutlinie entzündet. Das Feuer war bereits aus Treibholz und alten Paletten aufgeschichtet worden. Im Winter wurden die Feiern auf das Gelände der Burgruine verlegt, wo sie vor den starken Winden geschützt waren.

Diese Veranstaltungen waren immer gut besucht, sowohl von Einheimischen als auch von Touristen, und sie zogen Menschen aus den Nachbardörfern an. *Wenn die Meerjungfrauen bereits bestimmte Männer ausgemacht hatten, könnte es sein, dass sie vorhatten, sie in dieser Nacht zu entführen?* Ein Teil von ihr hielt das für verrückt. Es würden so viele Menschen da sein. Aber das war auch der Vorteil. Viele Leute würden da sein, trinken und tanzen, und obwohl es eine familienfreundliche Veranstaltung war, wurde die Feier, sobald die Familien gegangen waren, wilder und dauerte bis weit in die Nacht hinein. Wenn die Meerjungfrauen die Männer einzeln ins Meer führten und unauffällig verschwanden, würde niemand etwas bemerken, bis es zu spät war.

„Dan, ich denke, das wäre eine wirklich schlechte Idee."

Dan runzelte die Stirn. „Ehrlich gesagt, Avery, sie ist reizend. Ich habe keine Ahnung, wovon du sprichst. Sie hat mir sogar gesagt, ich solle dich einladen. Wie auch immer, ich werde ein paar Regale einräumen, und du hörst auf, so komisch zu sein.“

Sie sah ihm verblüfft nach. Gestern war er noch vernünftig und besorgt gewesen, und heute war ihm alles egal. Die Verführungskünste der Meerjungfrauen waren beeindruckend. Aber worauf warteten sie? Warum nahmen sie sich nicht einfach die Männer, die sie wollten?

Und dann fiel ihr plötzlich ein, dass Nixie sie auch eingeladen hatte. Sie wollte, dass die Hexen wussten, wann sie gingen. Es war eine Herausforderung herauszufinden, wessen Magie stärker war, und Nixie dachte eindeutig, dass es die der Meerjungfrauen wäre.

Dreiundzwanzig

Gut, dass wir nicht vorhatten, Lughnasadh mit den anderen Hexenzirkeln zu feiern", bemerkte Briar entsetzt. „Wir müssen mit dem Rest der Stadt am Strand sein."

Alle fünf Hexen und Newton waren nach der Arbeit in Alex' Wohnung, aßen Pizza und tauschten Informationen aus. Sie alle waren besorgt über Averys jüngste Meldung.

„Wir reden hier von einer Massenentführung", erklärte Newton und schaute sie ungläubig an.

„Ja, das wissen wir", erwiderte Reuben und wedelte mit seinem Stück Pizza herum. „Und wir werden alles tun, um das zu verhindern."

„Aber wie?", fragte Newton genervt. „Eure Magie scheint der ihren nicht gewachsen zu sein."

„Falsch", entgegnete Alex. „Wir müssen nur kreativ denken. Erdmagie ist ihre größte Angst. Das hat Ulysses jedenfalls angedeutet. Und ich habe eine andere Idee."

„Eine, die mir nicht gefällt", fügte Avery hinzu und sah ihn besorgt an.

„Warum?" Newton schaute zwischen ihnen hin und her. „Was stimmt damit nicht?"

„Es bedeutet, dass Alex eine weitere psychische Verbindung zu den Nephilim herstellt."

Newton schaute verblüfft. „Und was soll das bringen?“

„Ich werde sie um Hilfe bitten.“

El verschluckte sich fast. „Du wirst *was* tun?“

Alex grinste. „Du hast mich neulich gehört, nachdem ich mich mit ihnen verbunden hatte. Sie hassen die Meerjungfrauen – oder allgemeiner gesagt, die Kinder von Llyr. Sie wollen Rache. Wenn ich ihnen Informationen über Lughnasadh gebe, wollen sie vielleicht helfen.“

„Oder vielleicht auch nicht“, bemerkte El, die wie immer skeptisch war.

„Also brauchen wir einen Plan B“, erklärte Alex ruhig.

Reuben lachte, ein trockenes, unamüsiertes Geräusch. „Wir haben nicht einmal einen Plan A!“

„Wir müssen sie irgendwie von den Männern trennen, die sie ausgewählt haben. Sie allein erwischen.“

„Aber ihr Sirenenruf betört alle Anwesenden. Sie könnten ihn einfach am ganzen Strand einsetzen, dann wärt auch ihr alle betroffen“, gab El zu bedenken. „Die Folgen wären katastrophal.“

„Sie wählen ihre Männer mit Bedacht aus“, erklärte Avery nachdenklich. „Sie wollen nicht einfach irgendjemanden.“

„Aber wenn die, die sie nicht wollen, einfach ertrinken, ist ihnen das egal.“

„Vielleicht“, entgegnete Avery und dachte über die möglichen Konsequenzen nach. „Aber das wäre eine Sauerei.“

„Vielleicht wollen sie die ganze Stadt ertränken. Vielleicht warten sie deshalb auf die Feierlichkeiten“, schlug El vor. „Schließlich haben sie es schon einmal getan.“

„Das Dorf Seaton“, flüsterte Briar leise. Seaton war einst ein blühendes Fischerdorf, aber es gab Gerüchte, dass eine Meerjungfrau die Stadt verflucht hatte, nachdem ein Mann aus der

Gegend sie beleidigt hatte, und sie daraufhin vom Sand verschluckt worden war.

„Und die *Doom Bar*", fügte Reuben hinzu und bezog sich dabei auf die riesige Sandbank, die für das Stranden vieler Schiffe vor der Küste von Padstow verantwortlich war, und von der es wiederum Gerüchte gab, dass sie von einer Meerjungfrau angehoben worden war. „Vielleicht nicht die Stadt, nur die Menschen am Strand. Eine einzige riesige Welle würde ausreichen."

„Könnten wir dem mit unserer Magie entgegenwirken?", fragte Avery.

Er zuckte mit den Schultern und sah zweifelnd aus. „Wasser ist ihr Element, viel mehr als meines. Ich weiß es nicht."

„Aber wir kennen einen Halbmeermann und eine Wetterhexe", betonte Avery und wurde langsam aufgeregt. „Eve kann Stürme kontrollieren. Sie könnte in der Nacht der Feierlichkeiten einen Sturm heraufbeschwören und die Leute vom Strand vertreiben. Und das Tolle an einem Sturm ist, dass er die gesamte Elementarmagie nutzt. Das wäre für die Meerjungfrauen sicherlich überwältigend."

„Und Ulysses wäre in der Lage, mit unserer Hilfe ihrer Magie entgegenzuwirken." Briar nickte und wirkte beeindruckt.

El war anderer Meinung. „Aber er wollte ihnen aus dem Weg gehen. Er sagte, die Meerjungfrauen würden ihn töten, wenn sie ihn entdeckten."

„Aber zu diesem Zeitpunkt würden wir sie aus White Haven vertreiben und zurück ins Meer treiben, und ihre Niederlage wäre stark genug, um sie davon abzuhalten, jemals wiederzukommen", sagte Avery mit aufgeregter Stimme. *Das könnte funktionieren.*

Alex überlegte: „Und wenn wir die Nephilim mit ins Boot holen, stehen die Chancen gut für uns."

Newton war sich da nicht so sicher und schnaubte verächtlich. „Und wie willst du all diese Magie mit einer riesigen Menschenmenge am Strand wirken?"

„Uns wird schon etwas einfallen", meinte El zuversichtlich. „Die Dünen sind riesig. Wir können uns dort leicht verstecken. Und wenn die Leute sich bei dem Sturm zerstreuen, werden sowieso nicht mehr viele da sein."

Newton sah skeptisch aus. „Warum macht ihr nicht einfach einen Sturm und lasst das Event komplett absagen?"

„Weil sie dann einfach woanders hingehen würden", gab Alex zu bedenken. „Zumindest wissen wir jetzt, wo es stattfinden wird – oder glauben zu wissen, wo es stattfinden wird. Aber ich glaube, Avery hat recht. Es *fühlt* sich richtig an. Sie warten auf die Feierlichkeiten. Von Menschenmassen geht eine enorme Energie aus. Davon werden sie sich sicherlich nähren, vor allem in Kombination mit ihrer eigenen Magie und unserer, die bereits durch die Stadt zieht."

Newton sah immer noch skeptisch aus. „Ich stimme einigen Punkten zu, aber ich möchte trotzdem nicht, dass die Nephilim beteiligt sind. Sie haben Menschen getötet. Fünf Menschen! Vergesst das nicht. Sie sind nicht unsere Verbündeten."

Avery musste zugeben, dass das ein ernüchternder Gedanke war. Sie war so erleichtert gewesen, dass sie nicht wieder getötet hatten, dass sie fast eine positive Einstellung zu ihnen hatte. „Nein, du hast natürlich recht, Newton."

„Was ist mit den polizeilichen Ermittlungen dazu passiert?", fragte El.

„Die sind zu einem verdammten Stillstand gekommen", antwortete er mürrisch. „Ich weiß, was passiert ist, aber ich kann es natürlich nicht sagen. Alle würden denken, ich sei verrückt. Und es gibt absolut keine Hinweise. Keine DNA, keine Fingerabdrücke, keine Motive. Der Polizeichef dreht durch, und es gibt Gerüchte über Schwarze Magie oder einen religiösen Verrückten, vor allem, weil die Todesfälle alle in Kirchen passiert sind." Er sah sie an, und Avery konnte die Erschöpfung in seinem Gesicht sehen. „Wisst ihr überhaupt, wie verdammt kompliziert mein Leben im Moment ist?"

Briar streckte die Hand aus und berührte sanft seinen Arm. „Es tut uns leid, Newton. Wir werden versuchen, das so schnell wie möglich zu lösen."

Er blickte ihr in die Augen, und für den Bruchteil einer Sekunde huschte ein Ausdruck von Sehnsucht über sein Gesicht, doch er hatte sich schnell wieder im Griff. „Aber wir haben immer noch fünf ungelöste Mordfälle, und die Familien trauern immer noch. Und natürlich gibt es fünf vermisste Fischer, die vermutlich ertrunken sind. Wir wissen, dass sie nie wieder gesehen werden. Ich will keine weiteren Todesfälle."

„Das will keiner von uns", erwiderte Alex, dem nun jeglicher Humor vergangen war. „Entschuldigung. Wir klingen jetzt vielleicht leichtfertig, aber das sind wir nicht."

„Ich bin entsetzt darüber", erklärte Avery. „Die Geschichte frisst mich jeden Tag auf. Ich kann deswegen nicht mehr schlafen! Und ich bin wütend, dass der Hexenrat nicht helfen will. Sie bestrafen nicht uns, sondern alle anderen."

„Richtig", bemerkte Alex, stand auf und wischte Krümel auf seinem Teppich zusammen. „Versuchen wir jetzt, die Nephilim zu erreichen. Avery, kannst du Eve anrufen, während ich mich vorbereite?"

„Klar." Sie holte ihr Handy heraus und war froh, etwas zu tun zu haben. „Ich rufe Oswald morgen an. Ich würde Ulysses lieber persönlich treffen."

„Was sollen wir tun?", fragte Reuben, während er anfing, Pizzakartons und Bier wegzuräumen.

„Bereitet den Raum vor. Ihr alle werdet mir helfen", erklärte Alex.

Das einzige Licht in Alex' Wohnzimmer kam von ein paar Kerzen und einem niedrigen Feuer, das im Kamin brannte. Der Wohnzimmertisch war beiseite gerückt, der Teppich war zurückgerollt worden und an seiner Stelle befand sich ein riesiger Kreis aus Salz. Die Hexen saßen innerhalb des Kreises, hielten sich an den Händen, und Alex befand sich in der Mitte, über eine neue Kristallkugel gebeugt. Newton hatte sich in die Küche zurückgezogen, wo er auf einem Hocker saß und das Geschehen beobachtete.

El, Avery, Briar und Reuben stellten die vier Elemente dar und sprachen gemeinsam einen Zauberspruch, um ihre Kräfte zu bündeln und Alex' Fähigkeiten zu verstärken. Als der Zauber intensiver wurde, versank alles außerhalb des Kreises in Dunkelheit, bis nur noch die fünf und die Schwärze der Glaskugel in Alex' Händen übrig blieben. Der Raum war still und heiß, und Avery spürte, wie ihr der Schweiß den Rücken hinunterlief.

Es schien mehrere Minuten lang nichts zu passieren, und Alex murmelte frustriert. „Sie widersetzen sich mir. Ich kann ihn, denjenigen, mit dem ich gesprochen habe, am Rande meines Bewusstseins spüren, aber er stößt mich weg." Er sah zu ihnen auf. „Vertraut ihr mir?"

„Was?", fragte Reuben verwirrt. „Ja, warum?"

Avery runzelte die Stirn. „Was hast du vor?"

„Ich habe eine Idee." Er rutschte zurück, sodass er Teil des Kreises war und nicht außerhalb, und verband sich mit Avery und Briar, die zu beiden Seiten von ihm saßen, indem er ihre Hände fasste.

„Ich versuche es noch einmal, also flippt nicht aus. Ich brauche eure Kraft direkt, also werdet ihr spüren, wie ich sie von euch beziehe."

Sie begannen erneut mit dem Zauberspruch und riefen die Elemente nacheinander in den Kreis, um ihre Kraft zu verstärken, während Alex in die Kristallkugel starrte. Funken begannen über ihre Oberfläche zu tanzen und wieder einmal verschwand die Außenwelt, bis nur noch die Kristallkugel und ihre wirbelnde Dunkelheit übrig blieben. Und dann, mit einem plötzlichen Knacken, fühlte sich Avery, als wäre sie kopfüber in die Dunkelheit gestürzt und mit einer schwindelerregenden Geschwindigkeit gefallen, die sie nicht kontrollieren konnte.

Für ein paar Augenblicke war sie verängstigt, aber dann spürte sie Alex' starke, beruhigende Präsenz und dann Briar, Reuben und El, deren Geister sich alle verbanden und deren Gedanken um ihre herumwirbelten. Die Dunkelheit lichtete sich ein wenig und Avery konnte die undeutliche Form eines Raumes erkennen. Erschrocken hörte sie erhobene Stimmen und sah die riesigen Gestalten der Nephilim, die immer noch in Schatten gehüllt waren.

Eine tiefe, resonante Stimme ertönte, und Avery stellte fest, dass sie jedes Wort verstehen konnte. „Du dringst wieder ein, Hexe. Hast du nichts gelernt?"

Alex begann zu sprechen. „Wir brauchen eure Hilfe. Ich möchte nur reden."

„Du hast kein Recht, um irgendetwas zu bitten. Verlasse diesen Ort und lass uns in Frieden."

„Ich habe *jedes* Recht dazu. Dank uns und dem Tor, das wir geöffnet haben, seid ihr hier. Ohne *uns* wärt ihr immer noch in der Geisterwelt gefangen.“

Es herrschte kurz Stille, bevor ihre Stimmen wieder laut wurden und sie miteinander stritten. Schließlich fragte ihr Sprecher: „Was sollen wir tun?“

„Die Töchter von Llyr bedrohen uns. Wir brauchen eure Hilfe.“

Avery spürte, wie sich die Wut im Raum ausbreitete. „Wir mischen uns nicht in die Angelegenheiten der Menschen ein.“

„Ihr habt euch bereits eingemischt“, beharrte Alex. „Ihr seid hier, Mörder unschuldiger Menschen. Ihr müsst Wiedergutmachung leisten.“

„Wir haben Vieh geschlachtet.“

„Und davor fünf Menschen. Mein Gedächtnis ist nicht so schlecht. Wir fordern Buße.“

Die Gestalten bewegten sich, kamen näher und tuschelten miteinander, bis eine weitere sprach. „Ihr wollt uns ins Licht zerren, um uns zu vernichten.“

„Nein. Das ist nicht unser Plan.“ Alex’ Stimme war ruhig und vernünftig. „Die Töchter von Llyr werden viele töten. Wir brauchen Hilfe. Wir sind nicht stark genug, um sie allein zu besiegen.“

„Und was bekommen wir dafür?“

„Was wollt ihr?“

„Wieder unter Menschen leben.“

„Aber ihr seid Nephilim, die Söhne von Engeln und Menschenfrauen. Euer Ruf eilt euch voraus, ihr seid gewalttätig.“

„Eure Geschichten sind Lügen. Man fürchtete uns wegen unserer Stärke, aber wir bedrohten nur diejenigen, die uns bedrohten.“

Alex blieb hartnäckig. „Aber wie wollt ihr leben? Seht ihr überhaupt menschlich aus? Wir haben nur eure Geisterform gesehen. Die Welt ist nicht mehr so, wie ihr sie verlassen habt. Viele nichtmenschliche Wesen müssen ihre wahre Natur verbergen, um nicht verfolgt zu werden. Sogar wir.“

Wieder herrschte Stille, und die Spannung um sie herum war greifbar, die Schatten tief und undurchdringlich. Trotz aller Bemühungen konnte Avery die Nephilim nicht sehen. Sie konnte die anderen Hexen spüren, ihre Angst und Neugier, aber sie konnte auch die Nephilim spüren und ihr verzweifeltes Bedürfnis, einen Weg in das Leben zu finden. Und dann, als hätten sie eine unausgesprochene Vereinbarung getroffen, lichteten sich die Schatten und sie tauchten aus der Dunkelheit auf.

Das Licht offenbarte sieben große Männer, alle nackt, mit langem Haar, bärtigen Gesichtern und intensiven Augen. Ihre Arme und Oberkörper waren mit rituellen Tätowierungen bedeckt. Und sie waren perfekte männliche Exemplare. Avery war sich nicht sicher, ob man ihre Geistform sehen konnte, aber sie wusste, dass sie sie anstarrte. Sie konnte nichts dagegen tun. Ihre Arme und Beine waren muskulös und ihre Bauchmuskeln gut definiert, aber einige waren blond, andere dunkelhaarig, und ihre Hautfarbe reichte von braun bis weiß. Sie sahen aus wie Krieger.

„Wo sind eure Flügel?“, fragte Alex.

Einer der Nephilim sprach, seine vertraute Stimme zeigte an, dass er derjenige war, mit dem Alex die psychische Verbindung hatte. Sein Haar und seine Haut waren dunkel, seine Augen leuchtend blau und seine Zähne glänzten weiß im Licht. Er starrte sie amüsiert an, was Avery glauben ließ, dass er sie auf irgendeine Weise sehen konnte. „Für euch jetzt unsichtbar. Wir können sie verstecken, aber sie sind ein Teil von uns und werden es immer sein. Sind wir menschlich genug für euch?“

„Sehr. Aber ihr solltet euch etwas zum Anziehen suchen", bemerkte Alex mit einem amüsierten Unterton in der Stimme. „Könnt ihr jetzt Englisch sprechen?"

„Wir sind die Söhne von Engeln, unsere Sprache passt sich an alles an."

„Aber wie wollt ihr leben? "

Alle sieben Nephilim lachten. „Wir werden einen Weg finden. Dieser Ort," der Dunkelhaarige deutete um sich herum, und Avery wurde klar, dass sie sich in einem alten Minenschacht befanden, einer von Dutzenden, die über Cornwall verteilt waren, „ist nur vorübergehend. Ein Ort, an dem wir unsere Stärke wiederfinden können. Wir werden nicht töten, weder Mensch noch Vieh."

„Gut. In diesem Fall werden wir euch nicht verfolgen, sobald ihr uns geholfen habt, die Töchter von Llyr zu verbannen, und ihr könnt in Frieden leben – solange ihr keine Menschen mehr tötet", warnte Alex. „Andernfalls wird es Konsequenzen geben."

Der Sprecher sah seine Gefährten an, und sie nickten alle. „Es ist beschlossen. Wir werden die Kinder von Llyr vernichten. Nenne den Ort, Hexe."

„White Haven. Der Ort, an dem du zuerst gewesen bist, als du die Geisterwelt verlassen hast."

Er nickte. „Der Ort, der unter der Magie liegt."

Avery spürte, wie ihr das Herz in die Hose rutschte. *Was zum Teufel hatten sie vor?*

„Ja, dieser Ort. In der Nacht von Lughnasadh, bei Vollmond. In neun Nächten."

„Einverstanden."

Zweifel schlichen sich in Alex' Stimme. „Wie werden wir euch finden?"

Der Nephilim lächelte, aber es erreichte seine Augen nicht ganz. „Ich werde mich wieder bei euch melden. Unser Wort ist Gesetz. Wir *werden* da sein.“

Und dann wurden sie wieder in die Dunkelheit gestoßen, und Avery spürte, wie Alex sie zurück in den Kreis zog.

„Heilige Scheiße!“, rief Reuben aus, „das war verrückt.“

Obwohl das Licht schwach war, blinzelten alle, als sie sich daran gewöhnten, in ihre eigenen Körper zurückzukehren. *Außer, dass sie ihre Körper nicht wirklich verlassen hatten,* dachte Avery, *nicht wie bei einer Seelenwanderung.*

Ihr Herz pochte und ihr Mund war trocken, und sie spürte, wie Alex ihre Hand drückte, und sie sah ihn an und lächelte. „Gut gemacht.“

El nickte und streckte sich wie eine Katze. „Ja. Gut gemacht, Alex. Das war so seltsam. Das habe ich noch nie zuvor gemacht.“

„Oder einen Nephilim getroffen, um genau zu sein“, sagte Briar. „Nun, sieben von ihnen.“

Newton trat vor sie und hockte sich vor das Feuer, knapp außerhalb des Kreises. „Erfolgreich?“

„Du konntest nichts hören?“, fragte Alex mit gerunzelter Stirn.

„Nicht das Geringste. Ihr seid alle ganz still und regungslos geworden. Als wärt ihr zu Statuen erstarrt.“

Reuben grinste. „Wie gesagt. Wahnsinn! Und ja, erfolgreich. Sie werden uns helfen, im Gegenzug dafür, dass wir sie am Leben lassen.“

Newton schaute ungläubig. „Sie haben fünf Menschen getötet!"

„Und sie werden helfen, noch viel mehr zu retten", erwiderte Alex. Er entließ die Kraft des Kreises und zerbrach den Salzring. „Wir brauchen sie, Newton."

„Wir sollten keine Geschäfte mit Mördern machen."

„Die Polizei macht ständig Geschäfte mit kleineren Straftätern, um die großen Fische zu fangen", gab Reuben zu bedenken.

Briar sprach leise. „Also, was ist dann deine Lösung für die Meerjungfrauen?"

Newton starrte sie finster an und stand dann auf, um seinen Ärger abzutrainieren. „Ich habe keine. Kannst du nicht deine Magie einsetzen?"

„Wir *setzen* unsere Magie ein, aber wir brauchen sie. Das weißt du", sagte sie und appellierte an ihn.

„Blödsinn! Das gefällt mir nicht", rief er aus.

Avery begann, den Kreis aufzulösen, und dachte über ihre Optionen und die verbleibenden Tage nach. „Newton, in ein paar Tagen könnten wir viele Männer an diese Meerjungfrauen verlieren. Uns läuft die Zeit davon. Unser Plan ist gut. Manchmal muss man sich seine Feinde aussuchen. Ich vertraue dem Wort der Nephilim. Das bedeutet nicht, dass mir gefällt, was sie getan haben, aber sie versuchen zu überleben."

Newton ging zu Alex' Kühlschrank, nahm sich ein Bier und trank einen großen Schluck.

Briar lehnte sich an die Theke und beobachtete ihn. „Was wirst du wegen der fünf Todesfälle unternehmen?"

„Wir müssen irgendeinen Verrückten beschuldigen, der jetzt verschwunden ist. Die Fälle werden ungelöst bleiben. Was kann ich sonst noch tun?"

„Es tut mir leid", erklärte Briar. „Aber wenigstens weißt du, dass es nicht wieder passieren wird."

Newton schüttelte den Kopf. „Meine Moralvorstellungen sind momentan sehr zwiespältig. Das gefällt mir nicht. Es ist, als würde ich ein Doppelleben führen." Er starrte ein paar Sekunden lang in die Ferne und trank dann sein Bier aus. „Ich muss los. Ich melde mich."

Ohne sich umzusehen, schritt er durch den Raum zur Tür hinaus und ließ die anderen zurück, die ihm hinterherstarrten.

Vierundzwanzig

Der nächste Tag war ein Freitag und Avery war erleichtert, dass die Woche zu Ende war. Sie freute sich auf den Sonntag und einen freien Tag. Sie kontaktierte Oswald und verabredete sich mit Ulysses für die Mittagszeit in einem Pub in Mevagissey. Aus irgendeinem Grund hatte Oswald darauf bestanden, auch zu kommen, als ob Ulysses einen Aufpasser bräuchte. Avery war das egal, solange sie wieder mit Ulysses sprechen konnte. Sie hatte auch eine Art Aufpasser. Alex beschloss nämlich, mitzukommen.

„Ich denke, zu zweit sind wir überzeugender", argumentierte er unterwegs.

„Alex, du kannst mich überall hin begleiten", neckte sie ihn.

Mevagissey war zweifellos einer der schönsten Orte, die Avery je besucht hatte. Es war eine kleine Stadt, kaum mehr als ein Dorf, eingebettet auf einem Hügel mit Blick auf das Meer, und die verwinkelten Straßen führten hinunter zum Hafen, wo die Gebäude eng aneinander standen.

Sie nahmen Averys Bedford-Van und folgten der Hauptstraße zum Hafen hinunter, wo die Straßen immer schmaler wurden. Bevor sie zu weit fuhren, fand sie einen Parkplatz in einer der Seitenstraßen und dann machten sie sich zu Fuß auf den Weg zur Kneipe.

Alex zog sie an seine Seite und schlang seinen Arm um sie, während sie weiterspazierten. „Ich hoffe, Ulysses überlegt es sich noch einmal. Er sah nicht so aus, als ob er sich darauf einlassen wollte."

„Nein. Aber wir haben jetzt einen Plan", gab Avery zu bedenken.

Sie bogen um eine Ecke und fanden den Hafen vor sich, der im Sonnenlicht glitzerte. Avery konnte den Geruch von *Fish and Chips* vermischt mit dem kühlen Duft von Salzwasser wahrnehmen. Sie lächelte. *Küstenstädte rochen alle gleich.* Das war beruhigend.

Die *Salty Dog Tavern* überblickte den Hafen und der Klang von Stimmen drang aus der offenen Tür auf die Straße. Sie schoben sich durch den überfüllten Eingang, wo ein paar Raucher herumhingen und in ihre Zigaretten husteten, und machten sich dann auf den Weg zur Bar. Während Alex die Getränke holte, schaute sich Avery im Raum um.

Es war eine kleine Kneipe mit einer langen Theke und einer zusammengewürfelten Sammlung von Tischen und Stühlen, und sie war mit Meeres- und Segelutensilien gefüllt – alte Netze, Bojen, Muscheln und Hummerkörbe. Der Geruch von Essen lag in der Luft, und die meisten Tische waren besetzt.

Sie fanden Oswald und Ulysses in einem großen Hinterzimmer, wo sie an einem Tisch in der Ecke neben einem kalten Kamin saßen. Beide sahen sie misstrauisch an.

„Hallo Jungs", begrüßte Avery sie fröhlich, setzte sich neben sie und nahm einen Schluck von dem Pint Guinness, das Alex ihr mitgebracht hatte.

„Ihr müsst nicht so besorgt aussehen", meinte Alex.

„Ich denke schon", antwortete Oswald. „Ihr wollt Ulysses' Hilfe. Er hat Nein gesagt."

„Ich verstehe, dass du dir Sorgen machst, Ulysses, aber wir haben einen Plan", erklärte Avery. Es hatte keinen Sinn, Small Talk zu betreiben; Oswald hatte das ziemlich deutlich gemacht.

Ulysses' Körperbau war immer noch beeindruckend, besonders in einer kleinen, überfüllten Kneipe. Er lehnte sich zurück und starrte sie teilnahmslos an, seine grünen Augen verrieten nichts.

Sie senkte ihre Stimme. „Wir glauben, dass sie während der Lughnasadh-Feierlichkeiten am Strand von White Haven zuschlagen werden. Ich weiß das, weil Nixie, ihre Anführerin, es mir selbst gesagt hat. Sie fordert uns zu einer Art Machtdemonstration heraus." Avery konnte hören, wie ihre Stimme vor Frustration lauter wurde. „Die Nephilim haben zugestimmt, uns zu helfen. Ebenso wie Eve. Sie wird in dieser Nacht einen Sturm heraufbeschwören, der groß genug ist, um uns und unser Vorhaben zu tarnen. Der Sturm wird auch die Menschenmengen vertreiben und es uns hoffentlich ermöglichen, die Meerjungfrauen ungesehen zu bekämpfen."

„Die Nephilim?", fragte Ulysses mit seiner melodischen Stimme. „Und warum haben sie zugestimmt, uns zu helfen?"

„Das Versprechen der Freiheit", sagte Alex.

Oswald zog die Augenbrauen hoch. „Freiheit? Ist das klug?"

„Ja, ich denke schon", erwiderte Alex selbstbewusst. „Sie sehen jetzt völlig menschlich aus und wollen wieder unter Menschen leben. Sie versprechen, dass sie nicht wieder töten werden."

Oswald schnaubte. „Also hast du einen Deal mit den Teufeln gemacht."

Alex beugte sich vor, seine Augen waren starr und sein Gesichtsausdruck grimmig. „Euer toller Hexenrat will ja nicht helfen, weil alle Angst haben, aber Genevieve wollte das Kind nicht beim Namen nennen. Und natürlich ist es eine Art Strafe für unsere Verfehlungen, weil wir den Bannzauber gebrochen haben. Nur dass wir nicht diejenigen sind, die in die trüben Tiefen gezogen werden. Wir sind nicht diejenigen, die Partner, Väter, Ehemänner und Söhne verlieren werden, wenn die Meerjungfrauen Erfolg haben! Ich bin nicht bereit, das einfach geschehen zu lassen, Oswald. Und du?"

Oswald schluckte und warf Ulysses einen nervösen Blick zu. Aber Ulysses beobachtete sie weiterhin, ungerührt und schweigend.

Avery ergriff Alex' Arm und sprach: „Wenn wir das tun, werden die Meerjungfrauen für immer verschwinden. Ich gehe davon aus, dass die Meerjungfrauen aus Mevagissey an den Feierlichkeiten in White Haven teilnehmen werden. Sie werden nicht mehr hier sein, um euch zu bedrohen, und sie werden wissen, dass wir zu stark für sie sind. Sie werden nicht zurückkommen."

„Ich wusste, dass du zurückkommen würdest", beobachtete Ulysses und sah sie traurig an. „Es war unvermeidlich, und es ist mein Schicksal." Er schloss kurz die Augen. „Ich war ein Narr, mich dem zu widersetzen."

„Ich verspreche, wir werden dir helfen", erklärte Avery.

„Wirst du deine Magie-Reserve, die über der Stadt liegt, einsetzen?", fragte Ulysses.

Avery runzelte die Stirn und blinzelte. *Natürlich konnten sie das, warum war ihr das nicht eingefallen? Sie konnten sie nach Belieben einsetzen.* „Ja. Und Eve auch."

Ulysses bewegte sich, um es sich bequemer zu machen. „Wenn ich sie auch benutzen kann, werde ich euch helfen."

Alex und Avery warfen sich einen überraschten Blick zu. „Du würdest auch helfen?", fragte Avery.

„Ja. Aber ich muss auf deine Magie zurückgreifen. Die Meerjungfrauen werden sich unter die Feiernden mischen, sie werden sie bezaubern und verwirren, bis alle, Männer und Frauen gleichermaßen, vor Vergnügen wie betäubt sind. Und dann werden sie ihre auserwählten Männer an den Rand des Wassers führen und sie in ihr Verderben stürzen. Das Meer wird sich erheben, um sie zu verschlingen, und die Übriggebliebenen ertränken. Sie haben dich zu einem Duell herausgefordert. Ich muss die riesigen Wellen aufhalten und dazu deine Magie nutzen."

„Ja, natürlich", stimmte Avery zu. „Wir werden unsere Stärke mit deiner vereinen und die Nephilim werden auch gegen die Meerjungfrauen antreten. Wir werden an mehreren Fronten angreifen – das ist der einzige Weg."

„In diesem Fall", bemerkte Oswald und traf eine plötzliche Entscheidung, die alle überraschte, „werde ich auch dabei sein. Wir sehen uns zum Lughnasadh." Und mit dieser Erklärung stand er auf, dicht gefolgt von Ulysses, und ließ Avery und Alex mit offenem Mund zurück.

Als sie in den Laden zurückkehrte, war Dan da, verträumt und blass, und ganz offensichtlich mit den Gedanken woanders. Zum Glück war Sally an diesem Morgen wieder zur Arbeit erschienen.

„Was ist mit Dan los?", fragte sie und zog Avery in eine ruhige Ecke der Buchhandlung. „Ich habe ihn noch nie so abgelenkt gesehen."

„Frauenprobleme", erklärte Avery und beobachtete ihn heimlich.

„Oh, das ist schön, nicht wahr?", fragte Sally stockend.

„Nein, überhaupt nicht. Er ist einer Meerjungfrau verfallen."

„Er ist *was?*", rief Sally aus. „Kannst du nicht etwas tun?"

Avery sah sie genervt an. „Ich tue, was ich kann. Meerjungfrauen sind sehr mächtig, und ihre Magie unterscheidet sich von unserer, sie wurzelt in den Ozeanen und der Macht von Llyr. Das macht uns das Leben schwer."

„Aber was wird mit ihm geschehen?"

„Er wird ein Wassermann werden – es sei denn, wir können ihren Zauber brechen und sie mit unserer Magie so sehr erschrecken, dass sie nicht zurückkehren. Wir verhandeln derzeit mit allen, die helfen können."

Sally schaute entsetzt. „Ein Wassermann! Ist das ein Scherz? Nein, natürlich nicht, darüber würde man nicht scherzen. Wird der Hexenrat helfen?"

„Nein. Die sind völlig nutzlos. Diese Genevieve könnte ich erwürgen."

„Oh. Also keine Ratssitzungen mehr?"

Avery runzelte die Stirn. „Doch, die werde ich weiterhin besuchen. Wir müssen schließlich wissen, was los ist. Außerdem werde ich beweisen, dass wir mehr drauf haben und dass wir sie nicht *brauchen*, um zu kämpfen."

„Gibt es etwas, das ich tun kann? Oder gibt es etwas, das ich nicht tun sollte?"

„Geh *nicht* an die Strände oder ins *The Badger's Hat*. Und geh nicht zu den Lughnasadh-Feierlichkeiten."

Sally verzog das Gesicht. „Aber ich liebe sie und die Kinder freuen sich darauf."

„Nicht dieses Jahr, Sally. Glaub mir. Ein Sturm zieht auf und ihr wollt nicht darin gefangen werden."

In der nächsten Woche war Avery mit dem Laden beschäftigt und übte abends Zaubersprüche, von denen sie dachte, dass sie für Lughnasadh nützlich sein könnten. Sie wagte es nicht, ins *The Badger's Hat* zurückzukehren, aber Dan kam die meisten Tage zur Arbeit, und abgesehen davon, dass er völlig liebeskrank aussah, ging es ihm gut.

„Und, wie läuft es mit Nixie?", fragte Avery ihn am darauffolgenden Freitag, dem Tag vor den Feierlichkeiten, so unschuldig wie möglich.

Er grinste. „Fantastisch. Sie ist unglaublich. Wir gehen morgen mit ein paar ihrer Freunde hin, und mein Kumpel Pete wird auch da sein. Er hat sich mit einer ihrer Freundinnen zusammengetan. Vielleicht gehen wir sogar um Mitternacht schwimmen. Du solltest auch kommen."

Averys Herz sank. Sie hatte versucht, sich selbst davon zu überzeugen, dass die Lughnasadh-Feierlichkeiten nur eine einzige große Party am Strand sein würden und dass sie ihre Pläne vielleicht falsch verstanden hatte. Sie quälte sich mit dem Gedanken, dass sie Eve, die Nephilim und Ulysses überredet hatte, aufzutauchen und die Meerjungfrauen anzugreifen, dass es sich aber um eine ausgeklügelte List handeln würde und sie stattdessen die unschuldigen Männer an einem anderen Ort in den Tod locken würden. Aber Dans jüngste Nachricht überzeugte sie davon, dass sie recht hatte und sie die Konfrontation suchten, als wollten sie ihre Überlegenheit und Unangreifbarkeit beweisen.

„Wir werden da sein", versprach sie. „Das wollen wir uns auf keinen Fall entgehen lassen. Sag Nixie danke."

„Mach ich." Ein kurzes Flackern der Verwirrung huschte über sein Gesicht. „Du musst Nixie ziemlich beeindruckt haben. Sie hat ein paar Mal gefragt, wie es dir geht und ob du morgen kommst. Sie wird sich freuen, das zu hören."

Das glaube ich gerne. „Ich will dir natürlich nicht in die Quere kommen, aber wir sollten Hallo sagen", bemerkte Avery und log wie gedruckt. „Meinst du nicht, du solltest deinen Hexenbeutel wieder tragen?"

„Ich brauche ihn nicht mehr", erklärte er und verstand überhaupt nicht, wie wichtig er war. *Jetzt ist es sowieso zu spät.*

Später an jenem Nachmittag kam Newton in den Laden, sah nachdenklich und müde aus. Avery führte ihn ins Hinterzimmer und setzte Wasser für Tee auf. „Du siehst schlecht aus, Newton. Was ist los?"

Newton setzte sich an den Tisch und starrte ein paar Momente lang in die Ferne, bevor er sich endlich auf sie konzentrierte. „Ich versuche, die Ermittlungen zu den Kirchenmorden abzuschließen, ohne weitere Komplikationen zu verursachen, aber es gefällt mir nicht. Überhaupt nicht."

„Ich weiß, und es tut mir leid." Avery stellte eine Tasse Tee und einen Teller Plätzchen auf den Tisch und setzte sich dann auf einen Stuhl ihm gegenüber. „Ich wünschte, wir könnten helfen, aber wir können nicht, und du würdest nie jemanden vor Gericht bringen können."

„Ich weiß, aber ich würde zumindest eine Art magische Gerechtigkeit bevorzugen, und nicht einmal das werden sie bekommen!" Er verstummte und nahm einen Schluck von seinem Tee.

„Aber sie werden Wiedergutmachung leisten", erklärte sie und versuchte, positiv zu denken. „Sie werden morgen dabei helfen, das Leben einer Menge Menschen am Strand zu retten."

Er blickte ihr mit einem starren Blick in die Augen. „Werden sie das? Oder wird es zu einem großen Kampf mit einer ganzen Reihe von Opfern im Kreuzfeuer kommen?"

„Du weißt, dass wir das nicht wollen und dass wir alles tun werden, um das zu verhindern."

„Ich weiß, aber das bedeutet nicht, dass es euch gelingen wird."

„Es wird aber Polizeipräsenz vor Ort sein, oder?"

„Natürlich, für den Fall von Unruhen in der Menge, aber es wird nur eine kleine Menge an Polizisten da sein."

„Kommst du?"

Er nickte. „Es ist nicht üblich, dass ich dort eingesetzt werde, aber ich habe argumentiert, dass es ein heidnisches Fest ist und dass nach den Kirchenmorden alles Mögliche passieren könnte. Also ja, ich werde in offizieller Funktion dort sein."

Avery lächelte. „Gut. Sobald Eve den Sturm heraufbeschworen hat, musst du helfen, die Leute vom Strand wegzubringen. Wir haben vor die Meerjungfrauen zu isolieren."

„Und was ist mit den Männern, die sie verzaubert haben?"

„Wir werden sie so gut es geht von ihnen trennen. Ich denke, sie werden sowieso verwirrt sein. Das hoffe ich zumindest."

Newton nahm ein Plätzchen und verspeiste es in zwei Bissen, dann aß er schnell noch zwei weitere, als hätte er seit Stunden nichts mehr gegessen. „Wir überlassen viel dem Zufall."

„Wir sind so gut vorbereitet wie möglich", beharrte sie. „Schau, Newton, es ist für uns genauso frustrierend wie für dich. Es tut mir leid, dass wir nicht mehr tun können." Avery konnte nicht anders, als sich zu fragen, ob Newtons Stimmung mit

Briar zusammenhing, und obwohl sie es hasste, herumzuschnüffeln, wollte er vielleicht reden. „Hast du die anderen seit neulich Abend wiedergesehen? Reuben? Briar?"

Er schüttelte den Kopf. „Nein, ich war auf der Wache beschäftigt, aber ich könnte später bei Briar vorbeischauen."

„Toll. Grüß sie von mir."

Er hob den Blick von der Tischplatte. „Ich weiß, was du denkst, Avery."

„Nein, tust du nicht", erklärte sie errötend und stolperte über ihre eigenen Worte.

„Doch, das tue ich. Du bist eine Romantikerin. Ich bin Single, sie ist Single und sie ist attraktiv. Sehr attraktiv, und für eine Weile ..." Seine Stimme versagte und er schaute in die Ferne.

Avery wartete und beobachtete seinen gequälten Gesichtsausdruck.

Als er sie schließlich wieder ansah, war sein Gesichtsausdruck traurig. „Ich weiß über Magie Bescheid, über eure Geschichten. Ich akzeptiere das. Ich bin euer Freund, ein Freund für euch alle, und das werde ich immer sein. Und ich dachte, dass Briar und ich vielleicht ..." Er zuckte mit den Schultern. „Du weißt schon. Aber ich denke, die Magie, das Verwischen der Grenzen, ist zu viel. Für mich jedenfalls."

„Es *gibt keine* Verwischung von Grenzen, Newton. Keine. Wir wollen niemandem schaden – das weißt du. Vor allem Briar nicht. Sie ist eine Heilerin, eine grüne Hexe."

„Aber ihr macht Geschäfte mit den Nephilim."

„Genauso wie die Polizei Geschäfte mit kleineren Kriminellen macht, um die großen Fische zu kriegen", argumentierte sie. „Hier gibt es keinen Unterschied. Du weißt, dass die Meerjungfrauen viel mehr Menschen töten werden."

Er schüttelte den Kopf, stand auf und strich sich geistesabwesend die Krümel vom Hemd. „Ich gehe dann mal besser."

Sie stand ebenfalls auf und ging um den Tisch herum. „Nein, warte. Geh noch nicht, ich habe Zeit zum Reden."

„Das wird nichts lösen."

„Im Moment scheint alles kompliziert zu sein, aber das wird nicht immer so sein. Unser Leben war friedlich, bevor das alles passiert ist. Es wird wieder friedlich werden."

Er lächelte, aber das Lächeln erreichte seine Augen nicht ganz. „Wird es das? Ich bin mir da nicht so sicher. Bis morgen."

Er ging durch die Hintertür und Avery sah ihm nach, voller Bedauern, ohne eine Ahnung, wie sie ihn aufmuntern konnte. Und sie hoffte, dass es Briar gutging.

Fünfundzwanzig

A very stand auf den Sanddünen mit Blick auf die Spriggan Bay und beobachtete das Meer und die Menschenmassen, die sich über den Sand erstreckten.

Es war der Tag des Lughnasadh-Festivals, und in wenigen Stunden würde das große Feuer entzündet und die Feierlichkeiten würden beginnen. Ausnahmsweise war heute Abend tatsächlich Vollmond. In den vergangenen Jahren war der Vollmond entweder vor oder nach den Feierlichkeiten aufgetreten, aber das Stadtfeuer war trotzdem immer für Samstagabend geplant. Nicht, dass sie den Mond sehen konnten. Er war bereits verdeckt, graue Wolken huschten über den Himmel und zeigten nur kurz Flecken blauen Himmels. Es war jedoch nicht kalt, sondern schwül, eine Feuchtigkeit, die die Haut küsste. Sogar die Brise war warm.

Ein paar hundert Meter rechts von Avery befand sich die Hafenmauer, und das Lagerfeuer befand sich zu ihrer Linken, in der weitesten Kurve der Bucht, sodass viele Menschen sich darum verteilen konnten. Selbst von ihrer Höhe auf den Dünen aus sah es riesig aus, ein gewaltiger Stapel aus Treibholz und Paletten, der in der vergangenen Woche aufgebaut worden war. Familien, Paare und Freunde jeden Alters waren bereits über den Sand verteilt. Viele waren schon den ganzen Tag dort, aber einige waren erst kürzlich angekommen, beladen mit Kühlboxen, Decken, Picknickdecken und Körben mit Essen.

Die Flut zog sich stetig zurück, das langsame Auf und Ab der Wellen war faszinierend. Bei Einbruch der Dunkelheit würde das Wasser vollständig zurückgegangen sein und die Meerjungfrauen könnten zu Fuß zum Meer gehen.

Avery blickte sich um. Unten, in der Senke der Dünen, hatten die anderen Hexen, darunter Eve und Nate, ein Basislager errichtet. Sie hatten diesen Ort ausgewählt, weil er ziemlich abgelegen war, nur wenige Minuten von den Holzstegen über den Dünen entfernt und außer Sichtweite derjenigen am Hauptstrand. Sie hatten bereits einen Schutzzauber über das Gebiet gelegt, der jeden, der diesen Weg entlangging, dazu brachte, sich umzudrehen und wieder zu gehen.

Hinter ihnen befanden sich etwa hundert Meter Dünen, die bis zur Straße reichten, und über ihnen, auf den niedrigen Hügeln der Küste, standen einige Häuser mit herrlichem Blick auf das Meer. Die Dünen würden sie auch vor neugierigen Blicken der Bewohner schützen.

Avery holte tief Luft und versuchte, sich zu beruhigen. Ihr Herz klopfte wie wild vor Angst und ihr Verstand durchlief alle möglichen Szenarien. *Was wäre, wenn die Nephilim nicht kämen? Was wäre, wenn Eve den Sturm nicht heraufbeschwören konnte? Was wäre, wenn die Meerjungfrauen nach allem, was sie geplant hatten, zu stark wären und es ihnen gelänge, die Männer zu entführen?*

Avery spürte eine Bewegung hinter sich und dann tauchte Alex auf. Er schlang einen Arm um ihre Taille, zog sie an sich und küsste sie auf die Schläfe. „Hör auf, dir Sorgen zu machen", flüsterte er ihr ins Ohr.

„Ich kann nichts dafür. Das könnte eine Katastrophe werden." Sie drehte sich zu ihm um und strich ihm über die Wange. „Und ich mache mir Sorgen um dich. Sie könnten dich auch in die Falle locken!"

Er lächelte, nahm ihre Hand und küsste ihre Handfläche. „Das wird nicht passieren. Du bist die Einzige, die mein Herz stehlen kann, Avery."

„Hör auf, mich aufzuziehen", erwiderte sie vorwurfsvoll.

„Ich ziehe dich nicht auf. Ich wollte nur, dass du weißt, was ich fühle, falls etwas passiert."

Was wollte er damit sagen? Ich glaube, mein Herz könnte explodieren. Ich habe keine Ahnung, wie ich darauf reagieren soll.

„Avery", sagte er. „Sag was. Hat es dir plötzlich die Sprache verschlagen?"

„Du sagst die süßesten Dinge. Es verschlägt mir tatsächlich die Sprache", murmelte sie.

Er küsste wieder ihre Hand. „Ich bin nur ehrlich. Bitte sei heute Abend vorsichtig. Und mach dir keine Sorgen um mich. Ich habe die Amulette, die El Reuben und mir gegeben hat, mit einem zusätzlichen Schutzzauber versehen. Wir werden immun gegen die Meerjungfrauen sein."

„Ich bin nicht überzeugt. Dan hat sein Schutzamulett abgelegt, und ich weiß immer noch nicht warum, weil er mir ausweichende Antworten gibt, wenn ich ihn frage. Positiv ist, dass meine Schutzzauber im Laden gehalten haben. Nixie konnte nicht hineinkommen."

„Na also. Sie sind nicht unbesiegbar. Komm trotzdem zum Feuer. Wir planen unsere Strategie", erklärte er und zog sie an der Hand hinunter in die Dünen.

Das Lagerfeuer leuchtete hell, das Salz im Treibholz brannte in allen Blautönen. Die Hexen saßen in einem Kreis, und Eve hatte eine kleine Holzkiste neben sich, deren Deckel offen war und kleine Glasfläschchen mit Kräutern und Tränken enthüllte, die alle eng aneinander standen. Ein kleines ledernes Buch lag aufgeschlagen auf ihrem Schoß.

„Es ist viel los und es wird immer voller", bemerkte Avery, während sie sich auf den weichen, bequemen Sand setzte. „Es ist windstill, es ist warm und die Wolkendecke wird dafür sorgen, dass es so bleibt. Es ist die perfekte Nacht für eine Strandparty."

„Nicht mehr lange", erwiderte Eve und kramte in ihrer Kiste nach etwas. „Ich werde jetzt mit dem Zauberspruch beginnen. Es dauert eine Weile, bis ein guter Sturm entsteht. Ich muss die Energie aus allen Richtungen nutzen, und natürlich soll es so natürlich wie möglich aussehen, also ist langsam besser. Es ist ein Glück, dass du über White Haven einen großen Energiepool aus Magie hast. Ich werde daraus schöpfen."

„Musstest du schon einmal schnell einen Sturm heraufbeschwören?", wollte Briar wissen.

„Nein, noch nie. Ich habe vor Jahren bei einer massiven Dürre Regen heraufbeschworen. Die Ernte und das Vieh litten darunter. Vor einiger Zeit habe ich auch einen gewaltigen Sturm abgewendet, aber nichts im Vergleich zu dem, was ich heute Abend vorhabe." Sie lächelte. „Aber keine Sorge, die Prinzipien sind die gleichen."

„Brauchst du uns?", fragte Reuben.

„Nein. Nate wird helfen, sodass ihr zum Strand gehen könnt. Wann wird normalerweise das Feuer entzündet?"

„Erst gegen acht", erklärte Alex. Er lag im Sand und kaute auf einem Stück Dünengras herum. „Dann ist es schon dämmrig, und der Sonnenuntergang ist gegen neun. Durch die Wolkendecke wird es natürlich früher dunkel."

„Gut. Ich nehme an, dass die Meerjungfrauen die Männer sowieso erst bei Einbruch der Dunkelheit entführen werden, also werde ich darauf abzielen, dass die volle Wucht des Sturms etwa zur gleichen Zeit wie der Einbruch der Dunkelheit eintritt. Die Leute sollten dann mit ihren Kindern aufbrechen, und der Sturm wird den Rest vertreiben. Dann, im Schutz der Dunkelheit, des Windes und des Regens, könnt ihr euch mit den Meerjungfrauen anlegen." Eve breitete die Hände aus. „Natürlich ist die Wettermagie nicht immer vorhersehbar, aber es sollte gut klappen."

„Und was ist mit den Nephilim?", fragte Nate. „Wann kommen sie?"

„In ein paar Stunden", antwortete Alex. „Hoffe ich zumindest."

Nate zog eine Augenbraue hoch. „Ich bin gespannt, wie sie aussehen. Und was sie vorhaben."

„Ich auch. Ich hoffe nur, dass sie angezogen sind", bemerkte Alex. „Sonst wird es richtig interessant."

Briar grinste. „Ein Teil von mir hofft, dass sie es nicht sind. Nackt sahen sie wirklich gut aus."

Eve lachte. „Erinnere mich daran, dir später noch weitere Fragen dazu zu stellen, Briar. In der Zwischenzeit, wo ihr alle hier seid, leiht mir eure Kraft, um den Ball ins Rollen zu bringen, und dann könnt ihr gehen."

Nate überprüfte schnell, ob der Zauber, der ihre Privatsphäre wahrte, noch wirksam war, dann fassten sie sich bei den Händen um das Feuer und Eve begann mit dem Zauber. Sie legte den Kopf in den Nacken und schloss die Augen, ihre Stimme war leise, als sie mit der Beschwörungsformel begann.

Sie begann mit einem Appell an die vier Elemente und ordnete sie ihrem Willen unter. Ihre langen, dunklen Dreadlocks waren mit Perlen durchzogen und umrahmten ihre markanten

Gesichtszüge, die vor Konzentration starr wirkten. Avery konnte spüren, wie ihre Magie von ihr wegzufließen begann und sich um den Kreis herum mit der Magie der anderen vermischte.

Dann tat Eve etwas Erstaunliches. Sie öffnete sich und appellierte an die vier Himmelsrichtungen, streckte sich über den Himmel aus und mit einem Krachen spürte Avery, wie sich die Kräfte zu sammeln begannen – Wind, Feuer, Erde und Wasser. Die Größe der Entfernung, über die sich ihre Magie ausbreitete, war überwältigend. Eve saß mitten darin und hielt alles ruhig zusammen.

Sie öffnete die Augen und sah sie an. „Es hat begonnen.“

Avery wanderte ziellos über den Strand, Briar neben sich, und nahm alles in sich auf. Die Menschenmassen, die Musik, die aus allen Richtungen kam, das Gemurmel der Gespräche und das Summen der Energie – kein Wunder, dass Nixie hierher zurückkehren wollte. Es war der perfekte Ort.

In der Vergangenheit waren Männer allein oder in Gruppen von Booten auf dem Meer verschwunden. Dies musste sicherlich ein Einzelfall sein, da so viele auf einmal entführt werden sollten. Wieder einmal wanderten Averys Gedanken zu der Macht, die sie freigesetzt hatten. Es war ihre Schuld, dass sie den Bindungszauber gebrochen hatten. Aber vielleicht hatten Nixie und die anderen hier übertrieben, und ihre Gier würde ihnen zum Verhängnis werden.

„Was geht in dir vor?“, fragte Briar, und Avery drehte sich um und sah, dass Briar sie mit einem traurigen Lächeln ansah.

„Ich hoffe nur, dass wir stark genug sind, das zu schaffen.“

Briar nickte. „Es fühlt sich wirklich riesig an. Aber wir haben einen guten Plan – nun, soweit wir das einschätzen können. Wir wissen ja eigentlich gar nicht, was passieren könnte." Sie zögerte einen Moment lang und fragte dann: „Hast du Newton gesehen?"

Avery blieb stehen und drehte sich zu ihr um. „Nicht seit gestern. Er kam in meinen Laden. Du?"

„Auch nicht seitdem. Er hat mich auch besucht." Sie seufzte schwer. „Die Magie macht ihm Angst."

„Noch."

„Für immer, glaube ich." Das Lächeln war vollständig aus Briars Gesicht verschwunden und sie wandte sich dem Horizont zu.

„Aber er ist trotzdem unser Freund. Es ist ihm trotzdem wichtig, was mit uns passiert. Mit dir."

„Aber die Magie wird immer ein Hindernis darstellen." Sie zuckte mit den Schultern. „Ich habe ehrlich gesagt gedacht, dass, na ja, vielleicht etwas passieren könnte."

„Du mochtest ihn also? Ich war mir nicht sicher."

„Ja, das habe ich. Er ist mir ans Herz gewachsen. Abgesehen von der Tatsache, dass er raucht", fügte sie hinzu.

Avery seufzte und war enttäuscht für ihre Freundin. „Es könnte noch etwas passieren. Du bist wunderschön, Briar. Glaub mir, du wirst nicht für immer allein sein."

„Wie egoistisch ich klinge? Besonders in Anbetracht der Tatsache, was heute Abend passieren könnte."

„Wir alle wollen geliebt werden und jemanden finden, der uns versteht", erwiderte Avery und berührte sanft ihren Arm. „Jemanden finden, der sich mit unseren Schwächen und unserem belanglosen Mist abfindet. Und du wirst jemanden finden.

Nicht, dass du irgendwelchen belanglosen Mist hättest, da bin ich mir sicher", fügte sie hastig hinzu.

„Oh, ich bin mir sicher, dass ich welchen habe", entgegnete Briar. „Zumindest hast du Alex."

Averys Gedanken wanderten zu ihrem früheren Gespräch zurück. „Nun ja, ich denke schon."

Briar lachte trocken. „Avery! Hör auf. Du zweifelst an dir und an ihm. Er liebt dich. Das sieht man ihm an. Er hat es vielleicht nicht gesagt, aber es ist offensichtlich."

Alle Zweifel Averys schossen ihr durch den Kopf. „Ernsthaft? Glaubst du das?"

„Hat er es gesagt?"

„Nun, ich weiß nicht ... er hat vorhin etwas gesagt."

Sie schnaubte ungeduldig. „Ich werde nicht fragen, was. Aber was auch immer es war, akzeptiere es."

Avery nickte, angemessen gerügt. Und dann sah sie Nixie und viele junge und sehr attraktive Frauen am Rande der Menge, die sich um ein Lagerfeuer versammelt hatten. Mit ihnen waren eine Reihe lachender Männer, darunter Dan und Pete.

„Da sind sie", bemerkte Avery und drehte sich zu ihnen um, widerstand aber dem Drang, auf sie zu zeigen.

Briar runzelte die Stirn. „Toll, gehen wir hin und lassen sie wissen, dass wir hier sind."

„Wäre das klug?", fragte Avery und hielt sie am Arm fest.

„Ja. Es ist ein Spiel und wir nehmen an diesem Spiel teil. Es gibt bestimmte Schritte, die du unternehmen musst, Avery. Dies ist einer davon." Und dann marschierte Briar los und Avery eilte hinter ihr her.

Bevor jemand sie bemerkte, trat Briar zum Rand der Gruppe. Guten Abend, meine Damen. Amüsiert ihr euch?"

Die Köpfe drehten sich zu ihnen um, und Nixie blickte auf, ein träges Lächeln auf ihrem Gesicht. „Avery und eine Freundin. Wie schön, dass ihr euch zu uns gesellt."

Dan sah sich um und lächelte, blieb aber im Sand neben Nixie sitzen. *Wie ein Hund an der Ferse seines Herrn.* Er begrüßte sie schwach. „Leute, ihr seid gekommen!"

„Wir bleiben nicht lang", sagte Avery und blieb fest in ihrem Kreis stehen. „Nur ein kurzes Hallo."

Die meisten aus der Gruppe waren jetzt verstummt, und die Meerjungfrauen beobachteten sie mit zusammengekniffenen Augen und gespitzten Lippen, während die Männer zufrieden und unbeteiligt aussahen.

„Das ist schade", entgegnete Nixie, ihre Stimme wie eine Liebkosung auf der Haut. „Wir wollen später noch schwimmen gehen."

„Das glaube ich dir aufs Wort", erwiderte Briar. „Wir sind in der Nähe, also sehen wir euch sicher später."

„Vielleicht", entgegnete Nixie und ihre harten Augen blitzten herausfordernd. „Aber wahrscheinlich nicht."

Avery beobachtete Dan und sah, wie sich ein Stirnrunzeln über sein Gesicht zog, das jedoch schnell wieder verschwand, als Nixie ihm ihr strahlendes Lächeln schenkte.

Sie drehten sich um und gingen weg, wobei sie sich bewusst waren, dass sie beobachtet wurden. „Dort sind weit über ein Dutzend Frauen", bemerkte Briar besorgt. „Und sie sahen böse aus. Ich bin mir nicht sicher, ob wir das schaffen werden."

„Das müssen wir verdammt noch mal", erwiderte Avery, deren Entschlossenheit zunahm. „Keiner dieser Männer hatte noch irgendeine Art von eigenem Willen, und ich will sie nicht verlieren. Keinen einzigen von ihnen."

Auf dem Weg zurück zu den anderen sahen sie, wie Newton mit einem der Polizeibeamten sprach, der im Rahmen der bürgernahen Polizeiarbeit patrouillierte. Er winkte und schlenderte herüber, wobei er ungewöhnlich nervös aussah. „Sind wir auf Kurs?", fragte er ohne Umschweife.

„Ja", erwiderte Avery sofort und hoffte, ein Gefühl der Ruhe zu vermitteln. „Und bei dir?"

„Ich warte nur auf den Sturm." Er sah sich verwirrt um und Avery bemerkte, dass er es zu vermeiden schien, Briar anzusehen. Sie hatte plötzlich das Bedürfnis, ihm etwas Verstand einzubläuen. „Wenn ich ehrlich bin, kommt mir das Ganze ziemlich an den Haaren herbeigezogen vor. Seid ihr sicher, dass diese Eve weiß, was sie tut?"

„Natürlich weiß sie, was sie tut", erwiderte Briar vernichtend, und Avery sah sie überrascht an. Sie hatte Briar noch nie so schroff klingen hören, und Newton auch nicht, wenn man sich seinen Gesichtsausdruck ansah. Sein Kopf ruckte zurück und er konzentrierte sich voll und ganz auf sie.

Er stotterte: „Ich wollte nicht daran zweifeln ..."

„Oh, aber das hast du. Du kannst dich nicht so recht für Magie entscheiden, oder? Aber es ist nur dann in Ordnung, wenn es dir passt", fuhr Briar ihn an und ging weg, wobei Avery und Newton ihr nachstarrten.

Newton lief es rot den Hals hinauf, und er konnte Briar nicht aus den Augen lassen. Er sah entsetzt aus.

„Entschuldigung, aber du bist irgendwie selbst schuld daran", bemerkte Avery so sanft wie möglich.

Er wandte den Blick von Briar ab und sah sie an. „Das war nicht so gemeint! Verdammt. Sie hasst mich."

Avery tätschelte ihm den Arm. „Nein, tut sie nicht. Ich gehe jetzt besser. Pass auf dich auf und halte dich von", sie deutete über den Sand, *„ihnen* fern. Da hinten am Lagerfeuer, wo die Menge dünner wird."

Sie ging zurück zu den Dünen und war noch nicht weit gekommen, als ein aufgeregter Schrei ertönte und Ben, Dylan und Cassie aus der Menge auftauchten. „Da seid ihr ja! Wir haben euch gesucht", rief Ben.

„Ich wusste nicht, dass ihr kommt", erwiderte Avery schockiert. „Seid ihr verrückt? Heute Nacht könnte es ungemütlich werden."

Cassie lachte. „Aber heute ist Lughnasadh, und wenn die Nephilim kommen, wollen wir sie sehen. Das wird unsere Untersuchung sozusagen vervollständigen."

„Ich habe auch meine Kamera mitgebracht", fügte Dylan hinzu und deutete auf seine Tasche. „So leicht lassen wir uns nicht abschrecken."

Avery musterte sie misstrauisch. „Nun, bitte seid vorsichtig. Ein Sturm zieht auf, und wir müssen die Meerjungfrauen aufhalten. Wir werden nicht unbedingt auch auf euch aufpassen können."

„Das ist in Ordnung", versicherte Ben ihr. „Wir können auf uns selbst aufpassen." Und damit verschwanden sie erneut in der Menge.

Als die Feierlichkeiten beginnen sollten, hatte sich der Himmel verdunkelt und die Wolken waren bedrohlich und verhießen Regen. Das tat der allgemeinen Stimmung jedoch keinen Abbruch.

Der Stadtrat Stan trug eine weiße Zaubererrobe und hielt einen langen Holzstab in der Hand. Sein Haar war kurz und grau, aber er hatte einen Bart, den er aus irgendeinem Grund lila gefärbt hatte. Er stand hinter der Bürgermeisterin auf einer kleinen Holzplattform vor dem Feuer, das der Menge zugewandt war.

Die Bürgermeisterin, eine Frau namens Judy Taylor mit kühnem rotem Haar und kurzen Locken, hielt eine kurze Rede über die Bedeutung der Ehrung heidnischer Traditionen und die Erinnerung an das Erbe von White Haven und die Hexen, die einst dort gelebt hatten. Avery und andere standen oben auf den Dünen und beobachteten die Szene unten, und sie unterdrückten ein Grinsen. Dann übergab Judy die Zeremonie an Stan.

Mit viel Pomp erhob Stan seinen Stab und dankte den Göttern für den schönen Sommer und die Aussicht auf eine reiche Ernte. Er deutete auf die Blumen und Früchte, die als Geschenke auf der kleinen Plattform platziert worden waren, und machte deutlich, dass es sich um Opfergaben handelte. Dann erinnerte er die Zuschauer an den Gottesdienst in der All Saints-Kirche, bei dem das Lammas auf traditionellere Weise gefeiert werden würde. Die Kirche war immer offen für alle. Dann drehte er sich dramatisch um und richtete seinen Stab auf das Lagerfeuer. Zwei junge Männer standen mit einer brennenden Fackel auf jeder Seite des Holzstapels bereit, das Feuer zu entzünden, aber bevor sie sich bewegen konnten, ertönte ein leises *Knacken* aus der Mitte des Holzstapels, und das Feuer fing von selbst an zu brennen. Die jungen Männer schauten kurz erschrocken, senkten dann aber hastig die Fackeln auf das Holz, als ob es schon immer so geplant war, und die Menge klatschte und jubelte. Stan sah schockiert aus, aber er unterdrückte seine Überraschung schnell, als er sich umdrehte und sich vor der Menge verbeugte. Dann warf er ein großes Glas Bier ins Feuer, als Trankopfer für die Götter.

El schaute mit einem sehr breiten Lächeln im Gesicht zu.

„Unartig", erwiderte Reuben, ebenfalls entzückt.

„Ich dachte, das wäre eine nette Geste", erklärte sie mit einem Augenzwinkern.

Einige Leute blieben in der Nähe und beobachteten das Feuer aufmerksam, während andere zu ihren Gruppen, ihren Decken und ihrem Bier zurückkehrten.

Jetzt, da das Feuer entfacht war, schien der Himmel noch dunkler zu sein. Die Flammen breiteten sich schnell aus und der Rauch wirbelte in der Luft, zeitgleich mit den ersten Anzeichen von Wind.

Avery stand neben Alex und stupste ihn sanft an. „Wie geht es dir? Ich habe dich seit Stunden nicht gesehen."

Er sah zufrieden aus. „Ich habe Kontakt zu den Nephilim aufgenommen."

Sie runzelte besorgt die Stirn. „Alles in Ordnung? Du hast es alleine geschafft."

Er nickte. „Mir geht es gut. Jetzt, wo ich eine Verbindung habe, ist es einfacher. Und es hilft, dass sie bereit sind, uns zu helfen. Es wird dich freuen zu hören, dass sie hier sind."

Erleichterung durchflutete sie. „Der Göttin sei Dank! Wo?"

„Hinter den Dünen. Ich werde sie holen gehen." Er küsste sie auf den Kopf. „Bis gleich."

Sie sah ihm noch ein paar Augenblicke nach, bis er aus ihrem Blickfeld verschwunden war, und blickte dann Briar an, die schweigend mit dem Blick auf den Horizont gerichtet dastand. „Briar, geht es dir gut?"

Einen Augenblick lang antwortete sie nicht, und dann sagte sie mit sichtlicher Anstrengung: „Das von vorhin tut mir leid."

„Du musst dich für nichts entschuldigen. Ich war auch ziemlich genervt von ihm."

Briar drehte sich schließlich zu Avery um. „Ich habe vor, einen Teil meiner Aggressionen an diesen verdammten Meerjungfrauen auszulassen."

„Gut. Ich auch."

Avery blickte hinter sich, hinunter in die Dünen, und für einen Moment lang sah sie nichts. Der Schleier der Magie, der den Ort schützte, war wie eine Decke gefallen. Sie flüsterte das Wort der Enthüllung, und sie schimmerte und verschwand wie Rauch. Dann sah sie Eve über ihrem eigenen kleinen Feuer kauern, und neben ihr standen Nate, Ulysses und Oswald.

„Komm schon, Oswald und Ulysses sind hier."

Die kleine Mulde in den Dünen war vor der aufkommenden Meeresbrise geschützt, und das Feuer wärmte sie wunderbar. Obwohl es nicht kalt war, hatte es etwas Besonderes, am Feuer zu sitzen und sich die Hände zu wärmen.

Eves Blick war konzentriert; sie hatte die Arme erhoben und zum Himmel ausgestreckt, und sie murmelte eine Weile leise vor sich hin. Avery spürte die Magie um sie herum und ihre Verbindung zu dem Sturm, der sich über ihnen zusammenbraute, und sie zitterte vor Spannung. Als Eve fertig war, griff sie in die kleine Holzschachtel neben sich, nahm einige Kräuter heraus und warf sie in die Flammen. Das Feuer änderte seine Farbe und funkelte in Purpur und Grün, und mit ihm ertönte in der Ferne ein gewaltiges Donnern. Sie lächelte Avery über das Feuer hinweg an. „Es entwickelt sich gut."

„Wann wird es losgehen?", fragte Ulysses.

„In etwa einer Stunde, wie versprochen. Ich werde den Wind vor dem Regen bringen. Das sollte die Leute vom Strand vertreiben."

Reuben lachte. „Es gibt ein paar da unten, die mehr als nur Wind brauchen, um von hier zu verschwinden."

„Und dafür ist der sintflutartige Regen da", erwiderte Eve grinsend. „Ich habe einen Zauberspruch, mit dem ich mich hier trocken halten kann. Das hier wird im Wesentlichen das Auge des Sturms sein. Ich fürchte, der Rest von euch wird sehr nass werden."

Reuben meldete sich zu Wort. „Nun, ich werde ein Auge auf die Meerjungfrauen haben, falls sie beschließen, ihre Pläne vorzuziehen. Und ich brauche einen Hotdog."

„Ich komme mit dir", erklärte El und stand auf. Sie wandte sich Avery zu. „Wir bleiben gut versteckt in den Dünen und sagen dir Bescheid, wenn etwas passiert."

Ulysses und Oswald waren in Schweigen verfallen. Oswald trug wie immer seine etwas seltsame, altmodische Kleidung, sogar am Strand, aber er hatte seine Schuhe durch Wanderschuhe ersetzt, was sein Erscheinungsbild noch unpassender machte. Ulysses trug ein T-Shirt und Jeans und war barfuß, und seine kräftige Statur ließ alle anderen wie Zwerge aussehen.

Avery war unruhig. „Gibt es irgendetwas, das ich tun kann?"

Nate schüttelte den Kopf. „Die Aktion beginnt erst, wenn nicht mehr so viele Menschen da sind."

„Aber ich habe das Gefühl, ich sollte wenigstens *irgendetwas* tun!"

„Das war dein Plan", gab Briar zu bedenken. Sie war ebenfalls barfuß und grub ihre Zehen in den Sand, wobei sie sie spielerisch bewegte.

„Ich weiß, aber jetzt kommt es mir albern vor."

„Genau das wollen sie erreichen. Dass du dich überfordert und unvorbereitet fühlst. Du wurdest tatsächlich *manipuliert*", sagte Oswald, der plötzlich zum Leben erwachte.

„Was meinst du damit?", fragte Avery.

„Wie du bereits weißt, ist heute Abend eine Machtprobe. Wenn ich ehrlich bin, haben sie die Oberhand. Schließlich haben sie den Zeitpunkt und den Ort ausgewählt. Du hattest keine andere Wahl, als zu erscheinen."

„Ich weiß", bemerkte Avery verärgert. „Aber was hätten wir sonst tun sollen? Sagen: Nein danke, einen schönen Abend noch, und ihnen unsere unschuldigen Männer überlassen? Deshalb haben wir um Hilfe gebeten!"

Ulysses starrte ins Feuer. „Meerjungfrauen sind eigensinnig, stark und rachsüchtig. Es bereitet ihnen großes Vergnügen, die Töchter des Don zu besiegen."

„Ich ziehe es vor, mich als Tochter der großen Göttin zu betrachten", sagte Briar verschmitzt.

Ulysses machte unbeirrt weiter, und in seinen grünen Augen spiegelte sich das Licht des Feuers wider, das nun wieder zu einer hellen orangefarbenen Flamme geworden war. „Es wird ihnen große Freude bereiten, die Männer direkt vor euren Augen zu entführen."

„Wir haben über die Möglichkeit gesprochen, dass sie eine riesige Welle erzeugen, um die Stadt oder uns zu ertränken. Glaubst du immer noch, dass das wahrscheinlich ist?", fragte Avery und war neugierig auf Ulysses' Meinung.

„Es ist möglich", erwiderte er nickend. „Ich dachte, vielleicht würden sie eine große Welle erzeugen, um den Strand zu überschwemmen, aber jetzt bin ich mir nicht mehr so sicher. Ich glaube, sie wollen, dass du überlebst – damit du dich an ihren Sieg erinnerst."

Nate beobachtete Ulysses nachdenklich. „Das ergibt Sinn. Unser Scheitern wird schmerzhaft und schrecklich sein."

Ulysses runzelte die Stirn. „Es ist möglich, dass sie nur über White Haven eine Welle erzeugen werden."

„Aber die Stadt ist nur ein paar hundert Meter entfernt. Könnten sie eine so gezielte Welle erzeugen?"

„Absolut. Die Flut kommt doch, oder?"

„Bald", antwortete Avery und fragte sich, worauf er hinauswollte.

„Und du bringst einen großen Sturm mit. Das macht es einfacher, eine Monsterwelle zu erzeugen", überlegte er. „Es wird vielleicht nicht passieren, aber ich denke, das ist eine sehr gute Vermutung."

„Und was können wir dagegen tun?", fragte Briar. „Wir werden genug Probleme haben, die Männer zu retten!"

„Deshalb habt ihr mich", erklärte Ulysses und blickte schließlich auf. Er stand auf. „Meine Macht über das Meer ist größer als alle eure zusammen. Komm, Oswald. Wir müssen zum Hafen gehen."

„Aber wir brauchen deine Hilfe bei den Meerjungfrauen", erklärte Avery und stand ebenfalls auf.

„Ich fürchte, damit musst du allein fertig werden." Und mit diesen unheilvollen Worten verschwand Ulysses mit Oswald an seiner Seite in der Nacht. Nur Sekunden später betrat Alex ihre abgelegene Höhle und hinter ihm standen sieben sehr große Männer. Die Nephilim waren eingetroffen.

Sechsundzwanzig

Die Nephilim trugen eine Mischung aus Armeekampfhosen, Jeans, T-Shirts und Stiefeln. Sie waren alle rasiert und einige hatten sich die Haare geschnitten, sodass ihre harten, markanten Gesichter mit hohen Wangenknochen und kantigen Kiefern zum Vorschein kamen. Sie sahen aus wie ehemalige Militärangehörige und man konnte noch immer sehen, wie muskulös sie waren, aber wer wusste schon, wo ihre Flügel waren. Jeder einzelne von ihnen hatte einen stechenden Blick; den Blick derer, die zu viel gesehen hatten.

Es herrschte einen Moment lang Stille, dann ergriff Alex das Wort. „Stören wir bei irgendetwas?"

Avery spürte, wie eine Welle der Panik durch sie hindurchströmte, dann holte sie tief Luft und atmete schwer aus. *Das wird schon.* „Ulysses glaubt, dass die Meerjungfrauen versuchen könnten, White Haven in einer riesigen Welle zu vernichten. Er und Oswald sind zum Hafen gegangen."

Bevor Alex antworten konnte, sprang Nate auf. „Also, Alex, stellst du uns vor?"

„Avery, Nate, Eve und Briar", sagte er und zeigte nacheinander auf sie. „Wir sind alle Hexen und heute Abend hier, um die Meerjungfrauen davon abzuhalten, Männer zu entführen. Es gibt noch zwei weitere, die im Moment nicht hier sind."

„Reuben und El beobachten die Meerjungfrauen", erklärte Avery.

Alex deutete auf die Nephilim. „Ich überlasse es euch, euch vorzustellen."

Ein dunkelhäutiger Mann löste sich aus der Gruppe, und Avery erkannte ihn aus der Höhle als denjenigen, der am meisten geredet hatte, denjenigen, mit dem Alex vermutlich die psychische Verbindung hatte. „Ich bin Gabreel und das sind Eliphaz, Barak, Nahum, Othniel, Amaziah und Asher."

Jeder nickte der Reihe nach, als er vorgestellt wurde, aber keiner von ihnen sprach, und Avery wusste, dass sie sich ihre Namen nie merken würde. Sie fragte sich, ob sie irgendwelche magischen Fähigkeiten hatten oder ob rohe Kraft allein alles war, was sie brauchten. Wenn dein Vater ein Engel ist, muss er dir besondere Fähigkeiten verleihen. *Die Zeit wird es zeigen.*

Es donnerte erneut bedrohlich, ein Windstoß fegte durch die Dünen, und dann zuckte weit entfernt ein Blitz.

Eve sprach, während sie weiter am Feuer saß. „Ich muss mich jetzt konzentrieren. Ich werde den Sturm näher heranlocken – er wird heftig werden. Ihr solltet besser gehen."

„Ich bleibe bei dir, nur für den Fall", erklärte Nate und setzte sich wieder neben sie. „Viel Glück mit den Meerjungfrauen."

„Dir auch viel Glück und nochmals vielen Dank", sagte Avery und verließ die Wärme des Feuers, während sie den Rest der Gruppe zurück zum Dünenkamm führte.

Der Wind traf sie und schürfte ihre Haut wie Sandpapier. Unter ihnen brannte das Feuer immer noch hell und heiß, und es waren noch viele Menschen am Strand. Aber es war fast dunkel, und Avery konnte einen Strom von Menschen sehen, die mit Decken und Kühlboxen beladen den Strand verließen.

Der Wind trug den Klang von Musik von verschiedenen kleineren Lagerfeuern, das Kreischen von Kindern und das Gelächter von Erwachsenen heran. Silhouetten tanzten um Feuer herum, und am Wasser standen ein paar Leute, barfuß und riefen einander Dinge zu.

„Gut", sagte Alex. „Zumindest einige von ihnen gehen. Wo sind die Meerjungfrauen?"

„Da entlang", erwiderte Briar und zeigte nach links in Richtung eines fast menschenleeren Gebiets.

Sie gingen zum Hauptstrand hinunter und waren noch nicht weit gekommen, als El außer Atem zu ihnen stieß. Ihr Blick huschte über die Nephilim. „Im Lager tut sich etwas. Sieht aus, als würden sie loslegen."

„Alles klar", sagte Avery, froh, nach stundenlangem Warten endlich etwas tun zu können. „Alex, wie willst du vorgehen?"

„Wir haben beschlossen, dass wir uns zurückhalten, bis der Sturm voll über sie hereinbricht, und dann, wenn sie sich dem Meer nähern, werden die Nephilim sie aufhalten."

Gabreel lächelte wie ein Hai. „Das wird eine schöne Überraschung für sie sein."

„Was ist mit ihrem Sirenenruf? Wird er euch beeinflussen?"

Er schüttelte den Kopf. „Nein, aber sie können es versuchen."

„Okay", entgegnete Avery entschlossen. „El, bring alle zu Reuben, und wenn sie etwas unternehmen, greifen wir ein. Briar und ich werden die Wasser testen – sorry, blöder Vergleich – ich meine natürlich die Lage sondieren", sagte sie grinsend. „Bereit, Briar?"

„Ich bin schon seit Stunden bereit."

Avery und Briar bahnten sich einen Weg durch die restlichen Partygäste. Ein Blitz erhellte die Meerjungfrauen vor ihnen, die sich um die Flammen ihres eigenen kleinen Feuers scharten.

Als sie näher kamen, spürte Avery die Kraft ihrer Magie und bekam eine Gänsehaut. Der Wind trug ihre wilde Musik heran, die von einem geheimnisvollen, unsichtbaren Ort ausging, und sie verspürte den Wunsch, über den Sand zu rennen und sich den schönen Frauen mit ihrer blassen Haut, den langen Haaren und den betörenden Augen zu Füßen zu werfen. Sie widerstand diesem Drang, beschleunigte aber ihren Schritt, Briar direkt neben sich.

Sie waren nur noch ein kurzes Stück entfernt, als eine Gestalt das Feuer verließ und auf sie zuging. Es war Nixie. „Bleibt weg, Hexen. Ihr werdet nicht gewinnen."

Avery spähte hinter sich. „Wo ist Dan?"

Sie grinste, und ihr Zauber fiel kurzzeitig ab und enthüllte eine Reihe scharfer Zähne. „Außer Reichweite. Wollt ihr euch verabschieden?"

„Du bist sehr selbstsicher, nicht wahr", meinte Avery. „Uns hierher einzuladen und zu glauben, wir könnten dich nicht aufhalten? Das ist kein Spiel. Diese Männer werden sterben."

Nixie betrachtete die beiden einen Moment lang mit hasserfülltem Blick. „Das Leben unter dem Meer ist nicht der Tod. Sie werden ein langes Leben haben und viele Kinder zeugen."

„Aber", erwiderte Briar vernichtend, „ihr lasst ihnen doch gar keine andere Wahl, oder? Wenn sie freiwillig gehen würden, hätten wir vielleicht weniger Probleme damit."

„Ja", stimmte Avery zu. „Brecht den Bann, den ihr über sie habt, und fragt sie einfach. Wir werden diejenigen, die sich freiwillig dafür entscheiden, nicht aufhalten." Nixie antwortete nicht und Avery lachte. „Wie ich es mir schon gedacht habe. Niemand würde gehen. Gib Llyr die Schuld für deine missliche Lage. Die Götter lieben törichte Spiele, aber wir werden das nicht tolerieren."

Nixie war sichtlich wütend und tat etwas so Schnelles, dass Avery es kaum registrierte, bevor sich der Sand unter ihren Füßen in Flüssigkeit verwandelte und sie bis zu den Knien einsog. Sie sah, wie Briar neben ihr zu zappeln begann.

Gleichzeitig gab es einen gewaltigen Donnerschlag, ein Blitz zuckte über den Himmel und zerteilte ihn in Stücke, und mit unerwarteter Plötzlichkeit begann es in riesigen, eiskalten Tropfen zu regnen, die auf ihrer Haut brannten. Innerhalb von Sekunden goss es in Strömen, und dann tobte der Sturm wirklich. Ein Donnerschlag nach dem anderen folgte, und Blitze zuckten.

Ausgezeichnet. Niemand würde bemerken, was sie vorhatte.

„Da musst du dir schon ein bisschen mehr Mühe geben, Nixie." Avery beschwor Luft und zog sie und Briar damit aus dem Sand, bis sie beide knapp über dem Boden schwebten. Dann stieß sie zurück und traf Nixie mit voller Wucht in die Brust.

Nixie schrie auf, als sie über den Sand flog und mehrere Meter weiter mit einem dumpfen Aufprall landete. Sie erhob sich wutentbrannt auf die Knie, hob den Kopf und heulte wie eine Furie.

Es schien, als wäre dies das Signal.

Plötzlich scharten die Meerjungfrauen die Männer um sich und begannen, auf das Meer zuzugehen. Sie rannten nicht. Stattdessen führten sie einen lachenden, neckenden Tanz über den Sand aus. Selbst aus der Ferne konnte Avery die glasigen Blicke der Männer sehen.

Avery sah, wie sich die Nephilim aus den Dünen lösten, die anderen drei Hexen neben ihnen, und auf die hypnotisierte Gruppe zustürmten.

Briar rannte los, um sich ihnen von der anderen Seite aus anzuschließen, aber dicke Seetangstränge verfingen sich um Averys Knöchel und zogen sie zurück. Avery wirbelte herum, aber

Nixie war über ihr und riss sie zu Boden, ihr Zauber war nun völlig verschwunden. Sie kratzte und zerrte mit ihren krallenartigen Nägeln und schnappte mit ihren scharfen Zähnen nach Averys Gesicht. Innerhalb von wenigen Augenblicken spürte Avery, wie sich ihre Lungen mit Wasser füllten und der Sand sie nach unten zog. Voller Angst, entweder zu ertrinken oder zu ersticken, schleuderte Avery Nixie weg, spie Wasser aus und hustete heftig. Sie war sich bewusst, dass Nixie sie erneut angreifen würde, also sammelte sie all ihre Energie, sprang auf die Füße und schlug mit Feuerbällen zurück, was sie auch mit den Algen tat, die immer noch wie Tentakeln aus dem Sand ragten.

Avery machte sich den tosenden Wind zunutze, der nun um sie herum heulte und alle anderen Geräusche dämpfte, und verwandelte ihn in einen kleinen Tornado, den sie auf Nixie losließ. Er zog sie in seinen wirbelnden Kreis und trug sie in die Dunkelheit davon.

Avery machte sich nicht die Mühe, ihr nachzusehen. Stattdessen drehte sie sich um und rannte den anderen hinterher. Der Sand war mit Wasser vollgesogen und spritzte um sie herum, was ihre Geschwindigkeit verlangsamte, und der sintflutartige Regen machte sie fast blind. Sie waren jetzt alle auf halbem Weg zum Meer, und die Meerjungfrauen waren sich ihrer selbst immer noch so sicher, dass sie nicht hetzten, sondern träge weitertanzten, ohne sich um das Wetter zu kümmern, genauso wie die Männer, die ihnen folgten und vor benommener Aufregung lachten.

Avery warf einen Blick hinter sich, zurück zum Hauptfeuer, und sah, dass es praktisch erloschen war. Der Strand, soweit sie ihn in der Dunkelheit und durch den Regenschleier sehen konnte, war menschenleer.

Sie stand einen Moment lang da und ließ ihre Augen sich anpassen, während sie sich das Haar aus dem Gesicht strich. Die Hexen huschten um die Männer herum und versuchten verzweifelt, den Zauber zu brechen, die Meerjungfrauen abzuwehren und sie aus dem Weg zu räumen. Die Männer waren so gebannt, dass sie auch die Hexen bekämpften. Es war eine Katastrophe, und es war klar, dass sie sich nur schwer behaupten konnten.

Und dann sah sie die Nephilim, schwarze Silhouetten unter den Blitzen, die eine Barriere zwischen dem Meer und den Meerjungfrauen bildeten.

Avery rannte los und kam schließlich am Rand der Gruppe zum Stehen, die zum Stillstand gekommen war. Die Meerjungfrauen standen den Nephilim in einer Reihe gegenüber, die Männer hinter ihnen. Ihr Zauber war verschwunden und ihre silberne, schuppige Haut und ihre mit Schwimmhäuten versehenen Hände und Füße kamen zum Vorschein. Ihr Gesang erhob sich, aber die Nephilim waren dem Sirenenzauber gegenüber gleichgültig.

Avery rannte in die Mitte der Männer und schloss sich den anderen an, um den Zauber zu brechen. Einen nach dem anderen versetzte sie den Männern einen Feuerstoß, der sich in ihren Armen hochschlängelte, genug, um den Zauber zu brechen, wie es bei den männlichen Hexen in der Kneipe der Fall geholfen hatte. Leider war die Verzauberung, unter der sie sich jetzt befanden, weitaus stärker. Sie zuckten mit den Schultern, blinzelten und kehrten dann in ihren benommenen Zustand zurück. Sie fand Dan und schüttelte ihn, aber seine Augen waren leer.

Frustriert blickte sie Briar an. Sie sah verzweifelt aus und war genauso machtlos wie Avery. Es gab kein Zeichen von Nixie, und Avery wusste nicht genau, ob das gut oder schlecht war.

Gabreel rief, seine Stimme dröhnte über den Sturm hinweg. „Kehrt in euren Ozean zurück, Töchter von Llyr, oder ihr werdet es bereuen. Diese Männer gehören nicht euch."

Eine von ihnen trat vor, ihr Gesicht verzerrt vor Wut. „Was für Männer seid ihr, die ihr euch unserem Gesang widersetzt?"

Gabreel schrie: „Wir sind keine Männer! Wir sind die Nephilim."

Die selbstbewusste Art der Meerjungfrau geriet ins Wanken. „Nein. Das kann nicht sein. Ihr seid tot. Ihr seid in der großen Flut umgekommen, die die Welt zerstört hat."

„Und jetzt sind wir zurück, um Rache zu üben. Flieht jetzt, oder ihr werdet alle sterben."

Eine andere Meerjungfrau sprach, ihre Stimme trug im Wind wie der Ruf einer Möwe. „Das ist ein Bluff, sie sind machtlos gegen uns."

Gabreel lachte. Er spannte seine Schultern an und zwei riesige Flügel breiteten sich auf seinem Rücken aus. Er erhob sich in die Luft und flog direkt auf die Meerjungfrau zu. Mit seinem starken Griff hob er sie hoch in den Sturm. Ihre Schreie ließen Avery eine Gänsehaut bekommen.

Die restlichen Meerjungfrauen stürmten auf den Nephilim zu und ließen die Männer unbewacht zurück.

Avery rief: „Wir müssen jetzt handeln! Wir können ihren Zauber nicht brechen, aber wir können sie abschirmen."

„Ich stimme zu!", rief Reuben zurück.

Sie versammelten sich schnell, fassten sich an den Händen und warfen einen mächtigen magischen Schild aus, der die Männer umgab – aber sie waren immer noch wie erstarrt und unbeweglich.

„Was jetzt?", schrie Alex.

„Luft!", schrie Avery zurück. „Wir werden sie zurückschweben lassen."

So wie sie sich und Briar aus dem Treibsand gezogen hatte, schickte sie ein Luftkissen unter die Füße der Männer, sodass sie nur wenige Zentimeter über dem Boden schwebten, und dann, mit dem Schild um sie herum, ließ sie sie langsam zurück zu den Dünen gleiten.

Avery blickte auf die Schlacht, denn das war das einzig passende Wort dafür. Die Nephilim waren in die Luft gestiegen und hatten die Meerjungfrauen einzeln oder zu zweit gepackt und sie hoch über das Meer ins Herz des Sturms gezerrt. In den gleißenden Lichtblitzen sah sie ihre zerschmetterten Körper abstürzen und zuckte zusammen. Diejenigen, die am Boden zurückblieben, mussten beschlossen haben, zu retten, was zu retten war, denn sie kehrten dorthin zurück, wo die Männer gewesen waren, und sobald sie merkten, dass sie nicht mehr da waren, flohen sie ins Meer.

Die Blitze zuckten, immer wieder, und erhellten die aufsteigenden Wellen, die an der Küste zerschellten. Als Avery nach rechts blickte, zurück in Richtung White Haven, stockte ihr der Atem. Eine riesige Welle baute sich hinter dem Hafen auf. Das muss Nixie sein. Sie musste darauf vertrauen, dass Ulysses und Oswald allein damit fertig werden würden.

Die Gruppe kam am Rand der Dünen an, vom Wind gepeitscht und durchnässt, und sie löste den Zauber und ließ sie wieder auf den Boden schweben. Avery seufzte erleichtert, als der mit Holzplanken ausgelegte Weg, der vom Strand zurück zum Parkplatz führte, aus der Dunkelheit auftauchte.

Ein Stöhnen erregte ihre Aufmerksamkeit und sie sah sich um, um zu sehen, wie Dan sich das Gesicht rieb. „Wo zum Teufel bin ich? Was ist los?"

Hinter ihm regten sich auch die anderen Männer. Avery rief: „Nicht jetzt, Dan. Komm schon, wir müssen vom Strand weg."

El ging voran und die Männer folgten ihr, alle wach, aber völlig verwirrt.

Bevor der Strand aus dem Blickfeld verschwand, drehte sich Avery um und blickte zurück zum Meeresrand, aber die Dunkelheit und der Regen verdunkelten alles. Ein weiterer Blitz zeigte eine am Himmel schwebende Gestalt, und dann war sie plötzlich verschwunden. Sie hoffte, dass die Nephilim gut klarkommen würden. Sie drehte sich um und stapfte den anderen hinterher, und mit jedem Schritt spürte Avery, wie ihre Sorgen nachließen und die Erschöpfung allmählich einsetzte.

Sie holte Briar ein, die durchnässt war und zitterte. „Alles in Ordnung?"

Sie verzog das Gesicht. „Nichts, was ein starker Drink und ein Bad nicht wieder in Ordnung bringen könnten." Und dann erlaubte sie sich ein Lächeln. „Wir haben es gut gemacht! Mit ein wenig Hilfe."

„Ja, das haben wir", antwortete Avery. „Aber es ist noch nicht vorbei."

Ein Ruf von weiter vorn lenkte sie ab. Für einen Augenblick konnte Avery nicht erkennen, was los war, und dann tauchte Newton auf, rannte durch die Männer hindurch und ermutigte sie weiterzugehen. Sobald er sie sah, grinste er.

„Es geht euch gut!"

„Natürlich geht es uns gut. Es gab nie einen Grund zur Sorge", bemerkte Avery so selbstsicher sie konnte. Aber er sah sie nicht wirklich an. Nicht, dass Briar sonderlich davon beeindruckt schien. Sie nickte und schob sich an ihm vorbei, und Newton drehte sich um und folgte ihr, sodass Avery allein weitergehen musste.

In der Dunkelheit waren rote und blaue Lichter zu sehen, und als sie den Parkplatz erreichten, sah Avery ein paar Polizeifahrzeuge und einen Krankenwagen sowie einige Menschen, die aus den Häusern gegenüber dem Strand zu kommen schienen. Der Regen ließ nach und war jetzt zwar noch heftig, aber dafür weniger sintflutartig, und ein paar uniformierte Polizisten liefen auf die Männer zu und führten sie in den Schutz des am nächstgelegenen Hauses. Alex und die anderen unterhielten sich mit einem der Polizisten. Newton hatte aufgehört, Briar zu folgen, und stand allein da, durchnässt und eine Zigarette rauchend, während er sich auf seinen Wagen stützte. Sie ging zu ihm hinüber. „Danke, dass du das organisiert hast."

Er nickte in Richtung einiger Häuser hinter ihnen. „Jemand hat es gemeldet – was gut war, denn sonst hätte ich es tun müssen. Ich wollte nicht riskieren, dass einer der Polizisten sieht, was vor sich geht, und sich einmischt. Sie sagten, der Blitz habe eine Gruppe von Männern am Strand gezeigt, die anscheinend Probleme hatten." Er sah sie lange an, sein Gesicht war düster und unsicher. „Hoffen wir, dass es kein Videomaterial gibt. Oder es ist zu unscharf, um etwas darauf zu erkennen." Er machte eine kurze Pause. „Ich habe gesehen, wie die Nephilim dort draußen mit den Meerjungfrauen gekämpft haben."

„Ohne sie hätten wir das nicht geschafft, Newton. Die Magie der Meerjungfrauen hatte diese Männer völlig in ihren Bann gezogen. Wir hätten vielleicht ein paar von ihnen allein retten können, aber das wär's dann auch gewesen."

Er nickte, während er in die Ferne blickte, und dann schweifte sein Blick für einen kurzen Augenblick zu Briar, die hinten im Krankenwagen stand, in ein Handtuch gewickelt. Eine Vielzahl von Emotionen spiegelte sich in seinem Gesicht wider. „In Ordnung. Danke, Avery. Ich fahre besser zur Wache und schaue, was dabei herauskommt." Ein paar weitere Polizeifahrzeuge tauchten auf und er ging weg, während Avery nach Alex Ausschau hielt.

Sie sah, dass er sich angeregt mit Dan unterhielt, und lief hinüber, um Alex den Arm um die Taille zu legen. „Wie geht es euch beiden?"

Alex küsste sie auf den Kopf. „Uns geht es gut."

„Das gilt aber nur für dich", erklärte Dan. Er sah blass aus und hatte die Zähne zusammengebissen, ob vor Schreck oder vor Kälte, konnte Avery nicht sagen. „Ich werde vielleicht nie wieder auf eine Verabredung gehen."

„Kannst du dich daran erinnern, was passiert ist?", fragte Avery.

„Ich erinnere mich an die Strandparty, und dann verschwimmt alles ein wenig." Er blickte hinter sich zu den Polizisten. „Ich gehe besser. Ich möchte, dass mich jemand nach Hause fährt. Ich werde bei der Polizei alles so gut wie möglich zurechtbiegen. Und danke, Leute. Ich stehe in eurer Schuld. Und du", sagte er zu Avery, „kannst mir bei einem Kaffee und einem Stück Kuchen auf der Arbeit genau erklären, was heute Abend tatsächlich passiert ist."

„Abgemacht!", erwiderte Avery lächelnd.

Während die Polizei mit den anderen Männern beschäftigt war, machten sich die Hexen auf den Weg zurück in die Dünen. Briar zitterte sichtlich, und Avery wurde klar, wie kalt ihr jetzt war, da das Adrenalin nachgelassen hatte.

„Eine große Welle ist auf dem Weg nach White Haven", erklärte Avery den anderen. „Wir müssen Eve und Nate in Sicherheit bringen und dann in die Stadt fahren."

„Avery", sagte Reuben und schüttelte den Kopf. „Um die Stadt müssen wir uns keine Sorgen machen. Ulysses wird sich darum kümmern. Komm schon." Und damit ging er über die Dünen zu ihrem ursprünglichen Lagerfeuer.

Eve und Nate kauerten immer noch um das Feuer herum, in einem perfekt warmen, trockenen Kreis, der durch Eves Magie vor dem tobenden Sturm geschützt war.

„Ich bin so froh, dass ihr beiden es hier so gemütlich habt", erklärte Reuben, während sie sich aufwärmten.

„Das sind die Vorteile, wenn man eine Wetterhexe ist. Lektion Nummer eins ist, wie man trocken bleibt. Habt ihr sie gerettet?", fragte Eve.

„Ja, dank dir", antwortete Avery. „Die Männer sind in Sicherheit, und die Nephilim waren ziemlich brutal. Wir haben sie ihnen überlassen."

„Sollen wir vielleicht zurückgehen und versuchen zu helfen?", fragte El. „Obwohl ich mir vorstellen kann, dass sie inzwischen fertig sind."

Alex schüttelte den Kopf. „Gabreel hat ziemlich deutlich gemacht, dass wir uns nicht einmischen sollen. Ich werde später versuchen, ihn zu kontaktieren. Und sie sahen nicht aus, als hätten sie Schwierigkeiten."

Die drei Frauen lachten, und Briar fügte hinzu: „Nein. Die Meerjungfrauen haben sie überhaupt nicht gestört. Ich glaube nicht, dass ich jemals den Anblick von ihnen und ihren riesigen Flügeln vergessen werde. Das war beeindruckend."

El nickte. „Rache ist ein Gericht, das am besten im Herzen eines gewaltigen Sturms serviert wird."

Eve lächelte. „Gut. Setzt euch ein paar Minuten zu mir, während ich diesen bösen Sturm langsam etwas besänftigte."

„So ungern ich auch dein wohliges Feuer verlasse, ich möchte White Haven sehen", sagte Avery, die das Bild der aufsteigenden Welle nicht vergessen konnte. „Möchte jemand mitkommen?"

„Ich komme mit", erklärte Alex und stand auf.

„Ich auch", meldete sich Reuben freiwillig. „Man sieht nicht jeden Tag eine Riesenwelle."

Sie erreichten die Spitze der Dünen und blickten in Richtung Stadt. Eine Monsterwelle rollte heran. Sie war riesig, überragte alles und war nur als intensive Schwärze vor dem Anthrazit des Nachthimmels zu sehen. Avery spürte, wie ihr der Atem stockte, und sie hörte Alex fluchen. Durch den Regen hindurch wirkte sie wie eine Fata Morgana.

„Sind wir sicher, dass Ulysses damit umgehen kann?", fragte sie alarmiert.

Aber noch bevor sie ihre Frage zu Ende gestellt hatte, sahen sie, wie die Welle begann, sich weit außerhalb der Hafenmauern zu brechen, in sich zusammenfiel, und dann wurde ein wilder, klagender Schrei der Trauer vom Wind zu ihnen getragen. *Nixie.*

Es war vorbei.

„Ich glaube, wir brauchen einen Absacker", bemerkte Reuben. „Gehen wir zu mir."

Siebenundzwanzig

Reubens riesiges Wohnzimmer war überfüllt, das Feuer loderte und alle saßen herum und hielten Bier, Wein oder Whiskey in der Hand.

Ulysses und Oswald waren zuletzt mit Avery eingetroffen, nachdem sie sie am Hafen abgeholt hatte, und beide sahen sehr zufrieden aus.

„Also, lass uns nicht im Dunkeln tappen", sagte Eve grinsend. „Was ist passiert?"

Ulysses lachte, seine Stimme klang so voll wie Schokoladenganache. „Nun, sie hat sicher nicht erwartet, mich zu sehen."

„Nixie?", fragte Avery. Sie saß auf dem Boden zwischen Alex' Beinen, der auf dem Sofa hinter ihr saß. Sie hatte es geschafft, sich abzutrocknen, und Wärme durchflutete sie.

Ulysses nickte. „Wir haben sie an der Hafenmauer gefunden, wie sie das Meer anrief. Es war ihr Lied, das uns zu ihr geführt hat."

Oswald stimmte zu. „Sie war völlig in ihrem Element und genoss es in vollen Zügen. Ihr Gesicht", sinnierte er, „es war bösartig. Und dann hat sie Ulysses gesehen."

Ulysses lachte erneut. „Es war gut, dass du so einen tollen Sturm gemacht hast, Eve. Es war niemand in der Nähe, sonst hätte man mich verhaftet, weil ich sie direkt ins Wasser gezerrt habe. Sie war vielleicht halb so groß wie ich, aber sie ist eine echte Meerjungfrau und das ist ihr Element. Aber ich konnte sie in die Tiefe ziehen. Da draußen war mehr als nur die Welle."

Alle sahen ihn an, die Drinks halb an den Lippen. „Was meinst du damit?", fragte Alex.

„Da war eine ziemlich große Tiefseekreatur auf dem Weg hierher; ein Krake. Keine Sorge – jetzt ist er weg. Und er hat Nixie mit sich genommen. Ich glaube nicht, dass er sehr erfreut darüber war, hierher geschleppt zu werden."

„Ein Krake?", fragte Nate und verschluckte sich fast an seinem Whiskey.

Ulysses nickte. „Das sind bösartige Wesen, aber glücklicherweise hat es seinen Ärger an Nixie ausgelassen, und dann habe ich die Welle aufgelöst."

Avery lächelte. „Danke. Wir schulden dir was."

Er schüttelte den Kopf. „Nein, das tut ihr nicht. Und außerdem könnten wir eines Tages *eure Hilfe* brauchen. Und es war gut für mich, eine Katharsis.

Oswald stimmte zu. „Es tut mir leid, dass der Rat nicht mehr geholfen hat, aber ihr habt euch heute Abend bewährt."

Nate lachte. „Der Rat kann ein bisschen empfindlich sein, besonders Genevieve. Sie wollte dich definitiv wieder im Rat haben, aber sie will immer, dass alles nach ihrer Nase geht. Ich glaube, sie wollte beweisen, wer der Boss ist. Ich weiß nicht so recht, ob es geklappt hat."

„Sie ist die Anführerin der Hexen, damit habe ich kein Problem", erwiderte Avery, „aber heute Abend waren nicht nur wir in Gefahr. Ich bin mir nicht sicher, ob ich ihre Haltung verstehe. Viele Menschen hätten heute Abend sterben können – oder so gut wie dazu verdammt sein, ein Leben unter dem Meer zu führen."

„Ihr müsst bedenken", bemerkte Eve bedauernd, „dass für viele Hexen unsere Bedürfnisse vor den Bedürfnissen anderer Gemeinschaften kommen. Sie wollte nicht riskieren, dass jemand von uns erfährt oder dass die Dinge komplizierter werden. So war es schon immer."

Bei gedämpftem Licht und knisterndem Feuer war es kaum zu glauben, dass sie nur wenige Stunden zuvor am Spriggan Beach unter Blitz und Donner gekämpft hatten.

„Nun", begann Briar, „ich wäre froh, wenn das Leben für eine Weile wieder zur Normalität zurückkehren könnte. Ich muss mich um mein Geschäft kümmern."

„Ich bin ganz deiner Meinung", stimmte Alex ihr zu. Er blickte zu Eve und Nate hinüber. „Unsere Magie, die über der Stadt liegt. Spürst du sie noch?"

Eve nickte. „Sie lässt sicherlich nach, und ich habe heute Abend etwas davon kanalisiert, weshalb mein Sturm so gut war. Ja, ich spüre es noch. Aber weißt du, du solltest dir darüber keine Sorgen machen. Einige Kreaturen werden es spüren, aber nicht alle werden es nutzen wollen. Manche sind neugierig und fühlen sich von ihresgleichen angezogen. Für Menschen mit übernatürlichen Fähigkeiten kann die Welt da draußen beängstigend sein. Deshalb ist es am besten, sich im Verborgenen zu halten."

Bevor jemand antworten konnte, wurden sie durch ein heftiges Klopfen an der Tür gestört, und Reuben ging, um zu öffnen. Als er zurückkam, war Gabreel bei ihm und er sah sich mit stählerner Miene im Raum um.

Alex sprang auf und ging zu ihm, um ihm die Hand zu schütteln. „Gabreel, vielen Dank für eure Hilfe heute Abend."

„Gern geschehen. Es hat sich gut angefühlt, die Töchter von Llyr zu besiegen. Sie werden nicht wieder hierherkommen. Zumindest nicht in den nächsten Jahren."

„Komm und setz dich", forderte Alex ihn auf.

Er schüttelte den Kopf. „Nein, ich muss mich meinen Brüdern anschließen. Ich wollte, dass du weißt, dass wir in den Mooren hinter der Stadt sein werden. Wir haben vorerst einen Ort gefunden, an dem wir bleiben wollen, aber wir brauchen vielleicht deine Hilfe, um ... legitimer zu werden", er machte eine nachdenkliche Pause.

„Wir tun, was wir können", erwiderte Alex, und Avery fragte sich, was Newton davon halten würde.

Er drehte sich um und ging, wobei er sich leise verabschiedete, und dann stand auch Nate auf. „Komm schon, Eve, wir sollten gehen. Ich bin erledigt."

Eve leerte ihr Glas. „Du hast recht. Ich werde wohl eine Woche lang schlafen. Ich melde mich, Avery."

Avery stand auf, um sie zu umarmen. „Ja, bitte. Kommt gut nach Hause." Sie drehte sich um, um auch Nate zu umarmen. „Du auch. Danke."

„Zeit für uns zu gehen", bemerkte Oswald, der erschöpft klang.

Nach einer Runde Umarmungen, Händeschütteln und dem Versprechen, sich bald zu treffen, blieben nur noch die fünf Hexen von White Haven übrig.

„Noch jemand Lust auf etwas zu trinken?", fragte Reuben. „Ich habe jede Menge Betten."

„Ja, bitte, und können wir Essen bestellen?", fragte El und streckte sich wie eine Katze. „Ich bin am Verhungern!"

„Es ist fast Mitternacht. Um diese Zeit liefert niemand mehr aus", erklärte Reuben und griff nach der Whiskyflasche. „Aber es gibt Essen in der Küche – wenn jemand kochen möchte."

Während sie redeten, hörte Avery das Knirschen von Kies und einen im Leerlauf laufenden Automotor die Auffahrt hinaufkommen. „Wer ist das?"

„Das ist wahrscheinlich Newton", antwortete Alex. „Ich dachte, ich sage ihm, wo wir sind. Ich lasse ihn rein."

Avery warf Briar einen Blick zu, aber sie kauerte vor dem Feuer und starrte in die Flammen.

Newton zögerte an der Schwelle zum Wohnzimmer. „Bin ich willkommen?"

„Natürlich bist du das, du Trottel", erwiderte Reuben herzlich. „Hier steht ein Glas mit deinem Namen drauf."

„Ich habe Curry mitgebracht, um euch zu bestechen, falls das hilft", fügte er hinzu, und Alex folgte ihm mit ein paar weiteren Taschen, die mit Kartons gefüllt waren.

El ging ihm zur Hilfe. „Brillant, du musst meine Gedanken gelesen haben." Sie küsste Newton auf die Wange, während sie ihm eine Tasche aus den Händen riss.

Avery lächelte. „Du musst uns nicht bestechen. Du bist immer willkommen."

„Selbst wenn du ein Idiot bist", fügte Briar hinzu und blickte zu ihm auf.

Newton sah ihr in die Augen und dann den Rest von ihnen an, mit einem reumütigen Lächeln im Gesicht. „Ihr wart heute Abend alle brillant, genau wie die Nephilim. Gut gemacht, und entschuldigt, wenn ich an euch gezweifelt habe."

„Das war dein gutes Recht", sagte Alex. „Es war riskant, aber es hat sich gelohnt."

„Ich hole Teller, erklärte El und ging zur Tür hinaus. „Newton, setz dich, entspann dich und betrink dich mit uns."

Am nächsten Tag brachen Alex und Avery relativ früh auf und machten sich auf den Weg zurück nach Spriggan Beach, wo sie Hand in Hand über die Dünen und auf den flachen Sandstrand schlenderten.

Der Himmel war blass und wässrig blau, als hätte der Sturm die Farbe herausgewaschen. Der Strand war übersät mit Treibholz und Seetang, und die Überreste des geschwärzten Holzes vom Lagerfeuer lagen in einem feuchten Haufen. Es war Ebbe, und Vögel ließen sich im seichten Wasser nieder und zogen Würmer aus dem nassen Sand.

„Kaum zu glauben, dass es gestern Abend einen so heftigen Sturm und fast eine Massenentführung gegeben hat", bemerkte Alex und zog sie an sich, während er sich zu ihr umdrehte.

„Es ist surreal! Es fühlt sich wie ein Traum an."

Er strich ihr das Haar aus dem Gesicht. „Wir haben dadurch ein paar gute Freunde gewonnen."

„Glaubst du, die Nephilim sind jetzt unsere Freunde?"

„Ich denke schon. Sie sind anders, ja, aber trotzdem unsere Freunde. Und dann sind da natürlich noch Ulysses und Oswald. Oswald ist ein lustiger kleiner Mann, ich mag ihn."

„Einer der Exzentriker des Lebens", stimmte Avery zu. „Und ich mag auch Eve und Nate. Glaubst du, dass mit Newton alles gut wird? Ich mache mir Sorgen um ihn. Ich meine, ich weiß, dass er gestern Abend vorbeigekommen ist, aber auf lange Sicht?"

„Er wird immer ein wenig mit dem hadern, was wir tun", überlegte er. „Aber er weiß, dass wir im besten Interesse von White Haven handeln, und letztendlich ist er auf unserer Seite."

Avery nickte abwesend. „Ich hoffe, du hast recht." Sie zögerte einen Moment und sagte dann: „Ich habe mir letzte Nacht wirklich Sorgen gemacht, dass ihre Magie auf dich wirkt."

Er zwinkerte ihr zu. „Unser Zauber hat gewirkt, und zwar sehr gut. Ich konnte ihr Lied hören, aber ich konnte meine emotionale Anziehung dazu kontrollieren. So leicht wirst du mich nicht los." Er schloss sie in seine Arme, zog sie an sich und küsste sie, bis sie kaum noch Luft bekam. „In der Zwischenzeit lass uns frühstücken gehen und einen unglaublich faulen Tag miteinander verbringen. Wir haben es uns verdient."

Am nächsten Tag waren die Zeitungen und lokalen Nachrichten voll von Berichten über Lughnasadh und den Sturm.

Unscharfe Aufnahmen von Kamerahandys zeigten seltsame Gestalten am Strand, und es gab einen Bericht über eine Gruppe von Männern, die verwirrt waren und mitten im Sturm schwimmen gehen wollten. Sie beschrieben, wie einige Einheimische ihnen geholfen hatten, sich in Sicherheit zu bringen, und das war auch schon alles, was geschrieben wurde. Nicht wenige spekulierten über Engel der Finsternis und Außerirdische am Strand, aber die meisten Spekulationen verstummten schnell und wurden nur noch leise gemunkelt.

Sally und Dan hatten am Montagmorgen viele Fragen an Avery, und man konnte den Touristen, die in den Laden kamen, die Aufregung über die malerische kleine Stadt und die Strandaktivitäten anhören. Ab und zu erwähnte jemand den Film „*The Wicker Man*", und Avery bemühte sich, nicht zu lachen. Und dann dachte sie daran, was hätte passieren können, und sie wurde ziemlich schnell wieder ernst.

Ben tauchte am Nachmittag im Laden auf und brachte Teilchen mit.

Dan lächelte anerkennend. „Du weißt, wie du dich hier beliebt machen kannst."

„Ich versuche immer, es allen recht zu machen", erklärte er und nahm sich ein Stück Gebäck. „Also ... der Samstag war ziemlich episch."

„Hast du es gefilmt?", fragte Avery, besorgt darüber, ob sie sich Sorgen machen sollte oder nicht.

„Das Wetter war zu schlecht", erwiderte er und schüttelte den Kopf. „Ein beeindruckender Sturm."

„Eine Freundin hat geholfen", bemerkte Avery ungerührt.

„Und die seltsamen geflügelten Wesen über dem Meer?"

„Unsere neuen Freunde, die Nephilim", erklärte sie leise.

„Okay", entgegnete Ben und nickte verständnisvoll. „Nun. Die Anrufe kommen immer noch rein. Es gibt immer noch mehr Geister in White Haven und anderen Städten. Irgendwelche Vorschläge, wer uns bei Bedarf helfen könnte?"

„Ich hatte noch keine Gelegenheit zu fragen, aber ich werde es tun. Versprochen. Es war nur gerade etwas viel los hier." *Die Untertreibung des Jahres.*

„Alles gut. Übrigens hat Briar Cassie angerufen. Sie fängt nächste Woche bei ihr an."

Avery lächelte vor Freude. „Das ist toll! Ich freue mich darauf, sie dort zu sehen."

„Und was mich betrifft", bemerkte Ben, während er zur Tür ging, „ich melde mich. Ich habe das Gefühl, dass es hier nicht lange ruhig bleiben wird."

„Ist das Wunschdenken?", rief Avery.

„Das ist gut fürs Geschäft", erwiderte er und winkte dann zum Abschied.

Dan kramte in der Tasche, holte ein weiteres Teilchen heraus und nahm einen riesigen Bissen.

„Schön zu sehen, dass dein Appetit nach dem Wochenende nicht gelitten hat, Dan", meinte Sally und unterdrückte ein Grinsen.

„Mein Appetit auf Süßigkeiten hat definitiv nicht gelitten, was Frauen angeht allerdings habe ich überhaupt keinerlei Appetit mehr. Aber er hat recht, weißt du, dein Freund Ben."

„Ach ja?", meinte Avery und fragte sich, worauf das hinauslief.

„Oh ja. Ich glaube nicht, dass White Haven jemals wieder normal sein wird."

Avery stöhnte. Sie hatte das schreckliche Gefühl, dass er recht hatte. Und dann erlaubte sie sich ein Lächeln.

Was ist so toll an Normalität? Absolut nichts.

Ende von Band 3 der Serie *Die Hexen von White Haven*. Hier kannst du den Autor glücklich machen, indem du einen Review hinterlässt.

Der vierte Band der Reihe *Die Hexen von White Haven* Allerheiligen-Magie,

Hier ein kleiner Vorgeschmack.

Newsletter

Hat dir dieses Buch gefallen, und du würdest gerne weiterer meiner Geschichten lesen, melde dich zu meinem Newsletter an auf tjgreenauthor.com. Du bekommst gratis zwei

Kurzgeschichten, *Excaliburs Erweckung* und *Jacks Begegnung*, und außerdem gratis Charakterbögen zu all den wichtigen Hexen von White Haven.

Hast du dich für meinen Newsletter eingetragen, bekommst du Gratisauszüge aus neun Büchern zugeschickt, und auch Kurzgeschichten, Informationen zu Give-aways, und die Chance meinem Team beizutreten. Außerdem teile ich auch Informationen über andere Bücher in meinem Genre, die für dich von Interesse sein könnten.

Ream

Ich habe meinen eigenen Buchklub namens *Happenstance Book Club* gegründet. Ich weiß, was ihr jetzt denkt! Was ist Ream? Es ist ein bisschen wie Patreon, das euch vielleicht besser bekannt ist, und es ermöglicht euch, mich zu unterstützen und meine Bücher vor allen anderen zu lesen.

Dafür fällt eine monatliche Gebühr an, und es gibt verschiedene Stufen, sodass ihr wählen könnt, welche Stufe zu euch passt. Alle Stufen sind mit zahlreichen weiteren Boni verbunden, darunter Merchandise-Artikel, aber allen gemeinsam ist, dass ihr die neuesten Bücher lesen könnt, während ich sie schreibe – es handelt sich also um die Rohfassung. Ich werde jede Woche ein paar Kapitel veröffentlichen, die ihr in aller Ruhe lesen und kommentieren könnt. Ihr könnt natürlich auch kostenlos Follower werden.

Ihr könnt meine Bücher kommentieren, über Spoiler plaudern und Teil einer Gemeinschaft sein. Ich werde auch Umfragen und Illustrationen von Charakteren posten, Rituale und Zaubersprüche teilen, den Hintergrund zu den Mythen und Legenden in meinen Büchern teilen und einige meiner früheren Bücher sind kostenlos verfügbar.

Wäre das für dich interessant? Dann klicke auf den

<https://reamstories.com/happenstancebookclub>

Der Happenstance Book Shop

Ich habe jetzt auch einen fantastischen Onlineshop namens , wo man meine eBooks, Hörbücher und Taschenbücher kaufen kann. Viele habe ich zu Paketen zusammengepackt, und sie sind zusammen mit meiner tollen Merchandise zu unschlagbaren Preisen erhältlich.

Ich bin mir sicher, es wird dir gefallen! Hier kannst du stöbern:

YouTube

Wenn dir Hörbücher gefallen, kannst du sie dir auf YouTube gratis anhören, denn dort habe ich sie alle hochgeladen. Ich weiß es zu schätzen, wenn du dafür meinen Kanal abonnierst. Vielen Dank.

Im Folgenden findest du eine Liste meiner Bücher.

Auszug aus Allerheiligen-Magie

Avery schaute aus dem Fenster von *Happenstance Books* und seufzte. Der Winter war im Anmarsch.

Der Regen prasselte nieder und das Wasser floss die Dachrinnen entlang und spülte zerfetztes Laub und Schmutz mit sich. Auf der Straße waren nur ein paar hartgesottene Leute unterwegs, die von Geschäft zu Geschäft huschten und windgepeitscht und verfroren aussahen.

Sie beobachtete einen jungen Mann, der sich mühsam die Straße entlang kämpfte und seine Arme um sich geschlungen hatte, um seine Lederjacke geschlossen zu halten. Er war wirklich nicht dem Wetter entsprechend gekleidet. Er hatte eine tief ins Gesicht gezogene Mütze auf, und sie vermutete, dass diese komplett durchnässt war.

Er blieb vor ihrem Geschäft stehen und schaute zu dem Schild hinauf, zögerte für den Bruchteil einer Sekunde und stieß dann die Tür auf, sodass das Türglöckchen läutete. Ein Wirbel feuchter Luft strömte herein, bevor er die Tür hinter sich schloss und sich wie ein Hund schüttelte. Er war durchschnittlich groß und schlank, und seine Jeans hing ihm auf den Hüften. Er zog seine Wollmütze vom Kopf und wischte sich den Regen aus dem Gesicht, wobei hellbraunes Haar zum Vorschein kam, das kurz geschoren war. Er blickte auf und sah Avery in die Augen.

Avery lächelte. „Willkommen. Du hast dir einen tollen Tag zum Einkaufen ausgesucht."

Er lächelte schwach zurück, aber es war klar, dass er nicht an das Wetter dachte. „Ich hatte keine Wahl. Ich suche jemanden."

Avery runzelte die Stirn, da sie spürte, dass sie bereits wusste, was kommen würde. Sie war seit Tagen unruhig und versuchte, dies auf den Wechsel der Jahreszeiten und das bevorstehende Samhainfest in ein paar Wochen zurückzuführen. Leider erklärte dies nicht die ungewöhnlichen Tarot-Lesungen, die sie in letzter Zeit gehabt hatte. „Nach wem suchst du?"

Er sah sich nervös um und bemerkte ein paar Kunden, die in den Sesseln saßen, die sie um die Auslagen und in den Ecken aufgestellt hatte. Das Blues-Album, das im Hintergrund lief, trug zur entspannten Atmosphäre bei, und der Laden roch nach altem Papier und Weihrauch. Dennoch waren seine Augen voller Sorge.

Avery lächelte wieder sanft. „Komm und sprich mit mir an der Theke. Niemand wird dich dort hören." Sie ging hinter die Kasse, setzte sich auf einen Hocker und hoffte, dass sich der junge Mann weniger bedroht fühlen würde, wenn etwas zwischen ihnen stand.

Er folgte ihr, lehnte sich an die Theke und senkte seine Stimme. „Ich bin neu in White Haven. Ich bin vor Kurzem mit meiner Familie hierhergekommen, angezogen von der Magie hier. Wir haben versucht herauszufinden, woher sie kommt – oder besser gesagt, von wem", sagte er und fuhr fort, „und du bist einer der Menschen, auf die ich es eingegrenzt habe."

Aus der Nähe konnte Avery seine Blässe unter den Stoppeln erkennen, und seine Angst war noch deutlicher. Trotzdem sah er ihr direkt in die Augen, als würde er sie herausfordern, ihm zu widersprechen. Sie sprach leise und gleichmäßig. „Darf ich fragen, wie du Magie erkennen kannst?"

„Ich habe vielleicht eine gewisse Fähigkeit", entgegnete er vage.

Avery zögerte und schärfte ihre Wahrnehmung. Sie konnte spüren, dass etwas an ihm ungewöhnlich war, aber er fühlte sich nicht wie eine Hexe an. Sie konnte erkennen, dass er viel riskierte, und plötzlich kam es ihr gemein vor, so vorsichtig zu sein. „Deine Fähigkeiten haben dir gute Dienste geleistet. Wie kann ich helfen?"

„Mein Bruder ist krank. Er braucht einen Heiler."

„Warum bringst du ihn nicht zu einem Arzt?"

„Sie würden zu viele Fragen stellen."

„Ich bin kein Heiler. Jedenfalls kein guter." Sein Gesicht verfinsterte sich. „Aber ich kenne jemanden, der einer ist. Kannst du mir weitere Informationen geben?"

„Nicht hier. Später. Kannst du zu dieser Adresse kommen?" Er griff in seine Tasche, zog ein Stück Papier heraus und schob es über den Tresen.

Sie warf einen Blick darauf und erkannte die Straße. Sie verlief entlang der Küste am Hang. Es war ausgeschlossen, dass nur sie und Briar dorthin gingen. Sie spürte keine Gefahr, aber sie kannte weder ihn noch seine Familie. „Okay. Aber wir werden nicht nur zu zweit kommen, ist das in Ordnung? Wir sind alle vertrauenswürdig."

Er schluckte. „Das ist in Ordnung. Wir auch." Damit drehte er sich um und ging, eine Böe kalter Luft wirbelte hinter ihm auf.

Avery ging zum Fenster und sah ihm nach, wie er die Straße hinaufrannte, und fragte sich, woher er kam, welche Magie er besaß und was dieser Besuch wohl für Folgen haben würde. Es schien, als würde der relative Frieden der letzten Monate nicht von Dauer sein.

Seit Lughnasadh, der Nacht, in der sie die Meerjungfrauen mit Hilfe der Nephilim erfolgreich abgewehrt hatten, hatte sich das Leben in White Haven beruhigt. Sie und die anderen vier Hexen – El, Briar, Alex und Reuben – konnten ihr Leben ohne Angst vor Angriffen weiterleben. Ihre Magie, die beim Bruch des Bindungszauber freigesetzt worden war, hing immer noch wie eine Wolke über der Stadt, aber sie hatte sich verkleinert. Die ungewöhnliche Aktivität der Geister hatte weiter angehalten, was bedeutete, dass sie immer noch regelmäßig Bannzauber aussprachen, aber die drei Geister-jäger – Dylan, Ben und Cassie – behielten das meiste davon im Auge.

Avery wurde durch eine Bewegung in ihrem peripheren Sichtfeld aus ihren Gedanken gerissen und drehte sich um, um zu sehen, wie ihre Freundin und Filialleiterin Sally vom Mittagessen zurückkkam.

Sally runzelte die Stirn. „Du siehst tief in Gedanken ver-sunken aus.“

„Ich hatte gerade Besuch.“

„Oh?“ Sally zog die Augenbrauen hoch.

„Er hat Angst und braucht unsere Hilfe.“

Sally wusste alles über Averys und die Kräfte der anderen Hexen. "Ich nehme an, du kennst ihn nicht?“

„Nein. Er ist gerade erst nach White Haven gezogen. Ich muss Briar und Alex anrufen.“

„Alles klar. Iss erst mal zu Mittag und lass dir Zeit. Wir haben ja nicht gerade viel zu tun.“

Avery nickte und ging zu dem Raum im hinteren Teil des Ladens, in dem sich eine kleine Küche und ein Lagerraum befanden. Von hier aus führte eine Tür zu ihrer Wohnung über dem Laden, und sie ging durch die Tür und die Treppe hinauf.

In ihrer Wohnung herrschte das übliche Chaos. Überall lagen Bücher herum, die warme Wolldecke auf dem Sofa war zerknittert und lag halb auf dem Boden, und das Zimmer musste dringend aufgeräumt werden. Aber das musste warten. Es war kühl, die Zentralheizung war auf niedrig gestellt, und sie drehte sie etwas höher, damit es abends wärmer war. Sie zog ihr Handy aus der Gesäßtasche ihrer Jeans und rief Briar an, während sie den Wasserkocher aufsetzte und eine Suppe aufwärmte.

Von allen Hexen war Briar die geschickteste in Erdmagie und Heilung. Sie leitete die *Charming Balms Apothecary* und lebte allein in einem Häuschen in einer der vielen Gassen in White Haven. Glücklicherweise hatte Briar an diesem Abend Zeit, und nachdem Avery vereinbart hatte, sie um sechs abzuholen, rief sie Alex an, in der Hoffnung, dass er nicht zu sehr mit der Arbeit beschäftigt sein würde.

Alex war der Besitzer des *The Wayward Son,* einer Kneipe in Hafennähe, und er war Averys Freund, obwohl sie sich immer sehr seltsam fühlte, wenn sie ihn so nannte. Es klang, als wären sie vierzehn. Aber wie sollte sie ihn sonst nennen? Ihren Liebhaber? Das klang zu französisch und irgendwie schäbig. Ihren Partner? Irgendwie schon, aber sie lebten nicht zusammen. Wie auch immer sie ihn nannte, er gehörte ganz ihr und war total heiß, und sie war hin und weg. Sie hatten sich im Sommer kennengelernt und die Beziehung war immer noch sehr intensiv.

„Hey, mein Kätzchen", begrüßte er sie, als er den Anruf annahm „Wie geht es dir?"

„Kätzchen! Das gefällt mir. Mir geht es gut, und dir?"

„Ich habe viel zu tun. Die Kneipe ist ziemlich voll für die Mittagszeit. Ich weiß nicht genau, wo die Leute bei diesem Wetter alle herkommen, aber ich kann mich nicht beschweren."

„Es ist ruhig hier", erklärte sie, lehnte sich gegen die Theke und rührte in ihrer Suppe. „Aber das ist okay. Hör zu, ich komme gleich zur Sache. Ich hatte Besuch, niemand, den wir kennen, aber er weiß, dass wir Hexen sind und braucht unsere Hilfe. Hast du heute Abend Zeit?"

Sie konnte die Besorgnis in seiner Stimme hören und die Hintergrundgeräusche verstummen, als er in einen anderen Raum ging. „Was meinst du damit? Er weiß von uns?"

„Ja, aber er wollte es nicht erklären. Ich habe eine Art Magie gespürt, aber er ist keine Hexe. Er sagte, er braucht einen Heiler, also hole ich Briar um sechs ab. Kannst du mitkommen?"

„Ja, auf jeden Fall. Und ich bleibe heute Nacht bei dir, wenn das okay ist?"

Sie grinste. „Natürlich. Bis später."

Es war dunkel, als die Gruppe vor dem weiß getünchten Haus in der Beachside Road ankam. Es handelte sich um eine viktorianische Villa mit Doppelfassade, die als Ferienhaus vermietet wurde. Ein Teil des Vorgartens war zu einer Auffahrt umfunktioniert worden, und ein alter Volvo-Kombi nahm den größten Teil des Platzes ein.

„Erster Eindruck?", fragte Briar, die neben Avery auf der vorderen Sitzbank ihres Bedford-Lieferwagens saß. Sie war zierlich und hübsch, und ihr langes dunkles Haar war zu einem lockeren Pferdeschwanz zusammengebunden.

„Ich spüre nichts Magisches", bemerkte Avery, verwirrt, aber auch erleichtert.

„Ich auch nicht", stimmte Alex zu. Er saß ganz am Ende des, neben dem Beifahrerfenster, und betrachtete das Haus. Wie Briar hatte er dunkle Haare, war aber alles andere als zierlich. Er war groß und schlank, hatte einen Waschbrettbauch, um den man ihn beneiden konnte, und seine Arme waren mit Tätowierungen übersät. Er trug sein schulterlanges Haar oft offen, aber heute Abend hatte er es zu einem Dutt zusammengebunden und sein Kinn war von Bartstoppeln bedeckt. „Das macht mir Sorgen. Konntest du nicht einmal seinen Namen in Erfahrung bringen?"

„Nein. Er ist nicht lange genug geblieben", antwortete Avery. ‚Aber er kam mir nicht besonders verdächtig vor. Er hatte nur Angst."

„Kommt schon', sagte Briar und schob Alex an. "Wenn jemand verletzt ist, müssen wir uns beeilen."

Der Regen prasselte immer noch, und sie rannten den Weg hinauf und suchten Schutz unter der Veranda, während Avery an die Tür klopfte.

Eine junge Frau mit langen, violetten Haaren öffnete die Tür und blickte finster drein. „Wer seid ihr?"

„Charmant", meinte Alex amüsiert. „Wir wurden eingeladen."

Eine Stimme rief: „Piper! Du weißt verdammt gut, wer es ist. Lass sie rein."

Piper starrte sie finster an, drehte sich dann um und stapfte davon, sodass die Hexen sich selbst hereinlassen mussten.

Briar grinste und schloss die Tür hinter ihnen. „Sie scheint besonders unterhaltsam zu sein."

Sie standen in einem großen Flur mit Türen auf beiden Seiten und direkt vor ihnen führten Treppen in die obere Etage.

Piper war bereits verschwunden, aber der Mann, den Avery zuvor getroffen hatte, eilte die Treppe hinunter und sah sowohl erleichtert als auch gestresst aus. „Danke fürs Kommen. Ich war mir nicht sicher, ob ihr kommen würdet. Folgt mir." Er drehte sich sofort um und ging die Treppe hinauf.

Alex rief ihn zurück. „Moment mal, Kumpel. Bevor wir hier weitermachen, wer bist du und was ist hier los?"

Er stand einem Moment lang sprachlos da und schien dann wieder zu sich zu kommen. „Entschuldigung. Ich kann nicht klar denken. Ich bin Josh." Er schüttelte ihnen die Hand. „Mein Bruder ist wirklich krank und ich mache mir Sorgen, dass er vielleicht sterben könnte. Das ist es auch, was Piper so mitnimmt. Sie zeigt es auf seltsame Weise. Ich verstehe, dass ihr beunruhigt seid, aber ich bin keine Bedrohung. Es ist einfacher, wenn ich es euch einfach zeige."

Mehr schien Josh nicht preisgeben zu wollen, und er rannte die Treppe hinauf. Alex warf Briar und Avery einen Blick zu und folgte ihm. Avery konnte bereits spüren, wie sich ihre gemeinsame Magie sammelte, aber sie spürte immer noch keine Magie von anderswo. Sie ließ ihren Blick ein letztes Mal durch den Flur schweifen und folgte dann den anderen die Treppe hinauf.

Im ersten Stock nahm Avery einen seltsamen Geruch wahr. Sie rümpfte die Nase. Er war merkwürdig, unangenehm und penetrant.

Josh führte sie in einen Raum im hinteren Teil des Hauses, und sobald sie eintraten, verstärkte sich der Geruch und Avery versuchte, sich nicht zu übergeben.

Sie befanden sich in einem großen Schlafzimmer, und in dem Doppelbett in der Mitte des Raumes lag ein Mann, der sich in einem unruhigen Schlaf wand. Eine junge Frau saß neben ihm, beobachtete ihn besorgt und versuchte, seine Hand zu halten. Sie blickte auf, als sie eintraten, und eine Mischung aus Angst und Erleichterung überkam sie.

Was geht hier vor sich?

Der Mann war schweißgebadet und sein Haar klebte an seinem Kopf. Er hatte keine Kleidung an, aber der Großteil seines Oberkörpers und einer seiner Arme waren in schmutzige Bandagen gewickelt, und von diesen Wunden ging der Geruch aus.

Briar lief auf ihn zu. „Bei der Großen Göttin! Was zum Teufel ist mit ihm passiert? Seine Wunden sind entzündet!"

Die junge Frau stand auf und ging zur Seite. „Könnt ihr ihm helfen?"

Briar sah sie kaum an. „Ich werde es versuchen. Ihr hättet früher zu mir kommen sollen. Wie heißt er?" Sie stellte ihre Kiste mit Kräutern, Balsam und Tränken auf den Boden und begann, die Verbände des Mannes abzunehmen. Er schrie sofort auf, seine Arme zuckten, und Alex sprang vor, um ihm zu helfen, ihn festzuhalten.

Josh erklärte: „Das ist Hunter, mein älterer Bruder. Das ist meine Zwillingsschwester Holly."

Holly nickte ihnen kurz zu und sah dann wieder hilflos auf ihren Bruder. Avery konnte die Ähnlichkeit zwischen ihr und Josh erkennen. Beide hatten hellbraunes Haar und haselnussbraune Augen, obwohl Holly kleiner war als ihr Bruder und ihr Haar in einem welligen Bob bis zu den Schultern fiel. Der Mann, der sich auf dem Bett wand, hatte dunkles, fast schwarzes Haar, eine helle Bräune und einen muskulösen Körperbau.

Avery fragte: „Was ist mit ihm passiert?"

Josh blickte ihr kurz in die Augen und sah dann wieder Hunter an. „Er wurde vor einigen Tagen angegriffen. Wir waren unterwegs und sind erst vor Kurzem hier angekommen. Es hat eine Weile gedauert, bis ich dich ausfindig gemacht habe."

Avery sah zu, wie Briar eine scharfe Schere benutzte, um die Verbände zu entfernen. Avery schrak zurück, als der Geruch sie traf, und schnappte dann nach Luft, als sie die Größe der Wunden sah. Er hatte lange, tiefe Kratzspuren auf der Brust, dem Rücken und dem linken Arm, die entzündet waren und Eiter absonderten. Als Briar das Laken wegzog, sahen sie weitere Verbände an seinen Beinen.

Alex schaute auf. „Was zum Teufel ist das? Und warum bist du nicht zum Arzt gegangen?"

„Weil sie dann die Polizei eingeschaltet hätten", erklärte Josh. „Das können wir uns nicht leisten."

Während sie beobachteten, wie Hunter sich drehte und wand, roch Avery Magie und sie sah sich alarmiert um. Briar und Alex müssen das auch gespürt haben, denn sie hielten einen Moment inne.

„Was ist die Ursache dafür?", fragte Avery scharf und hob die Hände, bereit, sich zu verteidigen.

„Was?", fragte Josh mit großen Augen.

„Die Magie. Wir können sie jetzt spüren."

„Oh nein", antwortete er. „Er verwandelt sich wieder."

„Er macht *was*?"

Aber Avery konnte ihre Frage kaum beenden, als Hunter auf seltsame Weise schimmerte, als würde sein Körper schmelzen, und sich dann in einen riesigen Wolf verwandelte, der knurrend und sich windend auf dem Bett lag.

„Du meine Güte!", rief Alex aus und sprang rückwärts aus dem Weg vor seinem zuschnappenden Kiefer. „Er ist ein *Gestaltwandler*! Warum zum Teufel hast du uns nicht gewarnt?"

„Weil wir gehofft haben, dass ihr es nicht erfahren würdet", entgegnete Holly unter Tränen und rannte mit Josh nach vorne, um zu versuchen, ihren Bruder zu beruhigen. In einem Sekundenbruchteil verwandelte auch sie sich in einen Wolf und ließ ihre Kleidung zurück, als sie auf das Bett sprang. Sie jaulte auf und ihre Anwesenheit schien Hunter zu beruhigen. Innerhalb von Sekunden lag er wieder auf dem Bett und keuchte schwer. Seine Wunden sahen in dieser Form noch schlimmer aus, wenn das überhaupt möglich war; sein Fell war verfilzt und blutverschmiert.

Avery ließ die Hände sinken und seufzte schwer. „Ihr seid alle Gestaltwandler?"

„Ich fürchte ja", erwiderte Josh mit einem schwachen Lächeln.

„Also wurde er wohl von einem anderen Gestaltwandler angegriffen?"

„So könnte man es sagen."

Briar lehnte sich auf ihren Fersen zurück. „Das wird die Sache wahrscheinlich etwas komplizierter machen."

„Aber könnt ihr trotzdem helfen?"

„Ja! Ich bin eine gute Heilerin, aber ich habe nur begrenzte Erfahrung mit Gestaltwandlern."

So gut wie keine, dachte Avery, genau wie der Rest von ihnen.

Briar fuhr fort: „Verwandelt er sich im Moment oft?"

Josh nickte. „Er scheint es nicht kontrollieren zu können. Seine Verwandlung hält nicht lange an, aber wir glauben, dass sie seiner Heilung im Wege steht. Seine Wunden öffnen sich immer wieder und wir können sie nicht reinigen."

Sie nickte und dachte einen Moment lang nach. „Ich muss ihm ein Beruhigungsmittel geben. Es wird ihn beruhigen, was hoffentlich verhindert, dass er sich verwandelt."

„Hast du einen Zauberspruch dafür?", fragte Josh.

Briar zuckte mit den Schultern. „Theoretisch schon. Ich muss es stärker als sonst machen. Ich brauche deine Küche, um eine leichte Änderung an einem der Tränke vorzunehmen, die ich dabei habe.“

„Ich nehme an, ihr seid alle Hexen?“, fragte Josh. „Ich meine, ich dachte, dass ich das gespürt habe, aber ich war mir nicht sicher.“

„Ja, das sind wir“, erwiderte Avery. „Aber wir reden später. Lass Briar jetzt erst mal ihre Magie wirken.“

Möchtest du mehr lesen? <u>Du kannst Allerheiligen-Magie hier</u> kaufen.

Und weiter unten findest du eine Liste meiner anderen Bücher.

Anmerkung der Autorin

Vielen Dank, dass ihr *Ungebändigte Magie,* den dritten Band der Reihe *Die Hexen von White Haven* gelesen habt. Nochmals vielen Dank an Fiona Jayde Media für mein tolles Cover und an Kyla Stein von Missed Period Editing für die Überarbeitung meines Entwurfs.

Vielen Dank auch an meine Beta-Leser, ich freue mich, dass es euch gefallen hat; euer Feedback ist wie immer sehr hilfreich!

Danke auch an mein Launch-Team, das wertvolles Feedback zu Tippfehlern gibt und gerne die Endfassung überprüft. Es ist schön, von euch zu hören – ihr wisst, wer ihr seid – und euer Feedback ist immer so ermutigend. Ich habe Glück, dass ich sie in meinem Team habe! Ich freue mich immer, von meinen Lesern zu hören, also zögert nicht, euch bei mir zu melden.

Wenn ihr mehr über die Hintergründe der Geschichten erfahren möchtet, besucht meine Website. Dort blogge ich über die Bücher, die ich gelesen habe, und über die Recherchen, die ich für die Serie durchgeführt habe. Es gibt dort auch viele Informationen über meine andere Serie, Toms Artus-Erbe.

Wenn ihr mehr von meinen Geschichten lesen möchtet, tragt euch bitte in meine Mailingliste ein. Ihr erhaltet eine kostenlose Kurzgeschichte namens Jacks Begegnung, in der beschrieben wird, wie Jack Fahey kennenlernt – eine längere Version des

Prologs in Der Ruf des Königs – indem ihr meinen Newsletter abonniert. Außerdem erhaltet ihr KOSTENLOS Excaliburs Erweckung, einer Kurzgeschichte, die der eigentlichen Handlung vorausgeht.

Außerdem erhaltet ihr kostenlose Charakterbögen zu allen Hauptfiguren der Serie Die Hexen von White Haven – exklusiv für die Leute auf meiner E-Mail-Liste!

Wenn ihr auf meiner Mailingliste bleibt, erhaltet ihr kostenlose Auszüge aus meinen neuen Büchern sowie Kurzgeschichten und Informationen zu Gewinnspielen. Ich werde euch auch über andere Bücher in diesem Genre informieren, die euch gefallen könnten.

Ich freue mich darauf, dich in meiner Lesergruppe begrüßen zu dürfen!

Über die Autorin

I ch bin in England aufgewachsen und lebe jetzt mit meinem Partner Jason und meinen Katzen Sacha und Leia an der Algarve in Portugal. Wenn ich nicht schreibe, stecke ich den Kopf in ein Buch, arbeite im Garten oder mache Yoga. Und vielleicht gönne ich mir auch eine kleine Einzelhandelstherapie!

In einem früheren Leben war ich Sängerin in einer Band und habe in einer Theatergruppe mitgespielt – beides hat mir viel Spaß gemacht. Gelegentlich drehe ich mit ein paar Freunden Kurzfilme, was die Frage aufwirft: Wo bleiben die Buchtrailer? Ich denke darüber nach …

Ich arbeite derzeit an weiteren Büchern der *Die Hexen von White Haven*-Reihe, denke über eine Prequel nach und plane viele weitere Bücher.

Bitte folgt mir auf Social Media, um über meine Neuigkeiten auf dem Laufenden zu bleiben, oder tragt euch in meine Mailingliste ein – ich verspreche, dass ich keinen Spam verschicke! Hier könnt ihr euch in meine Mailingliste eintragen.

Weitere Informationen findet ihr auf meiner Website tjgreen author.com

f facebook.com/tjgreenauthor/

P pinterest.pt/tjgreenauthor/

tiktok.com/@tjgreenauthor

youtube.com/@tjgreenauthor

goodreads.com/author/show/15099365.T_J_Green

instagram.com/tjgreenauthor/

bookbub.com/authors/tj-green

https://reamstories.com/happenstancebookclub

Weitere Bücher von T J Green

Rise of the King (auf Englisch erhältlich)
Eine Serie für junge Erwachsene über einen Teenager namens
Tom, der dazu berufen wird, König Artus zu wecken. Es ist ein
lustiges Abenteuer über König Artus in der Anderswelt!
Call of the King #1
The Silver Tower #2
The Cursed Sword #3

Die Hexen von White Haven (auf Deutsch erhältlich)
Hexen, Geheimnisse, Mythen und Folklore an der Küste von
Cornwall
Verlorene Zauber#1
Ungezähmte Magie #2
Ungebändigte Magie #3
Allerheiligen-Magie #4
Undying Magic #5 (Englisch)
Crossroads Magic #6 (Englisch)
Crown of Magic #7 (Englisch)
Vengeful Magic #8 (Englisch)

Chaos Magic #9 (Englisch)
Stormcrossed Magic #10 (Englisch)
Wyrd Magic #11 (Englisch)
Midwinter Magic #12 (Englisch)
White Haven and the Lord of Misrule: Yuletide Novella (Englisch)

White Haven Hunters (auf Englisch erhältlich)
Die spaßige Nebenserie zur Buchreihe Die Hexen von White Haven! Mit Fey, Nephilim und der Jagd nach dem Okkulten.
Spirit of the Fallen #1
Shadow's Edge #2
Dark Star #3
Hunter's Dawn #4
Midnight Fire #5
Immortal Dusk #6
Brotherhood of the Fallen #7

Storm Moon Shifters (auf English erhältlich)
Übernatürliche Mystery-Geschichten rund um das Wolfswandler-Rudel, Storm Moon.
Storm Moon Rising #1
Dark Heart #2
Wolfshot #3

Moonfell Witches (auf English erhältlich)
Eine Yule-Novelle, die in Moonfell, dem gotischen Herrenhaus
in London, spielt.
The First Yule, a Moonfell Witches Novella.
Triple Moon: Honey Gold and Wild #1